LE PHÉNOMÈNE ÉROTIQUE

Six méditations

Collection dirigée par Jean-Paul Enthoven

JEAN-LUC MARION

Le Phénomène érotique

Six méditations

GRASSET

L'ardent désir du haut bien désiré.

SCÈVE.

LE SILENCE DE L'AMOUR

La philosophie ne dit aujourd'hui plus rien de l'amour, ou si peu. Mieux vaut d'ailleurs ce silence, tant, quand elle se risque à en parler, elle le maltraite ou le trahit. On douterait presque que les philosophes l'éprouvent, si l'on ne devinait plutôt qu'ils craignent d'en rien dire. Avec raison, car ils savent, mieux que quiconque, que nous n'avons plus les mots pour le dire, ni les concepts pour le penser, ni les forces pour le célébrer.

Les philosophes l'ont de fait laissé à l'abandon, destitué du concept et finalement rejeté dans ses marges obscures et inquiètes de leur raison suffisante – avec le refoulé, le non-dit et l'inavouable. Sans doute d'autres discours prétendent relever cette déshérence et, à leur manière, y parviennent parfois. La poésie peut me dire ce que j'expérimente sans savoir l'articuler et me libère ainsi de mon aphasie érotique – elle ne me fera pourtant jamais comprendre l'amour en son concept. Le roman parvient à rompre l'autisme de mes crises amoureuses, parce qu'il les réinscrit dans une narrativité sociable, plurielle, publique – mais il ne m'explique pas ce qui m'arrive, réellement, à moi. La théologie, elle, sait ce dont il s'agit ; mais elle le sait trop bien pour toujours éviter de m'imposer une interprétation si directe par la Passion, qu'elle annule mes passions – sans prendre le temps de rendre justice à leur phénoménalité, ni donner un sens à leur immanence. La psychanalyse peut résister à ces hâtes et sait demeurer parmi mes vécus de conscience et surtout d'inconscience – mais précisément pour mieux constater que je souffre d'un défaut des mots pour les dire, voire qu'elle-même manque des concepts pour les penser. De ces efforts défaits, il résulte que le tout-venant, autrement dit tous ceux qui aiment sans bien savoir ce que l'amour veut dire, ni ce qu'il leur veut, ni surtout comment lui survivre – vous et moi le premier – se croit condamné aux pires trompe-la-faim : le sentimentalisme en fait désespéré de la prose populaire, la pornographie frustrée de l'industrie des idoles ou l'idéologie informe de l'épanouissement individuel, cette asphyxie vantarde. Ainsi la philosophie se tait et, dans ce silence, l'amour s'efface.

Une telle désertion de la question de l'amour par le concept devrait scandaliser, d'autant plus que la philosophie tient son origine de l'amour même et de lui seul, « ce grand dieu ». Rien que son nom l'atteste – « *amour* de la sagesse » (ce qui reste une traduction juste de φιλοσοφία, mal gré qu'on en ait parfois). Comment doit-on l'entendre ? L'acception la plus reçue – il faut rechercher la sagesse qu'on ne possède pas encore, précisément parce qu'elle échappe – n'aboutit qu'à une banalité, un truisme. Mais elle en masque de fait une autre, plus radicale : la philosophie se définit comme l'« amour de la sagesse », parce qu'elle doit en effet commencer par aimer avant de prétendre savoir. Pour parvenir à comprendre, il faut d'abord le désirer ; autrement dit, s'étonner de ne pas comprendre (et cet étonnement aussi offre un commencement à la sagesse) ; ou encore souffrir de ne pas comprendre, voire craindre de ne pas comprendre (et cette crainte encore ouvre à la sagesse). La philosophie ne comprend qu'à la mesure où elle aime – j'aime comprendre, donc j'aime pour comprendre. Et non pas, comme on préférerait le croire, je finis par comprendre assez pour me dispenser à jamais d'aimer. Il ne va pas du tout de soi, aussi paradoxal que cela nous paraisse aujourd'hui, que la philosophie ait d'abord et surtout affaire avec la science, comme si le projet de savoir s'imposait de lui-même, sans autre médiation ni présupposé. Il se pourrait, au contraire, que pour atteindre la vérité, il faille, dans *tous* les cas, d'abord la désirer, donc l'aimer. Et l'expérience contemporaine de l'idéologie, ce savoir qui sacrifie tout au pouvoir, nous a démontré dans les faits que l'homme n'aime pas spontanément la vérité et qu'il la sacrifie souvent au mensonge, pourvu que ce mensonge lui assure la puissance. A mesure que la philosophie cesse de se comprendre d'abord comme un amour et à partir de lui, à mesure qu'elle revendique immédiatement un savoir et qu'elle le thésaurise, non seulement elle contredit sa détermination originelle, mais elle fuit la vérité, qu'elle échange contre la science des objets – ce plat de lentilles. On sait que peu à peu, dans une évolution obstinée, puis accélérée et irrépressible, la philosophie a fini par renoncer à son premier nom, « amour de la sagesse », pour celui de métaphysique,

aussi tard venu (au milieu du Moyen Age) que d'emblée problématique (à l'âge classique). Cette mutation radicale a non seulement consacré définitivement le primat de l'étant comme l'objet universel du savoir, donc ouvert la carrière au projet de la science et, indissolublement, à l'emprise de la technique sur le monde, mais elle a surtout censuré l'origine érotique de la « *philo*-sophie ». Il se pourrait ainsi que l'oubli de l'être masque un oubli plus radical et en résulte – l'oubli de l'érotique de la sagesse. A l'achèvement de cette histoire, aujourd'hui donc, après avoir ravalé l'étant au rang sans honneur d'objet et oublié l'être en pleine retraite, la philosophie, désormais presque silencieuse, a même perdu ce à quoi elle a sacrifié l'érotique : son rang de science, éventuellement sa dignité de savoir. Quant à l'amour, dont l'oubli a sans doute tout décidé, elle en a oublié jusqu'au reniement ; elle en a perdu même le désir ; et – parfois on le croirait presque – elle le hait. La philosophie n'aime pas l'amour, qui lui rappelle son origine et sa dignité, son impuissance et leur divorce. Elle le passe donc sous silence, quand elle ne le hait pas franchement.

Nous poserons une hypothèse : cette haine reste encore une haine amoureuse. Dans ce désastre amoureux de la philosophie, nous voulons croire – et montrer – que l'on peut reconstruire une interrogation sur l'amour. L'histoire du divorce de la philosophie avec l'amour en elle ne mériterait-elle pas au moins autant d'attention et d'efforts que l'histoire de l'être et de son retrait ? Elle reste évidemment presque tout à écrire – ce que nous ne saurions même esquisser ici. Dans l'urgence, on s'en tiendra donc au premier inventaire des lieux : non seulement nous n'avons plus de concept de l'amour, mais nous n'avons même plus de mot pour le dire. « Amour » ? Cela sonne comme le mot le plus prostitué – à strictement parler le mot de la prostitution ; d'ailleurs, nous en reprenons spontanément le lexique : on le « fait » comme on fait la guerre ou des affaires, et il ne s'agit plus que de déterminer avec quels « partenaires », à quel prix, pour quel profit, à quel rythme et combien de temps on le « fait ». Quant à le dire, le penser ou le célébrer – silence dans les rangs. Un silence saturé d'une douleur, qui perce sous le bavardage politique, économique et médical qui l'étouffe en voulant nous rassurer. Dans ce grand cimetière érotique, l'air manque, dont les vibrations laisseraient résonner une seule parole. Déclarer « je t'aime » sonne, dans le meilleur des cas, comme une obscénité ou une dérision, au point que, dans la bonne société, celle des instruits, plus personne n'ose *sérieusement* proférer un tel non-sens. Et qu'on n'espère aucun substitut à cette banqueroute, pas le moindre assignat. Ainsi le mot de « charité » lui-même se retrouve, s'il est possible, encore plus à l'abandon : on « fait » d'ailleurs aussi la charité – ou plutôt, pour lui éviter de faire l'aumône et de se réduire à la mendicité, on lui arrache même son nom magnifique et la recouvre de haillons supposés plus acceptables, « fraternité », « solidarité », « action humanitaire » ; à moins qu'on ne s'amuse à la regarder jouer les élans surannés de la « grâce », pour jouir avec nostalgie de l'« âme » qu'on n'a plus. De l'amour (ou de la charité), nous n'avons rien à dire – et nous n'attendrons pas le moindre secours de la philosophie telle qu'elle va.

Pourtant, même le diagnostic de cette impuissance, il revient encore à la philosophie de le porter. Car il n'y a qu'un simple et unique motif, qui explique que nous ne puissions rien dire de l'amour ni de la charité : nous n'en avons aucun concept. Sans un concept, chaque fois que nous prononçons le mot « amour » ou dévidons des « mots d'amour », nous ne savons littéralement plus ce que nous disons et, de fait, nous ne disons rien. Sans un concept, nous pouvons bien sûr éprouver violemment telle ou telle disposition érotique, mais nous ne pouvons ni la décrire, ni la distinguer d'autres dispositions érotiques, ni même des dispositions non érotiques, encore moins les articuler en un acte juste et sensé. Sans un concept, nous pouvons même nous faire d'un amour éprouvé une idée très claire, mais jamais la moindre idée distincte – celle qui permettrait de reconnaître quand il s'agit et quand il ne s'agit pas de lui, quels comportements en relèvent et quels ne le concernent en rien, quelle logique les lie nécessairement ou non, quelles possibilités s'ouvrent ou se ferment à l'action, etc. A ce stade, multiplier les enquêtes historiques ou les évocations littéraires (ce qu'il faudra certes entreprendre plus tard, mais dont on s'abstiendra décidément ici) ne nous servirait de rien, puisque nous ne saurions même pas encore ce que nous y cherchons. Rien ne nous dispense donc de tenter de fixer, ne fût-ce qu'en esquisse, à grands traits et comme en bâti, un concept d'amour.

Où prendre le point de départ ? Car le commencement décide toujours de tout et, plus qu'ailleurs, le désastre érotique le rend ici dangereux. Mais ce désastre, s'il n'offre plus aucun chemin, en garde encore la trace. En principe, il suffirait, pour la deviner, d'identifier les décisions qui ont interdit à la philosophie de penser l'amour en elle, puis de les inverser. Et ces décisions se repèrent assez vite : le concept d'amour a succombé parce que la philosophie en a simultanément récusé l'unité, la rationalité et la primauté (et d'abord sur l'être).

D'abord, on affaiblit et compromet tout concept de l'amour, sitôt que l'on s'autorise d'en distinguer à l'envi des acceptions divergentes, voire irréconciliables ; par exemple, en opposant d'emblée, comme une évidence indiscutable, l'amour et la charité (ἔρως et ἀλάπη), le désir supposé possessif et la bienveillance supposée gratuite, l'amour rationnel (de la loi morale) et la passion irrationnelle. Un concept sérieux de l'amour se signale en principe par son unité, ou plutôt par sa puissance à maintenir ensemble des significations que la pensée non érotique découpe, étire et déchire à la mesure de ses préjugés. Tout l'effort consiste à maintenir indivise aussi longtemps que possible l'unique tunique de l'amour. La recherche se déploiera donc, autant que nous le pourrons, sans qu'à aucun moment les analyses fassent choisir un pôle plutôt qu'un autre (la différence sexuelle plutôt que l'affection filiale, l'humain plutôt que Dieu, ἔρως plutôt que ἀλάπη). Univoque l'amour ne se dit qu'en un *sens unique*.

Ensuite, un concept de l'amour doit pouvoir rendre une rationalité à tout ce que la pensée non érotique disqualifie comme irrationnel et ravale à la folie : certes le désir et le serment, l'abandon et la promesse, la jouissance et sa suspension, la jalousie et le mensonge, l'enfant et la mort, tous ces événements échappent à une certaine définition de la rationalité – celle qui convient aux choses du monde, objets de l'ordre et de la mesure, de leur calcul et de leur production. Mais cette échappée belle n'implique sûrement pas qu'ils s'exilent hors de toute rationalité ; elle suggère plutôt qu'ils relèvent d'une autre figure de la raison, d'une plus « grande raison » – celle qui ne se restreint pas au monde des choses ni à la production des objets, mais qui régit notre cœur, notre individualité, notre vie et notre mort, bref ce qui nous définit au fond dans ce qui nous concerne en dernière instance. Le concept d'amour se distingue justement par son aptitude à penser ce que la philosophie tient pour une folie – à donner non pas toujours tort, mais souvent raison aux événements amoureux en tant que tels d'après une rationalité qui procède de l'amour lui-même. L'amour relève d'une rationalité *érotique*.

Enfin un concept de l'amour doit atteindre l'expérience des phénomènes érotiques à partir d'eux-mêmes, sans les inscrire d'emblée et de force dans un horizon qui leur reste étranger. Or la philosophie, en particulier dans sa figure métaphysique, considère la question d'être ou de n'être pas, ou bien la question qui demande ce qu'est l'étant, à savoir ce qu'est l'οὐσία (l'essentialité), comme la première et la dernière ; dans cet horizon, la question de savoir si l'on m'aime ou si j'aime ne reçoit évidemment qu'une attention dérivée, au mieux ; et l'on y présuppose que pour aimer ou se faire aimer, il faut d'abord être. Mais la moindre expérience du phénomène érotique atteste le contraire – je peux parfaitement aimer ce qui n'est pas ou n'est plus, comme je peux aussi me faire aimer par ce qui n'est plus, pas encore ou dont l'être reste indécidé ; et réciproquement, qu'un étant soit certainement ne le qualifie pas plus pour que je l'aime ou qu'il m'aime, que l'incertitude de son être ne me le rend érotiquement indifférent. La recherche doit donc décrire le phénomène érotique dans son horizon propre – celui d'un *amour sans l'être*.

Pourrons-nous accomplir ces trois inversions ? On peut le dénier sans autre forme de procès, comme le suggèrent le bon sens (la chose du monde la moins partagée) et la métaphysique (qui brille de toute son incompétence érotique). On pourrait pourtant se demander si les trois interdits, qui offusquent le concept d'amour, ne s'enracinent pas dans une décision unique. Pourquoi disperse-t-on l'amour à tous vents, pourquoi lui refuse-t-on une rationalité érotique, pourquoi l'encadre-t-on dans l'horizon de l'être ? La réponse ne se cache pas loin : parce qu'on définit l'amour comme une passion, donc comme une modalité dérivée, voire facultative du « sujet », lui-même défini par l'exercice de la rationalité exclusivement appropriée aux objets et aux étants et qui, en pensant, est originairement. *Ego cogito, ego sum* – autrement dit : comme je suis en tant qu'un *ego*, un *ego* essentiellement *cogitans* et principalement pensant par mise en ordre et en mesure d'objets, alors l'événement érotique ne m'adviendra jamais que comme une dérivation seconde, voire une perturbation regrettable. Et de fait, nous nous pensons le plus souvent comme un tel *ego*, un étant cogitant des objets ordonnables et mesurables, en sorte de ne plus regarder nos événements érotiques que comme des accidents incalculables et désordonnés, heureusement marginalisés, voire facultatifs, tant ils nuisent au clair exercice de *cette* figure de la pensée. Nos dénégations de l'*ego cogito* – celles que ressasse toute la métaphysique récente – ne prouvent pas le contraire ; elles trahissent simplement notre difficulté à nous arracher à ce paradigme, honni parce qu'il nous obsède toujours. Concluons donc plutôt qu'à partir de cet *ego cogito*, l'événement de l'amour n'a pas plus de raison que la disposition érotique n'a de légitimité ; ou encore que l'*ego cogito* ne s'établit lui-même qu'à l'encontre de l'instance érotique et qu'en la refoulant.

La preuve de ce refoulement se découvre en toutes lettres dans la définition que Descartes assigne à l'*ego :* « Ego sum res cogitans, id est dubitans, affirmans, negans, pauca intelligens, multa ignorans, volens, nolens, imaginans quoque et sentiens » (A.T. VII, p. 34, 18-21) ; autrement dit : je suis une chose pensante, c'est-à-dire qui doute, qui affirme, qui nie, qui entend peu de choses, qui en ignore beaucoup, qui veut, qui ne veut pas, qui imagine aussi et même qui sent. Fort bien, sauf qu'il s'ensuit par omission que je ne suis plus censé ni aimer, ni haïr ; mieux : que je suis de telle sorte que je n'ai ni à aimer, ni à haïr, du moins en première instance. Aimer n'appartiendrait pas aux modes premiers de la pensée et ne détermine donc pas l'essence la plus originaire de l'*ego*. L'homme, en tant qu'*ego cogito*, pense, mais il n'aime pas, originellement du moins. Or l'évidence la plus incontestable – celle qui englobe toutes les autres, régit notre temps et notre vie du début à la fin et nous pénètre à chaque instant du laps intermédiaire – atteste qu'au contraire nous sommes en tant que nous nous découvrons, toujours déjà pris dans la tonalité d'une disposition érotique – amour ou haine, malheur ou bonheur, jouissance ou souffrance, espoir ou désespoir, solitude ou communion – et que jamais nous ne pouvons prétendre, sans nous mentir à nous-mêmes, atteindre une neutralité érotique de fond. D'ailleurs, qui s'efforcerait vers l'inaccessible ataraxie, qui la revendiquerait et s'en vanterait, s'il ne s'éprouvait précisément d'abord et toujours travaillé, transi et obsédé par des tonalités amoureuses ? L'homme se révèle au contraire à lui-même par la modalité originaire et radicale de l'érotique. L'homme aime – ce qui le distingue d'ailleurs de tous les autres étants finis, sinon les anges. L'homme ne se définit ni par le *logos*, ni par l'être en lui, mais par ceci qu'il aime (ou hait), qu'il le veuille ou non. Dans ce monde, seul l'homme aime, car penser, à leur manière, les animaux et les ordinateurs le font aussi bien, voire mieux que lui ; mais on ne peut affirmer qu'ils aiment. L'homme, si – l'animal aimant. Ce qu'omet la définition cartésienne de l'*ego* devrait nous choquer comme une monstrueuse faute de description du phénomène pourtant le plus proche, le plus accessible – celui que je suis à moi-même. D'ailleurs, le fait que, de toutes les prétendues erreurs reprochées à Descartes, celle-là seule – son unique erreur sans doute – reste inaperçue depuis presque quatre siècles en dit plus long que tout sur l'aveuglement érotique de la métaphysique.

Pour l'honneur de la philosophie, il faut pourtant relever qu'un lecteur au moins a dû s'étonner de cette définition de Descartes ; en effet, son premier traducteur en français, le duc de Luynes, la rectifia d'autorité par un ajout fait à l'*ego* : « Je sais que je suis une chose qui pense, c'est-à-dire qui doute, qui affirme, qui nie, qui connaît peu de choses, qui en ignore beaucoup, *qui aime, qui hait*, qui veut, qui ne veut pas, qui imagine aussi, et qui sent » (A.T. IX-1, p. 27, 7-10). Remarquable lucidité ; mais cette judicieuse rectification souligne d'autant plus l'ampleur de la difficulté : si le concept d'amour devint impossible parce que l'*ego* exclut l'amour (et la haine) de ses modalités d'origine (pour le soumettre ensuite, arbitrairement et non sans danger, à la volonté), pourra-t-on rétablir un concept radical de l'amour sans détruire cette même définition de l'*ego ?* On verra plus loin qu'il faut de fait payer ce prix en redéfinissant l'*ego*, en tant même qu'il pense, justement par la modalité de l'amour qu'omettait et refoulait la métaphysique – comme celui qui aime et qui hait par excellence, comme le *cogitans* qui pense en tant que d'abord il aime, bref comme l'*amant (ego amans)*. Il faudra donc reprendre toute la description de l'*ego* et en redéployer toutes les figures selon l'ordre des raisons, mais en faisant cette fois droit à l'ajout du duc de Luynes contre l'omission du texte latin des *Meditationes* – en substituant à l'*ego cogito*, qui n'aime pas, l'*ego* originellement amant. Il faudra donc reprendre les *Meditationes* à partir de ce fait que j'aime avant même que d'être, parce que je ne suis qu'en tant que j'expérimente l'amour – et comme une logique. Bref, il faudra substituer à des méditations métaphysiques des méditations érotiques.

Cet effort, qu'il faut absolument tenter, outrepasse de loin tout ce que nous pourrons accomplir : cela va de soi. A cause, bien entendu, des limites de notre talent et de notre puissance, mais surtout de la difficulté de la chose même, qu'elle impose à quiconque s'en approche.

D'abord, nous ne pourrons pas nous appuyer sur les acquis de la tradition, mais nous devrons nous en défier, puisqu'il s'agira à chaque pas de la « détruire », afin de libérer un chemin vers ce que la métaphysique a manqué avec une obstination somnambulique. Ce percement constant des apories traditionnelles imposera d'introduire des paradoxes aussi nets que possible et donc déroutants de prime abord. Nous aurons ainsi à prendre nos distances avec les figures de la subjectivité (transcendantale mais aussi empirique), l'empire de l'être, les prestiges de l'objectivation, les facilités du psychologisme et surtout avec les essais de « métaphysiques de l'amour » – cette contradiction dans les termes. Une première précaution, aussi insuffisante qu'obligatoire, consistera à éviter avec scrupule toute citation de quelque auteur que ce soit ; non que nous ne devions rien à personne et revendiquions l'originalité à tout prix (les connaisseurs n'auront guère de mal à ajouter parfois en note virtuelle une référence probable) ; non que nous tenions à faciliter trop radicalement sa tâche au lecteur (il se pourrait que ces lentes conquêtes, souvent répétitives, lui coûtent autant qu'à nous). Non, il s'agit uniquement de s'imposer l'effort de retourner aux choses mêmes, ou du moins, puisqu'on ne peut jamais garantir de remplir ce programme, de ne pas nous en détourner d'emblée en assumant des théories pour des faits. Nous nous efforcerons aussi de ne présupposer aucun lexique, de construire chaque concept à partir des phénomènes, de ne sauter aucun pas, voire de revenir parfois en arrière pour assurer chaque avancée ; en principe, le lecteur devrait donc voir tout se jouer devant lui, pouvoir tout vérifier et, qu'il approuve ou désapprouve, savoir pourquoi. Bref, il s'agira de ne pas raconter, ni de se raconter d'histoires, mais laisser apparaître ce dont il s'agit – le phénomène érotique lui-même.

Il en résulte que nous devrons tenter l'impossible : produire ce que nous montrerons à partir de soi. Certes, quiconque écrit, surtout conceptuellement, doit, à un degré ou un autre, revendiquer cette responsabilité. Mais ici, lorsqu'on s'attaque au phénomène érotique, cette revendication s'impose sans la moindre restriction. Car il faut parler de l'amour comme il faut aimer – en première personne. Aimer a justement en propre de ne se dire et de ne se faire qu'en propre – en première ligne et sans substitution possible. Aimer met en jeu mon identité, mon ipséité, mon fonds plus intime à moi que moi-même. Je m'y mets en scène et en cause, parce que j'y décide de moi-même comme nulle part ailleurs. Chaque acte d'amour s'inscrit à jamais en moi et me dessine définitivement. Je n'aime pas par procuration, ni par personne interposée, mais en chair et cette chair ne fait qu'un avec moi. Le fait que j'aime ne peut pas plus se distinguer de moi, que je ne veux, en aimant, me distinguer de ce que j'aime. Aimer – ce verbe se conjugue, en tous ses temps et à tous ses modes, toujours et par définition d'abord à la première personne. Donc, puisqu'il faudra parler de l'amour comme il faut aimer, je dirai *je*. Et je ne pourrai pas me cacher derrière le *je* des philosophes, qui le supposent universel, spectateur désengagé ou sujet transcendantal, porte-parole de chacun et de tous, parce qu'il pense exclusivement ce que quiconque peut en droit connaître à la place de quiconque (l'être, la science, l'objet), ce qui ne concerne personne en personne. Je vais parler au contraire de ce qui atteint chacun comme tel ; je vais donc penser ce qui m'atteint comme tel et me constitue comme cette personne propre, qu'aucune autre ne peut remplacer et dont aucune autre ne peut me dispenser. Je dirai *je* à partir et en vue du phénomène érotique en moi et pour moi – le *mien*. Je mentirais donc en prétendant à une neutralité de surface : il va bien falloir que, moi et nul autre, je parle de ce phénomène érotique que je connais et tel que je le connais. Et évidemment, je le ferai mal ; je lui ferai mal, mais il me le rendra bien – ne fût-ce que parce qu'il me fera sentir mon incapacité à le dire, comme il me fit constater mon impuissance à le faire. Je dirai donc *je* à mes risques et périls. Mais je le dirai – lecteur, sache-le – en ton nom. Ne fais pas celui qui l'ignore, ni celui qui en sait plus que moi. Du phénomène érotique, nous ne savons pas la même chose, mais nous en savons tous autant ; devant lui, nous restons d'une égalité aussi parfaite que notre solitude. Tu vas donc me laisser parler en ton nom, puisque je paie ici le prix de parler en mon nom propre.

Bien entendu, je vais parler de ce que je ne comprends guère – le phénomène érotique – à partir de ce que je connais mal – ma propre histoire amoureuse. Puisse-t-elle disparaître le plus souvent dans la rigueur du concept. Je garderai pourtant en moi la mémoire, neuve à chaque instant, de ceux qui m'ont aimé, qui m'aiment encore et que je voudrais pouvoir aimer, un jour, comme il conviendrait – sans mesure. Ils se reconnaîtront à ma reconnaissance.

Ce livre m'a obsédé depuis la parution de *L'Idole et la Distance*, en 1977. Tous ceux que j'ai publiés ensuite portent la marque, explicite ou dissimulée, de cette inquiétude. En particulier, les *Prolégomènes à la charité* ne furent publiés, en 1986, que pour témoigner que je ne renonçais pas à ce projet, bien que tardant à l'accomplir. Tous, surtout les trois derniers, furent autant de marches vers la question du phénomène érotique. Aujourd'hui, alors que j'achève ce dernier essai, je veux dire ma gratitude à Françoise Verny, qui, sitôt paru le premier livre, m'a lié par contrat à celui-ci : après vingt-cinq ans de patience et de rappels, elle peut le voir enfin paraître.

J.-L. M.

Chicago, avril 1998 – Lods, septembre 2002.

D'une réduction radicale

§ 1. Douter de la certitude

Tous les hommes désirent connaître, aucun ne désire ignorer. Entre ignorer et savoir, nul n'hésite à préférer connaître. Mais pourquoi ? Après tout, la conquête du savoir – plus modestement d'un savoir – demande de l'attention, de la peine et du temps, au point qu'on aimerait souvent s'en dispenser voluptueusement. Or, de fait, nous ne nous en dispensons pas. Pourquoi donc préférons-nous, même au prix de la contrainte, connaître plutôt qu'ignorer ?

Une première réponse suggère que nous désirons connaître pour le simple plaisir de connaître – peut-être le plus excitant, le plus durable et le plus pur des plaisirs qu'il nous soit possible d'expérimenter en cette vie. Au point qu'on a pu y voir la seule béatitude naturelle possible, rivale de l'autre, l'inconditionnée. Mais, comment ne pas voir que, dans ce cas, nous ne désirons pas connaître pour simplement connaître, mais pour éprouver le plaisir de connaître – nous connaissons pour jouir de la connaissance, pour jouir de l'acte de connaître, donc, finalement, pour jouir de nous-mêmes à travers le procès de connaître. Donc nous ne désirons pas connaître, mais jouir de nous-mêmes. La connaissance y devient le simple moyen, quoique le plus efficace et le plus économique, d'une telle jouissance de soi-même. Plus essentiel que le désir de connaître, surgit le désir lui-même. Désir qui ne désire, même dans la connaissance, que la jouissance de soi.

A cette primauté sur la connaissance du désir d'en jouir, on peut aussitôt objecter : même si parfois la connaissance nous comble jusqu'au plaisir, il n'en va pourtant pas toujours ainsi. D'abord parce que la connaissance peut échouer à nous découvrir le vrai, ou, pire, nous laisser dans l'illusion de l'avoir découvert. Ensuite parce qu'une fois avérée, il arrive que cette connaissance nous blesse et inquiète d'autant plus. On admettra que, dans ce cas, nous ne connaissons pas pour le plaisir de connaître, encore moins pour jouir de soi dans cet acte de connaître – puisqu'au contraire nous y souffrons. S'ensuit-il pour autant que, lorsque nous connaissons même ce qui nous blesse ou nous inquiète, nous désirons connaître pour connaître ? Rien de moins sûr : car pourquoi admettons-nous qu'il vaut mieux courir le risque de savoir la vérité, même malvenue, que de ne pas savoir du tout ? Pour une raison évidente : connaître un état de fait potentiellement dommageable pour moi me permet soit de me prémunir, soit au moins prévoir ; connaître, et surtout ce qui menace, touche à la sécurité de celui qui connaît, c'est-à-dire à la sauvegarde de soi. Certes le désir de connaître se dirige sur le connu ou le connaissable – mais d'abord et finalement au bénéfice du connaissant. Plus essentiel que le désir de connaître s'avère, en lui, le désir de se sauvegarder, c'est-à-dire de jouir de soi.

Nous désirons donc bien connaître plutôt qu'ignorer, pourtant ce désir ne porte pas sur ce que nous connaissons, mais sur nous qui connaissons. Et il ne s'agit ici que de l'apparence d'un paradoxe, puisqu'on le retrouve dans la définition la plus classique de la science – on appelle science une connaissance certaine. L'irruption de la certitude indique ici qu'il ne suffit pas de connaître pour connaître au niveau de la raison, conformément à une science : la science n'atteint sa certitude qu'en distinguant parmi les choses ce qui peut se réduire à la permanence (par modèles et paramètres, reproduction et production) et ce qui ne le peut pas. De cette distinction résulte, d'une part, l'objet – le connu en tant que certifié, en tant que certain pour celui qui connaît ; de l'autre, l'inobjectivable – ce qui dans la chose reste en soi et ne satisfait pas aux conditions de la connaissance, bref le douteux. Entre le certain et le douteux, entre l'objet et l'inobjectivable, qui trace la frontière ? Celui qui connaît, l'*ego* – le *je* qui sépare ce qui lui deviendra objet de ce qui ne lui deviendra pas et lui échappera. La certitude indique donc le report du connu (et, négativement, de l'inconnaissable) sur l'*ego*, en sorte que, dans la connaissance de l'objet, plus que de cet objet, il y va de l'*ego* qui l'objective, le constitue et littéralement le certifie. Certes, l'objet brille de certitude, mais cette certitude n'aurait aucun sens si elle ne se référait pas à l'*ego*, qui seul la voit et surtout l'instaure. L'objet doit sa certitude – son certificat – à l'*ego* qui le certifie. Dans l'objet certain se montre en fait et en droit d'abord son certificateur. Même avec la connaissance certaine de l'objet, même en régime de certitude, le désir de connaître relève encore de la jouissance de soi. Constituer l'objet me fait jouir, par lui, de moi. Ainsi la détermination de la vérité par la certitude confirme ce que le désir de connaître laissait déjà paraître : dans toute connaissance, il y va, à la fin, de la jouissance de soi. Il devrait donc s'ensuivre que tout désir de connaître fait mieux connaître celui qui connaît que ce qu'il connaît ; ou que toute connaissance certaine d'objet nous assure la certitude de l'*ego* certifiant.

Pourtant, il faut mettre en doute cette évidence de certitude. Ou plutôt, il faut douter que la certitude des objets certifiés puisse refluer, au même sens, jusqu'à l'*ego* qui les certifie. L'univocité de la certitude n'a rien de certain. Car, même si une unique certitude régissait l'*ego* et ses objets, l'*ego* y échapperait encore, s'il devait affronter un tout autre doute que celui que la certitude permet d'annuler. Plusieurs arguments l'établissent.

Premièrement, on peut s'interroger sur l'extension du champ de la certitude. Certifier signifie maintenir avec une parfaite maîtrise un objet sous la garde de son regard (re-garder, *in-tueri).* Le tenir sous cette garde signifie pouvoir le constituer et le reconstituer, après l'avoir analysé en parties, chacune assez claire et distincte pour que le regard s'en empare sans flou, ni résidu. Ce n'est qu'ainsi réduit à ses atomes d'évidence, que l'objet s'offre à la certitude. Aussi faut-il commencer par les objets les plus simples – ceux dont traitent les mathématiques (qui ne demandent rien de plus que l'intuition de l'espace pur), ou la logique (qui n'exige rien que la non-contradiction). Il en va encore ainsi pour les objets que produit en série la technique (dont l'identité formelle ne requiert qu'une forme abstraite, plan ou « concept » et une matière devenue matériau homogène). De tels objets – une équation, une proposition logique et un produit industriel – offrent certes une « qualité totale » et méritent le qualificatif de *certains*. Mais seuls des phénomènes aussi pauvres en intuition peuvent s'avérer aussi riches en certitude.

Or justement, que m'importe cette certitude-là ? Pourquoi la tiendrais-je en si haute estime ? Va-t-il de soi que mon besoin d'assurance puisse se satisfaire de la certitude des phénomènes pauvres ? Car enfin une telle certitude ne concerne que des *objets*, qui se rapportent à moi comme n'étant précisément pas moi ni comme moi. Comment en effet suis-je ? Je suis selon ma *chair*. Au contraire de l'abstraction formelle qui fait les objets, ma chair se laisse affecter sans fin par les choses du monde ; et elle ne le peut que parce qu'elle se révèle en soi affectable, donc affectable d'abord par soi et en elle-même. Elle m'offre ainsi à moi-même comme un phénomène, où le flux des intuitions dépasse toujours et de loin la sécurité des formes que je pourrai jamais leur assigner, comme aussi l'intelligibilité des intentionnalités que j'y pourrai jamais lire. Entre ce phénomène saturé (ma chair) et les phénomènes pauvres de l'objectité, il se creuse une césure définitive. Paradoxalement, leur certitude, au moment même où je la maîtrise, ne m'intéresse plus : elle ne concerne que l'usage de phénomènes d'un autre type que le mien, mais aucunement ma manière propre, ni l'ipséité unique de ma chair, invisible, incertifiable.

Deuxièmement, on peut demander *a contrario* : que gagnerait cet *ego*, si on lui accordait sans discuter la certitude des objets certifiés ? Supposons acquis l'argument canonique : l'*ego* atteint bien une certitude, voire la plus grande, car, comme l'on sait, même et surtout s'il se trompe sur les évidences les plus obvies, par exemple sur sa propre existence ou sa propre pensée, il faut encore qu'il soit, ne fût-ce que pour se tromper ainsi. Et plus je me trompe (ou suis trompé), plus je suis, parce que, pour me tromper (ou être trompé), il faut d'abord et surtout penser – or penser implique de performer un acte, un acte qui atteste d'être. Sans aucun doute l'*ego* atteint-il ainsi *une* certitude. Certes, mais laquelle ? Voilà notre question. L'*ego* a une certitude, une seule – celle de rester présent aussi longtemps et à chaque fois qu'il pensera. Qu'il pensera quoi ? Que, pour se tromper ou être trompé, il faut penser, donc être. Je serai ainsi dans l'exacte mesure où je performerai un acte – en effet un acte de pensée, car je ne dispose d'aucun autre acte, à ce moment – et que je le performerai bien entendu au présent, d'instant en instant, aussi longtemps que je (me) penserai. Certes, voilà bien une certitude. Pourtant la même question revient : en quoi cette certitude m'assure-t-elle sur un autre mode que celui des objets que moi-même je certifie ? La certitude, que je partage avec les objets que je certifie, peut-elle me certifier à mon tour en tant que tel, c'est-à-dire en tant que la condition de possibilité des objets ? Et si je ne suis certain qu'à la manière des objets, suis-je devenu un objet ou la certitude se dédouble-t-elle ?

En renversant la question, on pourrait encore demander : de quoi ne puis-je plus douter ? Je ne peux plus douter que de ceci – que je sois dans l'instant où je pense que je suis et que je sois aussi souvent que je répète cet instant. Mais précisément, d'un objet certifié non plus, je ne peux douter qu'il soit à chaque fois et aussi longtemps que je le pense : si je parviens à le penser, il est, du moins à titre d'objet pensé (sinon comme étant autonome). Je ne suis donc certain que comme le sont mes objets : dans l'instant présent, au coup par coup, sans garantie d'avenir. – On objectera qu'il subsiste pourtant une différence : l'objet peut ne pas s'offrir toujours à penser, tandis que moi, je pourrai toujours me penser, puisqu'il ne dépend que de moi de penser. Cette objection ne vaut pas, parce que la mort finira par suspendre ma faculté de me penser, tout comme la contingence des choses finira par annihiler l'objet. Je ne suis donc certain de moi, que comme je le suis de l'objet : je ne doute pas que je subsiste et, pour autant, que je sois. Il ne reste plus qu'une alternative. Ou bien je suis certain de moi, parce que je me pense ; mais alors je me fais l'objet de moi-même et je ne reçois qu'une certitude d'objet. Je me manque donc comme *ego*. Ou bien j'admets que *je* suis certain de l'objet de moi-même et donc que ce *je* même n'est déjà plus l'objet dont il est certain, simplement parce que la certitude reçoit toujours sa certification d'un autre ; ce *je*, qui se certifie à lui-même l'existence d'un moi devenu objet, est autre que ce moi. *Je* est autre que le moi et la certitude du moi objet n'atteint pas le *je* que je suis.

D'où un troisième argument : une fois que je suis certain d'exister, alors je peux vraiment douter de moi. Et en effet, moi qui suis certain d'être, je n'ai jamais cessé de douter de moi. De quoi ai-je douté ? Evidemment pas de mon effectivité, ni de ma subsistance dans la présence, ni même de ma jouissance de moi dans l'instant – elles m'ont toujours semblé acquises jusqu'à preuve du contraire, remises à jour et à niveau sans que je m'en préoccupe. J'ai douté ailleurs et autrement – de ma possibilité et de mon avenir. Ainsi ai-je appris à douter de mes talents et de la force de mes désirs. J'ai cru longtemps devenir un grand joueur de football, puis, plus sérieusement encore, un très bon coureur de 1500 mètres. J'ai cru longtemps, enfant, que je n'étais pas heureux, alors que je l'étais ; puis, demi-adulte, que j'allais l'être, alors que je faisais tout pour ne l'être pas. J'ai cru, plus tard, que les succès m'assureraient de moi-même, puis, à les collectionner, j'ai vu leur insignifiance et j'en suis revenu à mon incertitude du début. J'ai cru spontanément toutes les promesses et tous les aveux qui me disaient m'aimer et, même aujourd'hui que j'en suis un peu revenu, de prime abord je les crois encore ; mais les habituelles ruptures, mes faillites et mes lassitudes m'ont à la fin appris à en douter quand même. Sans aucune satisfaction, surtout pas celle d'avoir grandi en sagesse ou en caractère, j'y vois les preuves de mon peu de foi et de ma stupidité. Le naufrage rétrospectif de mes possibles perdus m'a appris le scepticisme. Mais tout ce scepticisme contraint et forcé ne m'éblouit guère, pas plus chez les autres que chez moi : il ne demande aucune force d'esprit, juste de la faiblesse et un peu de lucidité pour l'admettre ; et il n'y a pas lieu de se vanter de ses impuissances, ni de ses défaites. Mais un tel scepticisme – celui où sombre chaque destin lesté de sa gravité propre – nous instruit pourtant d'une évidence : nous pouvons encore douter, longtemps et radicalement, même si les objets connus nous sont déjà certains, même si l'*ego*, qui en nous les connaît, l'est aussi.

Comment puis-je douter de moi, si je suis certain d'exister ? D'où vient ce doute sur moi-même, si ma certitude d'exister ne suffit pas à l'arrêter ? Jusqu'où s'exerce mon doute, lorsqu'il double sans un regard ma certitude d'exister ? Se pourrait-il que le doute sur moi se déploie au-delà du champ clos de l'existence certaine ? Peut-être le doute ne travaille-t-il pas, en dernière instance, à produire la certitude, mais à la dépasser.

§ 2. « A quoi bon ? »

La pensée métaphysique estime avoir rempli tous ses devoirs spéculatifs en nous fournissant une certitude, voire en nous promettant toute la certitude pensable. La métaphysique s'imagine accomplir un incomparable exploit en atteignant la certitude de l'objet, pour l'étendre ensuite même à l'*ego*. Or cet accomplissement n'atteste que son aveuglement.

En fait, la métaphysique ne tient pas sa promesse, parce qu'elle ne nous livre, en guise de certitude et dans le meilleur des cas, que celle des objets (voire seulement de certains objets), certitude qui justement ne nous concerne en rien (en tous les cas pas moi, qui ne suis pas un objet), parce qu'elle passe sous silence la certitude qui m'importerait – celle qui concerne précisément ce qui *m'*importe au premier chef, *moi*. Les produits de la technique et les objets des sciences, les propositions de la logique et les vérités de la philosophie peuvent bien jouir de toute la certitude du monde, qu'en ai-je à faire – *moi* qui ne suis ni un produit de la technique, ni un objet de science, ni une proposition de logique, ni une vérité de philosophie ? La seule enquête, dont le résultat *m'*importerait vraiment, s'attaquerait à la possibilité d'établir quelque certitude sur mon identité, mon statut, mon histoire, ma destinée, ma mort, ma naissance et ma chair, bref sur mon ipséité irréductible. On ne devrait pas reprocher à la métaphysique ni aux sciences qui la déclinent d'aboutir à plus d'incertitudes que de certitudes – après tout, elles ont fait ce qu'elles pouvaient et déplorent plus que quiconque l'ambiguïté de leurs résultats. On ne peut même pas leur faire grief d'avoir toujours restreint la quête de la sagesse à l'enquête sur la vérité et l'enquête sur la vérité à la conquête de la certitude – après tout rien n'a produit autant de résultats objectifs que cette double restriction ; et on conçoit aisément que leur prestige séduise. Mais nous devons légitimement leur reprocher de n'avoir jamais visé qu'une certitude secondaire et dérivée, étrangère et à la fin futile (celle des objets, de leurs savoirs, production et maniement), en négligeant ou ignorant la seule certitude qui me concerne, la certitude de moi.

Car la certitude, même la certitude réduite aux objets que je ne suis pas, ne reste même pas indemne de tout soupçon : elle s'expose à une contre-épreuve qui peut la disqualifier d'autant plus radicalement qu'on n'y conteste pas sa validité au premier degré. Il suffit que j'adresse à cette certitude une simple question – « à quoi bon ? ». Le calcul logique, les opérations mathématiques, les modèles de l'objet et ses techniques de production offrent une parfaite certitude, une « qualité totale » – et alors ? En quoi cela me concerne-t-il, sinon pour autant que je suis engagé dans leur monde et que je m'inscris dans leur espace ? Comme je demeure pourtant autre, autrement et ailleurs qu'eux, une frontière poreuse règle nos échanges : j'interviens dans le monde des objets certains, mais je n'y suis pas à demeure, puisque j'ai le terrible privilège de leur ouvrir un monde que, sans moi, ils n'obtiendraient pas d'eux-mêmes. Leur certitude ne me concerne pas, parce que je n'habite leur monde qu'en passager, y faisant de temps à autre la tournée du propriétaire – mais qui vit ailleurs. Donc, je peux – mieux, je ne peux pas ne pas – éprouver à l'encontre de cette certitude d'un autre monde (en fait du monde dont je ne suis pas) l'irrépressible tonalité de sa vanité : cette vaine certitude, à supposer qu'on puisse l'obtenir, ne m'importe pas, ne me concerne pas, ni ne m'atteint, moi qui n'en suis pas – de leur monde. Dans une langue banale, on dira que le progrès technique n'améliore ni ma vie, ni ma capacité à vivre bien, ni ma connaissance de moi-même. Dans la langue conceptuelle, on pensera que la certitude intramondaine ne décide en rien de l'*ego*, qui ouvre seul ce monde aux objets, aux étants et aux phénomènes. Il en va de la certitude du monde des étants comme de « l'appel de l'être » – ils ne me touchent que si je le veux bien ; or, puisqu'ils ne m'atteignent en fait et en droit aucunement dans mes œuvres vives, puisqu'ils ne me disent rien (rien de moi), je n'ai aucun motif de m'y intéresser ni de me mettre au milieu d'eux. Je les laisse donc à eux-mêmes et ils succombent à l'indifférence, au verdict de la vanité. La vanité disqualifie la certitude des objets, qui, bien sûr, restent sûrs et certains. Mais cette sûreté ne me rassure en rien sur moi, elle ne me certifie rien. Certitude inutile et certaine.

Mais, répondra-t-on, la métaphysique l'a bien compris, qui a réussi à étendre la certitude des choses du monde à l'*ego*, qui n'en fait l'ouverture que parce qu'il s'en excepte. Rien de plus certain que mon existence, pourvu et aussi souvent que je la prononce et que je la pense. La certitude du monde peut bien sombrer, plus elle s'effondre, plus, moi qui la récuse, je me pense et donc je suis certainement. Cette réponse démontre certes la certitude de l'*ego*, mais toujours en pleine vanité, puisqu'elle se borne à étendre à l'*ego*, pourtant étranger à leur monde, le même type de certitude que celle qui convient à des objets et des étants intramondains. Car, que je sois certain comme eux, voire plus qu'eux, en quoi cela me concerne-t-il au cœur ? Cette certitude de persister dans l'existence, quand et aussi longtemps que je le veux, ne m'advient que comme un effet de ma pensée, comme un de mes produits, comme mon premier *artefact* – l'*artefact* par excellence, puisqu'il mobilise mon art le plus originel, ma *cogitatio* ; elle ne m'est donc pas originaire, mais dérive de ma *cogitatio*, qui seule assure que je suis quand je veux me l'assurer. Tout dépend donc de ce que je cogite – de ma volonté pensante. Je suis parce que je peux douter des objets et que je me pense encore en voulant douter ; bref, je suis certain parce que je le veux bien. Or ce que je veux, ne puis-je pas aussi ne pas le vouloir ? Et ce que je veux, suis-je certain de toujours le vouloir encore ? Comme il s'agit d'une pure décision de la *cogitatio*, ne puis-je pas toujours rétorquer « à quoi bon ? » devant la possibilité de produire ma propre certitude d'être ? Quelle raison certaine m'assure de vouloir sans faille, ni réserve cette certitude même ? Quel motif absolument inébranlable ai-je de me produire dans la certitude, plutôt que non ? Pourquoi, après tout, ne pas vouloir ne pas être plutôt qu'être ? Nul, aujourd'hui que le nihilisme nous fait époque, ne prend cette question pour une extravagance. Derrière l'évidence de la *cogitatio* de soi pointe donc l'ombre d'une décision – celle de produire ou non ma certitude. Ici s'exerce sans résistance l'interrogation « à quoi bon ? ». La certitude de la *cogitatio* ne remonte pas jusqu'à l'origine, qu'occupe seule une décision plus primitive ; elle-même n'offre qu'une certitude, que peut toujours disqualifier la vanité.

D'ailleurs, une certitude que je peux (ou non) produire à volonté ne reste-t-elle pas essentiellement contingente, dérivée et donc étrangère encore à moi ? Si ma certitude dépend de moi, cette sûreté même, que je dois décider, ne peut en rien me rassurer, puisque, même accomplie, elle n'a pour origine que moi – ce moi qu'il faudrait à son tour assurer. Ou bien il s'agit d'une auto-fondation, donc d'un cercle logique condamné à mimer sans succès la *causa sui* supposée divine (elle-même déjà intenable) ; ou bien il s'agit d'une demi-fondation, d'un événement empirique à prétention transcendantale, que la temporalité reconduit toujours à sa contingence irrémédiable. Cette certitude supposée première marque au contraire un écart infranchissable entre, d'une part, ce qui reste de mon domaine, moi sans autre assurance que moi, et, d'autre part, ce qui seul pourrait me rassurer sur moi – c'est-à-dire une certitude qui m'advienne d'ailleurs, plus ancienne que moi. Ou bien je suis par moi seulement, mais ma certitude n'est pas originaire ; ou bien ma certitude est bien originaire, mais elle ne vient pas de moi. La certitude de soi peut se proclamer aussi haut et fort qu'elle veut, elle s'avère finalement toujours provisoire, dans l'attente illusoire d'un autre principe, qui l'assurerait enfin vraiment. Un tel recours métaphysique avoue bien l'insuffisance de toute certitude autarcique à s'assurer pleinement.

Rien ne m'expose donc plus à l'attaque de la vanité que la démonstration métaphysique de l'existence de l'*ego*, que ma prétention d'être certain à titre d'*ego*. La certitude atteste son échec dans l'instant même de sa réussite : j'acquiers bien une certitude, mais, comme celle des étants du monde certifiés par mes soins, elle me renvoie à mon initiative, donc à moi, ouvrier arbitraire de toute certitude, même de la mienne. Produire moi-même ma certitude ne me rassure en rien, mais m'affole devant la vanité en personne. A quoi bon ma certitude, si elle dépend encore de moi, si je ne suis que par moi ?

§ 3. La réduction érotique

La vanité disqualifie donc toute certitude, qu'elle porte sur le monde ou sur moi-même. Faut-il renoncer pour autant à s'assurer de soi, à se rassurer contre tout assaut de la vanité ? L'impuissance à répondre à la question « à quoi bon ? », voire à seulement l'endurer, n'illustre-t-elle pas la vanité par excellence impitoyable de la vanité ? Rien ne résiste à la vanité, puisqu'elle peut encore contourner et annuler toute évidence, toute certitude, toute résistance.

A moins que pour assurer vraiment l'*ego* de lui-même, il ne faille renoncer au paradigme de la certitude, qui vient du monde et porte sur lui, et abandonner à l'absurde ambition de me garantir par moi-même la pauvre certitude d'une existence conditionnée, au même titre qu'un objet ou un étant du monde. Dans mon cas, dans mon seul cas, l'assurance demande beaucoup plus qu'une existence certaine, voire, en général, qu'une certitude. Elle demande que je puisse me considérer, dans cette existence, comme libéré de la vanité, affranchi du soupçon d'inanité, indemne de l'« à quoi bon ? ». Pour affronter cette exigence, il ne s'agit plus d'obtenir une certitude d'être, mais la réponse à une autre question – « m'aime-t-on ? ».

La certitude convient aux objets et, plus généralement, aux étants du monde, parce qu'être, pour eux, équivaut à subsister dans la présence effective – et l'effectivité, elle, peut se certifier. Mais cette manière d'être ne me convient pas. Premièrement, elle ne me convient pas parce que je ne suis pas à la mesure de mon effectivité, mais de ma possibilité ; si je devais demeurer longtemps dans l'état effectif où je suis, certes je serais bien ce que je suis, mais on aurait raison de me considérer comme « mort » ; pour être celui que je suis, il me faut à l'inverse ouvrir une possibilité de devenir autre que je ne suis, de me différer dans l'avenir, de *ne pas* persister dans mon état actuel d'être, mais de m'altérer dans un autre état d'être ; bref, pour être celui que je suis (et non pas un objet ou un étant du monde), je dois être en tant que possibilité, donc en tant que possibilité d'être *autrement*. Or aucune possibilité ne tombe dans les prises de la certitude – la possibilité se définit même par son irréductibilité à la certitude. Donc, par mon mode d'être selon la possibilité, je ne relève pas de la certitude.

Mais l'effectivité certifiable ne me convient pas pour une autre raison, plus radicale : parce que je ne me réduis pas à un mode d'*être*, même celui de la possibilité. En effet, il ne me suffit pas d'être pour rester celui que je suis : il me faut aussi, d'abord et surtout, qu'on m'aime – la possibilité érotique. Ce que vérifie une contre-épreuve : supposons que l'on propose à qui que ce soit d'être certainement (effectivement) pour une durée sans fin déterminée, à la seule condition de renoncer définitivement à la possibilité (même pas à l'effectivité) que quelqu'un l'aime jamais – qui accepterait ? Nul *je*, nul *ego*, en fait nul homme, surtout pas le plus grand cynique du monde (qui ne pense qu'à cela, qu'on l'aime). Car renoncer ne fût-ce qu'à la possibilité que l'on m'aime opérerait sur moi comme une castration transcendantale et me ravalerait au rang d'une intelligence artificielle, d'un calculateur machinal ou d'un démon, bref plus bas vraisemblablement que l'animal, qui peut encore mimer l'amour, à nos yeux du moins. Et de fait, ceux de mes semblables qui ont renoncé – il est vrai en partie et sous un certain rapport seulement – à la possibilité qu'on les aime ont perdu leur humanité à proportion. Renoncer à (se) poser la question « m'aime-t-on ? », surtout à la possibilité d'une réponse positive, cela implique rien de moins que de renoncer à l'humain en soi.

Une objection pourrait surgir, forte en apparence : la demande que l'on m'aime ne présuppose-t-elle pas que je sois d'abord ? Autrement dit : pour être aimé, pour être-bien, il faudrait d'abord être – simplement. Ou encore : être aimé ou aimable resterait le simple correctif ontique d'un caractère ontologique plus originel ; l'étant que je suis compte, parmi d'autres caractères existentiaux, celui de pouvoir se faire aimer. Bref, la question de l'amour aurait toute la justesse et la pertinence qu'on voudra, elle n'en resterait pas moins secondaire, l'affaire au mieux d'une philosophie seconde parmi d'autres (comme l'éthique, la politique, etc.). Il s'agit pourtant là d'un pur sophisme, qui tient pour acquis ce qu'il s'agit précisément de montrer – que le mode d'être (ou de n'être pas) de l'*ego* puisse se réduire au mode d'être des objets et des étants du monde et se comprendre à partir de lui. Or seuls ces objets et ces étants, pour être-bien ou pour être aimés, doivent d'abord être, de même que pour être encore ils doivent d'abord subsister. Au contraire *je* ne puis, moi, être que d'emblée selon la possibilité, donc selon la possibilité radicale – celle que l'on m'aime ou qu'on puisse m'aimer. Dans tout autre cas que le mien, « être aimé » s'entend certes comme un énoncé synthétique, où « aimé » s'ajoute de l'extérieur à son présupposé, « être ». Mais, dans *mon* cas, à moi, le *je*, « être aimé » devient un énoncé analytique, car je ne pourrais pas être, ni accepter d'endurer d'être sans au moins la possibilité restée ouverte qu'à un moment ou un autre quelqu'un m'aime. Etre, pour moi, ne signifie rien de moins qu'être-aimé (l'anglais paraît le suggérer à sa manière : « to be loved » peut se dire en un mot, « beloved »). Pourquoi ne puis-je donc accepter d'être qu'à la condition expresse qu'on m'aime ? Parce que je ne résiste, dans mon être, à l'assaut de la vanité que sous la protection de cet amour ou du moins de sa possibilité.

Il faut donc en finir avec ce qui produit la certitude des objets du monde – la *réduction épistémique*, qui ne garde d'une chose que ce qui y reste répétable, permanent et comme à demeure sous le regard de l'esprit (je en tant qu'objet ou que sujet). Il faut écarter aussi la *réduction ontologique*, qui ne garde de la chose que son statut d'étant pour le reconduire à son être, voire, éventuellement, le pister jusqu'à y entrevoir l'être même (je en tant que *Dasein*, l'étant dans lequel il y va de l'être). Il reste alors à tenter une troisième réduction : pour que j'apparaisse comme un phénomène de plein droit, il ne suffit pas que je me reconnaisse comme un objet certifié, ni comme un *ego* certifiant, ni même comme un étant proprement étant ; il faudrait que je me découvre comme un phénomène donné (et adonné), tel qu'il s'assure comme un donné franc de vanité. Pareille assurance, quelle instance pourrait la donner ? A ce point du chemin, nous ne savons ni *ce* qu'elle est, ni si elle *est*, ni si elle a même à *être*. Du moins pouvons-nous en esquisser la fonction insigne : il s'agit de m'assurer contre la vanité de mon propre phénomène donné (et adonné) en répondant à une question nouvelle : non plus « suis-je certain ? », mais « ne suis-je pas, malgré toute ma certitude, en vain ? ». Or, demander d'assurer ma propre certitude d'être contre l'assaut sombre de la vanité revient à demander rien de moins que – « m'aime-t-on ? ». Nous y sommes : l'assurance appropriée à l'*ego* donné (et adonné) met en œuvre une *réduction érotique*.

Je suis – cette éventuelle certitude, même supposée inébranlable, même érigée en premier principe par la métaphysique qui n'envisage rien de plus haut, ne vaut pourtant rien, si elle ne va pas jusqu'à m'assurer contre la vanité en m'assurant que je suis aimé. Car je peux toujours et le plus souvent me moquer complètement d'être, jusqu'à devenir indifférent à mon fait d'être, ne pas en faire mon affaire, voire le haïr. Il ne suffit pas que je me sache être certainement et sans restriction pour supporter d'être, l'accepter et l'aimer. La certitude d'être peut même au contraire m'étouffer comme un carcan, m'engluer comme une vase, m'emprisonner comme une cellule. Pour tout *ego*, être ou ne pas être peut devenir l'enjeu d'un libre choix, sans que la réponse positive aille de soi. Et il ne s'agit pas ici nécessairement de suicide, mais toujours et d'abord de l'empire de la vanité ; car en régime de vanité, je peux bien reconnaître « je pense, donc je suis » très certainement – pour aussitôt annuler cette certitude en me demandant « à quoi bon ? ». La certitude de mon existence ne suffit jamais à la rendre juste, ni bonne, ni belle, ni désirable – bref, ne suffit jamais à l'assurer. La certitude de mon existence démontre simplement mon effort solitaire pour m'établir par ma propre décision à mon compte dans l'être ; or une certitude produite par mon propre acte de penser reste encore mon initiative, mon œuvre et mon affaire – certitude autiste et assurance narcissique d'un miroir ne mirant jamais qu'un autre miroir, un vide répété. Je n'obtiens qu'une existence, et encore la plus désertique – pur produit du doute hyperbolique, sans intuition, sans concept et sans nom : un désert, le phénomène le plus pauvre, qui ne livre que son inanité même. Je suis – certitude sans doute, mais au prix de l'absence de tout donné. Je suis – moins la première vérité, que le dernier fruit du doute lui-même. Je doute, et ce doute au moins m'est certain. Certes, je suis certain, mais d'une certitude telle qu'il apparaît aussitôt impossible qu'elle m'importe et ne s'effondre pas devant la vanité, qui demande « à quoi bon ? ». Mime minimaliste de la cause de soi, la certitude cloue l'*ego* à juste assez d'existence pour y recevoir, sans défense, le choc de la vanité. Il faut donc, pour que je sois non seulement certainement, mais d'une certitude qui m'importe, que je sois plus et autrement que ce que je peux me garantir, c'est-à-dire être d'un être qui m'assure *d'ailleurs* que de moi. Ma certitude d'être, je peux certes me la produire et reproduire, mais je ne peux l'assurer contre la vanité. Seul un autre que moi pourrait me l'assurer, comme un guide en montagne assure son client. Car l'assurance ne se confond pas avec la certitude.

La certitude résulte de la réduction épistémique (voire de la réduction ontologique) et se joue entre l'*ego*, maître, et son objet, maîtrisé ; même si l'*ego* devient certain de son existence, surtout s'il en reste le premier maître avant Dieu, il la connaît encore comme son propre objet, produit dérivé, entièrement exposé à la vanité. Au contraire l'assurance résulte de la réduction érotique ; elle se joue entre l'*ego*, son existence, sa certitude et ses objets d'une part, et, d'autre part, une instance quelconque et encore indéterminée, mais souveraine, pourvu qu'elle réponde à la question « m'aime-t-on ? » et permette de tenir devant l'objection « à quoi bon ? ». L'*ego* produit la certitude, alors que l'assurance l'outrepasse radicalement, parce qu'elle lui vient d'ailleurs et le délivre du fardeau écrasant de l'auto-certification, parfaitement inutile et désarmée devant la question « à quoi bon ? ». Me certifier mon existence, cela dépend de ma pensée, donc de moi. Recevoir l'assurance contre la vanité de mon existence certaine, cela ne dépend pas de moi, mais requiert que j'apprenne d'ailleurs que je suis et surtout si j'ai à être. Tenir face à la vanité, à savoir obtenir d'ailleurs la justification d'être – cela signifie que je ne suis pas en étant (même par moi, même comme étant privilégié), mais en tant qu'aimé (donc élu d'ailleurs).

De quel ailleurs peut-il s'agir ? A cette question, je n'ai pas encore les moyens de répondre. Mais je n'ai pas non plus besoin d'en décider ici. Il suffit, pour que s'accomplisse la réduction érotique, de comprendre ce que je (me) demande : non une certitude de soi par soi, mais une assurance venue d'ailleurs. Cet ailleurs commence dès que cède la clôture onirique du soi sur soi et qu'y perce une instance irréductible à moi et dont, selon des modalités variables et encore indéfinies, je me reçoive. Il n'importe donc pas que cet ailleurs s'identifie soit comme un autre neutre (la vie, la nature, le monde), soit comme autrui en général (tel groupe, la société), soit même comme tel autrui (homme ou femme, le divin, voire Dieu). Il importe uniquement qu'il m'advienne d'ailleurs, si nettement qu'il ne puisse pas ne pas m'importer, puisqu'il s'importe en moi. Son anonymat, loin d'en affaiblir l'impact, le renforcerait plutôt : en effet, s'il reste anonyme, l'ailleurs m'adviendra sans s'annoncer ni prévenir, donc sans m'en laisser rien prévoir ; et s'il me prend au dépourvu, il me surprendra, m'atteindra d'autant plus au cœur, bref m'importera à fond. En m'important à fond, l'ailleurs anonyme interviendra comme un événement. Or, seul un événement radical peut dissiper l'indifférence de la vanité d'être et en énerver l'« à quoi bon ? ». La léthargie qu'insinue le « qu'importe ? » se dissipe lorsque l'ailleurs s'importe en moi et ainsi m'importe. L'événement anonyme me donne donc une assurance sur moi (celle que je suis d'ailleurs) à proportion même qu'il me dénie toute certitude sur lui (sur son identité). De l'ailleurs, il ne faut donc pas rechercher d'abord son identité, puisque son anonymat même fait qu'il importe plus. A son propos, il convient seulement de comprendre comment il parvient à m'importer, à remplacer l'interrogation « suis-je ? » par la question « m'aime-t-on ? » – bref, comment il accomplit la réduction érotique.

En première approximation, on dira : puisque l'ailleurs anonyme m'assure en m'advenant, puisqu'il rompt l'autisme de la certitude de soi par soi seul, alors il m'expose à lui et détermine originairement *ce que* je suis par *ce pour qui* (ou pour quoi) je suis. Etre signifie dès lors pour moi être selon l'advenue de l'ailleurs, être envers et pour ce que je ne suis pas – et quel qu'il soit. Je ne suis plus parce que je le veux (ou le pense, ou le performe), mais par ce qu'on me veut d'ailleurs. Que peut-on me vouloir d'ailleurs ? Du bien ou du mal, au sens le plus strict, de femelle à mâle, d'homme à homme, de groupe à groupe ; mais aussi, voire d'abord, au sens extra-moral, tel que même les choses inanimées peuvent le déployer à mon encontre (car le monde peut me devenir hospitalier ou inhospitalier, le paysage ingrat ou riant, la ville ouverte ou fermée, la compagnie des vivants accueillante ou hostile, etc.). Donc je suis en tant qu'on me veut du bien ou du mal, en tant que je puis m'éprouver reçu ou non, aimé ou haï. Je suis en tant que je me demande « que me veut-on (*was mögen sie*) ? » ; je suis en tant que susceptible d'une décision, qui ne m'appartient pas et me détermine d'avance, parce qu'elle m'advient d'ailleurs, de la décision qui me rend aimable ou non. Ainsi, l'assurance décide, au-delà de la certitude (qui me devient ainsi originairement non originaire), que je ne saurais être qu'en tant qu'aimé ou non. En tant qu'aimé par ailleurs – non pas en tant que me pensant, par moi seul, comme étant. Etre, pour moi, se trouve toujours déterminé par une seule tonalité, seule originaire – être en tant qu'aimé ou haï, par ailleurs.

Ne pourrait-on pas objecter à cette figure de l'*ego* en situation de réduction érotique qu'elle consacre sans réserve un égoïsme radical, donc injuste ? Non, car si l'on entend rigoureusement cet « égoïsme », il convient d'en faire l'éloge. Au contraire de la certitude de soi qui vient encore à l'*ego* de soi, l'assurance ne peut jamais venir à l'*ego* de lui-même, mais toujours d'ailleurs : d'où une altération, voire une altérité radicale de l'*ego* à lui-même et originairement. En ce sens strict, l'« égoïsme » d'un *ego* érotiquement réduit acquiert donc un privilège éthique, celui d'un égoïsme altéré par l'ailleurs et ouvert par lui.

Égoïsme donc ? Égoïsme, bien sûr, mais à condition d'en avoir les moyens et la résolution. Car cet égoïsme désarmé et instruit a, lui seul, l'audace de ne pas se cacher dans la neutralité transcendantale, où le « je pense » s'illusionne sur sa certitude comme si elle l'assurait, comme s'il ne se devait rien de plus, comme s'il pouvait ne rien devoir à personne – d'ailleurs. L'égoïsme de la réduction érotique, lui, a le courage de ne pas se dissimuler la terreur qui menace tout *ego*, dès qu'il affronte le soupçon de sa vanité et de ne pas détourner le regard de l'épouvante silencieuse que répand cette simple question « à quoi bon ? ». Car enfin, si l'*ego* n'était que ce qu'il se flatte d'être – l'existence dont il se veut si pauvrement certain – d'où tirerait-il la force, obstinée et inavouée, de demeurer lui-même, d'où tiendrait-il la légitimité d'endurer ainsi sa pénurie inassurée ? Se borner à être un *ego* pensant, restreint à sa neutralité prétendument transcendantale, qui s'y résignerait sans panique, quand vient l'heure sombre non plus du doute sur la certitude, mais de la vanité sans assurance ? Ni moi, ni personne – sauf à nous prétendre hypocritement inconscients de cette épreuve – ne pouvons faire comme si aucune différence n'intervenait selon que l'on m'aime ou non, comme si la réduction érotique n'ouvrait pas une différence cardinale, comme si cette différence ne différait pas plus que toutes autres et ne les rendait pas toutes indifférentes. Qui peut sérieusement soutenir que la possibilité de se trouver aimé ou haï ne le concerne en rien ? Qu'on en fasse l'épreuve : le plus grand philosophe du monde, dès qu'il marche sur ce fil, cède au vertige. Et d'ailleurs, quelle cohérence à se prétendre humblement non égoïste devant la réduction érotique, tout en se targuant sans hésitation ni crainte d'exercer la fonction impériale d'un *ego* transcendantal ? Inversement, de quel droit taxer d'égoïsme l'*ego* qui s'avoue honnêtement manquer d'assurance et s'expose sans retenue à un ailleurs, qu'il peut ne pas connaître et ne doit en tout cas jamais maîtriser ?

Il faut donc en finir avec la vanité au second degré de prétendre ne pas se sentir touché à cœur par la vanité de toute certitude, surtout de cette certitude désertique, que je me confère en me pensant. Tout compte fait, quelle injustice y a-t-il à vouloir que d'ailleurs l'on m'aime ? La justice et la justesse de la raison n'exigent-elles pas, au contraire, que je m'assure de moi – moi, sans qui rien du monde ne saurait ni se donner, ni se montrer ? Et qui donc plus que moi a le devoir de s'inquiéter de mon assurance érotique – la seule possible – moi, qui le premier porte la charge de moi ? Et surtout, sans l'égoïsme et le courage rationnels d'accomplir la réduction érotique, je laisserais sombrer l'*ego* en moi. Aucune obligation éthique, aucun altruisme, aucune substitution ne pourraient s'imposer à moi, si mon *ego* ne résistait d'abord luimême à la vanité et son « à quoi bon ? » – donc si je ne demandais d'abord et sans condition, pour moi, une assurance d'ailleurs. A la lumière de la réduction érotique, l'égoïsme même admet une altérité originaire et rend donc seul possible, éventuellement, l'épreuve d'autrui.

§ 4. Le monde selon la vanité

Le monde ne peut se phénoménaliser qu'en se donnant à moi et me faisant son adonné. Ma place au soleil – au soleil érotique qui m'assure comme aimé ou haï – n'a rien d'injuste, ni de tyrannique, ni de haïssable : la réclamer s'impose à moi comme mon premier devoir.

Une autre objection pourrait en revanche m'arrêter. Substituer à l'*ego* en tant que pensant l'*ego* en tant qu'aimé ou haï pourrait en effet l'affaiblir et pour deux raisons. D'abord, parce qu'il dépend de l'*ego cogitans* de se penser lui-même par soi seul et donc de produire sa certitude en parfaite autonomie, tandis qu'en m'envisageant selon la réduction érotique, je ne me pose que la question « m'aime-t-on ? », encore sans réponse. Cette interrogation me fait dépendre d'un ailleurs anonyme que je ne peux par définition pas maîtriser ; elle m'expose donc à l'incertitude radicale d'une réponse toujours problématique et peut-être impossible. Désormais, je dois faire mon deuil de l'autonomie, cette hantise ininterrogée. Ensuite, parce que, même si une éventuelle confirmation érotique m'advenait d'ailleurs, je stagnerais encore dans une incertitude définitive. En effet, l'assurance d'ailleurs ne viendrait pas s'ajouter à la certitude de soi pour la confirmer, mais, au mieux, en compenserait la défaillance, après l'avoir elle-même provoquée en blessant l'*ego* d'une altérité plus originaire à lui que lui-même. En entrant dans la réduction érotique, je me perdrais donc moi-même, car mon caractère désormais déterminant – aimé ou haï – ne m'appartiendra plus jamais en propre (comme auparavant il m'appartenait de penser) ; il ne m'attribuera plus moi-même à moi-même, mais m'extasiera envers une instance indécidée, qui décidera pourtant de tout – et d'abord de moi. Bref, l'*ego* s'affaiblit par une double hétéronomie de droit, puis de fait. Et ce double affaiblissement ne peut se contester : l'objection porte à plein.

Il faut en effet admettre comme un acquis que la réduction érotique atteint l'*ego* au plus intime en le destituant définitivement de toute auto-production dans la certitude et dans l'existence. Si, d'aventure, une réponse à la question « m'aime-t-on ? » doit se déployer, elle s'inscrira toujours dans cette dépendance comme dans son horizon ultime, sans jamais rétablir – même en esquisse désirée ou en idéal de la raison – l'autonomie de la certitude par la *cogitatio*. Mais ce résultat destituant n'équivaut pas tant à une perte sèche, qu'à un acquis encore obscur. Si, sous le coup de la réduction érotique, je ne puis me recevoir avec certitude qu'en tant qu'aimé ou haï, donc comme un aimé seulement en puissance (un aimable), j'entre dans un terrain absolument nouveau. Il ne s'agit même plus d'y être en tant qu'aimé, ni de s'y faire aimer ou haïr dans le but de parvenir à être ou n'être pas, mais de m'apparaître à moi-même directement, au-delà de tout statut d'étant éventuel, comme aimé potentiel et comme aimable. Désormais « aimé » ne joue plus le rôle d'un adjectif qualifiant un étant par son mode d'être, puisqu'en régime de réduction érotique qui affronte la vanité, on ne peut plus assumer sans précaution, comme en métaphysique, que « être ou n'être pas, telle est la question ». La question « m'aime-t-on d'ailleurs ? », qui s'y substitue définitivement, ne vise plus l'être et ne se soucie plus de l'existence. Elle m'introduit dans un horizon où mon statut d'aimé ou d'haï, bref d'aimable, ne renvoie plus qu'à lui-même. En demandant si l'on m'aime d'ailleurs, je ne dois même plus d'abord m'enquérir de mon assurance : j'entre dans le règne de l'amour, où je reçois immédiatement le rôle de celui qui peut aimer, qu'on peut aimer et qui croit qu'on doit l'aimer – l'*amant*.

L'amant s'oppose donc au cogitant. D'abord parce qu'il destitue la quête de certitude par celle de l'assurance ; parce qu'il substitue à sa question « suis-je ? » (donc aussi à sa variante « suis-je aimé ? ») l'interrogation réduite « m'aime-t-on ? » ; parce qu'il n'est pas en tant qu'il pense, mais, à supposer qu'il doive encore être, n'est qu'en tant qu'on l'aime. Surtout, alors que le cogitant ne cogite que pour être et n'exerce sa pensée que comme un moyen de certifier son être, l'amant n'aime pas tant pour être que pour résister à ce qui annule l'être – la vanité qui demande « à quoi bon ? ». L'amant ambitionne de surpasser l'être, pour ne pas succomber avec lui à ce qui le destitue. Du point de vue de l'amant, en fait du point de vue de la réduction érotique, l'être et ses étants apparaissent comme contaminés et intouchables, irradiés par le soleil noir de la vanité. Il s'agit d'aimer, parce qu'en régime de réduction érotique, rien de non-aimé ou de non-aimant ne tient. En passant du cogitant (donc aussi de celui qui doute, ignore et comprend, veut et ne veut pas, imagine et sent) à l'amant, la réduction érotique ne modifie pas la figure de l'*ego* pour atteindre, par d'autres moyens, le même but – certifier son être. Elle destitue la question « être ou n'être pas ? » ; elle dépose la question de l'être de sa charge impériale en l'exposant à la question « à quoi bon ? » ; elle la considère sérieusement du point de vue de la vanité. En réduction érotique, là où il y va de l'amant, la question « qu'est-ce que l'étant (en son être) ? » perd son privilège de question la plus ancienne, toujours recherchée et toujours manquée. L'aporie de la question de l'être ne tient pas à ce qu'on l'a toujours manquée, mais à ce qu'on s'obstine encore et toujours à la poser en première position, alors qu'elle reste – dans le meilleur des cas – dérivée ou conditionnelle. Ni première, ni dernière, elle relève seulement d'une philosophie seconde, du moins dès qu'une autre question – « à quoi bon ? » – l'afflige et qu'une philosophie plus radicale demande « m'aime-t-on d'ailleurs ? » Ce renversement de l'attitude naturelle – naturellement ontologique, donc naturellement métaphysique (ici du moins) –, seule peut l'accomplir une réduction d'un nouveau style, que nous avons identifiée comme la réduction érotique. Mais comment s'accomplit la réduction érotique ? Comment diffère-t-elle des autres réductions ou de l'attitude naturelle ? Bref comment met-elle en scène les choses du monde ? Pour répondre à cette question, il faut revenir à l'amant – celui qui se demande

« m'aime-t-on ? ». Selon l'attitude naturelle, il considérerait simplement tous les étants et l'étant en général. Mais, en régime de réduction érotique, il constate qu'aucun étant, aucun *alter ego* ni lui-même, ne peut lui fournir la moindre assurance devant la question « m'aime-t-on ? ». Un étant quelconque assure d'autant moins l'aimant, que lui-même s'expose entièrement à la vanité. Aucun *alter ego* ne le peut non plus, puisqu'il faudrait d'abord pouvoir le distinguer d'un étant du monde, ce qui, à ce moment de l'enquête, reste impossible. Quant à l'*ego*, il ne peut, de lui-même, fournir la moindre assurance devant l'interrogation « m'aime-t-on *d'ailleurs* ? ». Par principe, la vanité s'étend donc universellement. Elle accomplit effectivement la réduction érotique sur toutes les régions du monde et leurs frontières. Il reste donc à décrire brièvement la vanité et la réduction érotique, en suivant leurs trois moments privilégiés : l'espace, le temps, l'identité du soi.

§ 5. L'espace

La réduction érotique destitue l'homogénéité de l'espace. Selon l'attitude naturelle (donc ici la métaphysique), l'espace se définit comme l'ordre des compossibles, de tous les étants qui peuvent exister ensemble et en même temps sans se rendre mutuellement impossibles. D'où son homogénéité, qui se constate par la première propriété des étants dans l'espace : ils peuvent – en droit, sinon toujours en fait (mais il ne s'agit là que de la puissance des moyens techniques) – se déplacer, passer d'un emplacement à l'autre, échanger leurs emplacements. Tout *ici* peut devenir un *là-bas*, tout *là-bas* peut redevenir un *ici*. Les étants spatiaux se caractérisent donc par la propriété paradoxale de ne se tenir à aucun lieu propre, de n'avoir aucun domicile fixe. L'un remplaçant toujours l'autre, ils ne cessent de circuler dans l'espace indifférent. On a donc pu thématiser à bon droit cet échange comme un cercle (un « tourbillon ») – le manège des étants en mouvement, du lieu occasionnel de l'un à un autre lieu occasionnel, qu'un autre occupait et pourra revenir occuper, sans fin. Dans l'espace, aucun étant ne possède de lieu propre, ni naturel.

Passons maintenant au régime de la réduction érotique. Je suis en situation d'amant, déterminé de fond en comble par la question « m'aime-t-on ? ». En tant que tel, où suis-je ? Là, exactement, où me situe dans l'espace la question « m'aime-t-on ? » ? Pour définir ce lieu, il reste à décrire une situation exemplaire, mais connue de tous, réelle ou du moins imaginable : je viens de quitter mon domicile habituel, j'ai parcouru des milliers de kilomètres, je me retrouve en terre étrangère par la langue, le site, les us et coutumes, où, soit définitivement, soit pour un laps déterminé, je vais m'installer. Sur place, mes contacts restent évidemment d'abord très limités (la puissance invitante, quelques relations professionnelles, de vagues amitiés, un environnement domestique fonctionnel). Sur place, où suis-je donc ? Comme étant subsistant, je suis à l'intersection d'une latitude et d'une longitude ; comme étant, qui utilise des outils (« fonctionnant », travaillant, informant/informé, etc.), je suis au centre d'un réseau d'échanges économiques et sociaux. Mais, comme amant, où suis-je ? Je me retrouve là où (auprès de qui) je puis (me) demander « m'aime-t-on ? ». Pourquoi m'obstiné-je à nommer encore *là* ce lieu, qui m'offre bel et bien un *ici* ? Comment définir cela, ce *là* ? A l'évidence par l'ailleurs qui le rend pensable, autrement dit celui dont j'aimerais qu'il m'aime, celui dont seul dépend non seulement la réponse à ma question « m'aime-t-on ? », mais le fait même que cette question se pose à moi comme une obsession, qui frappe de vanité tout ce qui n'y correspond pas, y fait obstacle ou, simplement, ne l'entend pas. Dans les faits, la question se décide par le choix que je vais aussitôt faire – celui d'identifier cet ailleurs, comme un ailleurs géographiquement factuel, peut-être frustrant parce qu'éloigné, voire inaccessible. Mais comment l'identifierai-je ?

Nous ne le savons que trop bien – dans le désert que la vanité étend autour de moi et de ma nouvelle localisation, j'identifierai cet ailleurs simplement par le numéro de téléphone (de *fac-similé*, de courriel, peu importe) que je taperai, par l'adresse à laquelle j'écrirai. Le premier numéro, la première adresse que, consciemment et volontairement, ou plus souvent impulsivement et automatiquement, je sélectionnerai avec confiance ou avec angoisse, avec espoir ou à l'aventure, désignera – ne fût-ce que provisoirement et superficiellement, peu importe – l'ailleurs qui me concerne, parce qu'il répond ou du moins paraît pouvoir répondre à la question « m'aime-t-on ? ». Cet ailleurs (et nul autre) m'importe, parce que lui et lui seul me rend capable de surmonter la vanité qui frappe d'« à quoi bon ? » tous les étants, qui m'environnent au plus près de leur incontestable instance matérielle et qui, pourtant, ne me concernent en rien à titre d'amant. Mais pourquoi donc cet ailleurs-*là*, et nul autre, me délivre-t-il de la vanité de mon nouveau monde (et pas seulement de l'angoisse de l'absence de cet ailleurs) ? Parce que cette vanité (et cette éventuelle angoisse) provient uniquement de cet ailleurs-*là*, puisque lui seul a autorité pour me faire devenir, sous la réduction érotique, l'amant – à savoir celui qui (se) pose la question « m'aime-t-on ? ». On connaît les affres d'une installation à l'étranger : le premier regard, en entrant dans le nouvel appartement, se porte sur le téléphone (ou l'ustensile assimilé) ; le premier souci s'enquiert de savoir comment il fonctionne (la prise de ligne, les indicatifs, la compagnie téléphonique, l'abonnement) ; la première liberté consiste à en user enfin. Il faut prendre au sérieux ces détails triviaux (que chacun peut corriger et compléter suivant son expérience personnelle), parce qu'ils décrivent au jour le jour l'expérience incontestable d'un lieu non interchangeable, ni commutable, dont le *là-bas* ne se réduira jamais à un *ici*, puisque mon transport physique, avec armes et bagages, d'un *ici* à un autre *ici* non seulement garde le statut de *là-bas* à ce dernier *ici*, mais le lui renforce. Car, désormais, je sais que ce *là-bas* – où je suis ici – ne reste pas tel *(là-bas)* pour des motifs géographiques et circonstanciels, mais qu'il renvoie à un *ici* plus radical, qui joue le rôle de l'ailleurs, par rapport auquel je me laisse prendre, en réduction érotique, à la question « m'aime-t-on ? ».

Du coup, je découvre que, même et surtout lorsque je restais encore *là-bas*, cet ailleurs ne constituait pas plus un *ici* qu'il ne le devient aujourd'hui que je suis passé à un nouvel *ici* ; aussi proche qu'il me demeurait alors, il s'exerçait déjà, comme ici et maintenant, au titre de l'ailleurs, du *là-bas*, qui me fait un amant. Encore une fois, soulignons que l'identité du titulaire de la ligne téléphonique ou de l'adresse n'a aucune importance : il n'importe en rien qu'il s'agisse du président de mon institution, de mon banquier, d'un ami de toujours, d'une femme, de mon enfant, de ma mère, d'un frère ou d'une vieille connaissance presque en sommeil, voire de mon rival professionnel ou de mon meilleur ennemi. Aucun d'eux n'interviendrait comme celui que je dois à tout prix appeler ou rappeler d'urgence, s'il n'exerçait, à quelque titre que ce soit, la fonction de l'ailleurs, qui suscite *là-bas* en moi la question « m'aime-t-on ? ». L'espace apparaît donc, en régime de réduction érotique, comme essentiellement hétérogène ; tous les *là-bas* n'y peuvent plus s'échanger en autant d'*ici*, un lieu me devient pour la première fois insubstituable, fixe, naturel si l'on veut – non l'*ici* où, comme un étant subsistant dans le monde, je me trouve et qui ne cesse de se déplacer, mais le *là-bas* précis et fiché en moi où je reçois l'ailleurs, donc celui d'où je reçois de me retrouver cloué en moi, l'ailleurs lui-même. Je n'habite donc pas là où je suis, *ici*, mais là d'où m'advient l'ailleurs qui seul m'importe et sans lequel rien, des étants du monde, ne m'importerait, donc *là-bas*. Je n'habite pas là où se déploient et s'entassent les étants que me délègue en telle circonstance le monde non réduit, puisque, en passant dans un autre environnement, éventuellement totalement différent, je me référerais au même ailleurs (la même adresse, le même nom, etc.) que dans l'environnement ontique précédent. Le monde des étants proches de moi peut bien m'enserrer, puis se transformer du tout au tout, l'ailleurs qui exerce la fonction de mon centre ne variera, lui, jamais : il définira ainsi toujours le lieu unique et naturel d'où m'atteint la question « m'aime-t-on ? ». Ce lieu définit l'espace selon la réduction érotique.

Ici et *là-bas* ne s'échangent plus dans un espace neutre ; ils s'inversent selon que je me trouve, ou non, en situation de réduction érotique. Sans elle, je suis *ici* (chez moi) partout où je suis arrivé et le domicile quitté devient immédiatement un *là-bas*. En elle, là où je suis arrivé restera un *là-bas*, aussi longtemps que l'ancien *ici*, pourtant quitté et géographiquement lointain, définira encore pour moi l'ailleurs, d'où se pose la question « m'aime-t-on ? ».

§ 6. Le temps

La réduction érotique destitue tout aussi bien la succession du temps. Selon l'attitude naturelle (ici selon la métaphysique), le temps se définit comme l'ordre des successifs, de tous les étants qui ne peuvent exister ensemble sans se rendre mutuellement impossibles. D'où leur succession, qui se constate par l'ordre des étants dans l'espace : ils doivent se remplacer dans le même lieu, y passer d'un instant à l'autre et y échanger leurs instants. Tout *maintenant* provient d'un *avant* révolu et se destine à devenir aussitôt un *après*. Comme les étants dans l'espace, ils s'échangent, mais, à leur encontre, ils s'échangent en se changeant, se modifiant irréversiblement, chacun passant dans l'autre. D'où leur propriété de ne s'en tenir à aucun moment propre, de n'avoir aucune durée fixe, de devoir à chaque instant se répéter pour rester ce qu'ils ne sont déjà plus. L'un remplaçant toujours l'autre, ils ne cessent de circuler dans une succession indifférente. Le défilé des étants temporels les transpose sans fin dans chacune des trois postures temporelles, sans qu'aucun *présent* ne s'instaure jamais, sinon dans le passage de l'instant. Le temps ne passe jamais, mais, dans son présent, rien ne trouve le temps de *se* passer. A strictement parler, rien ne demeure dans le temps, qui n'offre donc aucun centre.

Entrons en réduction érotique, où règne l'événement de l'ailleurs. Selon quel moment du temps cet ailleurs se temporalise-t-il et selon quelle extase du temps ? Il se temporalise en ce qu'il advient à titre d'événement. Or l'événement a en propre de ne pouvoir se prévoir, ni se produire, encore moins se reproduire à volonté. L'événement impose donc que je l'attende, soumis à son initiative. Je peux décider de continuer à aimer et à me faire aimer, mais je ne peux décider du moment où je commencerai l'un et l'autre, parce que je ne peux décider, par un acte de volonté proportionné à une lumière dans l'entendement, si et quand j'affronterai la question « m'aime-t-on ? ». L'ailleurs, à titre d'événement, m'impose la posture de l'attente. Reste à déterminer la temporalité d'une telle attente. Paradoxalement, tandis que le temps de l'action, de l'occupation et du maniement des étants ne cesse de s'écouler en transformant immédiatement le *pas encore* en un *maintenant* et le *maintenant* en un *déjà passé*, bref ne cesse de passer et de trépasser, en revanche, aussi longtemps que j'attends, le temps ne passe pas. Le temps érotique ne passe pas aussi longtemps que j'attends, pour une raison bien claire : pendant que j'attends, il ne se passe donc encore rien ; j'attends précisément parce qu'il ne se passe encore et toujours rien et j'attends justement qu'il se passe enfin quelque chose. Le temps de l'attente ne passe pas, car rien ne s'y passe. Seule mon attente dure : elle suspend le flux du temps, parce qu'elle ne trouve encore rien en lui qui survienne, donc qui puisse disparaître. Dans le temps du monde, ce qui passe ne dure pas. Dans le temps de la réduction érotique, ne dure que l'attente pour laquelle rien ne se passe.

Cette évidence surprend : car, dans le temps où j'attends qu'il se passe quelque chose et où il ne se passe rien, il se passe pourtant bien déjà une foule de choses – ne fût-ce que mes activités pour passer le temps durant lequel rien ne se passe (vague lecture, frénésie de rangement, regard compulsif sur ma montre, promenade ennuyée, fatigue convoitée de l'effort sportif, conversation dont je reste absent, etc.). Pourtant, il ne se passe rien tant et en tant que j'attends, parce qu'il n'arrive rien – du moins rien de ce que j'attends *précisément et particulièrement*. Tant que ce qui me tient lieu d'ailleurs en cette occurrence ne m'aura pas appelé, ne m'aura pas envoyé sa lettre, ne m'aura pas lancé son message, ne sera pas venu, bref ne sera pas entré dans mon champ de vision, en un mot et très exactement tant qu'il ne sera pas *arrivé* de son ailleurs à lui jusqu'à moi, rien ne se sera *passé* ici et maintenant. Rien ne se sera *passé*, tant qu'il n'aura pas *passé* ici et transformé ainsi là *(là-bas)* où je suis en un *ici* de plein droit (le sien). Et paradoxalement, dans ce cas, l'espace commande le temps, le sens externe régit le sens interne, puisque le sens externe – l'espace, ou plutôt l'*ici/là-bas* non spatial de la réduction érotique – décide en dernière instance du sens interne – le temps, ou mieux le *maintenant* de la réduction érotique. Car la temporalité de l'attente ne s'accomplit que par un événement et cet événement n'arrive qu'à un destinataire, donc d'ailleurs à un *ici*. Dès lors, le temps ne se définit plus comme l'extension de l'esprit, mais comme l'extension de l'événement, de l'ailleurs surgissant d'au-dehors de l'esprit et survenant sur lui.

D'où une situation fort peu banale, que nous avons pourtant tous vécue. Il ne se passe rien tant que j'attends ; à chaque instant, je peux me dire : « encore rien, toujours rien ». Ce qui signifie que tous les faits et les étants visiblement présents, qui ne se gênent pas pour grouiller autour de moi, ne reçoivent cependant de moi aucune attention et se retrouvent destitués, comme frappés de vanité par réduction érotique. Soudain, il se passe quelque chose (« ça y est, le voilà ») ; mais ce quelque chose n'a plus rien d'une chose ni d'un simple étant soumis à vanité ; il advient comme un événement, survivant à la réduction érotique, érotisé pour ainsi dire : attendu mais imprévu, effectif mais sans cause assignable, provocant mais non reproductible, unique mais immémorial. Le présent enfin s'accomplit, non comme une permanence endurante, mais comme un présent donné, bref comme un présent reçu, non comme une présence subsistant en soi. Il peut me délivrer enfin du futur indéfini et douloureux de l'attente, parce qu'il arrive vraiment d'ailleurs, au lieu d'occuper provisoirement un laps du présent, qu'il louerait sans l'habiter. Le présent donné accomplit l'instant présent, justement parce qu'il déborde la présence. Plus encore : l'arrivée de l'ailleurs ne s'accomplit pas seulement au présent, elle me donne mon premier présent. Avec son passage, enfin il se passe – à nouveau – quelque chose. Ce don du présent précis résulte de l'arrivée d'un ailleurs dans le futur indéfini de mon attente.

Par conséquent, ce présent n'advient que pour celui ou ceux qui partagent la même attente – celle d'une arrivée donnée, d'un passage précis, d'un ailleurs qui ne se confond avec aucun autre. Une absence commande donc l'advenue du temps présent, mais une absence suffisamment précise et identifiable pour ne se confondre avec aucune autre absence (et *a fortiori* avec aucune des occupations, qui retiennent ceux qui n'attendent rien). Que j'attende le résultat d'un concours ou la parution d'un livre, le jugement d'un procès ou le résultat d'une élection politique, le dernier but d'un match de football ou l'arrivée d'une course, la naissance d'un enfant ou la mort d'un parent, le message d'une femme ou un pur inattendu, à chaque fois, l'attente ne porte sur rien de présent (rien d'encore arrivé pour l'instant), mais sur un ailleurs si précis qu'il se distingue par son irréalité même de tant d'autres choses présentes, réelles ou possibles, qui, elles, ne m'importent pas. Chaque attente sélectionne pour ainsi dire une population invisiblement séparée du reste de ses semblables par l'identité même de l'absent à venir, qui suffit à la rassembler et fasciner : une famille ou tout un peuple, un individu ou un couple, une entreprise, un syndicat ou un collectif, une amicale sportive ou un régiment, peu importe. En tous les cas, je me distingue (ou nous nous distinguons) non pas tant par ce que nous sommes et faisons dans la présence permanente (« au quotidien »), que par ce que nous attendons, voire par ce qui nous peut advenir sans que nous l'attendions consciemment. L'attente d'un absent, qui doit encore se passer, dessine la frontière entre tous ceux qui n'attendent pas ou attendent autre chose et ceux qui ne veillent que pour attendre cet ailleurs-*là* et nul autre – une frontière que trace à chaque fois la réduction érotique, une frontière érotique. L'attente de *cet* ailleurs ne me temporalise donc pas seulement ; elle m'identifie en m'assignant à mon propre – ce qui doit se passer pour moi (ou nous) me dit qui je suis (ou qui nous sommes). La temporalité de l'attente d'un ailleurs définit l'individualité originaire, et, éventuellement, la communauté originaire. Car pour moi seul l'ailleurs que j'attends fait la différence – non seulement entre le temps où rien ne se passe et le présent où l'ailleurs se passe, puis passe, mais aussi entre moi (ou nous), qui attends *cette* advenue, *ce* passage, *cet* ailleurs et tous les autres, qui n'y voient que du feu. Moi seul j'attends *cet* absent précis (ce visage, cette nouvelle, cette lettre) ; pour les autres, qui n'attendent pas le même absent ou n'attendent pas du tout, l'absent même de mon attente reste effectivement absent ; l'attente s'effondre quand la réduction érotique s'estompe. Ils manquent ce qui se passe – à savoir que ce que j'attends ne se passe pas encore et qu'il ne se passe donc rien pour moi –, parce qu'ils s'affairent à toute la présence disponible des étants, qu'ils ont à gérer sans perdre de temps. Ils perdent donc le passage de l'ailleurs, qui n'arrive jamais que dans l'attente. Pour ne pas perdre de temps, pour ne pas perdre ce qui ne (se) passe pas, ils préfèrent le périssable au passage, le permanent à l'événement.

L'attente de l'ailleurs qui doit se passer détermine donc bien, à partir du futur de son advenue, le seul présent que tolère la réduction érotique : le donné qui prend la relève du présent permanent, le moment attendu et imprévu, où l'appel lancé par l'ailleurs se passe, se donne et fait ainsi le présent de lui-même. L'attente de l'ailleurs qui vient de passer, donc de faire le présent de son advenue, détermine enfin un passé conforme à la réduction érotique : relèvent du passé les moments où l'appel de l'ailleurs a déjà retenti et déjà fait le présent de son don, mais s'en est déjà passé – le passé commence dès que ce qui se passe l'a dépassé. D'où la possibilité d'un passé définitif : non pas l'attente de ce qui ne peut ou ne doit plus advenir (car, par définition, je puis tout et toujours attendre), mais le veuvage définitif de tout ailleurs, le renoncement à l'attente comme telle (« n'attendre plus rien de la vie »). Le passé, en réduction érotique, ne rassemble pas les anciens présents dans la mémoire ; il sanctionne la clôture de l'attente. Il ne thésaurise pas le déjà donné, mais fait le deuil de toute possibilité d'une nouvelle advenue, de la possibilité d'attendre de nouveau. Bref, il ne conserve pas les présents révolus, mais referme l'avenir. Le passé devient le révolu, non plus la gestion de l'absence (qui appartient proprement à l'attente et à l'avenir), mais sa censure – l'enregistrement que l'attente est désormais révolue. En réduction érotique, le passé ne conserve pas le présent sous la forme du passé, comme un patrimoine ; il sanctionne l'absence même de l'absence véritable – l'absence de l'attente, l'absence érotique. Car un amour ne devient pas révolu, quand disparaît l'aimé, mais quand disparaissent le besoin et l'absence même de l'aimé – quand le manque lui-même vient à manquer. Le passé enterre des morts, morts de n'attendre plus. Ce passé restera définitivement révolu, si l'ailleurs ne peut plus s'attendre, s'il ne peut plus passer ; en revanche, il restera éventuellement provisoire aussi longtemps qu'une nouvelle attente pourra espérer le retour d'une absence encore à venir. La nostalgie ouvre la possibilité, le souvenir peut nourrir l'attente, le dépassé peut susciter un nouveau passage de ce qui se passe. En réduction érotique, l'histoire dure aussi longtemps que j'attends.

Ainsi, selon la réduction érotique, le futur se définit comme le temps de l'attente d'un ailleurs, où rien ne se passe ; le présent, comme le temps où l'ailleurs (se) passe et fait le présent de son passage ; le passé enfin, comme le temps où l'ailleurs a dépassé le moment de son présent et abandonne notre temps sur le bord de la route, où il s'éloigne. En tous les cas, le temps se déploie essentiellement sur le mode d'un événement, comme l'arrivage imprévisible d'un ailleurs, dont nul ne connaît le jour ni l'heure et dont le présent ne peut que se donner comme un don inattendu et immérité. Selon son caractère d'advenue, l'ailleurs ne se constitue jamais comme un phénomène du commun, ordonné au point de vue supposé dominant d'un *ego* transcendantal, mais il se donne de lui-même par anamorphose – en imposant à celui qui l'attend le point particulier où l'on peut voir son arrivée et recevoir son présent ; il faut se trouver ici et maintenant, à savoir *là* où il décide d'arriver et quand il le décide. Je ne puis donc jamais échapper à la nécessaire contingence de l'advenue de l'ailleurs : non seulement il adviendra peut-être ou peut-être pas (contingence logique, au premier degré), mais, même s'il advient et après coup semble nécessairement advenu (« cela devait finir ainsi »), cette nécessité même se passera sur le mode de l'avènement, donc selon une contingence nécessaire (contingence au second degré). J'habite, quand j'attends, ce qui peut m'advenir d'ailleurs et sans lequel nul présent, ni passé ne m'importeraient.

§ 7. L'ipséité

La réduction érotique destitue toute identité de soi à soi, qui se fonderait sur la pensée de soi. Mais lorsque je me trouve en situation de demander « suis-je aimé ? », que suis-je ? Je ne suis plus cet étant qui est en tant qu'il performe, en parole ou en pensée, son existence ; car, précisément, cette certitude même ne me délivre pas de la vanité, qui demande non plus une certitude, mais une assurance et une assurance qui ne peut m'advenir que d'ailleurs (§ 3). En disant « m'aime-t-on ? », je ne sais donc pas qui je suis, mais je sais du moins *où* je suis : je me trouve *ici*, à savoir là où me retrouve la question que je (me) pose, là où j'éprouve la vanité qu'elle tente de conjurer, là où m'adviendra (ou non) l'appel venu d'ailleurs. Je suis là où m'affecte ce qui me touche, donc d'abord là où je m'affecte moi-même. Je ne suis pas d'abord là où je touche une autre chose que moi (où je la pense, la vise et la constitue), mais là où je m'éprouve touché, affecté et atteint. En *me* posant (dans et comme) la question « m'aime-t-on ? », je me découvre par excellence dans la situation de ce qui s'expose à la touche et au tact d'une affection : en effet, ou bien cette question admet une réponse positive – un autrui m'aime – et son advenue m'affecte au plus intime ; ou bien elle reste sans réponse positive – nul autrui ne m'aime, que je sache – et cette dénégation m'affecte au plus intime. La question « m'aime-t-on ? » désigne donc le point où je me découvre affecté en tant que tel, en tant que moi insubstituable. Ce point, cet *ici* qui me vient de *là-bas*, je ne puis m'en départir, ni m'en éloigner ; car, où que j'aille, je m'y retrouverai encore et toujours. En réduction érotique, je ne suis pas l'étant que je me fais être par la pensée, mais je suis là où je me trouve, là où m'affecte un ailleurs possible – je suis le *là*, où me retrouve et vient me débusquer la question « m'aime-t-on ? ». Je suis un *là* – non pas un *là* où être (un *Da-sein*) –, mais un *là* où l'on puisse m'aimer ou ne pas m'aimer. Le *là* qui me reçoit et me consigne ne relève donc pas d'abord de l'être (« être ou ne pas être », telle n'est pas la question), mais d'un possible amour (« m'aime-t-on ou non ? », telle est la question).

Reste à définir plus exactement ce *là*, où l'ailleurs m'atteint. Ce point cible, nous pouvons l'identifier avec un phénomène privilégié, connu sous le nom de la *chair*. La chair s'oppose aux corps étendus du monde physique, non seulement parce qu'elle touche et sent les corps, tandis que les corps ne sentent pas, même si un toucher les sent ; mais surtout parce qu'elle ne touche les corps qu'en se sentant elle-même les toucher autant, voire plus, qu'elle ne les sent. La chair ne peut rien sentir sans se ressentir elle-même et se ressentir sentante (touchée, voire blessée par ce qu'elle touche) ; il peut même arriver qu'elle sente en se ressentant non seulement sentante, mais aussi sentie (par exemple, si un organe de ma chair touche un autre organe de ma propre chair). Dans la chair, l'intérieur (le sentant) ne se distingue plus de l'extérieur (le senti) ; ils se confondent dans un unique sentiment – se sentir sentant. Je ne puis donc jamais me mettre à distance de ma chair, m'en distinguer, m'en éloigner, encore moins m'en absenter. Toute tentative de prendre du recul par rapport à elle (avec l'hypocrite intention d'en prendre congé) équivaudrait, si j'osais l'effectuer, à me tuer, car je devrais m'éloigner, prendre congé et me défaire de moi-même. Ainsi en prenant chair, je m'éprends de moi-même. Je ne prends pas chair, comme si, avant elle, je disposais déjà d'un *ici* à partir duquel je pourrais venir vers elle et la faire mienne. Je ne prends chair qu'en prenant – comme un ciment prend : en me solidifiant pour ainsi dire en et en tant que moi-même. En prenant comme chair, j'atteins pour la première fois le lieu que je suis – l'*ici* où il sera désormais possible, toujours et pour tout étant du monde, de m'atteindre.

Je suis là où l'on peut m'atteindre – et je ne suis atteignable que là où j'ai pris chair, où je suis pris à titre de chair. Je suis là où m'expose ma chair, à savoir là où m'assigne la question « m'aime-t-on ? ». Seule ma prise de chair m'assigne mon ipséité.

Avec cette chair mienne, il s'agit bien entendu encore là d'une modalité de la pensée : je me pense encore lorsque je prends chair, même si je ne me pense plus selon la représentation, ni l'entendement. Je me pense en me sentant et selon la modalité du sentir, dans une immédiateté qui abolit l'écart propre à la représentation ; à l'encontre donc de la pensée sous la modalité de l'entendement. La pensée d'entendement procède en effet selon l'universel, travaille l'universalisable et opère en universalisant. Ainsi l'entendement suppose toujours que ses raisons ou ses arguments puissent se comprendre aussi bien par leur récepteur que par leur émetteur ; en sorte que les rôles puissent – et, dans le dialogue rationnel, doivent – s'échanger ; le même raisonnement, s'il veut mériter sa prétention à la vérité, doit pouvoir se trouver répété et ainsi validé par tout un chacun, donc par n'importe qui. D'où le privilège de l'entendement dans la discussion rationnelle : seule cette forme de rationalité peut convaincre sans violence, puisque chaque argument appartient autant à celui qui le comprend qu'à celui qui l'invente. En conséquence, la pensée d'entendement ne se déploie qu'à la condition expresse de ne pas faire acception des personnes et de ne pas se singulariser (ce qui distingue le discours scientifique et juridique de la parole des poètes, des écrivains et des théologiens, parfois même des philosophes). A proprement parler, la pensée d'entendement s'adresse à tous, parce qu'elle n'appartient à personne et ne désigne aucun auteur, mais s'offre à l'appropriation de tous ceux qui raisonnent par entendement. Elle doit donc sa perfection à son refus de s'individualiser.

La prise de chair, au contraire, m'assigne à un *ici* (en fait à un *là*) irréductible et ne m'autorise qu'une parole qui m'individualise jusqu'à la dernière ipséité. Cette parole d'ipséité, je ne puis ni ne dois d'abord la prononcer – car tout ce que je dirai, ne se pourrait-il pas qu'un autre, une infinité d'autres l'aient déjà dit, en sorte que je me dissolve aussitôt dans un discours commun ? Si je ne puis la dire en la proférant, il ne me reste donc sans doute qu'à la recevoir en l'entendant – ou du moins à attendre de l'entendre. Non que je la produise, puisque je la laisse faire et se faire en moi – verbe intérieur. Car, en réduction érotique, la parole « m'aime-t-on ? », je ne la dis pas tant comme une question que je pourrais choisir entre mille autres (« qui suis-je ? », « que puis-je connaître ? », « que dois-je faire ? », « que m'est-il permis d'espérer ? », « qu'est-ce que l'homme ? », voire « comment gagner ma vie ? », « comment vivre heureux ? », etc.), mais comme la question qui me livre à moi-même et dans laquelle j'éprouve à fond ma prise de chair, bref comme la question qui me dit à moi-même, avant et sans que j'y réponde – parce qu'elle me donne mon *ici* – ou plutôt, de son point de vue, mon *là*.

J'avais admis qu'il fallait douter (§§ 1-2). En entrant dans la réduction érotique, j'ai reconnu que le doute ne concernait pas d'abord la certitude des objets ou des étants du monde (comme le veut la théorie de la science), ni même la certitude de ma propre existence (comme le veut la métaphysique), puisque l'une et l'autre tombaient encore sous le coup de la vanité, qui leur rétorque toujours victorieusement « à quoi bon ? ». J'ai découvert que le doute requiert, à la fin, rien de moins que l'assurance de moi, dans ma passivité originaire ; et que cette assurance ne pouvait se recevoir que d'ailleurs que de moi (§ 3). J'ai donc dû admettre qu'aucune question ne m'atteignait plus radicalement que celle qui me demandait non pas « suis-je en pensant ? », mais « m'aime-t-on – d'ailleurs ? ». Bref, « être ou ne pas être », telle n'est plus la question, mais uniquement « m'aime-t-on – d'ailleurs ? » (§ 4). A cette question, il importe de ne pas tenter de répondre trop vite. Je ne puis répondre à cette question, car elle me met précisément en question. Je ne puis donc qu'attendre d'elle une réponse qui, comme pur événement, s'imposerait – si elle arrive jamais – à moi comme une advenue imprévisible, qui ne me ferait le présent de sa présence qu'en m'imposant son anamorphose – en m'imposant de la prendre en vue du point qu'elle aura décidé pour moi, mais sans moi. Je dois donc seulement mesurer ce qu'elle me donne, lorsqu'elle ne me donne que sa question encore sans réponse. Pourtant, dès maintenant, elle ne me donne pas rien : d'abord elle m'assure un *ici* irréductible dans l'espace (§ 5), ensuite un présent donné dans le temps (§ 6), enfin la chair où prendre mon ipséité (§ 7). Mais aucune de ces données ne m'appartient ni ne vient de moi. Toutes viennent à moi et m'altèrent à l'instant même où elles m'approprient à ma facticité insubstituable. Que puis-je désormais légitimement penser ?

Rien, sinon que l'assurance que je cherche, comme elle surpasse toute certitude, ne peut advenir que d'ailleurs, jamais de moi. Toute réponse que je me donnerais moi-même me perdrait.

De chacun pour soi, qu'il se hait

§ 8. *L'écart et la contradiction*

Ainsi, en réduction érotique, rien ni personne ne m'assure – moi, l'amant que j'y suis devenu – sinon moi-même, qui par définition ne le puis. En acceptant d'entendre la question « m'aime-t-on ? », j'ai comme ouvert sous mes pas un abîme que je ne peux ni combler, ni traverser, ni peut-être même sonder – un abîme que je risque d'agrandir encore plus en développant la logique de la question « m'aime-t-on – d'ailleurs ? ». Car l'interrogation « m'aime-t-on ? » ne pourra en effet recevoir de réponse (si jamais elle le peut) qu'en m'advenant d'ailleurs que de moi ; elle m'assigne donc sans retour à dépendre de ce que je ne peux ni maîtriser, ni provoquer, ni même envisager – un autre que moi, éventuellement un autrui pour moi *(alter ego)*, en tout cas une instance étrangère, venant de je ne sais où – en tout cas pas de moi. Alors que la recherche de la certitude (« de quoi suis-je certain ? ») pouvait encore espérer me reconduire à moi-même, en me certifiant qu'au moins je suis même si je me trompe toujours, la demande d'une assurance (« m'aime-t-on – d'ailleurs ? ») m'exile définitivement hors de moi :

car, même si elle finissait éventuellement par me rassurer contre la menace de la vanité (« à quoi bon ? ») en m'assurant que l'on m'aime, elle m'assignerait d'autant plus à cet « on » (quel qu'il soit) que je ne serai jamais et dont pourtant l'étrangeté me restera toujours plus intime à moi-même que moi-même. Cela même qui pourrait m'assurer devrait m'aliéner. Bref, la certitude peut me reconduire à moi-même, parce que je l'acquiers par soustraction, comme un phénomène pauvre, tandis que l'assurance m'écarte de moi-même, parce qu'elle ouvre en moi l'écart d'un ailleurs. Qu'elle reste une demande à vide ou qu'elle me comble de son excès, toujours elle me marque d'un manque, le mien. En ouvrant la question même de l'assurance, je suis devenu à moi-même un manque.

Certes, il reste vrai que je suis et que je suis même certainement, chaque fois et aussi longtemps que je le pense ; pourtant je me trouve désormais inéluctablement en régime de réduction érotique, où je ne puis me soustraire à la question « à quoi bon ? » ; pour y résister ou pour seulement l'entendre, je dois aussitôt rechercher une assurance (« m'aime-t-on ? ») ; or cette assurance ne peut par définition m'advenir que d'un ailleurs définitivement antérieur, autre et étranger à moi, qui me manque et me définit par ce manque lui-même. D'où ce principe : je suis, donc je suis en manque. Autant l'*ego*, tant qu'il cherche une certitude, peut rêver d'aboutir à unc tautologie (je pense, donc je suis et je suis en tant que je pense ce que je pense), autant, lorsque l'*ego* entend affronter la vanité (qui disqualifie son existence, en lui intimant « à quoi bon ? »), il doit admettre une altérité originaire, une origine qui l'altère – je ne suis assuré de moi qu'à partir d'ailleurs. Cette contradiction, il nous faut pourtant nous y tenir fermement, comme le seul fil conducteur qui nous reste.

Cette contradiction et cet écart ne peuvent pas s'esquiver à la légère, par un sophisme ou par bon sens. Elle tient à une position de principe : quand il s'agit de demander « m'aime-t-on – d'ailleurs ? », je ne suis ni le principe, ni au principe de moi-même. Pour en faire l'épreuve, voyons si nous pourrions quand même nier cette contradiction ou cet écart. Ne pourrions-nous pas, après tout, revenir à un argument plus simple et plus raisonnable ? Procédons ainsi : la réduction érotique ne me priverait pas obligatoirement d'assurance et ne me laisserait pas sans défense devant la question « à quoi bon ? », pourvu que je réponde moi-même à la question « m'aime-t-on ? ». Je dirais par exemple que, même si personne d'autre ne m'assure (qu'il m'aime), moi du moins, moi à la fin, je m'aime bel et bien – moi, je m'aime et cela suffit. En effet, nul n'est plus proche de soi que le moi réduit, absolument immanent à soi, d'une immanence rendue plus tangible par l'atroce solitude que provoque la réduction érotique. Je m'y découvre réduit à mon moi plus pur, fondu dans un nouveau métal, noyau d'égoïté si dense qu'aucune réaction nucléaire ne pourra jamais la fissurer, ni me séparer de moi-même. Pourquoi exclure que ce moi strictement réduit puisse, sans recourir à aucun étranger, suffire à m'aimer et m'assurer ainsi de moi ?

Ne s'agit-il pas là aussi de l'idéal, implicite ou revendiqué, de la sagesse des philosophes : aboutir au contentement de soi par soi, satisfaire le soi par lui seul, se suffire à soi-même ? Peu importent les moyens, qui peuvent varier (mettre à l'écart les passions externes pour se retourner vers soi, admirer le bon usage de son propre libre arbitre, adhérer à la nécessité universelle au point de se l'approprier, etc.), car toujours il s'agit de s'aimer soi-même. Ou, à défaut de s'aimer soi-même, de ne dépendre au moins de nul autrui, en sorte de se supporter soi-même, de substituer avantageusement l'autarcie du soi-même au concours d'un étranger, bref de s'assurer chacun pour soi. L'injonction d'un dieu (« Connais-toi toi-même ! »), qui soutient l'ambition des philosophes, suffirait largement à balancer la question « M'aime-t-on – d'ailleurs ? » – à défaut de l'éteindre tout à fait. Toute l'entreprise de la philosophie ne consiste peut-être qu'à prétendre que, de la réduction épistémique à la réduction érotique, la conséquence reste bonne. Le moi irait de soi – il irait même de soi jusqu'à soi ; le retour à soi réunirait le point de départ et la fin du parcours ; le solipsisme de la conscience assurerait sans transition l'autonomie, jusqu'à l'amour de soi.

Sur ce point, la sagesse des philosophes reçoit – pour une fois – une confirmation de la sagesse populaire. Elle aussi prétend atteindre cet unique idéal : je n'y aurais pas de plus grand devoir que de prendre soin de moi, en gérant la satisfaction de mes désirs, la santé de ma chair, la sérénité de mon psychisme, bref en m'élaborant des conditions de vie qui me fassent survivre à l'interrogation « à quoi bon ? », voire qui me la rendent ridicule, à son tour vaine. Je dois prendre soin de moi (« take care ! »), parce que, admet-on implicitement, nul autre ne le fera à ma place, ni ne se souciera de mon moi (« who cares ? »). Dès lors, ce soin de soi par soi devient strictement un devoir moral (« charité bien ordonnée commence par soi-même »), faute duquel on compromettra tout autre devoir envers quiconque ; car, par ma faute, je serai passé par pertes et profits (« au temps pour moi », « chacun pour soi »). Les moyens mis à disposition d'une telle éthique ne manquent pas ; et quand ils manquent – si je ne parviens pas à me satisfaire directement de moi-même –, il s'en trouve encore de substitution. Ainsi le mimétisme social met-il toujours en scène d'autres que moi (d'autres moi que moi), des idoles (les bien nommées), plus heureux que moi et dans la gloire desquels je pourrai indirectement m'aimer moi-même ; ou du moins garder la possibilité de m'aimer moi-même, telle qu'ils prétendent la réaliser ; il me suffira d'imiter tangentiellement leurs exemples – et pourquoi n'y parviendrais-je pas, à force de mensonges à moi-même ? Pour satisfaire à la question « m'aime-t-on – d'ailleurs ? », il suffirait de me conformer à l'image de ceux que tous aiment, afin que tous m'aiment fantastiquement et, à la fin, que moi aussi, par procuration, je finisse par m'aimer. La socialisation anonyme de ma conscience assurerait sans transition l'autonomie de l'amour de soi.

Fort de ce consensus, pourquoi aurais-je encore besoin d'un autre pour m'aimer et m'assurer que je le suis, puisque je me serais aimé ? Or, curieusement, autant je peux au moins prétendre trouver un sens à la formule « je m'aime moi-même », autant il paraît clairement absurde, voire obscène, de la temporaliser ; instinctivement je sens que je ne peux dire ni même comprendre des formulations comme « je me suis aimé moi-même » ou « je m'aimerai moi-même ». Pourquoi cette gêne ? Sans doute parce que la fragile évidence de « l'amour de soi » ne reste sauve qu'aussi longtemps qu'on lui garde une forme nominale, encore abstraite et vide de contenu personnel, afin de la neutraliser. Mais elle trahit son impossibilité ou sa contradiction performative, dès qu'on la verbalise en lui assignant un acteur réel : car qui peut dire avec sens et conscience « je m'aime moi-même » ? Comment pourrait-il en vérifier la signification ? En quoi consisterait l'acte de l'accomplir ? La difficulté s'accroît lorsqu'on entreprend de temporaliser cette réflexivité au passé (« je me suis aimé moi-même ») ou au futur (« je m'aimerai moi-même ») : qu'ai-je alors fait que je ne fais plus en ce moment ou que ferai-je que je ne fais pas encore maintenant ? De plus, s'il s'agit du rapport de moi avec moi, rapport supposé d'identité immédiate, comment peut-il ne pas rester permanent, comment ai-je pu le suspendre (« je me suis aimé moi-même »), ou le commencer (« je m'aimerai moi-même ») ? Il se pourrait que la formule n'ait aucune signification. Dans cette difficulté de langage, il faut voir l'indice d'une impossibilité de principe : l'amour de soi peut bien se proclamer, mais il ne peut pas se performer.

§ 9. L'impossibilité d'un amour de soi

Il faut donc examiner la fragile évidence que présuppose l'amour de soi par soi-même : moi et moi seul suffirait à m'aimer moi-même. Comment un *moi* peut-il se redoubler, comme le demande l'ambition de s'assurer *d'ailleurs*, tout en restant le même, comme l'exige l'intention de *s'*aimer ? Si je dois m'aimer moi-même, de deux choses l'une : ou bien il ne s'agit que d'un seul moi, ou bien il s'agit de deux moi différents. S'il ne s'agit que d'un seul moi, comment pourrait-il se détacher de lui-même pour assurer de l'extérieur ce moi, qui devrait alors devenir un autre que soi ? Un seul et compact moi ne peut devenir un autre que lui-même, pour se donner une assurance répondant à la question « m'aime-t-on – d'ailleurs ? ». S'il s'agit d'un autre que moi, comment cet autre moi pourrait-il m'assurer que c'est bien moi qu'il aime, puisque, par hypothèse, il apparaîtra comme étranger, comme un non-moi ? Cette aporie, la métaphysique en sait quelque chose, qui n'a cessé de buter sur la distinction entre le *je* transcendantal qui pense, voit et sait, mais ne se laisse ni voir, ni savoir, ni même penser précisément parce qu'il ne sait, ne pense et ne voit jamais que le *moi* empirique, sujet muet, dont il parle sans l'écouter ; comme le *je* transcendantal précède le *moi* empirique de toute la hauteur de sa représentation, il ne peut jamais s'identifier à lui ; car, si la représentation permet à l'*ego* de surplomber ce qu'il connaît, elle l'exerce d'abord sur lui, son plus proche étranger. Or cette scission, à peine tolérable dans l'ordre de la connaissance, devient absurde dans l'ordre de l'aimer.

Pour au moins trois raisons. D'abord, parce que si je devais m'aimer moi-même comme un autre que moi, il faudrait que je me précède moi-même. Ceux qui m'ont aimé originairement (en principe mes parents) ne le purent que parce qu'ils me précédaient : ils m'aimèrent avant que je ne sois même en état de recevoir leur amour ; aimé sans être encore, je fus donc précédé par la réponse à la question « m'aime-t-on ? », que je ne pouvais pas encore me poser. Or une telle antériorité temporelle découle de la structure même de cette question, qui signifie toujours « m'aime-t-on *d'ailleurs* ? » et implique de viser un terme radicalement extérieur à celui qui en attend un amour effectif, donc autre. Si d'aventure je devais exercer la fonction de m'aimer moi-même, il me faudrait donc assumer l'invraisemblable prétention de *me précéder moi-même*. Non seulement m'aimer avant moi-même, mais m'aimer d'un amour vraiment originaire, c'est-à-dire plus ancien que moi et que tout ce que je pourrais produire.

Ensuite, pour qu'une réponse à la question « m'aime-t-on ? » ait la moindre chance de me faire résister au soupçon « à quoi bon ? », il faudrait qu'elle emporte ma conviction entière. Ce qui implique d'abord que j'admette le fait que d'ailleurs on m'aime ; ensuite et surtout que j'admette que la décision (de m'aimer) non seulement égale, mais surpasse en puissance et conviction la vanité, qui me frappe d'un mortel « à quoi bon ? ». Il faudrait que cet hypothétique amour, dont je ne sais encore s'il est, ni ce qu'il est, m'assure pourtant au-delà de toute attente, c'est-à-dire qu'il m'enveloppc du manteau d'une autorité sans commune mesure avec ce que je suis et tout ce que je peux devenir. Car la mesure de cet amour demande d'aimer sans mesure – sans commune mesure avec ce que j'attends et imagine, faute de quoi je n'y croirai pas. Et, à moins de son excès, l'amour reste en manque. Donc, sans cette prééminence sur moi et mon attente de l'autre censé m'aimer, tout amour simplement commensurable à la vanité ne ferait qu'en renforcer l'empire. Et l'on connaît bien cette situation : il arrive que je dise, devant quelqu'un qui prétend m'aimer : « Personne ne m'aime. » Comment puis-je ainsi nier ce qu'il me dit ? Parce que je pense en fait : « A quoi bon un amour comme le tien ? » ; il ne me suffit pas en effet, pour m'assurer qu'on m'aime et m'en convaincre, que m'aime mon égal et mon semblable, lui qui reste aussi pauvre en assurance que moi, aussi soumis à la vanité que moi, aussi dépourvu d'amour (pour lui, pour moi, pour quiconque) que je le suis moi-même. Si je devais étrangement revendiquer de m'aimer moi-même, je devrais donc m'assurer par moi-même une autorité qui surpasse, et de beaucoup, ma propre attente et mon propre manque, afin non seulement de me donner assurance, mais surtout de rassurer sur cette assurance même. A la question « m'aime-t-on ? », une réponse seulement affirmative ne suffit pas – seul l'excès qui surprend et surpasse suffirait. Je devrais donc, pour m'aimer moi-même, m'outrepasser moi-même, afin de respecter la mesure de l'amour, qui n'en a pas. J'exigerais de moi *un excès de moi-même sur moi-même*. Mais qui peut ajouter une coudée à sa taille ?

Enfin et surtout, que signifierait, s'il était pensable, l'écart de moi à moi, tel que l'implique l'intrigue où je m'aimerais moi-même ? Je peux certes me dédoubler et, sans contradiction, m'identifier aussi à moi-même, lorsque l'*ego*, dont il s'agit, se met en jeu dans l'ordre de la pensée d'entendement ; je peux un instant durant me penser comme un autre, voire un autre objet, pour me reprendre aussitôt, dans l'instant suivant, comme identique à cette pensée même ; je peux me faire jouer le rôle d'un *moi* empirique, comme aussi celui d'un *je* transcendantal. Bref, en pensée, je peux creuser un écart entre moi et moi, pour l'annuler aussi bien. Mais, devant la question « m'aime-t-on – d'ailleurs ? », il ne s'agit pas que je (comme *je* transcendantal) pense à moi (comme *moi* empirique), il s'agit de m'aimer. Or aimer exige une extériorité non pas provisoire, mais effective, qui demeure assez pour qu'on puisse la franchir sérieusement. Aimer demande la distance et le parcours de la distance. Aimer demande plus qu'une distance feinte, ni vraiment creusée, ni vraiment franchie. Dans la dramatique de l'amour, les actions doivent s'accomplir effectivement au long de la distance – départir, aller, venir, revenir. Ce que je peux opérer sans contradiction dans l'ordre de la pensée – alternativement m'identifier à ma pensée par cette pensée même et m'en distinguer, m'engendrer dans la présence selon la pensée ou me mettre entre parenthèses, douter de mon existence ou me la démontrer toujours par la pensée –, tout cela devient absurde dans l'ordre où se fait entendre la question « m'aime-t-on – d'ailleurs ? ». Ici, il s'agit d'aimer, donc il y va d'une *distance* et d'un ailleurs encore plus effectif, sérieux, patient et souffrant que le négatif de la dialectique – et de beaucoup. Sans la distance de cet ailleurs, on ne m'aimera jamais. Je ne puis donc m'aimer moi-même – sauf à me fourvoyer dans l'illusion démente de m'imaginer mon propre ailleurs.

Ainsi, faute de pouvoir me précéder moi-même, ni m'excéder moi-même, ni parcourir la distance, je ne puis ni penser, ni performer la formule « je m'aime moi-même ».

§ 10. L'illusion de persévérer dans son être

Cependant objectera-t-on encore, cette impossibilité reste formelle. Elle ne tient pas face à un fait massif, érigé en principe par la métaphysique – chacun pour soi aime d'abord lui-même et l'aime infiniment.

J'aime plus mon prochain que mon étranger, mon ami que mon ennemi, mon frère que mon parent lointain, ma femme que mon frère et finalement moi-même que ma femme. Cette gradation n'a même aucun sens, parce qu'une césure absolue rend aussitôt cette série hétérogène : je m'aime d'un amour qui ne fait pas nombre avec ni ombre aux amours que je porterai éventuellement à tel ou tel autrui, puisqu'il ne les concurrence pas, mais les rend possibles. Je ne me risque pas à aimer autrui malgré l'amour que je me porte, mais en vertu de lui. Je ne puis donner – tout le monde sait cela – que ce que je possède déjà, ce que j'ai possédé et maintenu. Seul un moralisme de pénurie pourrait demander de s'ôter à soi-même l'amour (donc l'être) que l'on peut porter à autrui – puisqu'au contraire, je n'aimerai jamais personne, si je ne parviens pas à m'aimer d'abord moi-même, ne fût-ce qu'un minimum. Je m'aime dans mon être pour rendre possible non seulement moi-même, mais tout ce dont ce moi devient la condition de possibilité, voire le centre : le réseau des échanges, des conversations et des conservations, des intérêts et des affections, qui font de ma vie une définitive intersubjectivité, pauvre ou riche, conflictuelle ou harmonieuse, mais en tous les cas ouverte par l'amour que je me porte d'abord à moi-même. Aucune éthique n'y pourra rien.

Admettons que les impossibilités formelles butent contre ce fait effectif et qu'il soit légitime, que je m'aime infiniment moi-même. Nous ne pourrons consigner ce fait supposé – je m'aime infiniment moi-même – que comme un développement de la circularité de l'*ego cogito* : je tiens à moi et par le moi je m'apparais comme infiniment prochain, au point qu'il m'appartient, que je lui appartiens et que je me confonds avec lui. De cette co-appartenance originaire, s'ensuit l'adhésion de chacun à soi – le chacun pour soi. L'amour de ce soi – ce chacun pour soi – s'imposerait comme le premier amour possible, l'amour du premier soi possible, donc le seul : l'amour au sens propre, l'amour du propre, l'amour propre ; l'amour bien ordonné commence par soi-même, parce qu'il commence par le premier chacun pour soi ; on ne discute pas l'égoïsme originaire, on l'accomplit chaque jour, chaque instant – et toute doctrine de l'amour, même altruiste, commence par lui. Il se pourrait que la revendication de s'aimer soi-même offre, au-delà de ses impossibilités formelles, un sens plus radical : il s'agirait du reflet dans la conscience d'une revendication plus originaire, non plus psychologique, mais ontique – celle de persévérer dans son être. L'amour de soi deviendrait alors le simple indice, incompréhensible peut-être si l'on en reste à la logique, d'une exigence autrement contraignante, celle de l'étant en tant qu'étant.

Autrement dit, aucun étant ne peut être sans s'efforcer inconditionnellement de continuer à être. Etre implique, pour tout étant, l'effort de persévérer dans son être (*conatus in suo esse perseverandi*). Etre demande d'être toujours encore et à toute force. Etre implique une exigence d'être sans réserve, sans condition, sans limite, ni fin. Peu importe que je persévère dans mon être sur un mode plus ou moins actif (avec une idée adéquate de ma décision d'être), ou plus ou moins passif (avec une idée inadéquate de ce qui m'advient d'être) – l'essentiel consiste seulement en ce que je persiste à être et que, de quelque manière que je sois, mon *je* soit. Ce que nous nommions l'amour de soi reflétait ainsi seulement, dans la conscience et sa représentation du désir, une exigence transcendantale imprescriptible ; et notre impuissance à le penser sans aboutir à des contradictions prouvait seulement que l'approche psychologique (amour de soi) reste en deçà de ce qu'il s'agit de penser – l'être, pour un étant, équivaut à la présence et requiert l'endurance dans la présence. Pour s'aimer soi-même, il faut, plus essentiellement, persévérer dans *son* être propre. Les deux reviennent au même – à la présence de chacun pour soi.

Pourtant, même ainsi transposé, cet argument s'expose à plusieurs objections, sur la persévérance et sur l'être.

Sur la persévérance, on doit d'abord demander si être requiert pour tout étant de persévérer toujours et exclusivement au présent, donc de redoubler la présence en lui, ou s'il ne pourrait pas s'agir, dans certains cas, d'une autre temporalisation, plus complexe et subtile, orientée vers l'avenir. On doit le demander d'autant plus nettement, lorsqu'il ne s'agit pas d'être un étant en général, ni tel étant du monde, ni surtout un étant selon l'objectivité, mais d'être sur le mode du *je*. Lorsqu'il y va de ce centre du monde qu'à chaque fois je suis (moi et nul autre), de cet étant qui n'appartient pas au monde (puisqu'il l'ouvre) et de ce *je* auquel personne ne peut jamais se substituer (car il ouvrirait alors non pas mon monde à ma place, mais, à la sienne, un monde autre), la présence, même radicalisée en persévérance, suffit-elle à énoncer le mode d'être approprié ? Le *conatus in suo esse perseverandi* ne transposerait-il pas plutôt, non sans naïveté ni violence, un mode d'être très élémentaire, à la rigueur convenable aux étants intra-mondains et physiques – le principe d'inertie, qui prononce que tout corps persiste dans son état (repos ou mouvement) aussi longtemps qu'un autre ne l'en empêche – à un étant non mondain, non physique et insubstituable à tout autre, à ce *je* qu'à chaque fois moi seul ai à être, sans qu'aucun autre, jamais, ne puisse m'en épargner le fardeau ? Va-t-il donc de soi que le mode d'être approprié à cet étant qui seul peut dire *je*, qui seul n'admet aucune substitution, qui seul s'impose de décider de lui-même et, qui seul ouvre le monde, se réduise sans reste à l'effort trivial pour persévérer dans la présence ? Admettons même que l'*ego* persévère tant qu'on voudra – par ce simple mode d'être, que sera-t-il de plus ou saura-t-il de plus sur soi en tant qu'*ego* ? Rien. Car, pour un *ego*, être ne consiste pas à prolonger son effectivité seulement, mais d'abord à rester ouvert sur et par une possibilité, non pas à persister dans la présence acquise, mais à se projeter dans l'avenir imprévisible. Le mort persévère encore dans son être – il ne lui reste même que cela. Donc pour moi, le vif, être ne signifie pas persévérer, mais s'inaugurer dans la possibilité.

Surtout, qu'advient-il de l'être, s'il s'agit *ici* de moi en réduction érotique, exposé donc à la question « m'aime-t-on ? » ? Désormais, sous le soleil noir de la vanité (même si je prétends y résister par l'amour que je suis censé pouvoir me porter), que m'importe la persévérance dans mon être, que m'importe l'être même, puisque c'est toute la question de l'être qui se trouve désormais mise entre parenthèses ? Comment pourrais-je me contenter de persévérer dans l'être, lorsqu'il ne s'agit plus d'être, mais de défendre cet être contre la question « à quoi bon ? » qui le ruine ? Comment l'être, même persévérant, pourrait-il m'assurer, lorsqu'il s'agit d'assurer l'être lui-même contre la vanité, de s'assurer contre la vanité d'être – en un mot de m'assurer qu'on m'aime ? Et d'ailleurs, comment pourrais-je me décider d'être et surtout en avoir la force constante, si l'être ne me restait pas d'abord aimable ? Car je puis aussi ne pas estimer mon être aimable, je puis toujours haïr d'être par dégoût ou par impuissance, je puis même me dénier le droit et surtout le devoir d'encombrer le monde et mes semblables de ma pathétique prétention à persister dans mon être pitoyable. Etre – un amant devrait-il nécessairement l'aimer, et l'aimer pour soi, comme lui convenant à titre d'amant ? Rien de moins assuré. Un corps physique, un étant du monde, un objet n'ont pas à décider s'ils méritent d'être, ni s'ils le peuvent – ils persévèrent dans l'être élémentaire, parce qu'ils sont dispensés de le choisir, de le vouloir, bref de l'aimer. Moi, j'ai à le décider. Peut-être l'atome, la pierre, le ciel et l'animal peuvent-ils, sans angoisse ni scrupule, persévérer naturellement dans leur être. Moi, je ne le peux pas. Pour persévérer dans mon être, moi, je dois d'abord vouloir être, et, pour cela, aimer être. Et je ne le peux pas très longtemps (sauf à neutraliser en moi ce qui me distingue de l'atome, de la pierre, du ciel et de l'animal), si je n'obtiens pas vite une réponse positive à la question « m'aime-t-on ? ». Or, non seulement le *conatus essendi* ne répond pas à la question « m'aime-t-on ? », non seulement il la présuppose résolue, mais il ne l'entend même pas, parce qu'il reste totalement pris dans l'attitude naturelle.

En régime de réduction érotique, la question « être ou ne pas être ? » perd son évidence et sa primauté, en sorte que la réponse qu'y apporte le *conatus in suo esse perseverandi* n'a plus aucune pertinence. Cette question et cette réponse se disqualifient, parce qu'elles s'interdisent même d'entendre l'interrogation « m'aime-t-on ? », parce qu'elles reculent devant la réduction érotique elle-même.

§ 11. *Que je le veuille ou non*

Tentons pourtant une dernière expérience. Supposons contre toute logique que l'on puisse invoquer ici le *conatus in suo esse perseverandi* et même le mettre en œuvre. Reste à tester s'il peut m'assurer moi-même, de quelque manière que ce soit, contre la vanité d'être. Autrement dit, le *conatus* me fera-t-il résister à l'épreuve qu'impose la question « m'aime-t-on ? » ? La réponse à cette question se dédouble, selon que je persévère dans mon être que je le veuille ou non (nécessairement), ou bien parce que je le veux (librement). En effet, l'instance de ma liberté s'impose sans discussion, puisqu'il s'agit de *ma* persévérance dans *mon* être d'étant, l'un et l'autre en première personne.

Soit la première hypothèse : je ne persévère pas dans l'être parce que je l'ai décidé, mais parce qu'il s'agit d'une nécessité qui détermine la manière d'être de l'étant que je suis. En général et pour tout étant de quelque type qu'il soit, être équivaut à persévérer ; être revient à la présence, donc à y perdurer et à s'y obstiner, sans avoir même à la décider ni à la vouloir. Je ne fais pas exception à un principe valable aussi bien pour l'atome, la pierre et l'animal que pour ce que je suis. Il s'ensuit que je ne puis pas ne pas m'efforcer, voire m'épuiser à être et à être à tout prix. En langage métaphysique, en m'exerçant aussi bien par idées inadéquates que par idées adéquates, inactivement qu'activement, en sachant ce que je fais ou en ne le sachant pas. Bref, comme une brute ou comme un entendement – de toute façon je persévérerai, « je maintiendrai », je m'accrocherai à la présence jusqu'au dernier présent possible. Voire au-delà, puisque, par principe, je n'ai ni à le vouloir, ni même à le choisir. Cette hypothèse soulève deux objections radicales.

D'abord, si tout être, donc toute manière d'être,

même la plus pénible ou la plus abjecte, justifie ma persévérance à être, mieux l'exige, jusqu'où devrai-je descendre dans l'être pour satisfaire inconditionnellement au principe de persévérance ? Jusqu'au malheur, jusqu'à l'indignité, jusqu'à l'animalité, jusqu'à la vie végétative ou jusqu'à quelle abjection ? L'être dans lequel je persévérerai par principe restera-t-il celui d'un étant ouvrier du monde ou d'un étant intramondain, d'un vivant apte à mourir ou d'un fantôme, ni mort, ni vif ? N'aurai-je vraiment pas à choisir devant cette dégradation annoncée, ni à la suspendre pour rester moi-même ? Le *conatus in suo esse perseverandi* peut-il m'imposer de m'adonner à l'inhumanité, bref de perdre les raisons d'être pour garder l'être ? Le suicide, en un mot, pourrait me devenir non pas seulement un devoir, mais l'unique voie pour m'identifier à ce que je me dois d'être ; même si, la plupart du temps, il ne sanctionne que l'empire en nous du ressentiment, il atteste parfois – de rares fois – la souveraine décision de ne pas déchoir de ma manière d'être. Plutôt ne pas persévérer dans l'être que d'être n'importe quoi et à tout prix. – Ensuite, à supposer que je persévère dans l'être sur un mode qui ne me fasse pas déchoir de moi-même, que m'importe pourtant, s'il me conserve ou m'accomplit sans que je l'aie choisi, sans que je l'aie voulu, sans que j'y sois moi-même pour quoi que ce soit ? Que m'importe de persévérer dans mon être, si moi – moi qui décide et veux ce que je deviens – je n'y suis pour rien, pour personne, pas même pour moi ? Persévérer dans *mon* être – mais s'agit-il encore du mien, s'agit-il encore simplement de moi, si je n'y suis pour rien et que j'y cède à la nécessité d'un principe édicté par la métaphysique ? En un mot, persévérer dans un être qui s'obstine sans moi, est-ce encore persévérer dans le mien ? Sans même évoquer une réponse à la question « m'aime-t-on ? », s'agit-il encore de moi dans cet étant anonyme, qui persévère, le front bas, dans sa présence insensée, muette et indifférenciée ? Persévérer dans l'être, n'importe qui et n'importe quoi le peut sans moi et à ma place : cela ne m'atteint pas comme tel, cela ne m'instruit en rien, lorsqu'il s'agit d'affronter la réduction érotique. Tout et tous les étants peuvent bien s'en contenter, s'en rassurer et s'en conforter ; pour moi, qui me demande « m'aime-t-on ? », persévérer même dans *mon* être me reste une vanité indigente. Qu'ai-je à voir avec cette trivialité – persévérer dans un être qui n'aime pas ou qu'on n'aime pas, qui n'a ni à aimer ni à se faire aimer, parce qu'il n'a aucun nom ni aucune individualité ?

Soit l'autre hypothèse : je persévère dans mon être librement – parce que je le veux bien. Mais puis-je le vouloir ? On pourrait sérieusement douter que la volonté ait le moindre impact sur l'être en général, même le mien ; parce que la volonté elle-même, qu'elle soit une authentique faculté ou un simple effet de surface, suppose l'être et ne le provoque pas ; au mieux elle en gère les modalités, les figures et les orientations ; mais il échappe à sa prise de le produire, de le conserver, donc aussi d'y persévérer. Que signifierait une proposition comme « vouloir être » ou « vouloir persévérer dans son être » ? Rien sans doute, un non-sens. – Reste que, si je ne peux pas vouloir décidément persévérer dans mon être, je peux au moins le vouloir bien – y consentir, le désirer. Mais que signifie alors consentir à persévérer dans son être, sinon *aimer* bien être, donc *aimer* bien continuer à être ? Si réapparaît ce terme, *aimer*, ne retrouve-t-on pas l'aporie initiale : je ne puis aimer bien être (pour y persévérer) que si cette résolution résiste à la question « à quoi bon ? » – inévitable dans la réduction érotique ? Or je n'y puis résister que si je demande en retour « m'aime-t-on d'ailleurs ? » et obtiens une réponse positive qui m'assure. Donc, nous en sommes reconduits inéluctablement à l'interrogation initiale : le *conatus in suo esse perseverandi* ne fait pas plus exception à l'exigence d'une assurance d'ailleurs que la prétention à s'aimer soi-même chacun pour soi. Le détour ontique qu'il prétendait assigner à la circularité autarcique de l'amour de soi ne change rien au fond : il s'agit toujours de décider si, pour résister à la vanité telle que l'instaure la réduction érotique, nous pouvons, ou non, faire l'économie d'un amour venu d'ailleurs, qui assure l'amant. Le *conatus* ne fut qu'un leurre et ne nous a gagné qu'un sursis. Il reste à affronter la pire question.

§ 12. La haine de soi

Nous renoncerons donc à ces deux points de départ illusoires, l'amour de soi par soi-même (§ 9) et la persévérance dans son être (§§ 10-11). Non qu'ils manquent à l'éthique (ce qui reste, après tout, indécidé), mais parce qu'on ne peut simplement pas les mettre en œuvre. Ce n'est pas leur injustice qui les rendrait haïssables, mais leur impossibilité, qui les rend inapplicables. Rien de plus évident que l'amour de soi et la persévérance dans son être, du moins dans l'attitude naturelle ; mais sitôt en réduction érotique, l'un et l'autre apparaissent comme des contradictions logiques, plus exactement des contradictions érotiques. Pour en finir avec ces illusions, nous allons établir une fois pour toutes la thèse exactement opposée – personne ne peut s'aimer soi-même et sûrement pas d'un amour-propre inconditionné, parce que chacun pour soi trouve en soi, plus originelle que l'amour prétendu de soi, la haine de soi.

Supposons que je prétende, contre toute évidence, que je m'aime moi-même infiniment. Que veut dire, au fond, cette extravagance ? De quel souci obscur offre-t-elle le symptôme ? Exactement de son contraire. Revendiquer l'amour de soi trahit, en fait, ma très claire conscience de *ne pas* posséder cet amour serein de moi ; plus encore, de ne pas mériter un amour infini. Pourquoi ? Evidemment, parce que je connais, mieux que personne, que je suis fini et que mon éventuelle valeur nominale (ne parlons pas de principe, ni d'essence, ni de nature humaine, mots dont j'ignore ici le sens) regorge, ruisselle et suinte de finitude. Même si j'ignorais ma finitude et ma défaillance (à supposer que je puisse longtemps me les masquer), le simple fait déjà de revendiquer un amour infini de moi par moi prouverait à tous qu'il me fait défaut, puisque précisément j'en éprouve le besoin et me sens tenu de le réclamer ouvertement. Car enfin, si je m'aimais en vérité infiniment moi-même, je ne songerais même pas à le réclamer ou à le proclamer ; je ne me disperserais même pas à m'en vanter ; cette jouissance me paraîtrait aller à ce point de soi, que je ne pourrais même pas en prendre conscience – pas plus qu'aujourd'hui je n'ai à prendre conscience de ma chair ou de ma différence sexuelle, tant elles coïncident exactement avec mon ipséité dont elles précèdent même l'éclosion. Si je m'aimais vraiment moi-même sans effort ni remords, la simple conscience de cette réconciliation avec moi-même me constituerait si intimement, si identiquement qu'elle disparaîtrait aussitôt à mes yeux. Je m'aimerais d'une longue et calme possession, sans fin, ni manque, ni non plus la moindre conscience. Si je m'aimais infiniment, je m'aimerais sans commentaire, sans argument, sans état d'âme – sans le savoir. Je ne songerais même pas à me poser cette étrange question « m'aime-t-on – d'ailleurs ? ». Si je m'aimais vraiment moi-même, je n'entendrais même pas résonner obstinément à mon arrière-conscience le soupçon « à quoi bon ? », je n'irais même pas m'exposer à la réduction érotique – parce que j'y aurais déjà satisfait sans même le savoir ni le vouloir. Par conséquent, si je revendique de m'aimer moi-même, je sais et m'avoue déjà clairement non seulement que je n'y suis jamais parvenu, mais que j'ai le plus grand besoin d'y parvenir. Je proclame mon amour-propre justement parce que je ne peux l'accomplir seul. Je le revendique à cor et à cri précisément pour me dissimuler que je n'y accède pas. En proclamant que je m'aime infiniment, je prouve que je ne m'aime pas infiniment, j'atteste l'écart entre l'amour que je demande et mon incapacité à l'obtenir. Donc – premier stade – la simple *revendication* de l'amour de chacun pour soi accomplit le ressentiment dans son fonds le plus terrible – la haine de soi.

Evidemment, substituer la haine de soi à l'amour de soi peut sembler arbitraire, violent même. Car enfin, qui a jamais haï sa propre chair ? On peut comprendre cette inquiétude, on ne peut pas la prendre au sérieux. Il ne s'agit pas ici de pessimisme ni d'optimisme, catégories imbéciles, mais de décrire le plus exactement possible ce que la réduction érotique fait apparaître au centre de l'*ego*, dès lors que la vanité interdit de se fonder chacun pour soi dans la pensée égale à elle-même et expose à la question « m'aime-t-on – d'ailleurs ? ». Dans une telle situation d'exposition (comme sans défense à un danger), il faut reconnaître, de gré ou de force, que l'*ego* ne peut s'assurer lui-même, parce qu'il ne peut s'attribuer à lui-même cet ailleurs, dont seul une assurance peut venir. L'hypothèse de la haine de soi, comme tonalité affective fondamentale de l'*ego* en réduction érotique, s'impose en conséquence directe de l'impossibilité, tant logique qu'effective, de l'amour de soi. – A quoi s'ajoute une confirmation factuelle : pour les plus grandes d'entre elles, les philosophies prétendent aboutir à l'amour de soi, mais n'y parviennent pas – pas assez du moins pour retenir certains, en fait la plupart des hommes, non seulement d'éprouver de la haine pour soi, mais de l'exercer effectivement sur soi. Je n'argumente pas en invoquant des statistiques ou des faits divers, mais en demandant à chacun, qui lit ces lignes, s'il n'a pas dû affronter, ne fût-ce qu'une fois dans son laps écoulé de vie, la pulsion presque irrésistible de se punir lui-même, en pleine sinon sereine justice, parce qu'il s'avérait à ses propres yeux défaillant, décevant, ou, comme on dit d'habitude, minable. Il s'agit de la haine de soi comme mépris de soi – d'où suit inéluctablement l'auto-punition. Qui pourra dire, honnêtement, qu'il n'a jamais haï en lui-même sa nullité ? S'il le nie, je le tiens pour un dieu ou un fou ; non, pas pour un fou – car un fou connaît plus que quiconque la haine de soi, dont il provient –, mais pour une bête. Un dieu ou une bête. La seconde hypothèse reste la plus fréquente – ne fût-ce que parce que qui prétend faire le dieu fait la bête. La haine de soi s'impose ainsi comme la tonalité affective ultime de l'*ego* en régime de réduction érotique.

Un second stade consiste en l'*injustice*. Puisque la simple revendication d'un amour de soi égal et serein insinue déjà une insatisfaction de soi, elle suffit à démontrer son contraire : un tel amour n'allait pas de soi, donc ne pouvait d'emblée pas s'accomplir parfaitement. Reste désormais à concevoir ce qui provoque et maintient cette contradiction formelle – rien de moins qu'une injustice réelle. Car, d'une part, pour m'aimer *moi-même* (du moins le prétendre), il faut m'admettre comme un moi radicalement fini : puisque j'ai besoin qu'on m'aime d'ailleurs, il me faut bien tracer une limite – la mienne – au-delà de laquelle cet ailleurs puisse apparaître dans son extériorité, mais en deçà de laquelle j'occupe un territoire fini, donc indiscutablement mien ; de plus, il va de soi que, sans cette finitude, je n'aurais ni conscience, ni besoin de la moindre assurance. Mais, d'autre part, pour m'*aimer* moi-même, je dois supposer un amour (d'où qu'il vienne) qui m'assure, donc qui m'aime à l'infini, faute de quoi il resterait sous condition, donc impuissant à m'assurer (§ 9). En revendiquant de m'aimer moi-même, je prétends donc autant à une finitude radicale (en demande d'une assurance d'ailleurs) qu'à une infinité positive (accomplissant l'assurance d'ailleurs). La contradiction formelle s'approfondit donc en inadéquation : le fini prétend ne pouvoir être égalé que par l'infini. Car l'*ego* veut établir entre deux termes incommensurables non seulement une inadéquation, mais une équation – la finitude du moi ne s'éprouve adéquatement assurée que si un amour infini l'assure ; bref, à moins de l'infini le fini ne reçoit pas d'assurance. Le fini, pour résister à la vanité et son « à quoi bon ? », exige une assurance, donc un amour infini. Il s'agit d'un paradoxe, mais non d'une absurdité, parce que l'amant que je deviens raisonne selon une stricte logique – la logique de la réduction érotique. Lorsqu'il s'agit de répondre à l'interrogation « m'aime-t-on – d'ailleurs ? », rien de plus logique que l'injustice : en effet, le fini exige l'infini comme son dû. La simple prétention à s'aimer soi-même ne peut s'accomplir sans injustice. Mais rien de moins injuste que cette injustice même, car rien ne se justifie plus que d'exiger une assurance infime, surtout si l'on se sait fini. Qui se contenterait, aussi fini qu'il se sache (et justement pour cela), d'un amour fini ? Qui se satisferait, aussi minable et nul qu'il se sache (et précisément pour cela) d'un amour nul ? Injustice logique, rationnelle, inévitable – en un mot, juste injustice.

Un troisième stade se dégage aussitôt : *la mauvaise foi*. Désormais, je sais mieux que quiconque que je ne mérite pas l'amour que pourtant je réclame ; je sais parfaitement ce qu'a d'injuste la prétention à m'aimer moi-même alors que je me hais. Je mesure comme personne l'abîme creusé entre ce que je suis et ce qu'il faudrait devenir pour mériter qu'on m'aime d'ailleurs – *a fortiori*, pour parvenir à me faire aimer de moi-même. La contradiction que cette injustice provoque, nul donc ne la connaît et n'en souffre plus que moi. Pourtant nul plus que moi n'éprouve la nécessité de la surmonter – puisque, si je ne parvenais pas à m'aimer moi-même, faute qu'on m'aime d'ailleurs, il ne me resterait qu'à succomber à la question « à quoi bon ? ». Cet écart entre ce que je suis – non aimable – et ce qu'il me faudrait devenir – non haïssable –, je ne peux ni le nier ni m'en accommoder. Il ne me reste donc qu'à le masquer. La mauvaise foi devient alors la seule attitude raisonnable, aussi intenable qu'elle doive s'avérer à la fin. Car il ne s'agit pas du tout d'abord de mentir à autrui – banalement de lui cacher que ma nullité ne me mérite pas l'esquisse d'amour qu'elle réclame ; ni de lui dissimuler ma parfaite conscience de ce démérite, puisque nul ne nourrit moins d'illusions que moi sur moi ; bref il ne s'agit pas du tout de mentir à autrui. Il s'agit de *me mentir à moi-même*, afin de maintenir ouverte la possibilité de laisser aimer, par moi-même ou d'ailleurs, celui que je méprise le plus – moi. Car, dans les deux cas, celui qui m'aimerait doit à la fois savoir et ne pas savoir qui je suis. Il faut que ma main droite ignore tout de ma main gauche, que le moi aimant ignore complètement le moi aimé (en fait haïssable) : amour de chacun pour soi, mais les yeux fermés, où moins j'en sais, plus j'y peux. Cette schizophrénie devient la seule figure encore praticable de l'amour de soi – en tant que substitut désespéré à l'amour d'ailleurs –, donc la dernière posture effective d'un égoïsme encore au travail. Pour m'aimer moi-même, je dois donc ne pas me reconnaître pour ce que je suis pourtant à mes propres yeux – haïssable. La connaissance de soi non seulement ne va pas de pair avec l'amour de soi, mais elle l'interdit. Du moins en va-t-il ainsi dès que l'on passe à la réduction érotique.

Cette inadéquation inévitable conduit, à terme, au quatrième stade : *le verdict*. Je me découvre en effet dans une situation psychologiquement et logiquement intenable. En un premier temps, la contradiction de la revendication d'un amour de moi pour moi-même, jointe au mépris de moi pour moi-même, m'a conduit à la posture d'une injustice foncière, mais pourtant légitime. A cette première contradiction, vient de s'ajouter l'effort extraordinairement ardu, mais que sa douleur condamne, pour me mentir à moi-même dans le dessein d'accomplir, malgré ma conscience, l'amour de chacun pour soi. Désormais, la contradiction de l'amour de soi et l'effort pour la masquer entrent à leur tour en conflit, puisque la première ne cesse de savoir ce que le second veut (se) dissimuler. En sorte que j'ai non pas une, mais deux bonnes raisons de me haïr : d'abord le mépris que je me porte, l'inanité de ma revendication et mon injustice – raison positivement négative –, ensuite mon impuissance à terme inévitable à tenir longtemps le mensonge requis pour m'aimer moi-même malgré ma conscience – raison négativement négative. A un moment ou à un autre, il faudra bien que mes défenses cèdent, que la pression des eaux amères emporte le dernier barrage, bref que je renonce à m'aimer moi-même et même à le prétendre. Et de fait, tous ceux qui accèdent au statut d'amant (et eux seuls), autrement dit tout *ego* qui parvient à entrer dans la réduction érotique, expérimente plus d'une fois dans sa vie la haine de soi. Il ne faut pas s'imaginer qu'il s'agisse là d'une situation extrême. Elle s'accomplit au contraire le plus souvent doucement, dans le calme presque soulagé d'un désastre annoncé par des contradictions qui ont pesé trop longtemps, un désastre clair et lent, devenu parfaitement intelligible par l'évidence de l'injustice, voire un désastre serein, où j'éprouve, comme un bienfait, que justice soit enfin faite. Soulagement, parce que, si je ne parviens pas à m'aimer, si je ne peux même plus me mentir assez pour me le faire accroire, la faute n'en revient plus à moi, qui aurais manqué de force, mais à cet autre moi, qui ne mérite pas qu'on l'aime, ni d'ailleurs ni par soi. Je me rends donc doublement justice en renonçant à m'aimer moi-même : je n'aime pas ce moi qui ne le vaut pas, mais je me justifie aussi de ne pas l'aimer. Plus, je rends même au monde sa pureté, qu'avait troublée ma revendication injuste de me faire aimer infiniment, non pas malgré, mais en vertu de ma nullité. Lorsque enfin je renonce à troubler l'ordre des choses en acceptant, logiquement, sagement et justement non seulement de ne pas exiger qu'on m'aime d'ailleurs, mais encore de ne plus prétendre pouvoir m'aimer moi-même par moi-même, j'éprouve la rêche mais pleine satisfaction dc céder non à la force, mais à une évidence plate : il n'y avait simplement pas lieu d'aimer, car rien, et surtout pas moi, ne mérite qu'on l'aime. Le suicide, pour solde de tout compte ? Sans doute, mais peut-être simplement un règlement de comptes, où je me réjouis de n'avoir ni à aimer, ni à l'être. En me haïssant, je ne mets pas en question d'abord ma vie ni éventuellement ma mort, mais la possibilité pour mon *ego* de se considérer comme un amant. En me haïssant avec bienveillance, je tente de presque annuler l'emprise sur moi de la réduction érotique. Il n'y a pas à aimer, il n'y a rien à aimer, puisque même moi je ne parviens ni à me faire aimer d'ailleurs, ni à m'aimer par moi-même. Reste encore mon *ego* et son éventuelle certitude ontique, que je suis dispensé désormais d'aimer, puisque je ne le puis pas. Et ma haine de moi n'atteste plus aucun amour déçu.

§ 13. Le passage à la vengeance

Cet équilibre de l'indifférence – où je n'en ai rien à aimer, ni rien à haïr – ne dure pas. La haine de soi ne peut se résorber si facilement dans l'indifférence de la simple absence d'amour. Suspendre la réduction érotique ne va pas de soi, précisément parce qu'elle modifie radicalement le concept même du *soi* – bref, il ne suffit pas de se haïr chacun pour soi pour sortir de l'horizon d'ailleurs infini de l'amour. La haine de soi renvoie encore, au moins autant que l'impossible amour de soi par soi, à la question « m'aime-t-on d'ailleurs ? », et pour une raison obvie : le *soi* que l'on hait, on le hait précisément parce qu'on ne parvient ni à le faire aimer d'ailleurs, ni à l'aimer soi-même. Plus intime à la haine qu'elle-même, apparaît l'impossibilité de l'amour en elle. Aussi la haine de soi ne dure-t-elle pas dans la sérénité provisoire que nous lui avons connue ; elle déclenche bientôt une réaction en chaîne avec autrui, ou plus exactement avec la haine d'autrui. Cette réaction en chaîne s'articule en quatre autres stades, qui prolongent la précédente séquence de la haine de soi.

Comment puis-je pourtant en arriver – cinquième stade – à la haine d'autrui, dès lors que je n'ai besoin d'aucun autrui pour ne pas m'aimer et que je suffis moi-même largement à la tâche de me haïr ? De plus, à ce moment de l'analyse, je n'ai encore aucun accès réglé à autrui, ni aucun motif de le haïr – du moins de le haïr en retour de la haine qu'éventuellement il me porterait. Mais je me trouve d'autres motifs de haïr autrui que la haine envers moi-même, et d'encore plus puissants. Supposons qu'à la fin je renonce vraiment aussi bien à m'aimer moi-même par moi-même qu'à me faire aimer d'ailleurs : aussi longtemps que je considérerai ce choix dans le champ de la logique qui m'y conduit, *moi*, je pourrai m'imaginer pouvoir, par un mixte de stoïcisme et de cynisme, m'y résigner sans barguigner. Mais supposons que, traversant sans égards le pré carré de ma logique, un autrui quelconque vienne, apparemment sans peine ni même sans intention, se faire aimer de tous (ou de quelques-uns – cela suffira), au point qu'il réussisse même à se donner l'illusion de pouvoir s'aimer par lui-même ; bref, supposons l'irruption de ce qu'on nommera précisément un *imbécile heureux* – celui du moins que j'appréhenderai comme tel : beau, bête, riche et chanceux, à qui tout réussit sans mérite, sans peine, sans échec non plus. On demande alors : que deviendra ma haine de moi, supposée calme et civilisée, sans violence ni revendication, discrète et privée, lorsqu'elle rencontrera le premier imbécile venu, pourvu qu'il soit heureux ? On doit évidemment répondre : ma haine de moi ne supportera pas l'illusion et l'imposture de l'amour, que l'imbécile heureux croit se porter à soi-même en conséquence de celui qu'il s'imagine lui venir d'ailleurs. Non seulement parce que ma haine en sait le mensonge, mais surtout parce qu'elle ne supportera pas longtemps que l'injustice, à laquelle elle a, pour son propre compte, renoncé, triomphe sans pudeur chez l'imbécile heureux. La haine de soi, qui a pris possession de moi, demandera justice : ce que j'ai détruit en moi – la revendication à l'amour de moi – n'a aucun droit à triompher en personne d'autre. Et pour une excellente raison : autrui ne vaut pas mieux ni plus que moi ; il ne mérite pas plus que moi une réponse positive à la question « m'aime-t-on ? ». Je demanderai donc : pourquoi lui et pas moi ? Ou : je ne le mérite pas, mais puisque lui, qui ne le mérite pas non plus, y prétend et croit l'obtenir (voire pire : l'obtient vraiment), j'y ai droit *autant que lui*, même si, selon ma propre conviction, je n'y ai *en vérité* aucun droit. Je ne peux certes plus soutenir ma revendication qu'on m'aime, en disant que « je le veux », mais, par comparaison avec l'imbécile heureux, je peux encore répondre que « je le vaux bien ». Le *conatus*, que je ne puis assumer en première personne, je peux encore tenter de l'assumer en seconde personne, car la rivalité mimétique m'accorde indirectement ce que la haine de soi m'interdit directement. Je vais m'aimer quand même, au moins par défaut, en transposant sur autrui le poids de la haine de moi, qui, ainsi partagé, me deviendra dès lors supportable – un temps du moins. La haine de la non-haine de soi, la haine d'un amour de chacun pour soi chez un autrui en apparence heureux détourne de moi la haine de soi par soi – un temps du moins.

Ainsi – sixième stade – pour la première fois autrui entre en scène. Mais il entre en scène sous le masque inattendu d'un voleur, presque d'un séducteur, puisqu'il détourne sur lui et comme à son bénéfice partie ou totalité de ma haine de moi-même. Autrui apparaît enfin, mais *comme celui que je hais*. Ou plus exactement comme celui que je peux, contre toute logique, préférer haïr plutôt que moi-même. Ou encore, comme celui qui porte à ma place le poids écrasant de ma propre haine de moi-même. Autrui s'offre toujours d'abord comme celui que j'aime le plus haïr – d'autant qu'il me dispense, au moins en partie, de garder pour moi seul ma haine de moi-même. Or, je vais précisément m'adresser à cet autrui que je n'aime pas, qu'en fait je hais et que je ne connais qu'en tant que je le hais, pour lui demander, lui, de m'aimer, moi. Et je vais le lui demander, alors que je présume (par analogie avec mon cas) d'abord que lui-même ne s'aime pas plus que je ne m'aime, ensuite qu'il devine que moi non plus, je ne m'aime pas moi-même, pour les mêmes excellentes raisons qui le font, lui le premier, se haïr. Comment pourtant, se haïssant lui-même et connaissant que je me hais, pourrait-il ne pas me haïr ? Ou bien, de ma haine et de la sienne, il conclura que je ne vaux pas mieux que lui, et me haïra logiquement. Ou bien, si d'aventure il me soupçonne de ne pas me haïr, mais de prétendre m'aimer comme le ferait tout imbécile heureux, il me haïra d'autant plus franchement et de meilleur cœur. Je lui adresse donc ma demande d'un amour venu d'ailleurs à la fois raisonnablement et absurdement. Raisonnablement, très raisonnablement même : je viens, en effet, au fil conducteur de mon envie, d'avoir accès pour la première fois à autrui ; or, ne fût-ce que sous la figure du premier haïssable, il n'en offre pas moins le premier visage possible de l'ailleurs, sans cesse recherché, mais resté jusqu'ici inaccessible. Fort absurdement pourtant : cet autrui, en effet, je ne le rencontre que sous la figure du second haïssable après moi, du premier haïssable qui ne soit pas simplement moi ; et donc, selon le principe que la haine reçoit la haine en retour, je demande qu'on m'aime d'ailleurs à celui précisément qui ne peut que me le refuser, et qui, en un sens, le doit. Ainsi s'accomplit la demande contradictoire par excellence : demander à celui qui ne peut que me haïr de m'aimer – pour la première fois – d'ailleurs.

Demande contradictoire, mais pas insensée. Car autrui m'apparaît sous la figure de Janus – *celui que je hais et qui devrait m'aimer*, celui que je voudrais aimer alors qu'il me hait –, parce qu'il remplit, malgré lui sans doute, une fonction unique : celle de me délivrer, en partie du moins, de la haine de chacun pour soi, qui m'écrase. Cette délivrance, je ne peux évidemment la demander qu'au premier venu, à ce premier autrui d'ailleurs, même s'il me hait parce qu'il se hait lui aussi. Qu'il m'aime un peu serait déjà une immense avancée. Qu'il me considère un peu, même sous l'aspect de sa haine, vaudra toujours beaucoup mieux que de rester seul à m'aimer et me haïr à la fois. Quel qu'il soit, je confie à cet autrui venu d'ailleurs le poids de l'impossible performance de l'amour impropre et contradictoire de chacun pour soi. A lui et lui seul revient le sale boulot de supporter ce qui me répugne même à moi – le travail de m'aimer malgré ma haine de moi-même, ou, ce qui revient strictement au même, la triste responsabilité de me haïr moi-même en vertu même de l'amour que j'aurais dû me porter à moi-même. Cet autrui, que j'aime et que je hais en même temps, apparaît certes un phénomène paradoxal ; mais ce paradoxe a sa raison en moi-même – puisqu'il surgit en fait de rien de moins que de mon originelle entrée dans la réduction érotique. Autrui, que j'aime et que je hais d'un seul trait, reproduit, sous la figure d'un paradoxe phénoménal, la contradiction originelle que je lui inflige – la contradiction de la haine de moi par moi-même, à titre du résultat de ma prétention à m'aimer d'ailleurs ; il ne supporte en fait que le poids de la performance impossible de mon amour impropre de moi. Mais autrui ne pourrait pas prendre si parfaitement sur lui cette contradiction venue du fonds de moi, s'il ne me reflétait pas exactement : lui aussi pratique la haine de soi, autant qu'il revendique de soi et d'ailleurs l'amour injuste et impraticable de soi-même. Il n'accueille si bien en lui ma contradiction, qu'autant qu'elle reproduit simplement la sienne, déjà prête à s'employer. Autrui surgit dans la visibilité comme un miroir trop fidèle, simple otage de ma haine (aimante) de moi, ouvrier de l'amour impropre (haineux) de moi, bref comme ma parfaite idole, miroir invisible de moi-même. Et ce n'est pas le moindre accomplissement de la haine de chacun pour soi que de susciter sa propre idole. Comme s'il lui fallait mimer la gloire d'un dieu.

Bien entendu – septième stade – ce premier autrui, qui m'apparaît précisément d'abord sous la figure de celui qui me hait, ne peut guère qu'adresser une fin de non-recevoir à ma demande de m'aimer. Il doit finir par me haïr. Admettons donc que, selon toute vraisemblance, *il me hait*. Cette haine, il s'en faut pourtant de beaucoup qu'elle ne me dise rien. Elle m'enseigne au contraire beaucoup en validant les précédentes étapes de l'itinéraire. D'abord la haine que me porte autrui confirme que je ne pouvais m'aimer moi-même, puisque autrui ne le peut pas plus ; car la mise en jeu ici d'un autre que moi manifeste qu'il ne s'agissait pas seulement d'une incapacité mienne, mais bien d'une impuissance tierce, répétable en tout un chacun. Sa haine confirme que je ne devais ni exiger qu'on m'aime, ni prétendre l'accomplir moi-même. Lui, et avec lui, tous peuvent légitimement me haïr, parce que ma prétention à me faire aimer par eux s'avère toujours à la fin si exorbitante et si contradictoire, que leur exaspération lui rend simplement bonne justice. Ma revendication de m'aimer moi-même (et de m'assurer comme à moi-même mon propre ailleurs) justifie sans discussion qu'ils me haïssent.

Ensuite, la haine que me porte ce pauvre autrui confirme que, plus originairement que je ne le hais, lui aussi se hait lui-même, tout comme moi, je me hais. Il ne me hait pas à cause de moi, mais à cause de lui. Mes éventuels défauts n'entrent pas ici en ligne de compte, mais bien son défaut à s'aimer lui-même ou à se faire aimer d'ailleurs. En fait et en droit, la haine qu'il me porte devrait lui valoir ma reconnaissance – me faire le reconnaître comme un compagnon de chaîne sur le même banc de nage ; dans la haine que nous nous portons réciproquement, nous partageons d'abord les haines parallèles que chacun de nous exerce sur soi seul ; nous nous attaquons à nous-mêmes bien avant et plus radicalement que nous nous attaquons à autrui. Nos pratiques parallèles de la haine de chacun pour soi nous rassemblent beaucoup plus originairement que ne nous opposent les haines de chacun pour les autres, au point que celles-ci deviennent un épiphénomène de celle-là, presque négligeable au regard de la torture de soi par soi-même, qui nous travaille tous. Je ne saurais presque pas me formaliser qu'autrui me haïsse – pourquoi ne me haïrait-il pas, puisque moi, le premier, je me hais ; comment aurait-il d'ailleurs les moyens de m'aimer, moi, alors qu'il n'a pas même ceux de s'aimer, lui ? Simple retour de flamme, le retour sur moi de sa haine s'alimente d'abord au feu, autrement consumant, de sa haine de soi.

Reste enfin l'acquis de loin le plus décisif. Depuis le début il s'agit de répondre à la question « m'aime-t-on ? », donc d'acquérir une assurance par définition venue d'ailleurs ; pourtant, la première réponse me tournait vers l'amour de moi par moi-même, recourbait l'ailleurs sur moi seul et donc fermait l'accès à toute instance vraiment étrangère. Désormais, l'amour contradictoire de moi par moi-même finit, à travers ses vicissitudes, par ouvrir un accès à autrui. De fait, il l'atteint successivement comme celui qui devrait m'aimer, comme celui qui ne peut que me haïr et enfin comme celui qui me ressemble en tant même qu'il se hait lui-même, comme moi, moi. Autrui rend enfin effective la figure, jusqu'ici interdite d'accès, de l'ailleurs, parce qu'il apparaît indéniablement, quoique sous la figure de l'ennemi, haï aussi bien que haïssant. Et il apparaît ainsi comme un ailleurs effectif, à la requête même de l'amour de soi par soi-même, qui le nie et l'exige en même temps. A l'interrogation rémanente sur la possibilité de rompre le solipsisme tout en s'en tenant à l'*ego*, il faut répondre affirmativement, mais pourtant pas positivement : autrui ou l'ailleurs ne se rend pas effectif en m'aimant, mais en me haïssant. Et je n'y accède pas en prétendant l'atteindre dans son individualité, ni l'y connaître, encore moins l'aimer comme moi-même, restant dans l'attitude naturelle. Au contraire, je m'installe sans retour dans la réduction érotique pour l'envisager précisément à partir de la pure et nue nécessité d'un ailleurs, requis par la question « m'aime-t-on ? ». Dès lors, il devient possible *a minima* d'entrer en contact avec autrui, ou plutôt de le laisser entrer en contact avec moi : car il ne s'agira plus de s'emparer de son intériorité fantasmée, ni même de le sentir au bout de mon regard, mais plutôt me sentir touché par le sien ; ou mieux touché par sa haine, comme par la pointe de son épée, qui pèse sur moi, presque à me percer. L'ailleurs, désormais, je ne le rêve plus, je ne le discute plus – je l'éprouve. Et je ne l'éprouve pas comme un amour, mais comme ce que ma prétention à me faire aimer provoque – comme une haine. A qui demande imprudemment : « M'aime-t-on d'ailleurs ? », une réponse finit enfin par arriver, mais pour dire : « Ce qui te vient d'ailleurs, cela te hait. »

D'où le dernier stade : cet ailleurs, enfin effectif dans sa haine pour moi, je le hais. Comme il a retourné sur moi sa haine de soi, je retourne sur lui et ma haine de moi et sa haine de moi. Je hais autrui, ou plus exactement « les autres » pour les mêmes et excellentes raisons pour lesquelles ils me haïssent : parce que leur prétention obtuse à ce qu'on les aime défie toute justice ; parce que leur tentative ridicule de s'aimer chacun pour soi s'avère impraticable ; parce que leur haine d'eux-mêmes non seulement m'effraie, mais finit par me dégoûter ; parce qu'enfin ils n'ont accès à moi que par la haine que je leur réserve et leur retourne. En eux comme en moi, l'amour-propre se montre parfaitement impropre tant à aimer, qu'à se faire aimer. L'amour-propre ne sert qu'à la haine, reçue ou donnée. Nous tous n'avons qu'une même assurance et qu'un unique accès à un ailleurs quelconque – la haine que nous nous portons réciproquement. Rien d'autre ne nous unit qu'elle. De la prétention de chacun à l'amour de soi par soi résulte la haine de tous pour tous et de chacun pour soi. Etrangement, mais nécessairement, le *conatus*, en son apparente évidence, se retourne contre lui-même.

§ 14. L'aporie de l'assurance

Ce chemin aboutit à une aporie. Elle ne se discute pas, mais se récapitule. La réduction érotique s'impose pour autant que je recherche non tant une certitude, qu'une assurance. En elle, je peux entendre la question

« m'aime-t-on d'ailleurs ? » et je dois m'enquérir de cet ailleurs. Il apparaît que la voie la plus directe consiste à m'assurer moi-même d'un tel ailleurs, en m'aimant moi-même par moi-même. Or, cette revendication, non seulement je ne puis l'accomplir, mais elle provoque la haine de moi par moi, puis la haine d'autrui d'abord pour moi, ensuite par moi. Ainsi tout amour qui commence comme un amour de chacun pour soi (impossible) aboutit, par la haine de soi (effective), à la haine d'autrui (nécessaire). Si je prétends m'aimer ou me faire aimer, à la fin je hais et me fais haïr. Donc l'assurance d'ailleurs reste inaccessible. La vanité l'emporte finalement. A ce stade, la réduction érotique disqualifie inévitablement mon *ego*, même s'il reste ontiquement certain – d'autant plus, qu'il le reste.

Ce résultat déroute, il me ferme la route – ce qui s'appelle dresser une aporie. Ici, la voie et son aporie ne font qu'un : le simple fait d'entreprendre la recherche de la certitude et de la pousser jusqu'à son aboutissement – l'assurance –, donc de poser l'hypothèse de l'amour de chacun pour soi suffit à me conduire à la haine de tous pour tous et de chacun pour soi. L'aporie s'ensuit nécessairement du point de départ. Pourrais-je éventuellement la lever ? Sans doute, si je parvenais à changer le point de départ, ou à rompre l'enchaînement.

Considérons d'abord la nécessité de l'enchaînement. Après tout, en arriver à la haine de tous pour tous et de chacun pour soi ne trahit-il pas un pessimisme outré, systématique et, à la fin, incroyable ? Pourquoi ne pas admettre un légitime amour de soi, qui contrebalancerait les pulsions de mort et d'autodestruction ? D'ailleurs la haine de soi ne relève-t-elle pas simplement de la pathologie ? La privilégier comme on l'a fait n'en constitue-t-il d'ailleurs pas un symptôme patent ? La sympathie, le respect et la compassion ne pourraient-ils pas nous unir tout autant, autrui et moi ? Ces objections n'ont rien d'inepte ; mais il faut pourtant les écarter, parce qu'elles perdent toute pertinence sitôt remises en situation de réduction érotique. Il ne s'agit plus alors de décrire, en psychologue ou en sociologue, des relations possibles entre humains, ni certains des sentiments que je puis me porter à moi-même, comme dans l'attitude naturelle, avec ce qu'elle permet d'abstraction indécidée.

Il s'agit de considérer avec autant de rigueur que possible le statut de la certitude (ne peut-on pas de fait la disqualifier ?) ; de prendre ensuite acte qu'elle ne satisfait pas à ce que requiert l'*ego* que je suis, parce qu'elle ne m'assure pas face à la vanité (et qui en ignore la puissance ?) ; et enfin d'entrer dans l'interrogation qui ouvre à la vanité et la surpasse – « m'aime-t-on d'ailleurs ? ». Mais, dès cet instant, nous entrons dans la réduction érotique et ne pouvons plus éviter d'y affronter sans délai la demande de se faire aimer. Or cette demande a ses exigences et ses conséquences. Ou bien autrui m'aime – mais j'ignore encore tout de cet autrui potentiel ; et, encore une fois, de quel droit revendiquer qu'il m'aime, moi, et pas plutôt lui-même ou un autre autrui quelconque ? Ou bien je m'aime moi-même – mais le puis-je sans contradiction, et dans ce cas, en ai-je en toute justice le droit ? Les deux voies répertoriées conduisent chacune à un barrage et il n'y en a pas de tierce. Il ne s'agit donc pas de pessimisme, mais d'impossibilités en régime de réduction érotique. Je ne peux exiger d'autrui qu'il m'aime, pas plus que je ne peux me promettre à moi-même de m'aimer – comme si j'offrais un authentique ailleurs pour moi, comme si je pouvais, dans mon incontestable finitude, m'assurer infiniment. Mais surtout, qui peut sérieusement se croire indemne de toute haine de soi, transparent, égal, bienveillant à soi, franc du ressentiment, de la dette insolvable du passé révolu ? Ici, rien ne compte, hormis les phénomènes que la réduction érotique permet de dégager et éventuellement de décrire. Que celui qui peut montrer comment autrui *doit* m'aimer le montre. Que celui qui peut montrer comment je *peux* m'aimer moi-même (d'ailleurs et à l'infini) le montre. Et si, comme je le crois, nul ne le pourra jamais, alors il ne reste qu'à considérer sérieusement les apories auxquelles nous aboutissons.

Puisque nous ne pouvons pas rompre l'enchaînement, pourrions-nous cependant modifier le point de départ ? Pourquoi ne pas s'en tenir au critère de la certitude sans demander, en sus, une assurance d'ailleurs ? Ou bien, si l'on croit devoir dépasser la certitude des objets vers une assurance pour l'*ego*, pourquoi ne pas l'appuyer, elle aussi, sur la conscience de soi ou sur une quelconque performance de ma propre existence ? Bref, pourquoi s'imposer une nouvelle exigence ou, si on se l'impose, pourquoi recourir à un nouveau principe ? Mais, justement, il suffit de formuler ces réserves pour en voir l'inanité. Nous savons, par expérience comme par concept, que la certitude ne convient qu'à l'objet et que le « sujet » supposé su s'expose à d'autant plus de disqualifications, que la qualification (la certitude) de ses objets ne repose justement plus que sur lui. Or, sur ce « sujet », pèse le poids de nouvelles interrogations – la vanité, le nihilisme et l'ennui –, qui outrepassent radicalement l'ancienne question, bornée à la certitude. Certes, l'*ego* peut bien conquérir une certitude de lui-même, donc être en tant qu'il se pense ; mais ce cercle ne vaut précisément que pour l'être et la certitude ; il ne peut rien contre la vanité, qui inflige l'épreuve d'un « à quoi bon ? » même à l'être et à la certitude. Pour résister à l'assaut de la vanité, il faut donc beaucoup plus ou tout autre chose que la simple pensée retournée sur elle-même – il faut une assurance, qui ne peut me venir, par définition, que d'ailleurs ; bref, il faut que je puisse répondre à la question « m'aime-t-on – d'ailleurs ? ». Ce qui certifie son être à l'*ego* ne l'assure plus en régime de réduction érotique. Confondre ces deux questions en leur proposant une réponse unique trahit simplement le refus de la réduction érotique – comme, de peur, on refuse un obstacle. Mais qui refuse l'obstacle, la plupart du temps, chute.

L'aporie demeure donc entière. Elle nous retient d'aller plus loin que la haine de tous pour tous et de chacun pour soi-même. Il faudra donc affronter la vanité sans autres armes que cette double menace.

De l'amant, qu'il s'avance

§ 15. Réduire la réciprocité

Un chemin se referme, d'autant plus nettement que nous l'avions suivi pas à pas. L'aporie résulte de la contradiction entre la question et la conclusion : en commençant par demander si l'on m'aime d'ailleurs (« m'aime-t-on ? »), je suis inévitablement conduit à la haine de chacun pour soi sur fond de la haine de tous pour tous. Qui veut se faire aimer gagne de se haïr lui-même, puis de haïr tout autre que soi et enfin de s'inscrire dans la haine de tous pour tous.

Peut-on éviter cette conclusion ? On pourrait toujours récuser la logique qui y mène et y déceler une simple faute dans l'ordre des raisons. Mais cela augmenterait l'échec, puisque seule une faille du raisonnement pourrait sauver mon droit à me faire aimer, comme si, à moins de se reconnaître irrationnel, il fallait renoncer à ne pas se haïr. Prix cher à payer, pour confirmer le préjugé que l'amour ne reste possible que si l'on renonce à penser correctement. Mais quelle autre voie reste encore ouverte ? Au moins celle-ci : il faut renoncer à dégager un concept de l'amour à partir de la question « m'aime-t-on – d'ailleurs ? », à y accéder à partir de l'exigence qu'on m'aime, moi – puisque ni moi-même, ni aucun autre ne peuvent, sur cette base, m'assurer de rien que de leur haine. Mais alors l'aporie ne mettrait pas en cause la rationalité en général de l'amour, mais uniquement la pertinence de la question « m'aime-t-on – d'ailleurs ? », ou du moins de la façon dont nous l'avons entendue jusqu'ici. En d'autres termes, pour accomplir vraiment la réduction érotique, il faudrait accéder à une demande beaucoup plus originaire et radicale. Comment y parvenir ?

Revenons à la question « m'aime-t-on – d'ailleurs ? ». Pourquoi l'avons-nous assumée d'abord comme une voie d'accès à la réduction érotique ? Pour un motif évident : elle isole en effet l'assurance face à la vanité, en l'opposant clairement à la certitude face au doute ; il ne s'agit plus d'être certainement, mais de surmonter la disqualification distillée par le soupçon « à quoi bon ? », de s'assurer de l'amour, non plus de certifier son existence ; en ce sens précis, la question « m'aime-t-on – d'ailleurs ? » déclenche bien la réduction érotique. Pourtant, l'instance de l'amour ne s'y dégage encore que sous un angle très fermé. Non point parce qu'il s'agit de moi, du premier *ego* en attente d'une assurance venue d'ailleurs ; car l'amour et l'assurance ne pourraient intervenir sans un point d'appui qui les assigne et un enjeu qui les réclame ; la fixation de la réduction érotique sur l'*ego* reste absolument indispensable. La difficulté provient plutôt de ce que l'*ego* permet ou ne permet pas d'entrevoir de la réduction érotique. En effet, au regard de l'*ego*, l'amour n'intervient encore qu'indirectement, comme négativement, suivant la recherche d'une assurance envers une menace, la vanité. L'amour ne joue ici que comme le corrélat hypothétique et presque inatteignable de mon manque d'assurance devant la question « à quoi bon ? ». La réduction érotique reste encore partielle, l'amour n'y apparaît encore que par défaut. L'assurance relève bien de la réduction érotique, mais elle ne l'accomplit pas à fond, puisqu'elle manque à l'*ego* ; et cet *ego*, qui manque lui-même d'assurance, n'appréhende l'amour que comme une pénurie. L'*ego* ne se risque à la réduction érotique que sous la menace de la vanité, donc avec la peur panique de « manquer ». De manquer de quoi ? Evidemment d'assurance en amour. Il ne s'aventure dans le champ de l'amour que pour échapper au risque de se perdre, donc qu'en espérant une assurance, un retour d'assurance, un rattrapage de pénurie. De l'amour, il n'atteint qu'à une pré-compréhension étroite et parcimonieuse : il en manque, il lui en faut vite, donc il en demande ; il l'exige d'autant plus frénétiquement qu'il en ignore la dignité, la puissance et les règles. L'*ego* s'adresse à l'amour comme un pauvre, qui, la peur au ventre parce que sans le sou, n'imagine jamais avoir affaire qu'à des usuriers à chaque fois plus impitoyables et rapaces ; pour lui, l'assurance devrait se payer encore plus cher que la certitude, avec encore plus de connaissances à sacrifier, encore plus d'ascèse à endurer que dans le doute hyperbolique. Pris par cette panique de pénurie, qu'espère l'*ego*, lorsqu'il pose son premier pas sur le territoire de l'amour, que lui ouvre, bien malgré lui, la réduction érotique ? Au mieux, dans la plus haute estimation de ses attentes apeurées, il espère ne pas y perdre – que l'amour lui donne de l'assurance à un juste prix. Il veut bien payer en retour pour obtenir de l'assurance, mais sans qu'on lui prenne plus qu'il ne recevra. L'*ego*, de prime abord, n'attend de l'amour qu'un échange à peu près honnête, une *réciprocité* négociée, un compromis acceptable.

Certes, on pourrait, sans plus, répondre qu'en amour la réciprocité n'a rien à faire et qu'elle ne convient qu'à l'échange, son économie et son calcul. Et de fait, restant encore à la frontière de la réduction érotique, naïf et sans expérience des choses de l'amour, l'*ego* ignore tout de sa logique paradoxale ; il méconnaît l'amant qu'il ne libère pas encore en lui ; il ne lit l'amour que comme l'attente et la demande d'une assurance à prix raisonnable. Comment calcule-t-il donc ce prix ? Comme le calcule un miséreux, avec méfiance et précaution : je veux d'abord recevoir mon dû – mon assurance et que l'on m'aime – et alors seulement je paierai et j'aimerai en retour. Dans cette optique, il avait même paru préférable, en un premier temps, de tenter des marchés moins dispendieux : par exemple de produire l'assurance chacun pour soi sans la demander d'ailleurs (§ 9), ou, s'il fallait décidément en appeler à cet ailleurs, choisir le prochain le plus familier, qui me ressemble le plus et m'inquiète le moins – celui qui se hait comme je me hais, qui me hait aussi comme je le hais, mon semblable (§ 13). L'*ego* a dû renoncer finalement à ces expédients, mais il reste dans les mêmes dispositions ; il continue à calculer au plus juste et s'en tient à la stricte réciprocité : je n'aimerai qu'en retour, qu'après coup, que si l'on m'aime d'abord et juste autant qu'on m'aimera. Jouer à l'amour, certes mais en y risquant le moins possible et à condition qu'autrui commence le premier. L'amour se met donc bien en œuvre pour un tel *ego*, mais toujours dans la panique, en situation de manque et sous le joug de la réciprocité – l'amour ne joue donc pas vraiment, pas plus que la réduction érotique ne s'accomplit vraiment. L'obstacle qui offusque l'ouverture du champ amoureux – obstacle érotique, non pas épistémologique ni ontique – consiste en la réciprocité même ; et la réciprocité n'acquiert ce pouvoir de dresser un obstacle, que parce qu'on assume, sans preuve ni argument, qu'elle seule offrirait la condition de possibilité de ce que l'*ego* entend par un « amour heureux ». Mais justement un tel « amour heureux », réglé au plus près par la réciprocité, pourrait-il rester heureux ? En tout cas, il ne pourrait rester un amour, puisqu'il relèverait d'emblée de l'échange et du commerce. Or l'amour ne peut pas s'en tenir à la réciprocité ni se décider selon un juste prix, pour une raison radicale : les acteurs aimant n'ont rien à échanger (aucun objet) et n'en peuvent donc pas calculer le prix (juste ou non) ; dans l'échange au contraire, les agents font commerce d'objets, de tiers permanents entre eux, qu'ils peuvent ainsi calculer et dont ils peuvent fixer le prix. Il faut donc récuser la réciprocité en amour, non parce qu'elle semblerait inconvenante, mais parce qu'elle y devient impossible – à strictement parler sans objet. La réciprocité fixe la condition de possibilité de l'échange, mais elle atteste aussi la condition d'impossibilité de l'amour.

Ce recours au commerce indique donc ce qui bloquait la réduction érotique et rétrécissait l'accès à l'ordre de l'amour – je ne partais pas tant de l'assurance elle-même, que de l'assurance comme toujours déjà manquante, de mon *ego* en manque, pris de panique devant la pénurie et d'emblée réfugié derrière la réciprocité. Dès lors, nous comprenons pourquoi la question initiale « m'aime-t-on – d'ailleurs ? » n'a pu jusqu'ici recevoir de réponse, sinon la haine de chacun pour soi et de tous pour tous : l'amour qu'elle évoquait restait en effet prisonnier de la loi d'airain de la réciprocité – aimer peut-être, mais seulement si je suis d'abord assuré, donc sous condition que l'on m'aime le premier. Bref, à ce stade, aimer signifie d'abord l'être, aimé. Etre aimé – autrement dit aimer –, renvoie encore à l'être, donc confirme l'être tout court dans sa fonction métaphysique de première instance et de dernier horizon ; une nouvelle fois l'être détermine l'amour, qui n'a d'autre rôle que de l'assurer, en sous-œuvre, contre la vanité. L'amour sert à l'être, sert l'être, mais ne s'en excepte pas.

§ 16. La pure assurance

Ce diagnostic suggère une voie, qui s'ouvrirait peut-être pour sortir de l'aporie : radicaliser la réduction érotique pour réduire jusqu'à l'exigence de la réciprocité. A la question initiale « m'aime-t-on – d'ailleurs ? », qui limite l'accès à l'horizon de l'amour autant qu'elle l'ouvre, il faut en ajouter une autre, qui la relaie – celle qui pose la question d'aimer, sans pour autant la soumettre à la condition préalable de la réciprocité, donc de la justice ; c'est-à-dire qui ne présuppose pas que l'assurance advienne d'abord pour moi. Qu'aimer ne doive pas d'emblée venir d'ailleurs vers moi, mais puisse se déployer librement et sans me servir, comment le concevoir, sinon en admettant la possibilité que cet événement provienne de moi en vue d'un autrui encore indéterminé – de moi creusé en un ailleurs plus intérieur à moi que moi-même, qu'aucune assurance ne précède ni ne valide ? Bref, demander désormais « puis-je aimer, moi le premier ? », plutôt que « m'aime-t-on – d'ailleurs ? » – me comporter comme un amant qui s'adonne, plutôt que comme un aimé donnant-donnant.

Or – et voici l'argument souverain qui relance toute l'enquête – une telle possibilité reste par définition toujours ouverte et aucune aporie ne pourra jamais la bloquer. Car la constatation (ou la simple suspicion) qu'on ne m'aime pas ne m'interdit en principe jamais de pouvoir aimer, moi, le premier. Que personne ne m'aime (que je le sache vraiment ou que je fantasme, peu importe) ne rend jamais impossible que j'aime celui-là même qui ne m'aime pas, du moins chaque fois et aussi longtemps que je m'y déciderai. Qu'il ne m'aime pas tant qu'il voudra, qu'il m'aime aussi peu qu'il pourra, il ne m'empêchera jamais, moi, de l'aimer, si je l'ai ainsi décidé. Qu'ils me haïssent autant qu'ils le désirent, jamais ils ne m'obligeront à les haïr moi aussi, si j'en décide ainsi. La souveraineté incomparable et imparable de l'acte d'aimer tire toute sa puissance de ce que la réciprocité ne l'affecte pas plus que le retour sur investissement ne l'infecte. L'amant a le privilège sans égal de ne rien perdre, même si d'aventure il ne se retrouve pas aimé, car un amour méprisé reste un amour parfaitement accompli, comme un don refusé reste un don parfaitement donné. Plus encore, l'amant n'a jamais rien à perdre ; il ne pourrait même pas se perdre s'il le voulait, parce que donner à fonds perdu, loin de le détruire ou de l'appauvrir, atteste d'autant plus nettement son privilège royal – plus il donne, plus il perd et plus il disperse, moins il se perd lui-même, puisque l'abandon et la déperdition définissent le caractère unique, distinctif et inaliénable d'aimer. L'amour se diffuse à perte ou bien il se perd comme amour. Plus j'aime à perte, plus j'aime tout court. Plus j'aime à perte, moins je perds de vue l'amour, puisque l'amour aime à perte de vue. Accomplir l'acte d'aimer non seulement permet de ne pas craindre la perte, mais ne consiste qu'en cette liberté de perdre. Plus je perds et sans retour, plus je sais que j'aime et sans conteste. Il ne se trouve qu'une seule preuve d'amour – donner sans retour, ni reprise, donc pouvoir y perdre et éventuellement se perdre. Mais l'amour lui-même ne se perd jamais, puisqu'il s'accomplit dans la perte même. Aimer surpasse l'être d'un excès sans aucune mesure avec lui, parce qu'il ne se reconnaît aucun contraire, ni aucun envers. Tandis que l'être se démarque sans cesse du néant, ne se déploie qu'avec lui et ne se débat que contre lui, l'amour ne rencontre jamais rien qui lui reste étranger, qui le menace ou qui le limite, puisque même le négatif, le néant et le rien (qu'imaginer de plus opposé ?), loin de l'annuler, lui offrent encore un terrain privilégié et le laissent s'accomplir d'autant plus parfaitement. Aimer ne perd rien du fait de n'être pas, puisqu'il ne gagne rien du fait d'être. Mieux, aimer consiste parfois à ne l'être pas, aimé – ou du moins à accepter de pouvoir ne l'être pas. Rien, ni l'être, ni le néant, ne peut limiter, retenir ou offusquer l'amour, dès lors qu'aimer implique, par principe, le risque de ne pas l'être. Aimer sans l'être – cela définit *l'amour sans l'être*. La simple définition formelle d'aimer inclut sa victoire sur le rien, donc sur la mort. L'amour ressuscite – il faut l'entendre comme une proposition analytique.

Dès lors l'ancienne aporie saute. Non seulement la réciprocité ne peut pas prendre en otage la question de l'amour (en gauchissant la demande « m'aime-t-on – d'ailleurs ? ») et conduire à la haine de chacun pour soi (avec la haine de tous pour tous) ; mais surtout aimer ne s'atteste comme tel qu'en suspendant la réciprocité et en s'exposant (s'adonnant) à perdre ce qu'il donne, jusqu'à sa propre perte. Ou bien aimer n'a aucun sens, ou bien il signifie aimer sans retour. La réduction érotique se radicalise et la question se formule désormais ainsi : « Puis-je aimer, moi le premier ? ».

Cependant cette radicalisation, si féconde qu'elle s'avère, suscite rétroactivement une sérieuse difficulté. Je n'ai pu entrevoir, en fait et en droit, la réduction érotique que parce qu'émergeait d'abord en moi une demande d'assurance, telle qu'elle disqualifie la requête de certitude. Ce fut donc au nom et en direction de l'assurance que je suis entré dans le champ de l'amour. Or la logique même qui vient de me faire passer de l'interrogation « m'aime-t-on d'ailleurs ? » à cette autre, « puis-je aimer, moi le premier ? », justifie la primauté de la seconde sur la première par la liberté de perdre et de se perdre ; mais la perte ou la dépense sans retour, aussi distinctives de l'amour qu'elles paraissent, n'interdisent-elles précisément pas toute assurance pour moi ? Aimer ne signifie-t-il pas désormais se perdre le premier, donc me déprendre de toute assurance d'ailleurs ? L'ailleurs lui-même, pour l'amant que je deviens, n'autoriserait plus aucune assurance pour moi, mais reviendrait à un engagement donné par moi, où je m'abandonne. La conclusion s'impose : à mesure que se radicalise la réduction érotique, la demande d'assurance perdrait sa légitimité et je devrais y renoncer définitivement.

En fait, cet argument ne vaut pas tant qu'il y paraît, pour deux raisons. D'abord, parce qu'il contredit la logique de la perte et de l'abandon elle-même, loin de l'illustrer. On raisonne en effet comme si l'acte d'aimer, en se donnant à perte, se perdait et s'abandonnait en sorte de défaillir, voire de disparaître ; mais on ne peut tirer une telle conclusion qu'en gardant implicitement le point de vue de la réciprocité et du commerce, où, en situation de pénurie panique, la perte de ce que je donne équivaudrait immédiatement à ma faillite d'amant et à mon anéantissement, faute de la moindre assurance. Au contraire, si l'on garde le strict point de vue de l'amant, le fait de perdre (ou le risque de se perdre) n'entraîne aucunement sa disparition faute d'assurance, mais au contraire l'accomplissement de l'amour dans sa définition même – plus il perd et se perd, plus il s'atteste comme l'amour et rien d'autre que l'amour. Plus il perd (disperse, donne, donc aime), plus il gagne (parce qu'il aime encore). En réduction érotique, l'amant qui se perd se gagne encore lui-même en tant qu'amant. En fait, l'objection décrit toujours la perte amoureuse à partir du préjugé de la réciprocité ; elle confond encore l'assurance avec la possession autarcique de chacun par soi.

Ensuite, l'objection n'arrive pas à comprendre le paradoxe essentiel : l'amour de l'amant gagne toujours, parce qu'il n'a nul besoin de gagner quoi que ce soit pour (se) gagner, en sorte qu'il gagne même et surtout quand il perd. Certes, répondra-t-on, mais dans ce jeu à qui perd gagne, je gagne bien d'aimer le premier, sans pour autant gagner la moindre assurance qu'on m'aime d'ailleurs ; donc il faut bien admettre que l'amour en son essence doit faire son deuil de toute assurance. Ici éclate une nouvelle fois toute la confusion qu'il s'agit d'éclaircir en radicalisant la réduction érotique. En effet, qu'entend-on par assurance, lorsqu'on croit ici la dénier à l'amant ? Evidemment l'assurance d'ailleurs, qui garantit l'*ego* contre la vanité ; mais qu'entend-on par une telle garantie ? Que la vanité ne m'empêcherait plus de m'aimer assez pour que je veuille être et persévérer dans mon être ; ainsi l'assurance, à ce point, resterait ordonnée à mon être, à l'être en moi et à moi dans mon être ; je rêve donc toujours d'échapper insensiblement à la réduction érotique, qu'en fait je refuse et voudrais fuir. Inversement, lorsque je passe à la question « puis-je aimer, moi le premier ? », quelle assurance puis-je légitimement espérer, en tant qu'amant ? Non évidemment l'assurance de pouvoir continuer à (persévérer dans mon) être malgré le soupçon de la vanité, mais la seule assurance appropriée à la réduction érotique radicalisée – non pas l'assurance d'être, ni de l'être, mais *l'assurance d'aimer*. En répondant à la question « puis-je aimer, moi le premier ? » par la perte du don jusqu'à la perte de soi, l'amant conquiert bel et bien une assurance – entendue comme l'assurance pure et simple du fait précis qu'il aime. Lorsque j'aime au point de tout perdre, je gagne bien une assurance irréfragable, indestructible et inconditionnée, mais uniquement l'assurance que j'aime – ce qui suffit. L'amant trouve une assurance absolue dans l'amour – non l'assurance d'être, ni d'être aimé, mais celle d'aimer. Et il l'éprouve dans l'absence même de la réciprocité. Supposons qu'un amant aime – mais sans retour, parce qu'on ne l'aime pas, ou qu'on cesse de l'aimer. A-t-il perdu ? Qu'a-t-il perdu ? Il aura perdu assurément l'assurance qu'on l'aime ; mais absolument pas l'assurance d'aimer – pourvu du moins qu'il persiste à aimer, sans attendre aucun amour en retour. Cette assurance, il la gardera aussi souvent et aussi longtemps qu'il le voudra – qu'il aimera le premier et surtout le dernier. Lorsqu'un amour se défait de toute réciprocité, qui perd et qui gagne ? Selon l'attitude naturelle, gagne celui qui a cessé d'aimer – il a gagné en effet de ne plus aimer ; mais, du fait même, il a perdu l'amour. Selon la réduction érotique, gagne celui qui continue à aimer, parce qu'il garde ainsi l'amour, voire le trouve pour la première fois.

A l'objection, on répondra donc qu'il ne s'agit pas de dire : « J'aime, donc je suis certain de mon existence comme un étant privilégié », mais de dire : « J'aime, donc j'ai l'assurance que j'aime, moi le premier, comme un amant. » La primauté change évidemment de statut : elle n'indique plus le privilège de la plus grande sûreté, de la plus grande certitude, mais le risque de la plus grande exposition. Car je n'ai l'assurance que j'aime, qu'autant que j'aime – c'est-à-dire que j'assume le risque d'aimer le premier ; je n'ai l'initiative qu'en tant que je puis aimer, que je puis me décider le premier à aimer sans retour, que je puis faire que l'amour, par moi, aime. J'ai l'assurance de faire au premier chef que l'amour aime en moi. *J'ai l'assurance que je fais l'amour.* Et, comme l'amour assure contre la vanité, je me découvre donc assuré, par l'amour que je fais et qui se fait en et par moi, contre le soupçon de l'« à quoi bon ? ». Cette assurance peut certes dérouter, mais comme un paradoxe : elle me fait changer de route et remonter à contre-courant ma première marche vers l'assurance. Au lieu d'exiger une assurance orientée à mon profit, donc soutirée d'ailleurs par tous les moyens (y compris la haine de chacun pour soi jusqu'à produire la haine de tous pour tous), je radicalise la réduction érotique pour recevoir l'assurance dans le geste même de perdre ce que je donne, jusqu'à risquer de me perdre moi-même, sans aucun retour sur investissement, ni sur ma propriété (mon οὐσία, mon fonds, mon bien). Je reçois une assurance, mais elle ne concerne plus l'être, qu'elle saute ; elle ne concerne directement que l'amour ; et l'amour que je mets en œuvre en tant qu'amant, non celui que je pourrais revendiquer comme la propriété d'un aimé. L'assurance m'arrive toujours, non plus d'un ailleurs ontique qui me conserverait dans mon étantité, mais d'un ailleurs plus intime à moi que moi-même : l'ailleurs qui m'advient dans le geste même où je me départis de ce que j'ai (mon don) et de ce que je suis, pour ne m'assurer que de ce que je fais en vérité à cet instant – l'amour. Je reçois l'assurance que je fais l'amour et je ne la reçois que de l'amour se faisant et en vue de lui seul. Je reçois de l'amour ce que je lui rends – de le faire. Je reçois l'assurance de ma dignité d'amant.

Cela me suffira, aussi longtemps et aussi souvent que je ferai l'amour en parfait amant. Car l'amour vient en aimant. Ce qui appelle deux remarques décisives. Premièrement, je ne dépasse pas la haine de moi (ni la haine de chacun pour soi, ni la haine de tous pour tous) par un surcroît frénétique ou imaginaire d'amour de moi par moi, selon les lourds avis autoritaires de la psychologie et de la psychanalyse – comme si je savais, par exemple, si j'ai une ψυχή, ou ce que signifie ce mot, ou même s'il s'agit vraiment de la soigner et de travailler sur elle. Non, je dépasse la haine de chacun pour soi en surmontant en moi la haine de tous pour tous et réciproquement. Et comme je ne peux pas commencer sur mon cas, qui me reste trop proche, trop inconnu et trop ennemi, je commence par surmonter ma haine pour autrui, mieux connu, à distance et moins dangereux pour moi que moi-même. En ce premier moment de la réduction érotique, même radicalisée, il ne saurait déjà s'agir d'obtenir de l'amour de moi – m'aimer moi-même, si jamais cela devait s'avérer possible (et j'ai de bonnes raisons d'en douter à cet instant), viendrait en conclusion, comme le plus haut et le plus difficile des amours, pour lequel il me faudra une aide infinie et la sûreté empruntée d'une grâce, encore inconcevable au point où j'en suis (§ 41).

Deuxièmement, en passant de la question « m'aime-t-on d'ailleurs ? » à la question « puis-je aimer, moi le premier ? », je reçois donc bien une assurance – celle que j'aime décidément, que j'aime en amant décidé. Cette assurance me délivre d'autant plus du soupçon de la vanité que non seulement elle m'affranchit de ma crispation sur un être conservable à force de persévérance, mais surtout qu'elle me reconduit à moi-même, dans ma dernière ipséité. Je l'atteins d'abord, parce qu'ainsi mon assurance ne dépend plus d'un ailleurs indéterminé, à la fois incertain (m'aime-t-il vraiment ?) et anonyme (puis-je le connaître vraiment ?) ; elle naît d'une décision que, sans doute, je ne prends jamais en pleine et libre conscience (suis-je libre, suis-je conscient ?), mais qui du moins ne se prendrait pas sans mon consentement, puisqu'elle ne s'accomplit que si moi et moi seul fais l'amour. Je le fais éventuellement sans le vouloir, sans le prévoir, voire sans le faire à fond, mais enfin il faut toujours que je m'y risque et que ce soit moi qui y aille, en personne et en chair, sans substitut ni lieutenant. Faire l'amour, il n'y a que moi qui le puisse quand il s'agit de moi, de cet autrui-ci et de mon assurance. A tout le moins, l'amour ne se fait pas sans moi, l'amant. Le fait même que je le fasse sans condition de réciprocité, sans retour et à perte, confirme puissamment qu'il s'agit ici d'abord de moi, de mon initiative ou au moins de mon consentement singulier et irremplaçable. Mes actes d'amant m'appartiennent sans conteste, sans mélange et sans partage. Il se pourrait même que tous mes autres actes, en particulier ceux qui relèvent de l'entendement et de la pensée représentative, non seulement puissent aussi bien s'accomplir par un autre quelconque, mais même doivent pouvoir s'accomplir par n'importe quel autre, pour sauvegarder l'universalité constitutive de la rationalité interobjective (§ 7). En ce cas, je n'aurais aucun accès véritable à mon individualité dernière ni à mon ipséité insubstituable, sinon par l'amour que je fais, puisque, lui, je ne peux le faire qu'en payant de ma personne. Je ne me résumerai peut-être à la fin de mes jours qu'à la somme de mes actes d'amant.

La réduction érotique, désormais radicalisée, accomplit – et sans doute elle seule – la réduction au propre, car elle me reconduit à ce que je peux et dois proprement assumer comme mien (§ 37). Tout le reste implique encore autre chose que moi (le monde) ou d'autres que moi (autrui, la raison universelle, l'entendement partagé). Je ne deviens moi-même ni lorsque je pense, doute ou imagine seulement, puisque d'autres peuvent penser mes pensées, qui d'ailleurs ne concernent le plus souvent pas moi, mais l'objet de mes intentionnalités ; ni lorsque je veux, désire ou espère, car je ne sais jamais si j'y interviens en première personne ou seulement comme le masque qui cache (et que supportent) des pulsions, des passions et des besoins qui jouent en moi sans moi. Mais je deviens définitivement moi-même à chaque fois et aussi longtemps que, comme amant, je peux aimer le premier.

§ 17. Le principe de raison insuffisante

En aimant le premier, l'amant que je deviens rompt avec l'exigence de la réciprocité : que moi j'aime, cela ne présuppose plus que l'on m'aime d'abord. L'amour venu d'ailleurs sur moi ne constitue plus la condition préalable de ma propre décision d'aimer. L'amant aime sans délai, parce qu'il aime sans attendre ni prévoir qu'on l'aime d'abord, sans laisser ni faire venir à lui un autrui qui se découvrirait le premier et prendrait le risque de la mise initiale ; mais, du coup, il aime aussi sans rien attendre en retour – ni un contre-amour réel, ni même la possibilité d'en concevoir quelque espoir. Cette posture pourtant pourrait sembler sinon impensable, du moins invraisemblable, presque irréalisable – une hypothèse formelle, rêvée, sans validité effective. Il faut donc considérer plus avant comment l'amant parvient à n'attendre pas, à n'attendre rien, pour aimer ainsi le premier.

On ne repère pas l'amant d'emblée : de prime abord, il ne se voit pas plus qu'il ne se prévoit. Il ne suffit pas que j'entre dans le jeu d'un groupe d'autres, ni dans une relation sociale, pour que je puisse entrevoir la possibilité de devenir ou de voir un amant. Supposons d'abord que je m'inscrive dans un réseau de fonctions déterminé par l'ustensilité : il ne s'agit que de mettre en œuvre des étants usuels (des outils, des machines, des processus en vue d'une fin) ; j'interviens sur ces usuels en les mettant en marche et à l'œuvre, en échangeant des biens, en communiquant des informations, bref selon la logique de l'économie. Bien évidemment la réciprocité détermine ici la totalité de ces opérations et, suivant la loi bien comprise des affaires bien menées, je n'y ferai rien pour rien, ni ne m'engagerai jamais sans garantie. Le principe que « les affaires sont les affaires » interdit, dans sa neutralité sans exception, non seulement que je mêle, comme on dit, les sentiments aux affaires ou que je fasse des affaires avec des amis, mais plus radicalement que je prenne en considération tout ce qui pourrait déborder et brouiller la réciprocité stricte du commerce. Que j'achète un billet d'avion à prix réduit ou que je négocie un fabuleux contrat d'entreprise n'y change rien : le rituel de l'échange occulte les partenaires les uns aux autres et les masque derrière la clarté transparente de l'accord, du contrat et du règlement. Je ne traite en fait jamais avec des personnes particulières, mais avec des interlocuteurs substituables les uns aux autres, que je mets éventuellement en concurrence et tente toujours de réduire à leur pur rôle d'agents abstraits du commerce, d'acteurs transparents de la réciprocité. Moins je vois autrui comme une personne irréductible à sa fonction dans l'économie, moins je m'aventure à lui accorder une individualité résistante, donc un privilège d'indépendance, voire d'antériorité sur moi, plus je traiterai correctement, efficacement, voire honnêtement l'affaire qui nous rassemble. L'économie demande l'anonymat des acteurs de l'échange ; ils l'accomplissent d'autant mieux qu'ils ne cherchent surtout pas à se connaître comme tels. Dans cette situation, la plus courante et de loin, non seulement l'amant ne peut pas surgir, mais il ne le doit pas.

Supposons pourtant que le réseau social où je m'inscris ne se laisse pas complètement réduire à l'ustensilité ni à l'économie : soit une rencontre aléatoire et provisoire, mais en principe désintéressée, où je viens me « détendre » (une fête, un festival, un vernissage, une compétition sportive, etc.). Je puis parfaitement m'y intégrer, m'y sentir pleinement à l'aise, voire y trouver quelque plaisir, sans pourtant m'y engager jamais en personne. Il se pourrait même que mon euphorie de rencontres croisse d'autant plus que je m'y engage moins ; il se pourrait que j'échange d'autant plus de témoignages d'amitié, d'intérêt et de séduction, que je ne les donne jamais vraiment, mais les distribue suivant une stricte réciprocité, ni plus ni moins, comme s'il s'agissait d'une marchandise immatérielle, inappréciable, mais pourtant réellement négociée dans un commerce plus subtil et plus enrichissant que celui des choses. Je me fais tout à tous, mais jamais, mais surtout pas quelqu'un pour quelqu'un. Même si je me risque à engager une esquisse de séduction, voire à la pousser un peu loin, j'y vise évidemment toujours la réciprocité ; simplement je pratique l'échange différé plutôt que l'échange immédiat ; je ne fais un premier pas (voire deux ou trois), que dans l'attente décidée d'un retour sur investissement, d'autant plus délicieux qu'il se fera attendre, d'autant plus valorisant qu'il pourrait me rendre plus que je n'ai investi. D'ailleurs, même si je laisse mon attention se focaliser sur tel ou telle, au point d'engager une conversation plus individualisée, qui, si tout va bien, en fera un interlocuteur tout particulier, ce privilège ne m'engage encore à rien ; même si s'enclenche insensiblement un processus du style « ... et plus si affinités », cet autrui et moi gardons encore la maîtrise de la situation, nous contrôlons, au moins par vanité et sous la pression sociale, jusqu'où aller trop loin. Et si, de fait, nous y allons, même en chair, nous pouvons toujours, suivant la rentabilité de l'échange réciproque, briser là et se quitter, sans drame, sans litige, ni perte (pourquoi pas bons amis ?). Ainsi la réciprocité régit tout commerce, même charnel.

Quand donc surgit l'amant ? Précisément lorsque, dans la rencontre, j'en viens à suspendre la réciprocité, à ne plus faire d'économie, à m'engager sans garantie ni assurance. L'amant apparaît, lorsque l'un des acteurs de l'échange ne pose plus de condition préalable, aime sans exiger de l'être et abolit ainsi l'économie dans la figure du don. Or, dans le commerce et l'échange, la réciprocité ne règne – et légitimement – que parce qu'elle permet de distinguer les bons accords des mauvais, en calculant la raison qui suffit à valider l'un et à invalider l'autre. La réciprocité rend raison de l'économie, en calculant aussi exactement que possible ce que l'un rend à l'autre pour le service rendu et la prestation faite. Le prix fixe la raison de l'échange et en garantit la juste réciprocité. Le prix rend raison de l'économie. Donc, si l'amant décide d'aimer sans assurance de retour, d'aimer le premier à fonds perdu, il ne transgresse pas seulement la réciprocité, il contredit surtout la raison suffisante de l'économie. Par conséquent, aimant sans réciprocité, l'amant aime sans raison, ni pouvoir rendre raison – à l'encontre du principe de raison suffisante. Il renonce à la raison et à la suffisance. Comme une guerre éclate finalement sans raison, par déflagration et transgression de toutes les bonnes raisons, l'amant fait éclater l'amour. Il déclare son amour, comme on déclare la guerre – sans raison. C'est-à-dire parfois, sans même prendre le temps et le soin d'en faire la déclaration.

Pareille dénégation de la raison d'aimer, qui caractérise en propre l'amour de l'amant, n'a pourtant rien d'une banale déraison. Il ne s'agit pas d'une impuissance de l'amant à trouver des raisons, d'un manque de raisonnement ou de bon sens, mais d'une défaillance de la raison elle-même à rendre raison de l'initiative d'aimer. L'amant ne méprise pas la raison : simplement la raison elle-même manque dès qu'il s'agit d'aimer. L'amour manque de raison, parce que la raison se dérobe à lui, comme un sol se dérobe sous les pas. L'amour manque de raison, comme on manque d'air à mesure qu'on monte en montagne. L'amour ne récuse pas la raison, mais la raison elle-même refuse d'aller là où va l'amant. La raison ne refuse même rien à l'amant – simplement, quand il s'agit de l'amour, elle ne peut plus rien, elle n'en peut plus, elle n'y peut mais. Quand il s'agit d'aimer, la raison ne suffit plus : elle apparaît désormais comme un principe de *raison insuffisante*.

Cette insuffisance de la raison en amour, je peux la vérifier en quelques arguments. Premièrement, si j'aime le premier, sans assurance de retour, la réciprocité ne peut pas plus me donner raison d'aimer, qu'elle ne peut me donner tort ou une raison pour ne pas aimer : je reste aussi libre d'aimer que de ne pas aimer. Deuxièmement, puisque j'aime le premier, je peux parfois très bien ne pas connaître encore celui ou celle que j'aime ; non seulement parce que je n'en ai, en un sens radical, nul besoin et qu'au contraire l'antériorité de mon initiative m'en dispense, mais aussi parce que le projet de connaître cet autrui adéquatement sans et avant de l'aimer (comme un objet) n'a aucun sens. Troisièmement, si j'aime sans raison ni parfois sans connaissance préalable de la figure ou de la face d'autrui, je n'aime donc pas parce que je connais ce que je vois, mais inversement je vois et je connais à la mesure où j'aime, moi le premier. Autrui m'apparaît pour autant que je l'aime et selon la manière dont je l'aime, car mon initiative antérieure ne décide pas uniquement de mon attitude à son égard, mais surtout de sa phénoménalité à lui – puisque je la mets le premier en scène en l'aimant.

L'amant fait apparaître celui ou celle qu'il aime, non l'inverse. Il le fait apparaître comme aimable (ou haïssable) et donc comme visible dans la réduction érotique. Autrui se phénoménalise dans l'exacte mesure où l'amant l'aime et, Orphée de la phénoménalité, l'arrache à l'indistinction, le fait remonter du fond de l'invu. Ce qui permet de réhabiliter un argument polémique, utilisé aussi bien par la métaphysique que par la morale populaire, contre Dom Juan, mais aussi contre l'amant en tant que tel. L'amant s'illusionnerait, dit-on, en ne voyant pas celle ou celui qu'il aime comme ce qu'il est vraiment, mais, à chaque fois, comme l'imagine son désir. Il voit avec les yeux de l'amour, c'est-à-dire en s'aveuglant (la grande est majestueuse, la petite délicieuse, l'hystérique passionnée, la garce excitante, la sotte spontanée, la raisonneuse brillante, etc. – et on peut le transposer au masculin). On reproche au désir de déformer et reformuler, afin de mieux désirer. L'amant, en l'occurrence Dom Juan, se tromperait lui-même et son confident, Sganarelle, verrait clair : il faudrait revenir sur terre, voir les choses en face et ne pas prendre son désir pour la réalité ; bref, il faudrait sortir de la réduction érotique. Mais de quel droit Sganarelle prétend-il voir mieux que Dom Juan ce qu'il n'aurait lui-même ni remarqué, ni vu, si l'amant, Dom Juan, ne le lui avait d'abord indiqué ? De quel droit ose-t-il, en toute bonne conscience, raisonner l'amant, alors qu'il ne peut, par définition, en partager ni la vision, ni l'initiative ? Evidemment, parce qu'il ignore tout de la règle phénoménologique, selon laquelle l'anticipation d'aimer le premier permet de voir enfin tel autrui, parce qu'elle le voit comme aimable et unique, alors qu'autrement il disparaît dans le commerce et la réciprocité. On répète que Dom Juan et Sganarelle voient le même autrui, mais de deux regards différents – l'un avec le fantasme du désir, l'autre avec la neutralité du bon sens. A tort, car ils voient deux phénomènes différents. L'amant, et lui seul, voit autre chose, une chose que personne d'autre que lui ne voit – précisément plus une chose, mais, pour la première fois, tel autrui, unique, individualisé, désormais arraché à l'économie, dégagé de l'objectité, dévoilé par l'initiative d'aimer, surgi comme un phénomène jusqu'alors invu. L'amant, qui voit en tant qu'il aime, découvre un phénomène vu en tant qu'aimé (et autant qu'aimé). A l'inverse, Sganarelle ne voit rien de cet autrui et ne raisonne contre Dom Juan que parce qu'il rétablit la raison, dont l'amant vient de prendre congé. En rétablissant précisément l'économie, Sganarelle compare objectivement les qualités et les défauts de ce qu'aime l'amant avec d'autres aimables possibles ; il calcule à nouveau les bonnes et les mauvaises raisons, les gains et les pertes ; et la raison ne réapparaît que pour justifier ou disqualifier une possible réciprocité, une justice rétributive. Mais cette restauration a un prix : on ne peut prétendre mesurer ce qu'aime l'amant hors commerce, qu'en évoquant, à côté de ce nouveau phénomène désormais surgi, cristallisé et irréfragable, des fantômes ; on ne peut mesurer l'aimé de l'amant, qu'en le comparant après coup aux fantômes d'autres possibilités, d'autres « lui », d'autres « elle » – que l'amant aurait pu, aurait dû aimer avec de meilleures raisons ; sans voir ce qui crève les yeux – que ces fantômes n'ont pas rang de phénomènes véritables, que l'initiative de l'amant a éliminé ces possibilités mêmes et qu'elles ont tout simplement disparu devant l'évidence du phénomène neuf, désormais vu et révélé. La raison ne peut raisonner qu'en comparant, mais, depuis la déclaration faite par l'amant, les anciens possibles s'effondrent face à l'unique facticité advenue et ils s'estompent comme des ombres englouties par la lumière. Bien entendu, on pourrait toujours voir les choses autrement que ne les voit l'amant, avec plus de raison ; mais, justement, l'amant a outrepassé le champ de validité des comparaisons, des calculs et du commerce ; il ne peut plus voir autrement, ni voir rien d'autre que ce qu'il voit – et ce qu'il voit n'a décidément plus le statut d'une chose, mais d'un aimé. Le domestique de l'amant ne peut plus rien pour lui, puisqu'il régresse en deçà de la réduction érotique radicalisée qu'accomplit cet amant, ou plutôt, qui l'accomplit comme amant.

Pourtant, admettons encore qu'on demande pourquoi l'amant s'engage le premier sans assurance à aimer tel ou telle, et non telle ou tel. Si l'on a compris que pour l'amant aucune comparaison ne peut faire raison (puisque celui ou celle qu'il a vue ne fait plus nombre avec aucun autre possible), il ne reste plus qu'une réponse acceptable : autrui, devenu unique, occupe lui-même, en vertu de son rôle de point focal, la fonction de la raison qu'a l'amant de l'aimer. L'amant aime l'aimé, parce que c'est l'unique et parce qu'il s'en fait l'amant – parce que c'était lui, parce que c'était moi. L'amant n'a d'autre raison d'aimer celui qu'il aime que justement celui qu'il aime, en tant que lui, l'amant, le rend visible en l'aimant le premier. L'amour devient, du point de vue de l'amant (et de lui seul), sa propre raison suffisante. L'amant fait donc l'amour en produisant la raison pour laquelle il a raison de se dispenser de toute autre raison. L'insuffisance de la raison à rendre raison de l'amour ne marque donc pas seulement le principe de raison insuffisante, mais érige surtout l'amant en raison de soi. La *causa sui* que revendiquait en vain l'amour de soi (§ 9) se transpose en une *ratio sui* ; mais une *ratio sui* qui s'accomplit, cette fois, conformément à la réduction érotique radicalisée – non plus en demandant « m'aime-t-on – d'ailleurs ? », mais en s'exposant à répondre en personne à la question « puis-je aimer, moi le premier ? ». Le cercle se décentre de l'*ego* vers tel autrui.

§ 18. L'avance

Je viens de suivre le même chemin que Dom Juan. Car il sait, mieux peut-être qu'aucun autre, provoquer la réduction érotique et l'imposer à ceux qui n'en auraient eu, sans lui, ni l'idée, ni le courage (non seulement Sganarelle, mais Anna, mais Elvire, mais Zerline) ; il prend l'initiative, le premier, d'aimer, sans autre raison que d'accomplir la réduction érotique elle-même. Plus encore son désir ne la provoque pas tant, qu'il n'en résulte ; ceux à qui il déclare l'amour, comme ceux à qui il déclare la guerre (souvent les mêmes) apparaissent dans leur singularité de plus en plus extrême uniquement parce que la réduction érotique les désigne comme aimés ou mal aimés, en tout cas aimables, car en situation de rencontrer l'amant. Pourtant, je ne pourrai suivre ce chemin plus avant, parce que Dom Juan ne maintient pas ce qu'il inaugure si nettement. Il prend certes l'initiative en s'exposant sans cesse à la question « puis-je aimer, moi le premier ? », en sorte de provoquer sans repos la réduction érotique radicalisée ; mais il s'empêtre pourtant à la reproduire à l'identique, mécaniquement presque, comme un incendie de forêt relancé par de nouveaux départs de feu, ou plutôt comme un foyer qui n'arrive pas à prendre définitivement et qu'on doit sans cesse attiser. D'où vient cette répétition, obstinée et pitoyable ? Sans aucun doute de ce que Dom Juan ne pratique la réduction que sur le mode de la séduction.

Avant de se distinguer, réduction et séduction, l'une et l'autre érotiques, s'accordent à mettre en œuvre la même avance, la même anticipation – j'aime le premier, sans autre raison que celui que je me risque à aimer, sans attendre sa réponse, sans présumer la réciprocité, sans même le connaître. L'une et l'autre procèdent par anticipation – en déséquilibre avant, entraînées par leur propre élan en une chute, qui reste une course aussi longtemps qu'elle se rattrape elle-même à force de se prolonger. Mais leur divergence commence précisément à propos du mode de cette avance. Dans la séduction en effet, l'avance reste provisoire et finit par s'annuler, puisque, une fois autrui séduit (conduit à l'aveu), je n'aimerai plus par avance ni à perte, mais bien avec retour, en pleine réciprocité : j'aurai simplement fait une avance sur amour, qui me sera remboursée avec intérêt. Comme autrui finira immanquablement par me retourner l'amour dont je l'aurai d'abord crédité, ma possession le rattrapera et l'assimilera à mon *ego*, qui redeviendra le centre du cercle. Dès lors, la séduction trahit la réduction érotique, non pas parce qu'elle séduit, mais parce qu'elle ne séduit pas assez ni assez longtemps, parce qu'elle finit par rétablir la réciprocité selon l'attitude naturelle, parce qu'elle mime l'amour de l'amant pour finalement l'inverser. Ce que confirme son dernier moment : non seulement Dom Juan rétablit en dernière instance la réciprocité (« elle m'aimera, je le veux »), mais il la renverse à son profit (« elle m'aimera et moi, non »), en sorte qu'on l'aime d'ailleurs sans qu'il aime plus le premier, sans qu'il aime du tout. La séduction veut se faire aimer sans finalement aimer – je n'y prends de l'avance qu'avec la ferme résolution de la perdre dès que possible ; je ne m'y perds que pour qu'autrui vienne à moi et que je m'y retrouve ; ou plutôt pour que je le trouve sans que lui ne me retrouve jamais. L'avance disparaît, comme un leurre de moi, qui m'assure un gain gratuit. Dans la séduction je jouis, mais d'un plaisir solitaire.

Par contraste, la réduction se lance dans une avance définitive et sans retour, une avance qui ne s'annulera jamais, ne se rattrapera jamais ; je pars en déséquilibre avant et je n'évite la chute qu'en allongeant la foulée, en prenant encore plus de vitesse, donc en rajoutant à mon déséquilibre ; plus j'en remets un coup pour ne pas tomber, plus je m'avance sans espoir de retour. Car, même si j'atteins autrui, cela ne m'en donne pas la possession, précisément parce que je ne le touche et ne m'y ouvre un accès, que par le choc que j'y provoque, donc à la mesure de l'élan que je prends et que je dois garder ; autrui ne m'arrête pas comme un mur, un bloc inerte et délimité, mais s'offre à moi comme s'ouvre un chemin, toujours à continuer à mesure que j'y entre ; l'avance exige donc une relance permanente, où je ne reste en course et en vie qu'en répétant mon déséquilibre ; chaque accomplissement demande et devient un nouveau commencement. Conformément à la définition de la réduction phénoménologique en général, la réduction érotique (radicalisée sous la forme « puis-je aimer, moi le premier ? ») ne s'accomplit définitivement qu'en n'en finissant jamais de se répéter. L'*ego* ne redeviendra plus jamais le centre ; jusqu'à la fin, il devra se décentrer en vue d'un centre toujours à venir, autrui vers lequel je me reconduis.

Pourtant cette opposition, encore formelle, entre la séduction et la réduction importe-t-elle au fond à l'amant ? Que change à la question « puis-je aimer, moi le premier ? » la différence entre une avance provisoire et une avance définitive ? Elle touche à l'essentiel. Car, avec une avance provisoire, autrui reste lui-même provisoire : il faudra recommencer une nouvelle avance, en dénichant le premier autre autrui venu, faire de nouvelles avances à Zerline, après les annonces faites à Elvire, Anna et tout le catalogue – alors qu'avec une avance définitive un même et unique autrui suffit en principe surabondamment à exciter sans cesse une nouvelle relance. Pourtant, même cette unicité d'autrui ne dit pas la différence essentielle, puisqu'elle en résulte déjà. Car autrui ne me devient unique, qu'à condition de s'avérer infini – de pouvoir, de lui-même, non seulement supporter, mais provoquer une relance toujours répétable de l'avance initiale, de mon initiative d'aimer le premier. Mais ne s'agit-il pas ici d'une contradiction patente – comment un autrui, venu de ce monde, donc définitivement fini, pourrait-il ouvrir la distance à une relance infinie de l'avance, à une avancée toujours répétable de l'amant ? Vulgairement dit, comment autrui pourrait-il à la fin ne pas saturer, ni l'amant se lasser ? Vulgairement répondu : Dom Juan ne se lasse, je ne me lasse moi aussi d'Elvire ou de Zerline, que parce que nous en faisons vite le tour. A l'inverse, nous en faisons si vite le tour, parce que nous ne relançons plus, à partir d'un certain moment, notre avance. Autrui m'apparaît donc fini, parce que mon avance vers lui ralentit, s'éteint et disparaît, non pas l'inverse. La fin de l'avance rend autrui fini, loin qu'aucune finitude d'autrui ne justifie la fin de l'avance. Autrui me devient fini, parce qu'il entre peu à peu (à mesure que mon avance diminue) dans mon champ de vision, s'y immobilise et finit par m'y faire face, massivement, frontalement, objectivement, au lieu de rester le point de fuite que je visais par avance, sans le voir vraiment ni le comprendre jamais. Désormais vu plein cadre, comme un objet, il s'immobilise dans un lieu du monde et j'en peux prendre la mesure – bref, en faire le tour. Ce que l'on nomme la possession d'autrui exploite simplement son objectivation préalable ; mais cette objectivité implique déjà sa finitude, donc la fin de l'avance. Mon impuissance à la relance laisse autrui devenir ma chose, mon objet, le fini dont je fais le tour et éventuellement me détourne. Dom Juan n'aime pas trop – il aime au contraire trop peu, trop court, sans élan ; il perd son avance. Dom Juan aime trop peu, non parce qu'il désire trop, mais bien parce qu'il ne désire ni assez, ni assez longtemps, ni assez durement. Il prétend tenir le vin, mais il ne tient pas l'amour ; il ne tient pas le désir, il ne tient pas la distance. En un mot, il ne tient pas la réduction érotique. Car, moi l'amant, je ne tiens la réduction érotique qu'aussi longtemps que je maintiens l'avance et que je la relance. Je jouis d'autrui, parce que mon avance et son inappréciable retard m'évitent la possession d'une fin.

L'avance provoquée par l'amant, pourvu qu'il réponde du moins à la question « puis-je aimer, moi le premier ? », caractérise donc définitivement la réduction érotique radicalisée – au point que la réduction ne s'accomplit qu'aussi longtemps que l'avance se répète. Cette avance se déploie et s'illustre par plusieurs postures remarquables.

L'amant *supporte tout*. En effet, par définition, autrui ne doit aucune réciprocité à l'amant ; mieux, autrui n'apparaît comme aimé et ne surgit comme phénomène érotique qu'en situation de réduction érotique, donc qu'à l'initiative de l'amant, qui, le premier, s'y risque ; il n'échappe qu'ainsi à la visibilité fragile et provisoire de l'objet, dont je pourrais faire le tour et à terme me détourner. D'où cette conséquence paradoxale, mais inévitable : au départ, lorsque éclate la déclaration d'amour, l'amant décide de tout, autrui de rien – précisément parce qu'avant la réduction érotique aucun autrui ne peut encore jouer et que seuls des objets s'offrent à la vue, donc à la possession. L'amant rend donc possible l'aimé, parce qu'il entre le premier en réduction érotique. Décrivons le processus par lequel l'amant érige un objet au rang de l'aimé. L'amant présuppose ce qu'il vise ; mais, à première vue, ce qu'il voit (ou devine) n'offre encore au regard qu'un objet ; or, puisqu'il s'agit d'aimer selon une avance et une relance sans fin, il y faut tout sauf un objet ; et en face de moi, en apparence, ne se tient qu'un objet. Quiconque admet cela – qu'il ne se trouve qu'un objet – doit abdiquer la fonction de l'amant et, comme Dom Juan, passer à un autre objet. L'amant, lui, n'abdique pas : il présuppose qu'en face, malgré les apparences d'objet, surgit un autrui, donc non seulement un aimé effectif (par moi), mais aussi un amant potentiel. L'amant va aimer cet autrui supposé comme si celui-ci voulait, savait et pouvait déjà se faire aimer et, à son tour, aimer comme un amant. Bien entendu, l'amant ne demande pas ici la réciprocité ni ne l'anticipe, mais postule seulement que cet autrui n'a pas rang d'objet. Il l'atteste en présupposant – sans garantie, ni certitude, ni condition – que lui aussi peut prendre la posture d'amant, entrer en réduction érotique, bref aimer. L'amant décide qu'autrui mérite son titre d'autrui (aimé, non objet). Il fait donc l'amour en ce sens aussi qu'il suppose qu'autrui finira par le faire. L'amant ne fait pas seulement l'amour, il fait faire l'amour (§ 33).

Ensuite, l'amant *croit tout*, endure tout et dure sans limite ni secours, avec la souveraine puissance de celui qui aime avant de se savoir aimé, ou de s'en soucier. L'amant fait la différence – lui seul diffère. Il diffère de tous ceux qui veulent aimer sous condition de réciprocité, à savoir des *ego* métaphysiques ou d'attitude naturelle, obsédés par leur égalité à eux-mêmes au point de vouloir l'élargir en une nouvelle égalité – entre ce qu'ils imaginent donner d'eux et ce qu'ils exigent de recevoir d'ailleurs. Il diffère aussi de tous les objets visibles, donc des étants subsistants et usuels, puisqu'il aime en s'avançant dans une distance, où ils ne doivent pas apparaître, afin que leur commerce ne brouille pas la réduction érotique. Rien ne soutient l'amant, il faut donc qu'il supporte tout, en particulier que son présupposé – autrui va finir par entrer en réduction érotique – n'advienne pas ou pas encore ; et ajouter « pas encore », cela même équivaut à croire tout. L'amant croit tout, endure tout et plus précisément de rester seul en situation de réduction érotique. Lui seul a en propre la réduction érotique – il reste l'idiot de la réduction érotique. Mais cette solitude idiote, l'amant l'assume pourtant comme son privilège souverain, pour un motif que l'on a déjà esquissé. Soit le cas, banal, presque universel, où l'un des deux n'aime plus, voire n'a jamais aimé, qui désigner comme le moins malheureux des deux ? Il faut distinguer ; dans l'attitude naturelle, le moins malheureux semble celui qui aimait le moins, ou qui a cessé d'aimer le plus tôt – parce qu'ainsi il a moins perdu, moins souffert aussi quand l'amour a disparu ; en réduction érotique, au contraire, le moins malheureux paraît celui qui aimait le plus, parce qu'il ne cesse pas d'aimer, même quand autrui a disparu, en sorte qu'à lui seul il maintient l'amour à flot. Il n'a pas tout perdu, parce qu'il aime encore. Il n'a même rien perdu, parce qu'il reste toujours un amant. En réduction érotique, si l'on veut vraiment gagner, il faut aimer et persister dans cette avance sans condition – le dernier à aimer remporte donc la mise. Quelle mise ? Aimer précisément. Le vainqueur est – le dernier amant, celui qui aime jusqu'au terme. Car l'amant aime aimer. Cela ne le détourne pas d'aimer un aimé, mais lui permet au contraire d'aimer l'aimé, même si l'aimé ne l'aime pas, n'aime tout simplement personne, voire récuse son statut d'autrui à aimer. L'amant aime aimer pour l'amour de l'amour. Dès lors, de même qu'il supporte tout, l'amant peut tout croire et tout espérer. Croire et espérer signifient ici aimer sans savoir, ni posséder. L'inscience (qui croit) et la pauvreté (qui espère) n'indiquent pourtant aucune pénurie, mais l'excès proprement infini de l'amant, tel qu'il aime sans condition de réciprocité.

Enfin, l'amant aime, du moins peut parfois aimer *sans voir*. En effet, il ne peut connaître ce qu'il aime comme il connaîtrait un objet, aussi n'en a-t-il nul besoin ; s'il le connaissait ainsi, il pourrait le constituer et en faire le tour une fois pour toutes ; il ne le connaît pas non plus comme un étant subsistant, dont il pourrait vérifier à tout instant la présence et qu'elle persiste à l'identique ; ni comme un étant usuel, dont il pourrait en temps utile faire un usage adapté à ses besoins, ses désirs et ses projets. Il n'a en fait pas à connaître d'objets, ni d'étants du tout, parce que pour aimer, il lui faut exercer la réduction érotique des objets et des étants du monde en général, afin d'ouvrir la distance où s'évanouit leur commerce et peut commencer l'abandon sans retour. A proprement parler, il ne connaît pas ce qu'il aime, parce que ce qu'on aime n'apparaît pas avant qu'on l'aime. Il revient à l'amant de faire voir ce dont il s'agit – autrui en tant qu'aimé, apparaissant en tant qu'érotiquement réduit. La connaissance ne rend pas l'amour possible, puisqu'elle en découle. L'amant rend visible ce qu'il aime et, faute de cet amour, rien ne lui apparaîtrait. Donc, à strictement parler, ce que l'amant aime, il ne le connaît pas – sinon en tant qu'il l'aime. D'où suit un privilège incomparable : puisqu'il phénoménalise ce qu'il aime en tant même qu'il l'aime, l'amant peut aimer même (voire surtout) ce qu'on ne voit pas (si l'on ne l'aime pas). Et d'abord l'absent. Certes l'absent dans l'espace : un vivant connu, pour l'instant éloigné (volontairement ou involontairement, peu importe ici), ou bien définitivement parti (par une rupture). Mais aussi l'absent dans le temps, un vivant encore inconnu et potentiel (celle ou celui « qui m'attend déjà », moi seul, dans la foule indistincte) et qui m'identifiera ; et encore un vivant seulement à venir et connu par procuration (l'enfant souhaité, voire l'enfant craint) ; et surtout le vivant révolu et trépassé, soit le défunt connu (auquel je peux vouloir encore rester fidèle), soit le mort inconnu (qui hante ma quête d'identité). En aimant l'absent, l'amant ne cède à aucun délire, il se borne à exactement accomplir la réduction érotique radicalisée, qui, on l'a vu, ne s'appuie sur rien d'étant, voire provoque le rien lui-même. Du coup l'amant se libère de la limite emblématique de la métaphysique, la différence entre être et n'être pas – car il aime aussi bien ce qui n'est pas que ce qui est ; voire, il aime d'autant plus librement qu'il aime ce qui n'est pas encore, ce qui n'est plus ou même ce qui n'a pas à être pour apparaître. Il se lave aussi d'un soupçon pesant sur la phénoménologie – de privilégier la visibilité dans la phénoménalité ; car l'amant aime ce qu'il ne voit pas plus que ce qu'il voit ; ou plutôt, il ne voit que parce qu'il aime ce que, d'abord, il ne pouvait pas voir. L'amant aime pour voir – comme on paie pour voir.

Parce que l'amant ne possède rien et ne le doit pas, il lui reste enfin à *espérer*. L'espérance indique ici un mode d'accès privilégié à ce qui peut se déployer dans la phénoménalité ouverte par la réduction érotique, justement parce que l'on ne peut espérer que ce que l'on ne possède pas et aussi longtemps qu'on ne le possède pas. L'espérance, au sens strict, n'a pas et ne peut pas avoir d'objet, puisque les objets appellent la possession ; aussi plus la possession s'accroît, moins elle espère ; espérance et possession se croisent, inversement proportionnelles. Ce que suggère l'ancienne expression « avoir des espérances » – à savoir ne pas encore avoir la possession d'un héritage, mais se trouver en position de l'attendre, plus ou moins sûrement. Et l'amant a des espérances ; il n'a même que des espérances, qui offrent la particularité de ne se convertir jamais en autant de possessions, non qu'elles restent déçues, mais parce que ce qu'il en espère ne relève pas de l'ordre de ce qu'on possède, ni de ce que la possession régit. Il n'espère en effet jamais des objets, mais précisément ce qui outrepasse l'objectité, voire l'étantité : l'amant, au moment même de l'avance la plus précipitée, qui le libère de la réciprocité et de l'économie, espère toujours de plein droit l'assurance, l'assurance qu'on l'aime et le défende de la vanité, donc aussi de la haine de chacun pour soi. Mais cette assurance sombrerait instantanément dans son contraire, s'il l'attendait comme la possession d'un objet certain. Car cette possession même se contredirait – posséder l'aimé venu d'ailleurs comme un objet finirait inéluctablement par la jalousie (§ 33) ; elle n'aurait même aucune efficacité – puisque l'aimé doit, pour m'assurer contre la vanité, se déployer à l'infini, tandis que tout objet reste fini. L'amour, venant d'ailleurs et allant à l'infini, ne peut m'advenir que si je renonce à le posséder et m'en tiens strictement à la réduction érotique radicalisée. Il ne devient donc pensable que sur le mode de l'espéré, de ce qui ne peut m'advenir que comme l'imprévu et l'indû radical. Comme tel – comme ce que je ne peux ni posséder, ni provoquer, ni mériter –, il restera l'inconditionné, donc ce qui, à cette condition, peut se donner à l'infini. L'espérance espère donc tout, sauf ce qu'elle pourrait posséder. Elle espère tout et d'abord l'inespéré. Elle assiste la possibilité.

L'amant supporte tout, croit tout, même ce qu'il ne voit pas et il espère tout. Aussi, maintenant que s'accomplit la réduction érotique, lui seul reste. Rien ne peut l'emporter sur lui, puisque sa faiblesse même fait sa puissance. D'où son avance.

§ 19. La liberté comme intuition

L'avance de l'amant s'expose pourtant à une objection, d'autant plus forte qu'elle se démultiplie. Car la demande d'assurance, qui détermine depuis le début l'amant en situation de réduction érotique, pourrait finalement échouer, en plusieurs sens. – D'abord, parce qu'il reste évidemment douteux que l'on m'aime d'ailleurs, soit que je le demande naturellement, soit que je passe à la réduction érotique radicalisée (« puis-je aimer, moi, le premier ? ») ; l'espérance à laquelle je viens d'avoir recours me confirme dans l'assurance que je n'en ai encore aucune maintenant et que toute certitude me fait aussi défaut. – Il y a plus : non seulement je n'ai aucune assurance qu'on m'aime, mais je n'ai non plus aucune assurance que j'aime, que j'aime vraiment ; car, en vertu de l'avance, je ne sais pas vraiment qui j'aime, ni pourquoi je l'aime, ni en fait ce qu'aimer signifie ; ce qui me rend possible d'aimer – l'initiative pure, sans raison suffisante – me rend aussi cet amour énigmatique ; soit que j'aime véritablement sans raison (gratuitement, pour rien), soit que me déterminent en fait des raisons en moi que j'ignore (venues de l'inconscient, de ma chair ou de la société), dans ces deux cas, rien ne m'assure que ce soit encore moi et moi seul qui prenne l'initiative d'aimer, puisque j'ignore ce que « je », et même ce qu'« aimer » peuvent signifier. Le danger, qui menace le plus mon ambition d'amant, ne consiste sans doute pas à ignorer si l'on m'aime ou non, mais à m'imaginer pouvoir aimer ou savoir ce qu'aimer veut dire. Comment esquiver cette objection, qui porte d'autant plus qu'elle s'appuie directement sur la réduction érotique, où aimer se résume à l'initiative d'aimer par avance et sans raison ? Et cette objection pourrait menacer jusqu'à l'accomplissement de la réduction érotique – car enfin une assurance reçue d'ailleurs ne va pas de soi et le simple fait de la revendiquer n'implique ni qu'on l'obtienne, ni qu'on puisse légitimement y prétendre. Bref, en prenant l'initiative d'aimer à titre d'amant par avance et sans raison, je manquerais simplement de jugement et de prudence.

Pourtant, il se pourrait que cette objection ne tire sa force que d'une méconnaissance de la réduction érotique ; elle revient à soutenir encore une fois que, pour aimer, il faut savoir qui l'on aime, pourquoi l'on aime et si l'on se fait aimer en retour ; toutes demandes parfaitement légitimes, mais uniquement dans l'attitude naturelle, là où rien ne se fait sans raison suffisante, ni réciprocité, ni connaissance d'autrui comme d'un objet. Or ces précautions raisonnables perdent toute validité sitôt franchie la frontière séparant l'attitude naturelle de la réduction érotique. Cette réplique n'empêche pourtant pas l'objection de revenir sous une forme à peine différente : si l'amant ne devient possible qu'à partir de la réduction érotique radicalisée, l'amant la présuppose ; il ne peut la provoquer, puisqu'il en résulte. Il y a cercle et il devient donc plus arbitraire de passer à la réduction érotique, que de s'en passer.

Ne pouvant dissoudre l'objection, il reste à prendre appui sur elle. Je concéderai donc sans discuter ne pas avoir la moindre assurance qu'on m'aime d'ailleurs, ni non plus que j'aime, moi le premier. Mais ce manque d'assurance n'interdit pas de passer à la réduction, puisque celle-ci ne devient possible qu'en admettant la question même de l'assurance, donc de l'assurance manquante ; le manque de l'assurance ne disqualifie pas la prise d'avance par l'amant, mais il lui appartient et lui ouvre au contraire la possibilité – la distance. Ceci admis, qu'en résulte-t-il ? Que je ne sois plus assuré de rien ? Qu'en réduction érotique radicalisée, mon avance d'amant me laisse à nu et à vide ? Absolument pas. Car, même si je ne possède aucune assurance que j'aime, moi le premier, j'ai du moins l'assurance d'en avoir décidé ainsi. De même qu'un amour donné reste parfaitement donné même si on refuse son don, puisque le mépris qu'il subit n'interfère en rien avec l'abandon qu'il accomplit, de même l'amant qui se décide à aimer le premier acquiert la certitude de l'avoir décidé, même si son avance n'aime pas parfaitement sans raison, puisque cette imperfection n'affecte en rien la *décision* de s'avancer sans raison. Sans doute ne suffit-il pas que je décide d'aimer le premier pour que j'accomplisse sans reste un tel amour par avance ; mais il suffit bel et bien que je décide d'aimer le premier pour que j'accomplisse sans reste la *décision* d'un tel amour par avance – bref pour que je reçoive l'assurance d'accéder au statut d'amant. Décider d'aimer par avance suffit à me donner l'assurance de l'amant – la seule que je vise et puisse espérer –, parce que la décision d'aimer par avance, si elle ne décide pas de mon amour effectif, décide au moins que j'ai décidé d'aimer par avance. Pour me qualifier comme amant, je n'ai pas à performer la parfaite avance de l'amour : par définition nul ne peut la promettre, puisqu'elle ne dépend d'aucune cause, pas même de ma volonté ; mais pour me trouver qualifié comme amant, je n'ai qu'à décider de performer l'avance de l'amour, décision qui ne dépend que de moi, bien qu'elle se joue toujours aux limites de mes derniers pouvoirs. Décider d'aimer n'assure pas d'aimer, mais assure de décider d'aimer. Et l'amant s'atteste précisément par cette décision – la première et la plus pure, sans cause, sans retour, pure avancée dans la réduction érotique, sans autre raison, qu'elle-même. L'assurance vient à l'amant lorsqu'il se décide simplement à aimer, le premier, sans assurance de réciprocité. L'assurance lui vient quand il se décide définitivement à ne pas l'attendre. Ou plutôt, l'assurance qui lui vient – d'aimer en amant – ne coïncide plus avec celles auxquelles il renonce – qu'on l'aime en retour, voire d'aimer parfaitement le premier.

En déplaçant la qualification d'amant de la performance de l'avance à sa décision pure, on n'abaisse pas l'exigence imposée à l'amant par la réduction érotique de l'effectivité à la simple possibilité formelle. D'abord parce que prétendre aimer effectivement le premier, répétons-le, n'a aucun sens : à l'instant de son initiative, l'amant ne sait pas s'il agit de lui-même ou sous influence, ni sous quelles influences ; il ne sait pas mieux ce qu'il entreprend vraiment, ni jusqu'où il l'accomplit. Et l'on ne saurait demander à l'amant plus, incomparablement plus que ce que son pouvoir conscient peut couvrir.

Surtout, en ramenant l'avance (aimer le premier) d'une performance effective à la possibilité d'une décision, la réduction ne s'affaisse pas, elle se radicalise.

Car décider d'aimer le premier par avance revient indiscutablement à décider de soi et du soi de l'amant. En effet, quand je demande : « Où suis-je et qui suis-je ? », je cherche où se joue et se phénoménalise mon ipséité – à savoir là où je me décide. Mais je ne m'identifie pas, lorsque je décide de moi seul par une résolution anticipatrice, qui n'anticipe que sur moi seul ; dans ce cas, je reste prisonnier du miroir narcissique de moi-même, où je deviens fantasmagoriquement à la fois spectacle et spectateur, acteur et juge. Je m'identifie, au contraire, lorsque je n'anticipe plus sur moi seul, mais sur autrui, l'autre que moi ; car il peut, lui qui ne coïncide pas avec moi et qui m'attire dans la distance que je ne maîtrise plus, me décrire et m'inscrire comme tel – autre que moi-même, désormais situé sous la garde d'autrui. En me décidant *à aimer par avance autrui*, je m'apparais pour la première fois comme je me décide – exposé à autrui pour la possibilité duquel précisément je me décide. Paradoxalement, je n'apparais pas quand je me décide moi-même par et pour moi-même, mais quand je me décide pour autrui, parce qu'alors lui peut me confirmer qui je suis : me décidant pour lui, c'est par lui que j'apparais. Dans ma décision pour autrui, ma décision d'aimer par avance un autre que moi, se décide ma phénoménalité la plus propre. Je ne décide pas de moi-même par moi seul, mais par le regard d'autrui ; non par une résolution anticipatrice sans témoin ni lieu, mais par l'amour d'avance, dans la distance où je m'expose à autrui (§ 37). La décision d'aimer reste donc valide, même si je n'accomplis pas effectivement l'amour par avance, pourvu néanmoins que je m'y résolve – formellement que je me décide au moins à me décider. Faire l'amour par avance ne dépend peut-être pas de moi, mais me décider à me décider, si. Aimer par avance ne dépend peut-être pas de moi, mais *aimer aimer (amare amare)*, si. Rien ne peut me séparer de ma liberté de faire l'amant.

On peut ainsi poser qu'aimer équivaut de plein droit à aimer et me qualifie déjà comme un amant. On remarque aussi que la distinction entre aimer de fait autrui et seulement aimer l'aimer (ou aimer aimer) reste ici imprécise ; car je n'expérimente immédiatement que mon amour d'aimer, sans pouvoir jamais me certifier que j'aime gratuitement, véritablement, suffisamment autrui, ni le mesurer ; pour y parvenir, il faudrait non seulement que j'aime à la mesure qu'attend autrui, donc sans mesure, mais surtout qu'un tiers s'en fasse l'arbitre ou, ce qui revient en l'occurrence à la même impossibilité, qu'autrui aimé m'en assure ; mais qui pourrait prétendre édicter un tel jugement, parmi ceux qui partagent ma finitude ? Entre l'amour de l'amour et l'amour d'autrui, la transition reste tangentielle et graduelle pour nous autres, empêtrés dans le flux de notre intrigue finie et factuelle. Aucun amant ne prétend sérieusement ni facilement aimer purement autrui, au-delà de sa conviction d'avoir aimé aimer en vue de cet autrui : il voudrait aimer, mais ne parvient jamais à (se) le prouver. A quoi reconnaît-on l'amant radical ? A ce qu'il n'ose presque jamais déclarer « Je t'aime ! », justement parce qu'il sait, lui, ce qu'il en coûte. Quiconque assure qu'il aime effectivement ou correctement ne sait pas ce qu'il dit ou (se) ment ; il ferait déjà beaucoup, s'il aimait aimer sans restriction mentale ni mauvaise foi. Entre aimer aimer et aimer effectivement autrui, nous ne pouvons marquer aucune différence nette – il s'agit d'une zone frontalière, parcourue d'allers et de retours sans arrêts, ni surtout étiages. Chacun avance autant qu'il peut et qu'il veut (qu'il peut vouloir et veut pouvoir), espérant aimer autrui un peu, grâce à l'amour de l'amour.

Aimer aimer, cela me revient ; dans cette décision, je reviens à moi et j'en viens à m'apparaître comme tel. D'où ce paradoxe libérateur : il me suffit de faire *comme si* j'aimais, pour décider d'aimer et ainsi acquérir un statut d'amant de plein droit. *Comme si* ne trahit ici aucune régression, aucun repli, ni compromis, mais dévoile l'espace privilégié de l'initiative réservée à l'amant – ce qui ne dépend que de lui. Il ne dépend que de lui d'aimer par avance (avec ou sans les moyens de l'accomplir, peu importe) et de s'élever ainsi à la dignité d'amant. Devenir amant ne dépend en ce sens que de moi. En décidant que j'aime par avance et sans réciprocité, sans savoir ce qu'autrui en pense, ni même si le moindre autrui en sait quoi que ce soit, j'ai la liberté souveraine de me faire amant – de me rendre amoureux. Je deviens amoureux parce que je le veux bien, sans aucune contrainte, selon mon seul et nu désir. Ainsi se dégage la force de l'amour par avance : je peux raisonnablement aimer même si je ne me sais pas aimé (voire si je me sais pas aimé), parce qu'en décidant que j'aime le premier, j'éprouve effectivement que j'aime. Cette seule assurance me suffit. Lorsque je « tombe amoureux », je sais à mes risques et périls ce que j'éprouve et ce qui m'affecte – à savoir que je me dévolue à autrui, qu'il me le rende ou non, qu'il le sache ou non, voire qu'il l'accepte ou non. Que je sois amoureux de lui, cela ne dépend pas de lui, mais de moi seul. Et cela suffit.

A quoi ? A ce qu'une intuition me remplisse, voire me submerge. Il s'agit là d'un paradoxe, qui pourrait surprendre si, à la fin, il ne s'imposait : l'état d'« être amoureux » – et cela définit tout son danger, son injustice même – ne dépend pas de son destinataire ou donataire ; il ne dépend que de son donateur, de moi seul. Il me définit et ne sourd que de moi. En fait, il ne dépend que de moi de devenir amoureux. L'amant l'éprouve très lucidement : je ne deviens pas amoureux par hasard, à n'importe quel instant de ma vie quotidienne (heureux qui y ferait exception !), ni non plus en le décidant froidement ; je sais que se dégagent parfois des périodes où je décide non certes de devenir délibérément amoureux, mais d'éventuellement admettre de le devenir. Car, s'il se trouve des temps, où je me laisse absorber par la gestion des objets du monde (la réduction érotique restant donc impossible) et certains où je dois consentir au travail du deuil pour un amour révolu (la réduction érotique restant alors engagée dans sa négativité), il s'en ouvre d'autres où je n'ai rien de mieux à faire qu'à me laisser aimer aimer, soit que la vanité me pousse à (me) demander « m'aime-t-on – d'ailleurs ? », soit que la réduction érotique interroge radicalement « puis-je aimer, moi le premier ? ». Il ne s'agit pas déjà du désir – il ne peut venir que plus tard –, mais de la condition même du désir, qui exige d'abord ce consentement et la possibilité qu'il ouvre. Plus radicalement, lorsque, dans le flou de la première rencontre, sans encore aucune information ni la moindre assurance de réciprocité, je me décide à y aller voir, ou même à y aller carrément, cette décision ne dépend que de moi. Devant un regard pas cruel ou déjà embué, je peux très bien me retenir et en rester là ; je peux aussi laisser l'ambiguïté planer, histoire de voir ; je peux décidément tenter de provoquer l'éclat que je souhaite ou que je redoute. Et, dans toutes ces occurrences, je peux décider par simple curiosité, par un léger sadisme, par jeu, par intérêt ou déjà par passion. Pousser mon avance ou la retenir, la déployer généreusement ou feindre de suivre, tout cela dépend de moi. Nul ne tombe amoureux involontairement ou par hasard, ne serait-ce que parce qu'il doit – toute émotion involontaire acquise – le ratifier après coup pour savoir quand et à quoi il cède. Je sais bien quand je deviens amoureux – au moment précis, où je me le demande et où je me rassure en prétendant que je ne le suis pas (« Je ne suis pas amoureux, je n'ai pas à m'inquiéter, je pourrais arrêter à l'instant »), bref au moment où il est déjà trop tard. Que je commence à devenir amoureux, que j'aime déjà aimer ou que je m'imagine aimer, je le veux toujours bien et, dans cet acquiescement, je le décide. L'affection, que j'éprouve au commencement de mon état amoureux, s'impose en fait à moi comme une auto-affection. Et cette auto-affection ne me quittera pas de sitôt, parce qu'elle vient avec mon consentement et ne peut me toucher sans lui. L'état amoureux me touche au plus intime (affection de soi), parce qu'à la fin il me revient à moi seul d'y consentir, donc d'en décider (affection par soi, auto-affection).

Ce qui se décide, lorsque je consens à devenir amoureux et que je le deviens de mon plein gré, ne se résume pas en une simple émotion subjective, individuelle et préréflexive. Ce qui se décide alors va m'envahir d'une tonalité affective puissante, profonde, durable, qui peu à peu, ou au contraire très brutalement, va contaminer la totalité de ma vie intime, non seulement sentimentale, mais intellectuelle, non seulement consciente, mais inconsciente. Mieux : plus intérieure à moi que le plus intime, cette tonalité va surdéterminer toutes mes apparentes décisions, toutes mes argumentations publiques et tous mes débats privés ; elle va ruiner les logiques les plus limpides et les intérêts les moins discutables ; elle va me conduire éventuellement aux choix sociaux et relationnels les plus extrêmes, me pousser aux éclats les plus risqués ou aux compromis les plus suspects. Il va s'agir en elle, pendant des mois, des années, à jamais peut-être, d'un horizon englobant toutes mes décisions et toutes mes pensées. Quel statut puis-je lui reconnaître ? Il ne s'agit pas d'une émotion, ni d'une passion, encore moins d'un délire, mais d'abord de ce que la phénoménologie nomme un vécu de conscience. Mais ce vécu, bien que provoqué en moi par moi (pour autant qu'il ne dépend que de moi d'aimer aimer), ne se borne pas à ma subjectivité ; il inclut indissolublement autrui comme sa référence intentionnelle, toujours visée, même et surtout si je ne l'atteins pas encore en vérité. En tant que visant tel ou tel autrui précis, qui m'obsède même en restant virtuel, ce vécu s'avère radicalement intentionnel – intentionnel de cet autrui. Ainsi, la tonalité affective qui me découvre de fait amoureux, ou plutôt qui me qualifie comme amant, m'offre une intuition polarisée vers un autre que moi-même, celui que j'imagine déjà aimer, sans savoir encore ce que je dis. Par intuition, j'entends ici ce qui pourrait remplir la signification visée par l'intentionnalité, en sorte qu'en lui devenant éventuellement adéquate, elle laisse apparaître un strict phénomène. Pourtant, il n'en va pas exactement ainsi ; car devenir amoureux par mon consentement, donc par ma décision, revient à recevoir une intuition si vaste et si vague encore, qu'elle pourrait remplir un nombre indéterminé de significations, donc rendre visibles autant de phénomènes divers. Effectivement, cette disponibilité vague se vérifie sans difficulté (suivant en cela l'expérience banale et la sagesse populaire) dans l'inquiétante propension de la même tonalité affective amoureuse à susciter des passions, des intuitions, donc des phénomènes d'autrui très différents, voire contradictoires, qui passent les uns dans les autres brutalement et, en apparence, sans raison ; amoureux, je peux me fixer arbitrairement sur tel autrui ou sur tel autre, basculer des uns aux autres arbitrairement, avec des renversements de front aussi violents que brusques ; à supposer même que je me focalise un long laps de temps sur le même autrui, je puis certes imaginer l'adorer, m'y dévouer ou en jouir, mais, tout aussi bien, si les circonstances me déçoivent, en venir soudain à le soupçonner, le trahir, voire le haïr. Avec la même tonalité affective, qui fonctionne comme une intuition intentionnelle d'un autrui potentiel, je peux vouloir constituer des phénomènes aussi précis et visibles que différents et contradictoires, donc à la fin des phénomènes fluctuants, provisoires, presque fantomatiques.

D'où provient cette instabilité ? Evidemment pas d'une défaillance de l'intuition, puisqu'elle reste toujours prête à remplir une signification quelconque ; au contraire ma décision d'aimer aimer suffit à la rendre disponible sans réserve ni condition pour valider n'importe laquelle des significations que je voudrai ou que l'intrigue en cours me proposera. Le danger provient précisément de l'abondance, de l'autonomie et de la fluidité sans limite de mon intuition – sans cesse relancée par ma décision d'aimer aimer. L'instabilité des phénomènes amoureux ne provient donc jamais d'une pénurie de l'intuition, mais, à l'inverse, de mon incapacité à lui assigner une signification précise, individualisée et stable. Toujours disponible et déjà là, l'intuition se découvre surabondante face à une signification de prime abord manquante (quel autrui ?) et la plupart du temps provisoire (vais-je l'aimer longtemps avant de virer à la jalousie ou à la haine ?). Bref la tonalité affective d'aimer aimer s'avère une intuition à la fois intentionnelle d'autrui et sans autrui assignable – intuition intentionnelle, mais sans objet intentionnel, intuition de remplissement, mais sans concept à remplir. L'intuition que me fournit la tonalité affective d'aimer aimer surgit en excès, mais se disperse sans forme. Elle reste une intuition vague, qui rend mon amour d'aimer vagabond – moralement volage, mais surtout phénoménalement incapable de mettre en scène le moindre autrui identifiable. Une intuition aveugle, qui ne voit jamais aucun autrui. Saturée d'elle-même, elle donne d'aimer aimer, sans rien montrer.

Ainsi, l'intuition – dans la tonalité affective de l'état amoureux – se décide suivant la résolution prise par l'amant, et, puisque cette résolution se joue toujours en avance, elle se donne avant qu'autrui n'apparaisse comme tel, à supposer qu'il apparaisse jamais. L'intuition se découvre toujours déjà donnée à l'amant par lui-même, pourvu qu'il ait radicalisé la réduction érotique en se demandant « puis-je aimer, moi le premier ? ». A mesure qu'il progresse dans la performance de cette réduction, l'intuition ainsi provoquée par sa décision s'accroîtra, pour devenir, à la limite, une intuition saturante. Et d'autant plus saturante que, dans un premier et long temps, elle erre, vague et vierge d'une signification assurée ou seulement assignée. La tonalité affective de me trouver de fait amoureux – d'atteindre au statut d'amant – n'accède encore à aucune signification : autrui n'y intervient pas. L'intuition d'aimer devient aveuglante, parce qu'elle ne dépend que de l'amant, qui, une fois de plus, fait l'amour le premier. Mais, cette fois, sa priorité lui ferme l'horizon.

§ 20. La signification comme visage

Je tente, en tant qu'amant, d'accéder à autrui comme à un phénomène, que dégagerait alors la réduction érotique radicalisée par la question « puis-je aimer, moi le premier ? ». Mais la définition habituelle du phénomène ne saurait, dans ce cas très précis, rester inchangée. Je ne peux simplement ici maintenir que le phénomène se montre lorsque l'une de mes significations intentionnelles se trouve validée par une intuition, qui viendrait la remplir adéquatement.

Et pour deux raisons. Premièrement, parce que, dans la réduction érotique radicalisée, je me décide seul à aimer par avance et, comme j'aime aimer, je provoque par moi-même et par moi seul l'intuition (en l'occurrence, la tonalité affective amoureuse) : cette autoaffection produit activement, dans l'immanence même, des vécus intentionnels, qui ne peuvent valider rien d'autre que moi-même : mes vécus amoureux ne confirment que mon statut d'amant et que je fais l'amour, mais ils ne me rendent pas visible ni accessible l'autrui que j'aime, à supposer que j'en aime vraiment *un*. La difficulté ne consiste donc plus ici à confirmer par intuition (éventuellement manquante, mais s'imposant à moi) une signification (toujours disponible pour mon intentionnalité spontanée, pourtant encore de soi vide), mais inversement à fixer une signification précise à l'intuition surabondante et vague, que provoque la décision d'aimer par avance ; il ne s'agit plus de valider une signification par une intuition, mais une intuition immanente et disponible par une signification étrangère et autonome.

D'où la deuxième raison : cette signification devrait valider mon intuition (ma décision d'aimer aimer) au titre d'autrui ; la signification recherchée doit, en fixant mon intuition, me rendre autrui manifeste comme un phénomène de plein droit. Pour le permettre, il ne suffira pas que la signification tente de me représenter autrui, puisqu'elle le ravalerait alors au rang sans honneur d'un objet, que je pourrais constituer à volonté et modifier à loisir. Il faudra que cette signification me fasse éprouver l'altérité radicale d'autrui – tel autrui et nul autre –, tandis que l'intuition vague, que je produis spontanément par ma décision, me l'interdit et me laisse aimer (en fait aimer aimer) sans point fixe. La signification, ici manquante, ne doit surtout pas me représenter autrui, mais devra m'accorder d'en recevoir l'altérité. Comme cette altérité, je ne l'expérimente précisément pas dans l'avance à aimer aimer, je devrai l'éprouver dans l'advenue sur moi de la signification. Comment une signification pourra-t-elle jamais me faire éprouver l'altérité d'autrui, ou plus exactement de tel autrui insubstituable ? Elle n'y parviendra que si elle m'advient à partir de cette altérité même, que si elle ne surgit plus comme ce sur quoi mon intentionnalité finirait par buter, mais comme ce qui m'affecte d'ailleurs à partir de soi. A titre de signification provoquée non plus par mon intentionnalité, mais par une contre-intentionnalité – irréfutable choc de l'extériorité, contredisant ma visée, ma prévision et mon attente. Pour qu'autrui se manifeste à moi comme un phénomène entier, je ne dois pas attendre l'apport d'une intuition, mais l'arrivage d'une signification, venant contredire mon intention *par la sienne*. Pour voir autrui, je ne dois pas tenter de le faire paraître comme un phénomène orienté selon ma centralité ; je dois au contraire attendre qu'une signification neuve contrecarre les miennes et m'impose ainsi pour la première fois une altérité qui transcende même mon avance à aimer aimer. Pour tout phénomène de droit commun, mes significations prévues attendent la confirmation des intuitions encore à venir. Pour autrui, en régime de réduction érotique, mon intuition surabondante mais vague doit encore attendre l'avènement imprévisible d'une signification, qui la fixe.

La signification d'autrui, au contraire de l'intuition d'aimer aimer, ne m'appartiendra donc pas ; elle m'arrivera d'un ailleurs extérieur par une advenue, dont l'épreuve seule apportera la preuve de l'altérité. Comment une telle signification pourra-t-elle jamais m'affecter, au point de m'ébranler assez à fond, pour assigner mon *ego* d'amant à tel autrui et à nul autre ? Je le sais, en fait, depuis longtemps – depuis que j'ai appris à envisager le visage d'autrui. Le visage – d'autrui : il s'agit d'une tautologie, car seul autrui m'impose un visage et aucun visage n'ouvre sur une autre épreuve que celle de l'altérité. Que montre un visage ? Il ne donne, à strictement parler, rien à voir, du moins si l'on espérait voir intuitivement un visible nouveau, plus fascinant ou attrayant que les autres. Le visage ne montre en effet rien de plus à voir qu'aucune autre surface dans le monde et, en tant que source d'intuitions, il ne bénéficie d'aucun privilège à l'encontre des autres parties du corps humain. Elles aussi offrent une surface, sensible, accessible à tous mes sens ; je peux aussi en voir les contours, en toucher la pellicule, en humer l'odeur, en sucer la peau, voire en écouter le froissement, tout comme une chose quelconque du monde. Quoi d'extraordinaire dans le visage ? Intuitivement, rien. Voire moins que rien, si l'on songe que les yeux – de toute apparence sa caractéristique la plus notable – n'offrent pourtant à voir que le vide des pupilles, donc rien de rien. Le visage ne me fournit aucune nouvelle intuition. M'oppose-t-il donc sa parole ? Pas toujours, ni nécessairement : son silence souvent suffit à m'immobiliser. Pourtant il arrête mon regard et mon attention comme rien d'autre. Il me retient, parce qu'il m'oppose précisément l'origine du regard qu'autrui pose sur le monde et, éventuellement, sur moi.

Il reste cette hypothèse : le visage d'autrui me tient par le regard qu'il pose sur moi, par la contre-intentionnalité qu'exercent ses yeux, par un non-spectacle et une non-intuition, donc peut-être par une signification. Mais laquelle ? Car je pourrais encore lui prêter l'une de mes propres significations – celles évidemment que j'impose aux objets et aux étants du monde ; mais aussi bien celles que mon intuition d'amant, qui aime aimer d'avance, déploie sans cesse dans sa divagation : le désir, l'attente, la souffrance, le bonheur, la jalousie, la haine, etc. Pourtant, il ne saurait s'agir de ces significations-ci, les miennes, puisque, produites elles aussi par ma décision spontanée, elles ne m'imposent rien d'ailleurs, mais s'imposent plutôt à autrui ; avec elles, je le recouvrirais et le dissimulerais ou pire, le détruirais. En un mot, si je suis les significations que je lui impose, je peux l'ignorer, l'utiliser, le posséder – même le tuer. Le tuer ? Voilà précisément la signification décisive – parce que je ne dois pas même la concevoir, parce qu'elle se retourne contre moi et parce qu'elle m'impose un interdit, donc une altérité. Le tuer – *celle*-là je ne peux la lui imposer, sans qu'elle se retourne contre moi et que son visage ne s'impose à moi, comme ce que je ne saurais ni produire, ni contredire. Ce visage, je peux en fait empiriquement le tuer ; je ne pourrais d'ailleurs rien tuer d'autre qu'un tel visage, puisque lui seul appelle au meurtre et le rend possible, comme le meurtre rend encore plus visible le visage. Mais pourquoi ? Parce que, partout ailleurs, il ne s'agit pas encore de meurtre :

pour l'animal par exemple, il ne s'agit que de faire passer de vie à trépas. Pourquoi donc, ici et seulement ici, s'agit-il d'un meurtre ? Parce que le visage seul me signifie, en parole ou en silence : « Tu ne tueras pas. »

De quel droit et de quelle autorité le visage m'impose-t-il une telle signification ? Cette question n'admet pas de réponse et n'en demande pas, parce que seul importe *le fait* qu'il me signifie précisément cette signification. Il s'agit d'un fait, aussi contraignant qu'un fait de la raison, plus formel même qu'un simple droit. Car un droit ne vaut que si, dans les faits, la force le ratifie. Mais la signification « Tu ne tueras pas » survit au viol du droit en elle – je peux éventuellement tuer, mais alors je deviens un meurtrier et le resterai à jamais. La conscience et le remords de ce meurtre pourront bien s'estomper – mais pas le fait irrévocable que je sois un meurtrier, fait qui me marquera à jamais, partout sur la surface de la terre et toujours au long de mon temps. Tous les parfums des excuses, des bonnes raisons et des idéologies n'y pourront rien ; nul ne pourra jamais tuer en moi le fait du meurtre que j'ai commis. Le visage m'impose donc une signification, qui s'oppose à l'empire jusqu'ici sans résistance de mon *ego* – je ne dois pas me le soumettre et là où il surgit, je ne dois pas aller. En toute rigueur, il ne faudrait pas parler du visage d'autrui, puisque l'altérité d'autrui ne s'impose à moi que là où un visage s'oppose à moi ; il ne faudrait pas non plus, en bonne logique, parler du visage en général, ni d'autrui en général, mais seulement de *tel* autrui, désigné par *tel* visage – étant entendu que je n'envisage jamais un visage universel ou commun, mais toujours *tel* visage, qui m'oppose *telle* altérité, en me disant de ne pas le tuer – de ne pas venir là où, lui, se dresse.

Le visage s'oppose à moi ; il m'impose ainsi une signification et une signification qui ne consiste qu'en l'épreuve de son extériorité, de sa résistance et de sa transcendance envers moi. Mais, si j'admets ce résultat – et comment pourrais-je ne pas l'admettre ? –, ne devrais-je pas aussi immanquablement renoncer à l'horizon de l'amour ? Car, moi, je tente de phénoménaliser autrui, mais à titre d'amant ; j'essaie de fixer mon intuition sur une signification advenue d'autrui par contre-intentionnalité, mais il s'agit d'une intuition amoureuse, celle d'aimer aimer ; je tente certes d'accéder à l'extériorité d'autrui, mais suivant l'avance prise dans la réduction érotique radicalisée. Or, la signification qui surgit de l'injonction « Tu ne tueras pas » ne relève-t-elle pas strictement de l'éthique, non de l'érotique ? Comment une signification éthique pourrait-elle fixer l'intuition résolument érotique de l'amant – l'intuition vague d'aimer aimer ? Plus grave, l'éthique ne donne-t-elle pas accès à la signification d'autrui par l'universalité du commandement, excluant ainsi l'individuation précisément requise par l'amant ? Ces deux litiges – éthique ou érotique, universalité ou individuation – n'ont pas fini d'occuper l'amant, qui ne se conquiert lui-même qu'en essayant de les trancher.

§ 21. La signification comme serment

Au point où parvient ici l'amant, considérons, pour l'instant, le premier litige. Remarquons d'emblée qu'aussi puissante et légitime que reste l'entente strictement éthique de l'injonction « Tu ne tueras pas », elle n'en épuise pourtant pas la signification. Car entendre « Tu ne tueras pas » uniquement comme une injonction (et l'éthique formelle doit l'entendre ainsi) implique de le reporter à celui – moi en l'occurrence – qui doit y répondre et en répondre ; ainsi, par un renversement imprévu, « Tu ne tueras pas » me déterminerait d'abord moi plutôt qu'autrui, dont il délivre pourtant la signification la plus propre. Ne devrait-on donc pas, avant de l'entendre dans l'horizon éthique, laisser cette signification se déployer comme la pure extériorité d'autrui et demander ce qu'elle veut dire non pas à moi, qu'elle oblige évidemment, mais d'abord à propos d'autrui, qui m'oblige en elle ? En effet, comment cette signification m'atteint-elle, sinon comme l'advenue pure d'une extériorité, par une contre-intentionnalité qui me maintient d'autant plus à distance qu'elle me touche au cœur ? L'injonction « Tu ne tueras pas » signifie – me signifie – que là où elle surgit, je ne puis aller, sauf à tuer cette extériorité. Elle signifie l'extériorité pure, que comme amant je recherchais dans la prise d'avance d'aimer (aimer) le premier ; en tant qu'extériorité pure, elle ne contredit donc pas la réduction érotique radicalisée, mais en fixe l'intuition amoureuse restée jusqu'alors vague. En entendant « Tu ne tueras pas », je peux et dois, à titre d'amant, entendre « Ne me touche pas » – ne t'avance pas là, où je surgis, car tu foulerais un sol qui doit rester intact, pour que j'y apparaisse ; le site où je suis doit rester intouchable, non assimilable, à toi fermé pour que t'y reste ouverte mon extériorité – celle qui seule fixera ton intuition et te rendra visible un phénomène de plein droit. Le phénomène, qui unit ton intuition immanente à ma signification définitivement distante, naît de ton retrait devant mon avancée. Le phénomène érotique que tu veux voir ne t'apparaîtra que si tu fixes sur cette signification intacte le surcroît de ton intuition d'aimer aimer. Tu ne le recevras qu'en ne t'en emparant pas, en ne le tuant pas, donc en ne le touchant d'abord pas.

Je me découvre dans une situation radicalement nouvelle. Il ne s'agit pourtant pas d'une nouveauté psychologique (après tout, rencontrer autrui, si cela se peut, impliquerait sans doute une telle dualité dans la distance), mais d'une nouveauté phénoménologique. La réduction érotique aboutit finalement à poser une seule question (qui englobe aussi bien « m'aime-t-on d'ailleurs ? » que « puis-je aimer, moi le premier ? ») – celle de savoir si tel autrui peut se manifester de plein droit à moi, c'est-à-dire *à partir de lui-même*. J'aperçois désormais la réponse : le phénomène d'autrui, suivant le fil conducteur de la réduction érotique, se distingue de tout autre en ce que ses deux faces – l'intuition et la signification – n'appartiennent pas également à ma sphère égologique propre. Certes, il semble en aller de même dans tous les autres phénomènes, où l'intuition (catégoriale, d'essence ou empirique) m'arrive de l'extérieur, pour remplir (en partie ou adéquatement) une signification qui se trouve déjà donnée. Mais, ici, il ne s'agit pas de cette simple extériorité, qui ne remet finalement jamais en cause la seigneurie de mon *ego*, seul constituant en dernière instance. Ici, m'atteint une extériorité autrement originaire, qui se distingue par des caractères absolument neufs.

Premièrement, l'extériorité ne s'accomplit plus avec l'intuition, puisque l'amant la suscite à discrétion par sa décision d'aimer aimer ; car la tonalité affective amoureuse, ainsi produite par moi, reste vague, sans point de fixation ; elle implique et dégage bien en moi une altérité, mais la laisse encore indéterminée – altérité purement négative, extériorité illimitée, mais potentielle, toujours anonyme.

Deuxièmement, l'extériorité provient au contraire, ici et ici seulement, de la signification, que seul un autrui donné, précis et unique peut m'imposer en m'opposant la distance, où je ne dois pas tenter de le toucher ni de l'investir.

Troisièmement, l'extériorité de cette signification, même confirmée par une intuition adéquate, ne me permet l'évidence d'aucun objet : la transcendance ne relève plus ici de l'objectivité, parce qu'elle n'appartient pas au monde, ni ne s'offre à la moindre constitution ; elle se donne certes, mais sur un mode non mondain et non objectif ; elle se donne à partir d'elle-même, suivant une contre-intentionnalité.

Quatrièmement, l'extériorité marque son initiative par la prise de parole ; le surgissement de la parole, quand elle le veut, comme elle le veut, à qui elle veut, déploie une autorité sans commune mesure avec le langage qu'elle met en œuvre, ses contenus, son sens et ses règles ; le langage peut redevenir un objet, pas la parole en tant que parole prise par autrui, qui peut la retirer.

Dans tous ces caractères, la signification marque qu'elle s'impose à moi comme venue d'autrui en ce *qu'elle se donne comme pouvant ne pas se donner*. Je ne la reçois que parce qu'elle veut bien se donner et parce qu'elle surgit du fond d'un ailleurs (celui que j'attends depuis la question « m'aime-t-on – d'ailleurs ? ») que je ne peux même songer produire, ni provoquer, ni même invoquer. La signification ne m'advient pas, ici, comme pour tous les autres phénomènes, du fonds de l'invu, donc du monde et de son ouvert originel ; elle me provient, quand elle consent à se mettre en œuvre, d'un autre monde – non pas même d'un monde, mais d'un autrui plus extérieur à moi qu'aucun monde, parce qu'il en définit un, lui aussi (voire, désormais, lui le premier). Il ne s'agit pas seulement, dans le phénomène érotique, d'une inversion de la relation entre intuition et signification, mais de la donation d'une signification inconstituable, imprévisible et absolument extérieure à mon intuition d'amant (aimer aimer par avance), par un *ego* qui me prend parce que je ne l'ai pas prévu, que je ne peux m'y attendre et que je ne le comprendrai jamais. Le phénomène amoureux ne se constitue pas à partir du pôle de l'*ego* que je suis ; il surgit de lui-même en croisant en lui l'amant (moi, qui renonce au statut d'*ego* autarcique et apporte mon intuition) et autrui (lui, qui impose sa signification en opposant sa distance). Le phénomène érotique apparaît non seulement en commun à lui et à moi et sans pôle égoïque unique, mais il n'apparaît que dans ce croisement. *Phénomène croisé*.

Pour qu'un tel phénomène croisé s'accomplisse, il faut que la signification venue par contre-intentionnalité ne fasse pas défaut à mon intuition. Comment cette signification se donne-t-elle ? Sûrement pas par une intuition où je devrais voir quelque chose de réel – ce qu'autrui, par définition, ne saurait jamais être. La signification d'autrui se donne au contraire sans devenir jamais une chose disponible, mais en tant qu'elle consent à s'abandonner, en tant qu'elle se donne comme pouvant ne pas se donner. Elle se donne en disant qu'elle se donne, *comme si* elle se donnait et *comme pouvant ne pas se donner*. Autrui ne peut donner sa signification de lui-même qu'en me signifiant, en parole ou en silence, « me voici, moi, ta signification ». Pour me signifier cette signification, il ne suffit pourtant pas de l'accomplir un instant, car elle doit fixer dans la durée mon intuition érotique vague d'amant. Il faut donc qu'autrui me signifie « me voici, moi, ta signification » non seulement dans le temps, mais pour un temps qui me fixe – donc un temps sans délai, ni restriction, ni limite assignable. La signification ne s'impose à moi que si elle se donne sans prévoir de se reprendre, donc se donne en s'abandonnant sans condition, ni retour, ni prescription. « Me voici ! » ne donne une signification à mon intuition érotique qu'en osant prétendre se donner sans retenue, sans retour – à jamais. Autrui ne doit donc pas seulement me dire « Me voici ! » dans l'instant, il doit aussi me le promettre pour tout instant encore à venir. Il ne doit pas me dire la signification, il doit me la promettre. La signification, qui permet seule à mon intuition de faire apparaître le phénomène d'autrui pour moi, surgit comme un *serment* – ou elle manque toujours.

Car seul ce serment permet de mettre enfin en scène le phénomène érotique complet : désormais l'intuition, qui se déploie dans l'immanence de l'amant en situation de réduction radicalisée, s'arrime à la signification que lui assigne le visage d'autrui. Ainsi se constitue un phénomène achevé, qui offre pourtant deux caractéristiques exceptionnelles par comparaison avec la plupart des autres. D'abord, cette transcendance d'un nouveau type ne confère pas au phénomène son intuition de remplissement, mais sa signification. Ensuite, ce qui transcende ici l'immanence de mon *ego* ne renvoie plus à une région du monde, mais encore à un *ego*, celui, supposé, d'autrui ; ce phénomène sans équivalent ne se joue plus entre un *ego* et le monde, mais entre deux *ego* hors du monde. Doit-on même encore parler d'*un* phénomène ? Que manifeste-t-il, si non seulement je n'en maîtrise pas la signification (la face noématique), mais si deux *ego* l'encadrent et lui confèrent pour ainsi dire deux intuitions distinctes (deux noèses concurrentes) ? Formellement, une seule réponse semble possible : aucun des deux *ego* ne peut voir l'autre au sens strict d'en recevoir l'intuition comme celle d'un phénomène du monde, pour en remplir la signification qu'il aurait d'abord fixée – comme si autrui confirmait intuitivement la visée intentionnelle que j'en aurais déjà prise avant et, éventuellement, sans lui ; chaque *ego* doit ici tenter de fixer son intuition érotique, immanente et déployée d'avance, sur une signification reçue d'autrui. Le phénomène érotique commun ne consistera donc pas en un nouveau visible ou un spectacle commun : puisque deux intuitions d'origine opposée et irréductibles entrent enjeu, à chacun des deux *ego* apparaîtra un phénomène différent, rempli d'une intuition différente et présentant un autre visible (précisément l'*ego* visible, qui inverse l'*ego* voyant).

Le phénomène commun consistera, en revanche, en la signification unique, à laquelle deux intuitions viendront s'amarrer – parce que chacun des *ego* assure, par serment, à l'autre une signification unique, « Me voici ! » Autrui ne m'apparaît évidemment pas comme un spectacle immédiatement visible (il régresserait ainsi au rang d'un objet), mais en tant qu'il se prête à la fonction d'une signification, qui fixe et arrime enfin mon intuition érotique. Et réciproquement, je n'apparais à un autrui éventuel qu'en me prêtant à la fonction de signification, qui assignera son intuition érotique jusque-là encore vague à un site phénoménal fixe. Les deux *ego* s'accomplissent bien comme amants et se laissent mutuellement apparaître leurs phénomènes respectifs, non pas certes selon une logique imaginaire et fusionnelle – en échangeant ou partageant une intuition commune –, qui abolirait la distance entre eux, mais en s'assurant réciproquement d'une signification venue d'ailleurs – en se prêtant au jeu d'un échange croisé de significations –, consacrant ainsi décidément la distance en eux.

Doit-on encore parler d'un phénomène commun ou plutôt de deux phénomènes distincts ? Ni l'un, ni l'autre, mais d'un *phénomène croisé*, à double entrée

– deux intuitions fixées par une seule signification. Une seule certes et non pas deux ; car chacun des deux *ego* se prête à la même opération et se donne comme une même signification, « Me voici ! ». En effet, aucun des *ego* ne prétend se décrire empiriquement comme un *moi* doté de telles et telles propriétés, mais entend se réduire à la pure assertion « Me voici ! ». Chacun des *ego* assure l'autre de la même et unique signification – celle que mon intuition érotique immanente requiert et à laquelle je me prête en assurant par serment, « Me voici ! ». Les deux *ego* ne se rejoignent pas dans une intuition commune directement visible, mais dans une signification commune indirectement mise en phénoménalité par deux intuitions irréductibles. Un seul phénomène, parce qu'une seule signification ; mais un phénomène pourtant à double entrée, parce que manifesté selon deux intuitions.

L'amant voit donc bien l'unique phénomène, qu'il aime et qui l'aime, par la grâce de ce serment.

De la chair, qu'elle s'excite

§ 22. L'individualité

Je vois, moi l'amant, un unique phénomène, que j'aime et qui m'aime, parce que j'en partage l'unique signification avec autrui, en sorte que chacun de nous remplit l'égal et commun « Me voici ! » d'une intuition, qui lui reste propre, insubstituable – l'acte même du serment, que chacun performe en première personne. Je promets exactement ce qu'autrui me promet et nos deux serments viennent se superposer sans se déborder l'un l'autre, pour n'en faire plus qu'un. Ils peuvent en effet se corroborer et se confondre exactement, sans se brouiller, ni s'estomper, parce que leur unique signification reste purement formelle : elle ne consiste qu'en la position ou plutôt l'exposition de l'*ego*, qui se met à disposition d'autrui – une sorte de passage du nominatif à un vocatif en première personne, où je me laisse convoquer par autrui, qui apparaît dès lors comme le datif, à quoi je m'assigne. En prononçant « Me voici ! », je passe d'abord du statut d'*ego* nominatif au statut de celui qui se laisse appeler et convoquer au vocatif (« Moi ? Je suis ici, *hic* ») ; ou plutôt je m'expose désormais à ton point de vue autre que le mien et mon lieu se définit par rapport au tien (« Je suis là-bas, *illic* »). Mais je reconnais surtout le privilège d'autrui, envisagé maintenant comme le pôle de mon exposition et le point de ma référence ; je l'admets ainsi comme celui à qui me rapporter – l'attributaire de mon serment, originairement au datif. Originairement indique que je ne suis plus d'abord comme un *ego*, qui prendrait après coup autrui en compte, mais que je surgis d'emblée comme un amant en déséquilibre avant (l'avancée), un « Me voici ! » primitif – tandis qu'autrui n'a plus rien d'un objet visé par mon intentionnalité, mais s'impose en destinataire primitif (datif) de mon exposition. Lui et moi naissons, renaissons même (la réduction érotique abolit un monde et crée une intrigue) comme amant et aimé – et réciproquement, car lui aussi endure la même conversion.

Une difficulté pointe cependant. Il ne s'agit pas du partage du phénomène amoureux, car le fait que deux intuitions corroborent une seule signification atteste précisément le privilège d'un tel phénomène – rendre visible la communion d'une dualité. Il s'agit de leur commune signification, qui reste complètement indéterminée ; elle doit même le rester, parce qu'elle ne devient commune qu'en tant que formelle, en fait vide : « Me voici ! » comme tel ne signifie rien et n'a même aucun sens, aussi longtemps qu'un acteur ne le performe pas ; à partir seulement de cet acte, un « moi » réel fixera en un « ici » réel un énoncé jusqu'alors sans feu ni lieu. « Me voici ! » n'énonce rien en soi, mais vaut comme un simple déictique, applicable à tout et n'impliquant rien ; il dépend de la performance d'un amant possible et, même dans ce cas, il reste une simple expression occasionnellement significative. Sans l'occasion d'un amant effectif, « Me voici ! » n'exprime encore aucune signification. Par suite, son partage entre l'amant et l'aimé (moi et autrui) devient problématique : nous ne nous accordons si parfaitement sur cette signification, que parce qu'elle reste non seulement occasionnelle, mais essentiellement vide, abstraite de tout contenu formulable. En disant « Me voici ! » à autrui, je ne lui dis rien, même si éventuellement je lui assure quelque chose – ma personne. Et, pour assurer de sa personne un autre autrui, n'importe quel autre amant pourrait aussi bien performer la même expression sans exprimer aucune autre signification que moi. L'abstraction du pur « Me voici ! » va de pair avec son universalité et il retombe dans l'aporie de tout impératif catégorique – « Agis de telle sorte que la maxime de ta volonté puisse toujours valoir en même temps comme principe d'une législation universelle » : n'importe qui peut et doit le performer à propos de toute action, précisément parce qu'il ne dit rien ni à personne. Ainsi, mon serment d'amant ne coïncide-t-il exactement avec le serment d'autrui, que parce qu'il ne signifie en soi rien et vaut ainsi pour tout et tout un chacun.

La force de cette objection tient au caractère supposé abstrait et vide de l'expression « Me voici ! », simple déictique, qui n'aurait de signification que d'occasion, lorsque la performe un *ego*, à supposer qu'un *ego* universel et transcendantal performe quoi que ce soit. Mais en revanche si l'amant du serment ne se confondait pas avec l'*ego* transcendantal et universel, cette même objection tomberait tout entière. Or, non seulement l'amant ne se confond pas avec l'*ego* (pas plus empirique que transcendantal), mais s'y oppose frontalement : « Me voici ! » ne met enjeu aucun tel *ego*, mais l'amant, en tant que radicalement individualisé et insubstituable. Sans reprendre ici toutes les analyses antérieures, il suffira, pour rétablir une signification de plein droit dans « Me voici ! », d'établir l'individuation radicale de celui qui le dit, l'amant.

L'amant s'individualise d'abord par *le désir*, ou plutôt par *son* désir à lui et à personne d'autre. En effet, à moins qu'il n'obéisse qu'à des nécessités naturelles et physiologiques (et il s'agirait alors d'un simple besoin), le désir ne peut s'universaliser pour s'appliquer à moi et à n'importe qui ; rien ne m'appartient plus que ce que je désire, car *cela* me manque ; or ce qui me manque définit plus intimement que tout ce que je possède, car ce que je possède me reste extérieur et ce qui me manque m'habite ; en sorte que je peux échanger ce que je possède, mais non le manque qui me possède le cœur. Et, plus que tous, l'amant ne désire que celui qu'il a décidé de désirer, ou plutôt qui l'a décidé, lui, l'amant, à désirer ; car le désir, sans doute parce qu'il repose sur le manque du désiré, se déclare d'autant plus puissamment qu'il éclate sans argument, voire sans raison ; il naît à l'amant bien en deçà des explications et des justifications, parce qu'il surgit du manque même, par un travail du négatif et selon l'indispensable absence de ce qu'il désire. Né du pur manque d'autrui, le désir de l'amant l'affecte sans qu'il sache lui-même vraiment pourquoi, ni par qui – et cela même l'individualise à fond. Je deviens moi-même et me reconnais dans ma singularité, lorsque je découvre et admets enfin celui que je désire ; celui-là seul me manifeste mon centre le plus secret – ce qui me manquait et me manque encore, ce dont la claire absence focalisait depuis longtemps mon obscure présence à moi-même. Mon désir me dit à moi-même en me montrant ce qui m'excite. Ce moment, où le désir me fixe en moi-même en figeant mon regard sur tel autrui, je le reconnais sans faute – il s'agit du moment où, découvrant un visage, une voix ou une silhouette, je m'avoue *in petto* que « cette fois-ci, c'est pour moi » ; au sens où j'ai pu me le dire, quand enfin une course s'offrait à gagner ou bien juste avant de prendre un sale coup (de poing, de feu) ; à ce moment, je réalise que cet autrui, je vais en devenir, j'en deviens, non : j'en suis déjà devenu l'amant ; à cet instant cet autrui me devient une affaire personnelle et m'apparaît différent de tous les autres, réservé à moi et moi à lui ; il me destine à lui et m'individualise par lui ; il m'assigne à moi-même en m'affectant à lui. Je reconnais cet instant à un indice déjà mentionné (§ 19) : il s'agit de l'instant où je me dis que je *ne* suis *pas encore* amoureux, que je maîtrise encore mon désir, que j'y vais parce que je le veux bien, et autres mensonges auxquels je ne crois d'ailleurs plus vraiment. A cet instant, où il est juste trop tard, où c'en est déjà fait, où je suis fait par autrui et par mon désir – je ne suis plus le même, donc je suis pourtant enfin moi-même, individualisé sans retour.

L'amant s'individualise ensuite par *l'éternité* ou, du moins, par le désir d'éternité. Considérons un fait d'expérience. Au moment de tenter de proférer un presque indicible (§ 19) « Je t'aime » les yeux ouverts et en face, soit de le faire les bras refermés sur autrui et les yeux au point de se fermer sous la force du désir, il faut à l'amant autant qu'à l'aimé, ne fût-ce que pour un instant et après une série encombrante d'« autres fois », la conviction ou du moins l'apparence, voire l'illusion volontaire de la conviction que, cette fois-ci, il s'agit de la bonne, que cette fois-ci ce sera pour de bon et pour toujours. Au moment d'aimer, l'amant ne peut croire ce qu'il dit et ce qu'il fait, que sous un certain aspect d'éternité. Ou, à la rigueur, une éternité instantanée, sans promesse de durer, mais pourtant une éternité d'intention. Il faut à l'amant autant qu'à l'aimé au moins la possible conviction qu'il aime cette fois à jamais, irréversiblement, une fois pour toutes. Pour l'amant, faire l'amour implique par définition l'irréversibilité (comme en métaphysique l'essence de Dieu implique son existence).

Ce qui se confirme *a contrario* : dire « Je t'aime pour un instant, provisoirement » signifie « Je ne t'aime pas du tout » et n'accomplit qu'une contradiction performative. Faire l'amour pour un temps équivaut à ne pas faire l'amour, à ne pas faire l'amant. Certes, je peux bien dire « Je t'aime » en doutant clairement de pouvoir (et de vouloir pouvoir) aimer à jamais, voire avec la quasi-certitude de défaillir sous peu ; mais je ne peux jamais le dire sans maintenir au moins une infime possibilité (c'est-à-dire une possibilité tout court) que cette fois-ci, j'aimerai à jamais, une fois pour toutes. Sans cette possibilité, aussi mince qu'on voudra, non seulement je ne pourrai psychologiquement m'imaginer faire l'amour, encore moins le faire effectivement, mais, de droit, je me condamnerai à mentir. Et ce mensonge ne va pas seulement décevoir autrui (qui peut-être ne se fait guère d'illusion et n'en demande pas tant) ; il va surtout nous priver l'un et l'autre de faire l'amour. Nous allons bien baratiner et, si tout va bien (ou mal), copuler, mais nous ne ferons pas pour autant l'amour. Car aucun de nous n'accomplira la réduction érotique, ni n'atteindra la condition d'amant. La question même de l'amour disparaîtra. Au contraire, si demeure une possibilité d'éternité aussi ténue qu'on voudra, même la disparition à terme du « Je t'aime » n'abolira pas ce qui fut accompli une fois – nous avons fait l'amour en amants. Et il restera à jamais que ce fut effectivement une fois une réduction érotique, validée par un serment. Le regret, la nostalgie, la bienveillance du souvenir tiennent leur légitimité et leur dignité de ce que j'ai vraiment pu dire (sans peut-être l'accomplir, mais pourtant vraiment) « Je t'aime une fois pour toutes ». La promesse d'éternité protège même les amants qui n'ont pas pu la tenir et leur assure une fois pour toutes la condition d'amants.

Ainsi s'accomplit de toutes les façons, aussi bien dans son succès que dans son échec, le serment. Ce qui a été dit, jamais ne pourra ne pas avoir été dit. D'où s'ensuit l'individuation de l'amant. D'abord parce qu'il l'a demandée en prétendant se risquer à aimer une fois pour toutes ; en tentant, ne fût-ce qu'un instant, de faire l'amour une fois pour toutes, j'ai déjà accompli cette unicité temporelle, j'ai séparé le temps qui ne passe pas du temps qui passe, j'ai, dans le temps, dressé de l'irrémédiable ; ce qui une fois fut dit une fois pour toutes ne peut se défaire ni se renier. Dans le temps, j'ai marqué, ne serait-ce que pour un temps, un moment éternel, qui n'appartient qu'à moi, n'advint que par et pour moi et donc m'individualise une fois pour toutes. Une fois pour toutes – l'avoir dit suffit à me blesser d'une blessure qui me marque à jamais et me délivre à moi-même.

L'amant s'individualise enfin par *la passivité*. Cette passivité résume en fait tout l'impact qu'autrui exerce sur moi, l'amant ; impact dont je reçois non seulement ce qu'il me donne, mais moi-même, qui le reçois. Amant, je me laisse frapper au sceau de ce qui m'advient au point qu'en le recevant comme la marque d'autrui, je me reçois aussi moi-même. Je ne m'individualise pas moi-même par affirmation ou réflexion de moi par moi, mais par procuration – par le soin qu'autrui prend de moi en m'affectant et me laissant naître de cet affect même. Amant, je m'individualise donc sous la puissance d'une triple passivité, dont les trois impacts s'additionnent en s'approfondissant. La première passivité va de soi : le serment (la signification du phénomène amoureux) me fait évidemment dépendre d'autrui. En effet, seule sa réponse « Me voici ! » valide mon propre « Me voici ! » ; car mon avance à le proférer en premier et sans assurance resterait une velléité vague, indécidée et embourbée dans ma sphère propre, si autrui ne la ratifiait comme sa signification à lui aussi, donc comme notre signification commune. La signification de mon phénomène amoureux ne m'advient vraiment que si je la reçois, sinon elle proviendrait encore de moi, par avance certes, mais de moi toujours seul. Je ne m'apparais donc comme amant, que si mon avance même se reçoit de la plus intime extériorité.

Ce premier choc recouvre une seconde passivité, plus ancienne : l'avance elle-même. Car, même et justement parce que l'avance ne m'ouvrait pas encore le phénomène d'autrui, dont la signification manquait encore, elle ouvrait du moins la vanne de l'intuition : moi, déjà et de moi-même, j'aimais avec une intuition encore sans référence, mais pourtant déversée. Cette intuition, soutenue par la décision d'aimer comme si je le pouvais, c'est-à-dire par l'assurance nue d'aimer aimer, me mettait décidément à découvert et m'exposait sans retour à ce que j'ignorais, tout en sachant certainement qu'il ne m'appartenait pas. Mon intuition érotique – aimer aimer, aimer *comme si* – avait beau n'avoir pas d'intentionnalité fixée, elle n'en déployait pas moins une intentionnalité effective, quoiqu'aveugle. Aimer sans savoir qui j'aime, cela reste aimer et savoir que j'aime. Ce savoir sans rien de su ni de vu avançait déjà vers autrui sous l'emprise de son absence. Cette avance déclenche une intuition d'autant plus radicalement passive que, bien que mienne et autonome, elle se déploie en moi sans moi – je me décide amoureux et, déjà trop tard, me retrouve amoureux sans savoir ni maîtriser rien de plus. Je suis pris à mon jeu – d'une déprise d'autant plus aliénante que je ne sais même pas qui, ni quelle signification, ni quel visage me prend, ni surtout si un serment me dévoilera jamais l'effectivité d'un autrui. L'intuition m'affecte d'une altérité désarmante, qui m'arrive sans encore aucun autrui.

Cette plus obscure passivité en impose enfin une dernière : la prise de risque. L'avance m'a fait passer de la question « M'aime-t-on ? » à la question « Puis-je aimer, moi le premier ? » ; ce retournement, nul ne peut le faire à ma place, je ne puis m'y décider par personne interposée et je ne peux donner procuration à personne pour l'accomplir pour moi ; sinon ce serait lui l'amant, non pas moi. L'avance se fait en première personne ou ne se fait pas ; elle me révèle donc à moi-même parce qu'elle me fait me risquer moi-même. Ce risque consiste à me défaire de l'activité d'un *ego*, qui se poserait par son identité à soi, sa représentation de soi, son exigence à s'aimer soi-même ou à se faire aimer pour soi, afin de faire l'amant sans garantie de retour : aimer sans se savoir aimé, se faire reconnaître sans soi-même rien connaître. L'avance me fait avancer en terrain découvert sans réciprocité ; et définitivement, car, de même que l'intuition restera mienne et solitaire (aimer aimer, décider d'aimer *comme si*), de même mon serment restera le mien, donc solitaire ; sans doute un serment d'autrui pourra valider le mien ; certes ces serments se croiseront, s'additionneront et, au mieux, coïncideront, mais ils ne s'équilibreront pas, ne se compenseront pas et ne rembourseront pas nos avances. Les serments n'ambitionnent que de prolonger aussi longtemps que possible notre déséquilibre avant. L'amour le plus assuré reste le plus risqué, d'un risque assuré comme il a été pris – d'un commun accord. Cette passivité partagée nous individualise comme deux naufragés, nageant sur la même épave, entre deux eaux.

Dès lors, je sais qui aime en moi – celui à qui cela arrive en première personne et une fois pour toutes. J'aimerai, éventuellement je serai aimé dans la mesure où je reconnaîtrai cette passivité des origines et où, loin de lui résister, je l'accompagnerai de mes moindres mouvements.

§ 23. Ma chair et la sienne

La passivité me fait en tant qu'elle me fait devenir un amant. Mais comment y parvient-elle, s'il ne s'agit que de la passivité au sens courant – l'absence ou l'envers de l'activité ? Car ma passivité d'amant n'a évidemment rien de commun avec l'inertie du minéral, qui ne réagit pas, puisqu'il ne ressent rien ; ni même avec la passivité de l'animé, qui ne réagit qu'à des excitations programmées, parce qu'il ressent pauvrement. Il doit s'agir d'une tout autre passivité, inédite et qui, outrepassant les nécessités organiques, physiologiques et même perceptives, investit tout ce que je suis, en tant que je suis le seul à pouvoir aimer (et donc aussi haïr).

Une telle passivité relève clairement du phénomène de la chair (§ 7). Car seule la chair ou plutôt *ma* chair – je n'ai pas une chair, je suis ma chair et elle coïncide absolument avec moi – m'assigne à moi-même et me délivre comme tel dans mon individualité radicalement reçue. Elle y parvient (plus exactement j'y parviens au fil conducteur de ma chair) en vertu de ses deux privilèges, qui pourront sembler de prime abord se contredire et dont il faudra pourtant rétablir la cohérence. En tant que chair, je prends corps dans le monde ; j'y deviens assez exposé, pour que les choses du monde aient barre sur moi, en sorte qu'elles me fassent sentir, éprouver, voire souffrir leur emprise et leur présence. Non que je prenne place entre les choses du monde, pour y tenir mon rang comme une de plus, coincée entre d'autres et qui ferait simplement nombre avec elles ; je ne m'insère pas dans l'armée des choses, je m'y expose, puisque j'y fais face ; je ne deviens pas tant une chose du monde, que je ne laisse aux choses du monde le droit de m'affecter et de me réduire à ma passivité. Mais à quelle passivité ? Certes pas à celle des choses – qui d'ailleurs n'y ont pas accès : comment des choses inertes pourraient-elles m'affecter et agir sur moi ? Comment les choses sans chair pourraient-elles susciter ce qui leur fait absolument défaut, une chair en moi ?

Dès lors, tout se renverse : il faut admettre que les choses, en tant que corps, ne peuvent par principe pas m'affecter, puisque, même en mouvement et en jeu de forces, elles restent entièrement inertes et insensibles. Le feu ne brûle pas et n'échauffe rien – sinon moi, qui seul le sens ; l'eau n'enveloppe et ne rafraîchit rien, sinon moi, qui seul la ressens ; la terre ne supporte et n'ensevelit rien, sinon moi, qui seul l'éprouve ; l'air ne réveille et ne soulève rien d'autre que moi, qui seul m'y abandonne. En fait, les choses du monde ne m'affectent tout simplement pas en tant que telles, ni ne me font rien sentir d'elles-mêmes – pour la simple et radicale raison qu'elles ne se sentent pas elles-mêmes ni n'éprouvent rien comme leur action. Leur activité supposée ne se fait sentir que si (et seulement si) leurs forces et mouvements, au lieu de se jouer avec d'autres choses également inertes et insensibles, portent sur un corps particulier, unique et sans commune mesure avec elles – le mien. Car mon corps, qu'il faut bien nommer physique puisqu'il s'expose à nu aux choses de la nature, jouit surtout du privilège exceptionnel de les sentir, tandis qu'elles ne sentent jamais quoi que ce soit, et surtout pas elles-mêmes. Ces choses, aussi actives soient-elles, restent toujours inertes – au sens où un corps inerte ne se transforme pas, ne métabolise pas, n'explose pas. Seul mon corps, parce (ou bien) qu'il s'expose physiquement aux choses, ne reste pas inerte comme elles, mais, lui, les sent. Il les sent parce que ce corps, et lui seul entre tous les corps, a statut de chair. En tant que chair, il sent ce qui n'est pas lui et dont, à cette condition seule, la force, l'élan, bref la présence peut l'affecter. Les choses du monde peuvent bien agir les unes sur les autres, elles ne peuvent pourtant ni se toucher, ni se détruire, ni s'engendrer, ni s'affecter, parce qu'aucune d'elles n'en sent aucune autre. Seule une chair sent ce qui diffère d'elle. Elle seule touche, s'approche et s'éloigne d'autre chose, en souffre ou en jouit, s'en affecte et y répond, parce qu'elle seule ressent. L'action prétendue de choses sur moi n'apparaîtrait jamais sans ce privilège de m'en laisser affecter, donc sans ma sensibilité, sans ma chair. Bref, les choses n'agissent pas sur moi, car leur action même résulte d'abord de ma passivité, qui la rend originairement possible. Ma passivité provoque leur activité, non l'inverse. Ma chair offre donc le seul corps physique qui ait le privilège de sentir une autre chose (corps) que lui-même.

Comment concevoir ce privilège inouï ? A l'encontre de ce que l'attitude naturelle suggère avec son bon sens, je ne sentirais rien d'autre (que moi), si je ne pouvais pas d'abord me sentir moi-même, me ressentir, d'un ressac plus originel que la vague qui semble en résulter, mais, en fait, l'annonce et, aussitôt, se laisse aspirer par lui : l'auto-affection rend seule possible l'hétéro-affection. Je ne sens les choses du monde que parce que, d'abord, je m'éprouve moi-même en moi-même. Ce retournement, le sens du toucher l'illustre exemplairement, puisque ma main, qui peut seule toucher une autre chose (et non pas seulement entrer en contact avec elle), ne la touche précisément que parce qu'elle sent qu'elle la touche ; et elle ne sent qu'elle la touche, qu'en se sentant la toucher, donc qu'en se sentant elle-même en même temps que ce qu'elle sent. Du coup, ma main sent, d'un seul mouvement de pensée, la chose et elle-même la sentant ; et, si elle oppose un de ses doigts aux autres, finalement elle sent sa chair sentant sa propre chair sentant. Il n'y a pas de chair du monde (le monde se définit justement par son absence radicale de chair), mais il n'y a de monde qu'avec une chair qui le sent – une seule chair, la mienne. Ma chair entoure, recouvre, protège et entrouvre le monde – non pas l'inverse. Plus ma chair sent, donc se ressent, plus le monde s'ouvre. L'intériorité de la chair conditionne l'extériorité du monde, loin de s'y opposer, parce que l'auto-affection rend seule possible l'hétéro-affection, qui croît à sa mesure. Ainsi se déploie ma passivité, au rythme d'une activité plus secrète et originaire que tous les mouvements et les élans des corps inertes. Ainsi s'accomplit mon individuation, à la mesure de ce que ressent ma chair, qui raconte l'histoire du monde d'après le prisme et l'historicité de sa propre affection par soi. Je sens le monde selon que je me ressens et il éclôt suivant que je m'individualise dans la mémoire de mes affections. Ainsi j'accède à ma passivité incommensurable, sans égale.

Cette passivité repensée suffit-elle pourtant à définir en moi l'amant ? Non, puisqu'elle ne joue encore qu'avec des choses inertes ou avec ma chair même. Or l'amant a en propre de naître par et pour autrui, face auquel je promets « Me voici ! » et qui me le rend bien. Il faudrait donc maintenant décrire comment ma chair peut sentir la chair d'autrui et surtout comment je m'y sens moi-même. La difficulté ne porte plus sur la sensation de l'altérité : nous savons déjà, par l'épreuve de ma chair dans le monde, que l'hétéro-affection va de pair avec l'auto-affection et que, loin de se contrer, elles croissent de concert. La véritable difficulté réside dans l'accès de ma chair non plus à d'autres choses du monde, inertes et insensibles, mais à une autre chair, telle qu'autrui y sent parce qu'il s'y ressent lui-même. Comment pourrai-je jamais sentir non pas quelque chose seulement rendu sensible par ma chair, mais le sentir de cette autre chair, qui n'a rien d'une chose, mais tout d'un soi s'éprouvant lui-même ? Par principe, je sais au moins ceci : je ne pourrai jamais sentir ce sentir même directement *dans* ma chair propre ; car, si je le sentais par une quelconque fusion, je réduirais aussitôt ce sentir au rang d'un simple senti parmi les autres, donc d'une chose du monde et je manquerais la chair comme telle ; ou bien, si par hypothèse absurde (une communication des idiomes), je sentais ce rare sentir, où autrui se ressent, je m'identifierais absolument à lui et sa chair se confondrait avec la mienne, donc il disparaîtrait à titre d'autrui. Ces deux impasses écartées, que puis-je espérer sentir d'une autre chair ? Quelle voie suivre pour sentir la chair où autrui se ressent lui-même ? En fait, je n'ai peut-être pas encore mesuré tout ce que peut ma chair ; car, jusqu'ici, je n'ai pensé et éprouvé mon sentir et mon ressentir originaires que dans l'horizon de la perception, comme il convenait pour éprouver des choses du monde. Mais, dès lors qu'il s'agit de sentir et ressentir en ma chair non plus des choses, mais une chair autre, il ne reste plus aucune chose à percevoir et la chair peut s'exposer sans truchement, immédiatement à une chair. Et la chair, qui s'expose à une autre chair, sans chose, sans étant, sans rien d'intermédiaire, se montre nue – le nu à nu d'une chair à une autre. Cette modification de la chair, qui passe de sa fonction perceptive à sa phénoménalité nue, érotise ma chair et radicalise ainsi la réduction érotique.

Comment se met à nu la chair ? La question se pose évidemment d'abord devant la chair d'autrui – je ne peux en effet désirer qu'un phénomène que je peux voir et je ne peux voir qu'une autre chair, une chair autre que la mienne (que je ne peux en fait jamais voir). Mais la difficulté surgit aussitôt : en voyant une autre chair, je vois encore quelque chose, donc un corps physique, un étant, souvent déjà objet. Le simple fait de le dénuder – d'ôter le dernier vêtement comme le dernier écran – n'y change rien ; au contraire, la dernière surface (l'épiderme) peut redevenir aussitôt la surface même d'un objet, qui annule toute phénoménalité de la chair. Ainsi le nu médical, loin de me manifester comme chair, me retransforme en objet d'examen, mesurable sous toutes ses coutures, diagnostiquable comme une machine physique, un métabolisme chimique, un consommateur économique, etc. ; dénudé pour un conseil de révision ou un examen clinique, non seulement je n'apparais pas comme chair, mais j'apparais plus que jamais comme objet. Et la chirurgie non plus ne met rien à nu, mais découvre de nouvelles couches visibles, d'ailleurs de moins en moins visibles à mesure qu'on s'enfonce dans le corps physique. Que l'objet restant suscite parfois mon désir n'y change rien ; au contraire l'évident objet du désir (car rien ne s'évide plus que lui, pour s'exposer avec moins de réserve) remonte entièrement à la surface du visible, là où s'entassent les choses du monde ; il renonce alors définitivement à la plus secrète profondeur du sentir et ressentir de soi. Aussi, pour rester l'objet d'un désir, l'objet s'efforce-t-il malicieusement de ne pas se dénuder trop, ni trop vite – car la mise à nu détruit le désirable en lui, puisqu'elle le transforme en simple objet ; en fait, l'objet peut bien se posséder, se consommer, se laisser détruire, mais il ne peut pas (du moins pas bien longtemps) se faire désirer – l'objet ne tient pas la distance du désir. Le désir ne peut que tuer l'autrui, qui aurait la faiblesse ou l'imprudence de se laisser faire objet. Autrui retarde donc sa mise au rang d'objet : il reste couvert pour retarder sa mort. Mais à la fin, quand l'objet paraît, la chair sombre dans l'obscur.

Si la mise à nu de la chair n'équivaut pas au découvrement de l'objet, mais s'y oppose, alors l'érotisation ne découle pas de la mise à nu, même si elle la permet parfois ; d'où le paradoxe que l'érotisation (provoquer le désir d'autrui) consiste le plus souvent à montrer qu'on ne montre pas – car la chair se distingue précisément du corps en ce qu'elle ne peut ni ne doit paraître de plain-pied avec les objets, sur la même scène que les choses du monde. Elle ne se phénoménalise qu'en échappant à la vue, en se retenant d'apparaître. Il ne s'agit pourtant pas de jouer avec le regard, d'exciter l'attention en la frustrant, pour montrer plus en montrant moins – petit jeu de la séduction, qui conviendrait mieux à la vérité de la philosophie. (On ne se scandalisera pas du rapprochement, car à la fin la prude vérité, qui dit oui, qui dit non, qui se découvre, qui se recouvre, partage avec la parade sexuelle de jouer sur la scène crue du monde, dans l'ouvert sans retrait, sur l'avant-scène sans coulisses.) Il s'agit d'admettre un principe phénoménologique déterminant : aucune chair ne peut, par définition, apparaître comme un corps ; ou, plus radicalement, si l'on entend cet apparaître au simple sens de s'offrir nu au regard, il ne convient qu'à un corps et jamais à une chair, précisément parce que ce qui fait le privilège de la chair – la capacité à sentir et se ressentir – ne peut apparaître directement dans aucune lumière. Et cette impossibilité pour toute chair de se faire voir vaut évidemment encore plus pour une chair qui ne me revient pas, pour la chair d'autrui, cette autre chair seulement supposée, jamais éprouvée par moi. L'aporie de l'accès à autrui se redouble donc d'une seconde aporie, au moins aussi redoutable – l'invisibilité de toute chair.

Mais, si la chair d'autrui (comme déjà toute chair) ne peut tomber sous le regard, parce qu'elle ne doit pas se voir, comment se phénoménalisera-t-elle ? Doit-on se résigner à l'exclure du jeu, comme le fait la métaphysique ? Pourtant la chair d'autrui se phénoménalise bel et bien, mais sur un mode unique, qu'il faut admettre : elle se phénoménalise sans pourtant se faire voir, en se laissant simplement et radicalement sentir et ressentir. En se laissant sentir de telle sorte, bien sûr, que je ressente que je la sens (par définition de ma chair), mais aussi que je ressente qu'elle me sent (par définition d'autrui) ; et que sent-elle alors, cette chair d'autrui, sinon que je la sens et même que je la sens me sentir ? Et, à la fin de cet entrelacement, que sentent nos deux chairs, sinon chacune le ressentir du ressentir de l'autre ? La confusion des sentirs, que je n'arrive plus à démêler quand je veux les dire comme maintenant, ne me fait pas échec – puisque je ne tente que de phénoménaliser cela, la confusion des chairs, et de leurs ressentirs respectifs, qui s'abolissent sans nul respect l'un en l'autre. Comment puis-je cependant distinguer sans faute le sentir d'une chose du monde et le sentir d'une chair ? Décrivons. D'habitude, quand ma chair (ma main, mais aussi tout autre membre) sent des corps, elle s'éprouve elle-même comme un avatar de mon corps de chair exposé à des corps du monde (eux dénués de chair) ; elle les identifie comme de simples corps physiques en ceci précisément qu'ils lui résistent en vertu de leur spatialité, donc de leur impénétrabilité (la dureté ou l'élasticité ne font aucune différence, puisqu'à la fin la compression résiste aussi bien, voire plus). Les corps se déclarent donc en résistant à ma chair ; ils l'affectent en lui refusant d'accéder à l'espace qu'ils occupent et à l'étendue où leurs forces se déploient. Chaque corps apparaît comme corps physique dénué de chair, parce qu'il refuse qu'on accède à lui – il résiste, se défend, repousse. J'éprouve des corps (et non point une chair), parce qu'ils m'expulsent de leur espace et je m'éprouve, moi, comme chair (et non comme un corps physique), parce que je ne peux résister à cette résistance ; je bats en retraite, me retire et me concentre en moi, bref je subis, souffre et m'éprouve précisément comme *ma* chair face à des corps.

Dès lors, tout s'éclaircit et je sais déjà distinguer aussi une *autre* chair d'un corps. Car s'il se trouve jamais une autre chair, une chair d'autrui donc, elle devra par définition se comporter à l'inverse des corps physiques, à savoir comme ma propre chair se comporte à leur encontre – en ne résistant pas, en se retirant, en se laissant dépouiller de son impénétrabilité, en souffrant de se laisser pénétrer. Là où je sens que cela *ne me résiste pas* et que, loin de me renvoyer en moi et de m'y réduire, cela se retire, s'efface et me fait place, bref que cela s'ouvre, je sais qu'il s'agit d'une chair – mieux d'une chair autre que la mienne, de la chair d'un autrui. Je reste au contraire dans le monde – et je le reconnais à ce critère – aussi longtemps qu'on me résiste et que je dois me défendre un espace libre à occuper (une demeure) parmi d'autres espaces déjà occupés, indisponibles et donc impénétrables. Partout dans le monde, je touche des parois et des murs, des bornes et des frontières ; aussi suis-je non pas d'abord *au* monde comme un ouvert, mais *dans* le monde comme au milieu d'enclos, de propriétés privées, de réserves défendues ; je n'ouvre pas d'emblée le monde, mais je m'y trouve toujours d'abord parqué, assigné, voire interdit de séjour. Le monde ne me reçoit pas à monde ouvert – il commence toujours par m'arrêter. Ma chair me fait donc éprouver que je ne comprends pas le monde, mais que j'y suis compris : je suis, selon l'être, précisément en tant que compris. L'être ne consiste probablement qu'en cette compréhension, qui me limite, un horizon au sens strict, un horizon par définition fini. L'être me finitise selon sa finitude essentielle. Il me tient et me retient. Pour m'en sortir et m'en évader, il faut que ma chair entre en commerce avec une autre chair, dans et par laquelle je m'étendrai pour la première fois (d'ailleurs ne suis-je pas né dans et d'une chair, où je m'étendais *avant* d'entrer dans le moindre monde ?). Je ne me libère et ne peux devenir moi-même qu'en touchant une autre chair, comme on touche au port, parce que seule une autre chair peut me faire place, m'accueillir, ne pas me renvoyer, ni me résister – faire droit à ma chair et me la révéler à moi-même en lui ménageant une place. Et où l'autre chair ferait-elle place à la mienne, sinon *en* elle ? Comme le monde ne fait pas de place, une autre chair doit m'en faire – en se tassant pour moi, en me laissant venir en elle, en se laissant pénétrer. Je sens, d'un coup et d'un seul, et ma chair et l'autre chair, en ressentant qu'elle ne peut pas me résister, qu'elle veut ne pas me résister, qu'elle me prend en sa place sans m'y comprendre, qu'elle me met à sa place – me place à la sienne – en me laissant l'envahir sans se défendre. En entrant dans la chair d'autrui, je sors du monde et je deviens chair dans sa chair, chair *de* sa chair.

Autrui me donne à moi-même pour la première fois, parce qu'il prend l'initiative de me donner ma propre chair pour la première fois. Il m'éveille, parce qu'il m'érotise. D'où suivent les définitions du plaisir et de la douleur, qui valent pour *toute* rencontre d'une chair par une autre (§ 35). Par plaisir, on entendra ma réception par la chair d'autrui, telle qu'elle me donne ma propre chair ; ce plaisir augmente à mesure que je reçois plus avant ma chair de la chair d'autrui et que ma chair s'augmente de cette non-résistance ; réciproquement, la passivité croît à la mesure de cette augmentation ; ou, ce qui revient au même, la passivité croît à la mesure où l'augmentation la comble. En fait, passivité et augmentation définissent au même titre et simultanément les deux chairs. Au contraire des évidences naïves de la métaphysique, l'augmentation d'une chair ne se fait pas par son activité au détriment de l'activité de l'autre, mais par leur double passivité. Car l'accroissement de l'une se fait selon que la passivité de l'autre la provoque ; et la passivité de l'une s'approfondit selon que l'augmentation de l'autre le lui permet. L'augmentation ne vient pas activement d'elle-même, mais passivement de la non-résistance d'une autre passivité, plus puissante que toute activité. En effet, la passivité ne s'accroît que parce qu'elle veut bien, de toute sa chair, ne pas résister et donc faire face à une autre chair, qu'elle embrasse de son propre accroissement. Par douleur, on entendra inversement la résistance de la chair d'autrui à la mienne (voire la résistance de la mienne à la sienne), telle qu'elle me conteste ou me refuse ma chair propre ; cette douleur augmente à mesure que diminue ma chair, jusqu'à ce qu'elle se retire dans une corporéité spatialement définie ou refermée, qui ne donne plus accès à rien, ni à personne. Car la douleur me prive de ma chair, comme le plaisir me la donne, puisque ma chair en souffrance non seulement se rétracte, mais doit apprendre à résister à ce qui lui résiste ; alors elle s'endurcit ; contaminée par la résistance de l'autre corps, de chair qu'elle fut, elle se fait un corps, cœur de pierre, corps dur, adapté au corps à corps avec le monde. Ma chair s'évanouit, quand disparaît son unique condition de possibilité, la chair d'autrui. Et la sienne s'efface, quand s'estompe la mienne.

On conçoit désormais l'insuffisance du thème trop commun de la caresse, en tous sens superficiel. L'érotisation qui suscite la chair ne résulte pas d'un moindre toucher, simplement moins possessif, moins préhensif et moins prédateur. Il ne suffit pas de limiter à un contact, aussi ténu qu'on voudra, la contiguïté de deux corps physiques pour y faire surgir deux chairs ; on resterait encore dans le monde, comme sur une improbable zone frontalière entre ce qui lui appartient et ce qui ne lui appartient plus. Même si seule une chair touche un corps (alors qu'aucun corps ne touche jamais un autre corps), pour cela même une chair ne touche jamais une chair, puisque celle-là aussitôt s'efface et se dissipe devant celle-ci, n'y résistant pas même assez pour lui permettre un impact – sinon celui de se ressentir sentir l'autre se ressentir, en deçà de l'espace. Voudrait-on absolument parler de caresse, qu'il faudrait la libérer de tout contact, afin d'en bannir toute spatialité mondaine, et la penser à partir de ce qui la rend possible – l'indistinction entre le sentir et le ressentir de ma chair, qui ressent non seulement le sentir réciproque, mais le ressentir même de l'autre chair. Comme ce ressentir n'appartient déjà plus au monde et m'en fait même sortir, ma chair propre ne touche plus rien, puisque la chair d'autrui ne constitue pas quelque chose ; elle n'éprouve pas cette autre chair comme la résistance contiguë d'une chose, mais la découvre comme ce qui, au contraire, ne lui résiste pas et donc qu'elle peut s'y étendre et s'y accroître. La caresse alors ne toucherait jamais et n'arriverait jamais au contact de rien (comme on arrive au contact d'un ennemi), parce que la chair d'autrui ne se laisse ressentir que comme le retrait imperceptible de ce qui ne veut pas résister – de ce qui ne se livre que par la délivrance qu'il accorde à l'accroissement de ma propre chair. Son accroissement ou, ce qui y revient (y équivaut et surtout y répond), sa passivité approfondie sous l'accroissement de l'autre chair. Il ne s'agit plus du toucher ni d'ailleurs d'aucun autre sens, mais – parce que je vois en sentant, comme je sens aussi du regard, de l'ouïe, et même du goût – d'une incarnation radicalisée.

Ainsi, la décision encore abstraite de faire *comme si* j'aimais le premier et de recevoir la signification d'autrui dans le commun « Me voici ! » du serment s'accomplit-elle dans l'unique érotisation de chaque chair par l'autre. La chair désormais érotisée à fond, au-delà de ce qu'elle peut et même de ce qu'elle ne peut pas, accomplit l'amant en un adonné – celui qui se reçoit lui-même de ce qu'il reçoit et qui donne ce qu'il n'a pas.

§ 24. *L'érotisation jusqu'au visage*

Dès lors, autrui me donne ce qu'il n'a pas – ma chair à moi. Et je lui donne ce que je n'ai pas – sa chair à lui. Ma chair la plus propre (elle me fait devenir moi, que j'ignorais avant elle) m'advient et augmente à la mesure où la chair d'autrui la provoque. Chacun se découvre le dépositaire du plus intime de l'autre. Cette inadéquation, où je ne connais comme mien que ce qui m'advient d'ailleurs, disqualifie définitivement toute critique naïve (métaphysique) de l'inadéquation de mon idée d'autrui ; car, loin de m'aliéner, seule cette inadéquation érotique me permet d'accéder à moi-même et la passivité ne s'oppose pas plus à l'activité en ma chair, qu'en celle d'autrui : la chair ne vit que de les confondre. Sauf à interpréter nos chairs comme deux corps impénétrables et nos pensées comme deux représentations contiguës, il semble évident que je ne deviens pas moi-même en m'activant à posséder plus d'étendue, donc de corps autour de moi, mais en devenant ma chair, en m'érotisant par la chair d'autrui, donc en *ne* me possédant *pas*, mais en me laissant (dé-)posséder. On ne peut posséder qu'un corps (le sien, ou un autre contigu, quelle importance ?) et la possession ferme l'accès à la chair. Aucune chair ne se possède, surtout pas avec une idée adéquate ; d'abord parce qu'aucune chair ne peut jamais se voir ; ensuite parce qu'elle s'éprouve justement comme une inadéquation, l'heureuse inadéquation d'un accroissement.

Autrui apparaît donc bien avec rang d'authentique phénomène, mais selon la phénoménalité de sa chair à lui, autrui – non directement (comme une chose ou un objet), mais indirectement et pourtant d'autant plus immédiatement, comme celui qui me phénoménalise moi-même comme ma chair. La difficulté du phénomène d'autrui ne tient donc pas à son éloignement, à sa pauvreté ou à sa transcendance supposés ; elle tient au contraire à son immanence absolue : autrui apparaît à la mesure même où il me donne ma propre chair, qui déploie comme l'écran où se projette la sienne ; sa propre phénoménalisation se joue dans sa prise de chair, à lui ; réciproquement, ma prise de chair rend sa mise en gloire manifeste. Nous devenons chacun le phénomène de l'autre en devenant chacun chair l'un par l'autre. Cette réciprocité n'outrepasse pas le serment, elle en dépend et l'accomplit. Elle en dépend, parce que, sans le serment, ni autrui ni moi ne pourrions assumer rationnellement le croisement de nos deux chairs, chacune apparaissant non en soi, mais dans l'autre et uniquement dans l'autre. Elle l'accomplit, parce que, sans cette érotisation partagée, le serment commun resterait une performance linguistique abstraite, qui ne se phénoménaliserait nulle part et ne m'individualiserait pas plus que personne d'autre (§ 23). Et, pas plus que le serment, l'érotisation ne peut s'entendre comme un fait : il ne s'agit ni d'une chose, ni d'un spectacle visible. A strictement parler, il n'y a jamais rien d'érotique à voir – ce qui se voit redevient aussitôt un objet ridicule ou obscène ; pour que la scène reste érotique, il ne faut pas la voir, mais s'en exciter, c'est-à-dire bon gré, mal gré s'y impliquer, s'y abandonner et donc se laisser y devenir chair. Il ne s'agit pas non plus d'un fait, parce qu'on ne peut jamais objectiver de l'érotisation d'une chair ; car, en rigueur de termes, l'érotisation n'offre que des indices d'elle-même, que l'on doit croire ou non ; on peut toujours tricher en simulant qu'on ressent ce que l'on n'éprouve pas, voire (moins aisément) qu'on n'éprouve pas ce qu'on ressent pourtant bel et bien. Il ne s'agit pas d'un fait, mais d'un procès vers un accomplissement, d'une disposition pour un acte, comparable en cela à la réduction phénoménologique, que d'ailleurs la réduction érotique redouble et annule.

D'où s'ensuivent au moins trois caractéristiques négatives. Premièrement, toute opposition statique entre activité et passivité devient caduque : je m'active en tant même que je m'avoue affecté, je me laisse affecter d'autant plus que je cède à mon désir ; autrui m'affecte en tant même qu'il me laisse éprouver sa passivité. Même si l'on peut dire que la passivité s'active et que l'activité se laisse aller, en droit ces deux termes perdent toute pertinence, dès lors qu'on sait qu'une chair s'éprouve en ressentant qu'en face rien ne lui résiste, et qu'elle s'excite moins de l'abandon ressenti que de son propre élan sans retenue. Aussi surprenant qu'il paraisse, en situation d'érotisation personne ne possède personne ni ne s'en trouve possédé, car aucune chair comme chair ne domine ni ne se trouve dominée, ne conduit ni ne suit.

En second lieu, le processus d'érotisation n'admet ni interruption ni limite, puisqu'il vise à ce que tout se fasse chair en moi comme en autrui, que rien de nous n'obéisse plus à la phénoménalité des corps ni du monde. Le plaisir ne consiste (mais, on l'a vu, il ne consiste guère) qu'à expérimenter ma prise de chair.

On ne saurait donc privilégier aucun sens particulier comme le meilleur ouvrier de l'érotisation : tous y participent à un titre ou à un autre et leur fusion permet seule de concevoir ce que la philosophie appelait le sens commun ; s'il fallait en distinguer un, on stigmatiserait plutôt l'impropriété de la vue, presque inévitablement encline à l'objectivation. Par conséquent, on ne saurait non plus privilégier certains parmi les organes : il n'y a pas d'organes érotiques, mais seulement des organes sexuels. D'abord parce que ces organes relèvent du corps physique, pas de la chair ; ensuite parce que ces organes ne mettent en œuvre que la sexualité, qui ne recouvre que très partiellement l'érotisation ; enfin parce qu'il s'agit en droit des organes de la reproduction, qui, comme telle, n'a pas encore ici (§ 39) à voir avec le phénomène d'autrui. Que ces organes jouent un rôle privilégié dans le processus d'érotisation ne peut guère se discuter, mais ne prouve rien ; à eux seuls ils ne provoquent pas l'érotisation, qui souvent survit parfaitement à leur défaillance ou même à leur usage (§ 35) ; réciproquement leur mise en œuvre dépend le plus souvent de l'érotisation. On peut se demander si mon corps entier est sexué, mais on ne peut douter que ma chair entière puisse s'érotiser, donc le doive. En troisième lieu, contrairement à ce que le commerce répète à satiété, l'auto-érotisation n'a aucun sens, ni la moindre effectivité, pas plus qu'une auto-excitation : toujours, ne fût-ce que par fantasme et imagination, il faut qu'un autrui me donne ma propre chair qu'il n'a pourtant pas, et que moi, qui la deviens, ne peux pourtant pas me donner. Je m'affecte sans exception, en ma chair propre, par autrui : il ne s'agit que de distinguer des degrés, selon que je l'imagine en sa présence réelle ou non, en le connaissant ou non, lui me reconnaissant ou non, etc. Mais en tous les cas, l'absent reste toujours présent, d'une altérité irréductible et indispensable, même lorsqu'elle demeure simplement fantasmée.

Il s'agit donc d'un procès sans fin ni limite assignable. La chair ne cesse d'y submerger le corps. Si rien de moi ne doit rester hors de chair, ma chair doit reprendre à son compte tout ce que le monde et le miroir m'attribuaient comme un corps mien ; je dois intégralement prendre chair pour reprendre possession de moi. Le premier stade de l'érotisation l'accomplit, qui transcrit ce corps, où l'espace prétend me contenir et où le monde peut toujours m'affliger, en une chair, qui me laisse devenir moi-même sans résistance ; bref, il substitue au corps que j'ai (comme une résidence assignée ou secondaire, presque malgré moi) ma chair, où je jouis (et souffre) en personne ; il m'augmente dans l'avance, en tant qu'amant de la réduction érotique. Mais ce premier stade résulte, on l'a déjà vu, d'un second, en droit plus originaire : mon érotisation (ma prise de chair) me vient d'autrui, qui peut seul me donner cette chair même ; il faut donc aussi parvenir à transcrire dans ma chair propre celle d'autrui, qui me la donne immédiatement et s'y manifeste indirectement. Désormais, mon érotisation se découvre en charge de la chair d'autrui, à qui elle offre son seul phénomène possible. Et, puisqu'il me faut faire voir en ma chair autrui, qui n'apparaît nulle part ailleurs, je dois, en me laissant érotiser, l'érotiser aussi à fond. Lui aussi sans exception, ni reste. Ce procès érotique mutuel n'admet ni limites, ni conditions – parce qu'il nous assure seul notre phénoménalité d'amants. Ce qui implique qu'autrui me devienne chair sans restriction, ni exception, comme je le lui deviens aussi. Ma chair n'éprouve pas une partie, mais la totalité d'autrui et réciproquement. Rien de lui, ni de moi ne doit rester en marge. L'érotisation devrait idéalement tout récapituler en une vague, qui submerge et soulève toute chair univoquement. L'érotisation sans reste s'accomplit partout au même sens (§ 42).

D'où l'étonnante justesse de l'usage, pourtant en première approche profanateur et immonde, du mot « baiser ». Trivialement, on entend ainsi la prise de possession de l'autre corps (le rapt, le coït) ; mais, pour signifier cet accouplement (degré zéro souvent de l'érotisation), on reprend un terme, indissolublement substantif et verbe, qui concerne d'abord l'acte de la bouche, entrouverte pour toucher une autre chair – pour donner à autrui sa chair. Ce faisant, l'acception triviale vérifie en fait parfaitement la situation phénoménologique, où ma chair ne se limite pas à ma bouche, ni celle d'autrui à sa bouche, mais où, s'abouchant l'une l'autre, elles mettent en branle une onde qui traverse nos deux corps pour les transcrire entiers en deux chairs, sans reste ; la bouche commence le procès, parce que, ouverte déjà, sans distinction de l'extérieur et de l'intérieur, elle s'offre d'emblée comme une chair ; elle incarne la première l'indifférence entre toucher et se toucher, sentir et (se) ressentir (se) ressentir. Mais, si rien ne lui résiste (et précisément la chair qu'elle commence à donner à autrui se définit en ce qu'elle ne résiste pas), donc puisque rien ne lui résiste, le baiser de ma bouche sur sa bouche (où chacune donne chair à l'autre sans distinction) inaugure la prise en chair infinie. Il ne s'agit plus que d'étendre le baiser au-delà de la bouche baisante et baisée, pour que tout d'autrui et de moi prenne chair. Il s'agit de tout érotiser, y compris ce qui semblait, au regard médical ou spéculatif, le moins susceptible de devenir mien, ma chair – les organes sexuels. Car, en droit, ils devraient rester complètement étrangers à l'érotisation : ils relèvent du corps, non de la chair ; ils travaillent pour l'espèce, sans moi, voire contre moi ; ils ne disposent même pas d'une réalité indépendante, mais empruntent le canal d'autres fonctions, les plus animales ; et surtout, ils restent à froid les moins excitants pour un désir. Mais la mise en chair va jusqu'à eux, qu'elle finit par submerger comme par une kénose érotique ; loin que les organes sexuels provoquent le procès de baiser, il faut s'étonner que le baiser puisse aller jusqu'à eux et, même eux, les mettre en chair. Le coït aussi embrasse, baise d'un baiser de sa bouche – la pénétration reçoit (du moins parfois le peut) la chair et la donne. L'univocité du mot « baiser » ne repose pas sur une métonymie forcée : elle découvre une métamorphose effective. Cette univocité justifie rétrospectivement l'emploi (introduit plus haut § 16) de « faire l'amour » pour nommer l'avance de l'amant (§ 18), qui radicalisait la question « m'aime-t-on – d'ailleurs ? » par la question « puis-je aimer, moi le premier ? » : il s'agissait déjà de la réduction érotique, désormais assignée à la prise de chair comme la manifestation d'autrui en son seul phénomène possible – ma propre chair devenue telle par érotisation. Comme d'autres formules, « faire l'amour » et « baiser » témoignent, sans le savoir vraiment, de l'exigence phénoménologique d'une univocité érotique de la prise de chair, condition de son accomplissement sans exception. Tout de nous peut s'exalter en sa chair, afin que chacune se fasse le phénomène de l'autre chair, donc d'autrui.

Ce résultat pourtant suscite une nouvelle difficulté. Si ma propre chair érotisée par autrui, qui me la donne, en manifeste l'unique phénomène, autrui (se) montre-t-il encore (comme) un visage dans cette chair mienne ? Plus grave : le visage garde-t-il son privilège phénoménologique de noème infini au-delà de toutes mes noèses ? A la première question, il faut répondre qu'une fois érotisé, autrui (se) montre encore plus évidemment (comme) un visage, puisqu'il reçoit de moi sa chair en gloire, ou plutôt il reçoit de moi une gloire qui illumine dans sa chair d'abord le visage : jamais il n'a souri autant que maintenant qu'il jouit – dans sa chair, qui apparaît à son maximum. Mais cela même conduit à la véritable question : le visage – nous admettons cet acquis définitif – tire son privilège de ce qu'il me met en scène l'injonction « Tu ne tueras pas ! » ; il manifeste ce commandement en l'édictant silencieusement mais impérativement, comme une exigence éthique, qui établit autrui dans une transcendance absolue ; étranger au monde, autre que moi, ayant droit sur moi par l'intentionnalité qu'il m'impose, autrui apparaît bien directement comme une face iconique (sans façade à voir), qui m'envisage à distance. Dès lors, si, comme nous venons de le décrire, l'onde érotique envahit non seulement sa chair, mais jusqu'à son visage, à mesure que cette gloire le submerge, autrui ne disparaît-il pas comme tel – comme phénomène éthique du « Tu ne tueras pas ! » ? La vague de l'érotisation, noyant le visage, ne passe-t-elle pas aussi au-delà d'autrui ?

Il faut reconnaître que le privilège du visage, à supposer qu'il demeure, ne dépend plus *ici* d'une distance, ni d'une hauteur éthique. Ici le visage d'autrui, s'il veut ou peut encore me parler, ne me dira certes plus « Tu ne tueras pas ! » ; non seulement parce qu'autrui n'a aucun doute sur ce point ; non seulement parce qu'il me dit, en soupirs ou en mots, « Me voici, viens ! » (§ 28) ; mais surtout parce que lui et moi avons quitté l'universel, même l'universel éthique, pour nous efforcer à la particularité – la mienne et la sienne, puisqu'il s'agit de moi et de toi et sûrement pas d'un prochain universellement obligeant. En situation d'érotisation mutuelle, où chacun donne à l'autre la chair qu'il n'a pas, chacun ne vise qu'à s'individualiser en individualisant autrui, donc transperce et transgresse précisément l'universel. Ou du moins il le tente. Peu importe, en fait, qu'on situe le visage érotisé (le sien, le mien) au-delà ou en deçà du visage éthique, pourvu qu'on reconnaisse qu'*ici* l'universel n'a aucun droit, ni le dernier mot. Ce que confirme l'impossibilité ici de la substitution : je ne puis ni substituer un autre autrui à celui-ci, ni surtout moi à lui ; ma chair ne pourra jamais non plus se substituer à la sienne, ni réciproquement, puisqu'elle s'y éprouve en l'éprouvant – et qu'il ne s'agit que de cela. Et avec l'universel, l'éthique aussi perd son privilège : il ne s'agit pas de renoncer à ma priorité pour la reconnaître à autrui, ni de lui rendre mes devoirs ; il s'agit de garder mon avance sur lui, afin de lui rendre les armes en lui délivrant sa chair, que je n'ai pas et en recevant la mienne de lui, qui me la donne sans l'avoir ; nous n'avons qu'à nous adonner l'un à l'autre et nous donner réciproquement le statut d'adonné – de celui qui se reçoit lui-même (sa chair) de ce qu'il reçoit (la chair d'autrui).

Pour autant, si s'estompe l'universel éthique, la transcendance d'autrui, loin de s'évanouir, s'accuse comme jamais. En effet, que me dit (de quelque manière qu'il me parle) le visage d'autrui, quand l'onde de l'érotisation le submerge ? Il me dit que la prise de chair récapitule maintenant tout son ancien corps, que plus rien en lui ne résiste à sa chair et donc aussi qu'il ne me résiste absolument plus ; à cet instant, son visage témoigne de l'accomplissement sans reste de sa chair et, en ce sens, toute sa chair rejoint son visage dans la même gloire. Ou si l'on préfère, loin que son visage sombre dans la chair, toute sa chair devient visage, comme un « corps glorieux » se résume en une seule gloire, celle même de son visage. Qu'on regarde la chair d'une jeune accouchée, tenant l'enfant à peine né dans ses bras, chair qui remonte jusqu'à son visage, où s'incarnent indistinctement la souffrance disparaissante, le plaisir diffus et la joie retournée sur soi. Qu'on regarde le Ressuscité (et non toujours seulement le cadavre du Crucifié) au retable d'Issenheim, dont le visage blanchit et comme disparaît, sauf les yeux, dans la gloire qui submerge sa chair – désormais définitivement vivante, irrésistible pour avoir su *ne pas* résister, même à la pire mort. Le visage érotisé aussi récapitule toute sa chair ; dans son regard, je vois – si je vois quoi que ce soit – la vague irrépressible de sa chair surgissant en lui, le donnant à lui-même pour la première fois. J'y vois donc sa chair, en tant qu'elle se sent et se ressent, donc en tant que définitivement individualisée, adonnée à elle-même, bref en tant que définitivement *inaccessible* à la mienne. J'y vois la transcendance accomplie d'autrui, par quoi il diffère à jamais et depuis toujours de moi – sa chair en gloire. S'il me regarde encore, il me fait comprendre qu'il reçoit, à cet instant même, de se distinguer de moi, justement parce qu'il vibre sous l'impact de sa chair, que je lui donne parce que je ne l'éprouve pas et peux ainsi la lui abandonner. Et réciproquement, il voit dans mon regard que je deviens enfin ma chair, à distance irrémédiable de la sienne. Nous communions, mais dans la distance de nos deux chairs. Elles se croisent, par la même réduction érotique, dans un unique phénomène amoureux – chacun apparaissant dans l'autre sans jamais se confondre.

La croisée de nos chairs dans nos regards suspendus rend notre âme commune enfin apparente. A nous du moins, les amants.

§ 25. Jouir

Nous, les amants, croisons nos chairs respectives et respectées. Sans confusion ni mélange, puisqu'elles restent d'autant plus irréductibles qu'elles surgissent de leurs sentirs respectifs et qu'elles se donnent chacune ce qu'elles n'ont pas. Sans séparation ni division pourtant, puisqu'elles éprouvent le même accomplissement érotique, que chacun voit dans l'autre visage glorieux le même (se) ressentir (se) ressentir. Les deux regards, désormais de chair, deviennent du même geste immanents et transcendants l'un à l'autre. Se découvrant plus intime à moi que moi-même, autrui se dresse plus haut que jamais. L'union indirecte (entre deux chairs irréductibles) reste immédiate (d'une unique croisée, où chacune se reçoit de l'autre).

Je peux donc légitimement conclure que je jouis d'autrui, au lieu simplement d'en user. Car, à strictement parler, je ne peux user que d'une chose et dans mon intérêt, tandis qu'ici j'adhère à autrui pour lui, en tant que sa chair n'appartient plus au monde des choses. J'y adhère pour lui-même, puisque je m'y colle, afin de lui donner sa chair à lui ; la sienne en effet, puisque je ne l'ai pas ; et je ne la possède pas, parce qu'en fait je n'aurais aucune chair, moi, s'il ne me la donnait pas, lui. J'adhère bien à sa chair pour lui – afin qu'il la reçoive. Donc je jouis de lui. Autrement dit, je ne jouis pas de mon plaisir, mais du sien ; et si, d'aventure (ce qui ne va pas de soi), je jouis aussi, ce plaisir rejaillit seulement du sien, comme son ressac ; si je jouissais sans sa jouissance, je ne jouirais tout simplement pas, mais je me bornerais à en user à nouveau. D'eux-mêmes une décharge et un spasme ne permettent pas de jouir, même si d'aventure ils accompagnent un plaisir. Il faut infiniment plus qu'un plaisir, même démultiplié et violent, pour jouir. Il y faut la croisée des chairs. Ainsi s'évanouissent maintes questions mal posées : l'« union » abolit-elle l'« incommunicabilité des consciences », l'amour de soi contredit-il l'amour d'autrui, la jouissance rend-elle « égoïste » ou désintéressé, etc. (§ 42) ? Je peux désormais oublier toutes ces oppositions artificielles, qui retrouvent en fait nombre des hypothèses arbitraires, que j'ai dû construire dans les premières méditations, lorsqu'il fallait précisément accéder à la réduction érotique. Ces antinomies attestent désormais que la question de l'amour n'avait pas encore été correctement abordée, ni décrite ; elle ne le fut qu'à partir du moment où l'on a reconnu la nécessité phénoménologique d'une réduction radicale au donné – de la réduction érotique de l'*ego* à l'amant, à l'avance et finalement à la chair en gloire.

Pour l'essentiel, la réduction érotique vient de s'accomplir ; elle a atteint l'amant dans son immanence dernière. Elle a suspendu l'intentionnalité, tant objectivante qu'ontologique, et même l'intentionnalité supposée pulsionnelle (qui appartient encore au monde), pour découvrir le pur champ de la chair érotisée se ressentant dans l'autre chair. Mais, maintenant qu'il ne reste plus rien – plus la moindre chose –, que me reste-t-il ? Plus exactement : où puis-je me tenir ? Je me tiens là où je me reçois comme chair – dans la chair d'autrui, qui me dispense à elle seule plus qu'un monde, mieux qu'un monde. Dans cette chair, je demeure, je prends racine et deviens amant. Rien ne m'y résiste plus et rien ne m'y fait défaut. L'assurance que je cherchais, lorsque je m'égarais à demander « m'aime-t-on – d'ailleurs ? », je l'atteins désormais dans la chair qu'on me donne et qui me donne à moi-même. Il devient donc possible et même nécessaire de reprendre la description, encore marquée négativement, du monde sous le soleil de la vanité (§§ 5-6), mais cette fois en positif, selon la réduction érotique accomplie et à partir de la croisée des chairs.

Où nous retrouvons-nous ? Dans quel espace s'accomplit le phénomène de l'amour ? Et d'abord s'agit-il encore d'un espace ? Non sans doute : je ne me considère plus ici comme un corps physique, qui se situerait parmi d'autres corps physiques, à l'intérieur de la même compossibilité (§ 5). Or, sans cet arrangement d'un corps physique supposé mien avec d'autres corps physiques, aucun espace homogène (réel ou formel) ne peut plus se définir ; il faut en effet pouvoir se situer entre d'autres corps physiques pour user de coordonnées de repérage (abscisses et ordonnées, longitude et latitude, GPS ou Galileo, etc.) ; les trois dimensions de l'espace naturel (longueur, largeur, profondeur) ne restent valides que pour ce qui appartient à la nature, donc au monde, comme un objet ou simplement un étant, situé parmi d'autres, comparable dans un ordre homogène. Mais, par la réduction érotique, je m'éprouve désormais comme pure chair ; ce qui signifie que je ne m'éprouve plus par des résistances d'objets, qui, autour de moi, me restreignent un espace alloué et m'orientent de force dans l'espace universel. En tant que chair, je ne ressens que moi, donc je m'oriente à partir de moi-même, sans autre repère que ma chair même. Ou plutôt non : je ne m'oriente au contraire pas plus par rapport à moi-même que dans un espace neutre (les dcux vont d'ailleurs parfaitement ensemble) ; car je ne possède pas ma chair, mais la reçois d'autrui, qui me donne à moi-même en même temps qu'il me la donnc ; en tant qu'amant (c'est-à-dire adonné à un autre adonné), je me reçois de la chair d'autrui ; je me situe donc d'après le point focal d'où je me reçois ; en tant que chair reçue, je ne me repère plus qu'à partir de la chair d'autrui. Lorsque l'amant fait l'amour (en tous les sens de l'expression, puisqu'en fait elle n'en a qu'un seul), il se trouve (strictement dit : il cesse de se perdre, il se retrouve) face au regard érotisé d'autrui dans sa chair même. Mon espace d'amant, ou plutôt ce qui s'y substitue dans la réduction, à savoir le milieu érotique, garde des dimensions et donc autant de coordonnées ; je me repère encore en bas, en haut, devant et derrière, à droite ou à gauche ; mais je ne me repère pourtant pas selon un espace objectif, une étendue intelligible ou un ouvert mondain, bref dans le neutre ; désormais en bas, en haut, devant et derrière, à droite ou à gauche ne se définissent plus que par référence à la chair d'autrui. Je me situe dans cette chair (je la pénètre et elle me pénètre), donc, à partir d'elle ; je sais où je suis, si je suis devant ou derrière elle, à droite ou à gauche d'elle, en bas ou en haut d'elle. Cette chair seule décide de ma situation, parce qu'elle définit mon unique milieu – érotique. Et comme la chair d'autrui cesse de se déplacer par rapport au fantôme de l'espace objectif, qui disparaît déjà pour nous (nous ne le voyons ni ne le sentons plus), et qu'elle demeure un point de référence érotique immobile, ma situation dans le milieu érotique ne dépend que de ma situation relative par rapport à cette chair de référence ; je ne me trouve pas en haut ou en bas du monde physique, ni au nord ou au sud du monde géographique, ni à l'entrée ou au fond du monde immobilier, je me retrouve au-dessus ou par-dessous cette chair, loin ou proche d'elle, en elle ou en dehors. Elle me tient lieu de lieu, de coordonnées et de points cardinaux, ou plutôt elle m'en dispense. Ce qui confirme l'univocité, établie plus haut, de « baiser » – il ne s'agit pas de telle ou telle partie du corps physique, parce qu'il ne s'agit plus de l'espace, mais du milieu érotique ; comme il ne se définit que par rapport à la chair d'autrui, tout ce qui en relève devient non pas une partie de la chair (qui n'en a pas), mais cette chair même ; je la traite entière de la même manière – je peux et dois la baiser. Je me situe exactement *ici*, là où va mon baiser.

Quand nous retrouvons-nous ? Dans quel temps s'accomplit le phénomène de l'amour ? Et d'abord s'agit-il encore d'un temps ? Non sans doute, puisque je ne suis plus dans le temps du monde, où ce qui (se) passe ne dure pas, mais dans le temps de la réduction érotique où, rappelons-le, le futur se redéfinit comme le temps de l'attente d'un ailleurs où rien ne (se) passe, le présent comme le temps où l'ailleurs (se) passe et fait le présent de son passage, le passé enfin comme le temps où l'ailleurs a dépassé le moment de son présent (§ 6). Reprenons ces trois dispositions de la temporalité ainsi réduite. – Le *futur* de la réduction érotique consiste dans l'attente d'un ailleurs, où rien ne (se) passe. Et en effet, dans la croisée des chairs, j'attends que la chair d'autrui me donne la mienne ; ma chair m'advient d'autant plus que la chair qui me la donne se reçoit elle-même de la mienne, puisque chaque chair (se) ressent (se) ressentir à mesure que l'autre chair lève toute résistance à l'accroissement de la première – et réciproquement. L'attente n'attend pourtant rien (aucun objet, aucun étant) que son propre accomplissement, puisque l'érotisation se déploie dans l'immanence pure d'un processus sans limite externe ni borne transcendante. L'attente, n'attendant que son accroissement, peut donc durer aussi longtemps que la levée mutuelle des résistances libère la chair respective de chacun ; et en droit la non-résistance d'une chair à l'autre n'a pas à cesser après un délai objectif et calculable ; elle peut s'accroître, donc durer aussi longtemps que chaque chair peut ne pas résister à l'autre et que l'autre ne cesse pas d'avancer dans cette non-résistance – et réciproquement. Or, comme chaque chair assume ces deux fonctions, il faudrait dire que l'attente peut durer aussi longtemps que chaque chair peut *et* ne pas résister à l'autre, *et* s'y avancer pour s'en accroître d'autant ; cette avancée et ce retrait ne se contredisent que si nous revenons à l'attitude naturelle (en l'occurrence métaphysique), où la pénurie s'oppose à l'abondance ; mais dans la réduction érotique radicale, où le désir identifie en lui la pénurie et l'abondance, non seulement l'avancée et le retrait de chaque chair se recevant de l'autre ne se contredisent pas, mais ils se renforcent, se réclament et s'entre-excitent l'une l'autre. Chaque chair reçoit l'autre (se retire sans résister) d'autant plus qu'elle se reçoit (s'avance sans résistance). L'avancée et le retrait d'une chair attendent l'avancée et le retrait de l'autre aussi longtemps qu'elles peuvent (se) ressentir (se) ressentir. C'est-à-dire aussi longtemps que rien ne se passe – que le processus dure en s'accroissant, s'endurcit en croissant, bref reste un processus. Cet accroissement devrait ne jamais s'accomplir, si la finitude ne déterminait pas ma chair ; ce qu'on nomme, sans précision ni pertinence, le désir et sa montée correspond, plus que tout événement dans le monde, à la définition classique du changement – un acte sans terme, sans fin, bref l'accomplissement d'un acte en tant qu'il reste sans accomplissement. Pour que nos chairs s'érotisent à fond, il faudrait qu'elles ne cessent d'échanger leurs avancées et leurs retraits, de les entretenir et de se les entre-exciter mutuellement. Ainsi se déploie le futur du phénomène de l'amour – sans fin. En lui-même, le processus de l'érotisation de la chair jusqu'au visage ne prévoit aucun terme. Selon le futur érotique, une question apparaît dépourvue de sens – celle qui demanderait : « Quand sera-ce assez ? » ; car la juste mesure en amour doit dépasser toute mesure : à moins de trop, encore pas assez. Dans le futur érotique « Me voici ! » se dit « Viens, toi ! ».

Quant au *présent* de la réduction érotique, il s'entend comme le temps où l'ailleurs (se) passe et fait le présent de son passage. Mais comment un passage qui, en passant, disparaît nécessairement, pourrait-il pourtant *se* passer, s'accomplir assez pour laisser derrière lui un don, donner un présent ? Comment ce qui passe pourrait-il ne pas sombrer dans le passé, non seulement se donner au présent, mais donner ce présent comme un présent – un présent durable, un dense donné qui dure, quand tout disparaîtra ? Comment le présent peut-il s'affranchir de l'aporie métaphysique, où le présent par essence impose de se concentrer dans l'instant sans durée, qui (comme le point sans extension) n'existe qu'à condition de disparaître sans délai ? Et durant cet atome d'existence, ne devra-t-il pas aussi s'endurcir dans la présence subsistante, minéral mort, mais non pas chair ? Pour répondre, il faut en revenir au processus d'érotisation des chairs croisées : l'accomplissement n'y dure, on l'a vu, qu'aussi longtemps qu'il reste inaccompli ; le désir dure aussi longtemps qu'il n'en finit pas de s'accroître et donc de ne pas s'achever au présent ; il dure dans et grâce à la crainte d'en finir, de céder à sa plénitude. Il ne dure que s'il se passe, donc se dépasse et surpasse encore, sans cesser de ne pas cesser. Il lui faut toujours aller et venir, se retirer et s'avancer plus vite pour que s'accomplisse encore l'inaccomplissement. Les chairs entre-croisées ne vivent que de la contradiction de n'être qu'aussi longtemps qu'elles ne sont pas encore. Si l'accomplissement s'accomplissait, il disparaîtrait en tant que processus ; pour qu'il demeure en vie, il doit donc se retarder d'arriver. Les amants jouissent et durent, quand ils savent ne pas encore (se) ressentir (se) ressentir à fond, car le fond les arrêterait, comme un haut-fond où l'on s'échoue. Mais ils savent aussi qu'ils ne pourront éviter de s'y échouer à la fin, de se faire réciproquement échouer. Car la finitude, encore inintelligible ici (§ 27), va s'exercer, elle va préempter la mise en chair : il y aura une fin à cette course d'une chair à l'autre, à cette course à la mer, toujours recommencée. L'entretien érotique, qui consiste à ne jamais conclure, va devoir inéluctablement conclure (ce qui ne signifie pas réussir, mais s'échouer). On peut nommer cette contradiction l'orgasme. D'un coup, le mouvement de mon désir n'avance plus, il court sur son erre : il ne peut plus suivre, il lâche, il laisse partir. Comme un sprinter, ayant donné tout ce qu'il pouvait pour remonter, pour sauter son intime adversaire, son rival aimé, sent qu'il ne peut plus suivre, admet qu'il n'en peut plus et, d'un coup, explose – ainsi l'amant laisse filer, déroule, suit du regard l'autre chair qui le passe, déçu pour lui, secrètement ravi que l'autre progresse d'une plus longue avancée. L'autre chair s'extasie plus loin que lui – extasiée parce qu'elle a encore *moins* résisté que la mienne, vainqueur parce qu'elle fut assez forte pour devenir encore *plus* faible que moi. Autrui a su rester plus fidèle à sa prise de chair, donc plus abandonné à ma chair, que moi à la sienne. Autrui donc me passe – mais il ne passe pas au sens où il disparaîtrait. Car ce qu'il me rend présent, ce qu'il me donne comme un présent, bref ce dont il me fait présent consiste en l'accomplissement de sa chair plus accompli que le mien, de sa chair qui dure plus que la mienne, parce qu'elle ne s'arrête pas encore de ne pas me résister. Ce passage même, qui me dépasse, se fait présent – il se passe devant et sur moi, m'engloutit (pour que je l'éprouve) et m'épargne (pour que j'en témoigne) à la fois. Notre difficulté à dire, donc à concevoir ce passage donné au présent (ce passage du présent au présent) tient à ce que nous parlons encore le langage de la métaphysique, qui oppose présence et absence, possibilité et effectivité, alors que dans la réduction érotique ici menée à son terme, ces différences, ontiques ou ontologiques, deviennent indifférentes. Ce que nous ne pouvons dire, nous pouvons au moins le voir et le ressentir, comme le phénomène amoureux, le phénomène d'autrui en moi. Et une autre question devient absurde dans le présent érotique, celle qui demanderait : « Depuis combien de temps ? » Dans le présent érotique « Me voici ! » se dit « Je viens ! ».

Dans la réduction érotique, on entend par *passé* le temps où l'ailleurs a dépassé le moment de son présent. Au premier abord, la situation de ce passé paraît moins paradoxale que celles de l'avenir et du présent érotiques : le processus ne se dépasse plus, il trépasse et sombre dans le passé ; la croisée des chairs a touché son haut-fond. Mais la véritable question pointe ici, qui demande si cet échouage attendu équivaut à un échec révolu. Une réponse articulée à cette question reste encore, à ce stade, impossible ; elle ne viendra qu'une fois éclaircies la suspension (§ 26) et la finitude automatique (§ 27). Esquissons pourtant une réponse. L'achèvement du processus, où chaque chair se reçoit de l'autre, en tant même qu'aucune n'a ce qu'elle donne, mais le donne pourtant en tant qu'elle n'y résiste pas, reste ambivalent : l'érotisation s'achève parce que son accomplissement même la contredit, en tant qu'il s'agissait d'un processus inachevable en droit. Cette contradiction peut s'entendre pourtant de deux manières opposées, selon qu'on distingue deux modes du passé érotique, l'échouage et l'échec. Ou bien, la finitude de l'érotisation (que nous constatons sans pouvoir encore la concevoir) a simplement exercé son droit de préemption et accomplit l'inaccomplissable ; mais l'interruption de la montée des cours ne donne pas rien ; elle fait le présent d'une prise de bénéfice, finie, mais surpassant déjà toute attente – la jouissance de chaque chair de soi par l'autre. Le passé signifie alors qu'en cessant de se surpasser, le processus d'érotisation a pourtant bel et bien fait passer sur le compte de chaque chair son accès à elle-même ; chacun des amants se rapproche sinon de l'autre, du moins de sa propre chair et devient d'autant mieux lui-même. Et la finitude, qui a interrompu un processus, non seulement ne s'oppose en principe pas à la répétition d'un tel processus dans le futur, mais, en éveillant la conscience d'*échouage*, elle la suggère à nos chairs, voire la leur demande. Le processus renaîtra de lui-même, non pas infini, mais en *staccato*, par élans séparés, par efforts fragmentés, par des inaccomplissements qui finiront encore par s'accomplir, mais il se répétera, toujours le même dans ses différences à imaginer. Le passé érotique se définit alors comme une latence de la possibilité et une nécessité de répéter la croisée des chairs. Le temps durera aussi longtemps que les amants assumeront cette répétition, c'est-à-dire valideront dans leurs chairs respectives le serment qui les a fait apparaître l'un à l'autre. Ou bien, l'échouage s'avère l'*échec*, parce que la finitude ne stigmatise plus la nécessité d'une répétition, mais son impossibilité – la fin de partie. On n'entrera pas ici dans l'analyse psychologique des motifs de cet abandon, car l'abandon a ici un strict statut phénoménologique : il désigne l'impuissance d'un adonné (l'amant, une chair) à continuer de se recevoir de ce qu'il reçoit ; et quand l'adonné s'expose à un autre adonné (la croisée des chairs), l'abandon revient à dénier l'érotisation, donc à mépriser le phénomène de l'amour. Le passé n'ouvre alors à aucune répétition, mais l'interdit en proclamant révolue l'érotisation. Révolue – non pas suspendue faute de désir (plus exactement de la force pour ne pas résister dans sa chair à l'autre chair), mais faute du désir du désir. L'érotisation naît du désir, qui s'accroît de la pénurie comme de son mode propre d'abondance ; on la déclare révolue, quand la pénurie ne marque plus la surabondance du manque, quand le manque lui-même manque. Autrui me manque, mais rien ne se dépeuple pour autant. Non seulement la chair ne s'érotise plus, mais elle se rétracte ; puis la figure de l'amant s'estompe, l'*ego* se rétablit et, à la fin, la réduction érotique se dissout. Passé de répétition ou passé révolu, échouage ou échec.

Dans les deux cas du moins, une question devient absurde pour le passé érotique, celle qui demanderait : « Combien de fois ? ». Dans le passé érotique, « Me voici ! » se dit « Encore ! ».

§ 26. La suspension

Le phénomène érotique d'autrui, tel que je viens de le décrire, a en propre de cesser sans fin (sans accomplissement et à tout coup), alors qu'il ne le devrait jamais. Pour cela même, quand il cesse, il cesse plus nettement que tout autre phénomène, plus nécessairement, en tout cas plus brutalement. Tout passe, bien entendu, à la longue – les mouvements entre étants du monde, les objets subsistants, mes émotions et même mes plus durables passions. Tout passe certes, mais il y faut du temps, un travail d'érosion et d'oubli, qui occupe le deuil et tout ne disparaît pas d'un coup. Ici le processus non seulement n'atteint jamais son accomplissement (car il n'en admet aucun), mais il s'arrête sans ralentissement gradué, en disparaissant dans l'instant. La chair s'efforce bien d'étendre cet instant qu'elle n'a cessé d'attendre ; mais il ne s'agira que d'une rétention, voire déjà d'un souvenir imaginé, jamais d'une prolongation. L'orgasme n'a rien d'un sommet, d'où l'on redescendrait par paliers ; il a tout d'une falaise, qui ouvre sur le vide, où l'on tombe d'un coup.

D'un coup, il n'en reste donc rien. A défaut de saisir pourquoi, tentons d'identifier ce qui disparaît. Or, étrangement, rien de réel, aucune *chose* ne manque : l'un et l'autre, nous nous retrouvons encore là où nous étions, dans le même endroit, dans le même état ; rien n'a changé en réalité ; le monde reparaît bien en place, comme avant. Si donc quelque chose a disparu – car de fait il y eut une suspension, un arrêt –, il faut en conclure que cette chose n'en était pas une, ou du moins n'avait rien qu'on puisse décrire comme une chose réelle. Comment se peut-il ? Ainsi : ce qui apparaissait surgissait dans la réduction érotique radicalisée, durant laquelle je recevais ma chair de celle d'autrui et lui donnais la sienne ; en se croisant, nos chairs croissaient sans se confondre ; dès lors que tout s'arrête, en un accomplissement inaccompli précisément parce qu'il s'achève, ma chair cesse de s'érotiser, donc de donner une chair à autrui, qui, ne s'érotisant plus, ne me donne plus ma propre chair. Ainsi, la suspension de l'érotisation suspend aussi et d'abord la réduction qu'elle radicalisait. La chair disparaît en nous comme chair, et, refoulés hors de la réduction, nous réapparaissons comme de simples corps physiques, sans plus. La chair, à l'instant où elle se glorifie et, devenue presque immatérielle, explose en un pur éclat de lumière, redevient soudain un corps – rien qu'un corps, aussi massivement mondain que les autres qui le côtoient, que le monde qui l'enferme. On peut donc bien dire que rien de réel n'a disparu, puisque que seule a disparu la chair – qui ne relève précisément pas de la réalité, ni n'appartient au monde des choses. On pourrait même dire l'inverse : en disparaissant, la chair fait réapparaître quelque chose que la réduction avait mis entre parenthèses – le corps physique, nous-mêmes, non plus comme des amants, mais comme des étants du monde. Exclus de la réduction, nous rentrons dans le monde, dans le rang des choses, dans l'atmosphère terrestre.

Désormais, nous reconnaissons que nous sommes nus – non point parce que nous avons commis la réduction érotique, mais, au contraire, parce que nous avons cessé de la performer. La nudité qui nous recouvre indique que nous nous voyons, à nouveau et peut-être pour la première fois, comme des corps physiques perdus dans le monde ; le monde s'empare à nouveau de nous, en nous faisant endosser son uniforme, des habits de peaux. A moins que nous ne nous habillions justement pour nous masquer les corps que nous devenons malgré nous ; car nous ne pourrions jamais habiller nos chairs, de toute façon invisibles et désormais disparues ; nous recouvrons donc nos corps pour cacher à nous-mêmes et aux autres la disparition de notre chair, pour masquer la honte d'appartenir à nouveau à l'ordre des corps selon l'attitude naturelle. Le corps usurpe la chair en nous, comme un résidu de sa disparition, la cendre de ce feu. On peut donc bien parler d'une mort de la chair érotisée – non pas parce qu'elle s'érotise, mais parce qu'elle cesse de s'érotiser et meurt en tant que chair. Il faut pourtant faire une distinction : la chair d'autrui et la mienne ne disparaissent pas de la même façon.

Pour moi, en cessant l'érotisation, je ne perds pas ma chair (comment le pourrais-je, puisqu'elle me donne à moi-même ?) ; je perds en elle l'accès à une autre chair et la grâce d'y éprouver la non-résistance de ce qui (se) ressent (se) ressentir ; mais je garde l'exercice du privilège de me ressentir moi-même dès que je sens une résistance d'objet dans le monde. Dans mon cas, la fin de l'érotisation (la suspension de la mise entre parenthèses érotique) prive seulement ma chair de l'autre chair, pas de son ressentir propre du monde ; je puis même rester encore dans la situation d'amant, non plus doté de chair par la chair d'autrui, mais pourtant parfaitement en réduction radicalisée, engagé sous serment et assuré par lui. Même sans érotisation en acte, je garde une chair, voire une chair d'amant (§ 35). L'écart entre la chair et la chair érotisée répète l'écart entre la chair et le corps et ces deux écarts en tracent un troisième ; ces écarts consacrent l'indépendance de ma chair comme telle, ni corps, ni chair érotisée ; simplement, dans cette posture, je (me) ressens (me) ressentir, sans savoir pourtant d'où je reçois cette chair, qui me vient d'ailleurs ; ma chair jouit et souffre, sans voir quel don le lui permet.

Au contraire, pour la chair d'autrui, je ne peux postuler ce statut intermédiaire d'une chair ni corporéisée, ni érotisée. Car je n'accédais à sa chair que dans son érotisation par la mienne et dans l'érotisation de la mienne par la sienne ; ainsi seulement je pouvais sentir qu'en ne me résistant pas, autrui avait rang de chair, donc qu'il me sentait comme moi lui, sur le mode du (se) ressentir (se) ressentir ; sitôt que l'érotisation cesse, je perds donc le seul critère phénoménologique sérieux pour distinguer tel corps physique comme une autre chair – il ne me reste plus que des arguments probables (analogie, empathie, cohérence des comportements, langage, etc.) ; même s'ils suffisent dans les conditions courantes pour présumer le phénomène d'autrui, ils ne me le manifestent jamais en face. Surtout, dans des conditions extrêmes, ils ne permettent pas de résister aux dénis de sa chair à autrui ; on a vu que le racisme, donc aussi la mise à mort globale qu'il implique logiquement, exploite à fond la faiblesse de ces arguments probables ; il ne tient que parce qu'il exclut l'érotisation d'autrui et peut donc le nier comme tel. Sans érotisation, la chair d'autrui devient problématique, en fait inaccessible. Aussi peut-elle passer directement de sa gloire à un corps physique, même plus humain – la forme et essence divine de mes amours décomposées finit en charogne.

Avec la cessation de l'érotisation, tandis que la chair d'autrui devient douteuse, la mienne reste bornée à ce qui lui résiste (l'objet, la chose, l'espace du monde), sans (se) ressentir (dans) ce qui ne lui résisterait pas (la chair d'autrui), en sorte qu'elle se manque donc aussi elle-même. A tel point que je peux douter en général du phénomène d'autrui, dès lors que manque la réduction érotique. Qu'ai-je vu ? Ai-je même vu quoi que ce soit ? Que s'est-il passé ? S'est-il vraiment passé quelque chose ? Comme dans l'angoisse – où, une fois la vague passée, je me dis qu'après tout, ce n'était rien (certes, car c'était *le* rien) –, dans l'érotisation suspendue, je ne peux pas ne pas me dire qu'après tout, tout cela n'était pas grand-chose ; et de fait, il ne s'agissait d'aucune chose. Pas plus qu'il n'y a de vraie mémoire des rêves, parce qu'ils n'offrent nul objet stable à reconstituer, il n'y a pas de mémoire de la jouissance : elle ne laisse aucune trace que je pourrais relever, décrire ou interpréter. Ou alors, je dois n'y reconnaître qu'un pur événement, où l'incident recouvre et élimine toute substance, où l'arrivage imprévisible s'impose à un témoin submergé et où aucun concept ne peut articuler l'intuition. Cela se passe, il n'y a rien à y voir, rien à en raconter – parce qu'aucune chose, aucun étant n'y intervient, et surtout pas un corps. L'orgasme, le seul miracle, que la plus pauvre condition humaine peut à coup sûr expérimenter – car il ne requiert ni talent, ni apprentissage, mais juste un reste de naturalité –, ne laisse pourtant rien voir, rien dire et emporte tout avec lui, même son souvenir. Par quoi il n'accède pas au rang d'un phénomène saturé et reste un simple *phénomène raturé*. Sitôt que l'on prétend en dire quelque chose, on ne peut qu'en revenir au jeu des corps physiques entre eux, dont on montre alors, au mieux, les contacts contigus, les positions dans l'espace, les déplacements et les chocs ; mais ce qu'on en décrit (par les traits qu'on en trace, par la graphie) reste parfaitement étranger à la croisée des chairs ; à son invisibilité radicale, on substitue une visibilité en pleine exposition, publique et prostituée ; on la nomme donc à juste titre pornographie, simplement à cause de la tentative ici absurde d'une graphie. Comme si un corps pouvait jouir et (se) ressentir (se) ressentir – et comme si cela pouvait se voir.

Tout cela pour cela ? La croisée des chairs n'aboutirait-elle qu'à cette déception ? Non pas, car la déception ne provient pas de la croisée des chairs, mais de sa suspension, non de l'érotisation, mais de son (in) accomplissement, non de la dernière réduction, mais de son arrêt. La question consiste plutôt à concevoir désormais comment et pourquoi la croisée des chairs devait se suspendre, l'érotisation cesser, la réduction s'arrêter. Autrement dit, il s'agit de concevoir leur finitude inéluctable.

§ 27. *L'automate et la finitude*

Dans le procès de la réduction érotique, j'ai ainsi franchi, moi l'amant, deux écarts : d'abord l'écart entre le corps que je m'imaginais et ma chair, ensuite l'écart entre cette chair et son érotisation. Mais les deux écarts diffèrent. Entre ma chair et mon corps, la césure s'avère totale et nette : aucun corps n'a la propriété de la chair de (se) ressentir (se) ressentir – pas même le mien, parce qu'en fait je n'ai pas de corps, sauf par une analogie abusive avec les corps du monde ; en fait, j'ai originairement rang et statut de chair et je ne me crois un corps que si je me méconnais. Toute chair naît et meurt chair, tout corps reste corps. Mais, entre ma chair et ma chair érotisée, non seulement la frontière semble indistincte, mais elle ne cesse de s'avérer franchissable et franchie ; frontalière de sa propre érotisation, toute chair va sans cesse vers la chair d'autrui et en revient, selon qu'elle oscille entre des choses qui lui résistent et ce qui ne lui résiste pas – une autre chair. La première césure se franchit par un saut, la seconde au contraire par un processus alternatif (le va-et-vient de ma chair à l'autre chair) et graduel (il croît et s'effondre soudain). L'érotisation de ma chair reste donc provisoire, voire facultative ; elle porte la marque et la charge de la finitude, de la mienne comme de celle d'autrui. Reste à concevoir comment l'érotisation provoque la finitude et l'atteste.

Revenons à la chair érotisée ou plus exactement à ma chair sur le point de s'érotiser – de s'exciter. Je dis en effet qu'elle *s*'excite ou qu'elle *s*'érotise, non pas que je l'excite ni que je l'érotise. J'ai certes déjà constaté que mon désir reste toujours intentionnel d'autrui ; même si aucun autrui réel ne l'assiste, mon désir s'appuie toujours au moins sur un fantasme d'autrui, connu ou non (§ 24). Pourtant, autrui en sa chair ne suffit pas pour exciter ma chair : je peux poser ma chair sur celle d'autrui, en éprouver même la non-résistance, sans pour autant entrer dans le processus d'érotisation ; soit que je n'ai nulle envie d'avancer dans la chair d'autrui ; soit que je retienne cette envie, par censure, par scrupule moral, par intérêt social, ou simplement par souci d'efficacité relationnel ; l'éducation, le dressage et la volonté m'offrent des moyens de résister (au moins un temps) à la non-résistance de la chair d'autrui. En fait, je n'érotise pas plus ma chair volontairement que l'autre chair ne l'érotise obligatoirement. L'autre chair offre une condition nécessaire, mais non suffisante à mon érotisation et ma volonté exerce une simple résistance, mais ne peut seule la déclencher. Ce que confirme précisément le fait que je peux toujours (un temps du moins) résister à cette érotisation, résister à la non-résistance de la chair d'autrui envers la mienne (« Ne me touche pas ! ») ; et je n'aurais pas la liberté de lui résister, si la simple non-résistance de la chair d'autrui suffisait à érotiser la mienne, ou s'il ne dépendait que de moi-même de provoquer (ou non) ma propre érotisation. Il ne reste donc qu'une hypothèse, celle que nous indiquions d'emblée – que ma chair *s*'excite, qu'elle *s*'érotise d'elle-même.

Il reste à décrire cette spontanéité de l'érotisation, en fin de compte aussi indépendante de ma décision que de la non-résistance de la chair d'autrui. En éprouvant la chair d'autrui, plus exactement en éprouvant qu'ici et nulle part ailleurs rien ne lui résiste, qu'au contraire cela se retire pour lui permettre de s'avancer et de s'accroître, ma chair n'éprouve pas d'abord une nouvelle sensation, plus délicieuse qu'aucune autre ; en fait, elle n'éprouve rien (aucune chose) et son plaisir vient juste de ce vide, où elle s'éprouve elle-même. Pour la première fois, ma chair s'éprouve sans restriction ni limite, donc se reçoit comme telle ; elle expérimente en fait sa propre spontanéité, son autonomie et sa libre force. Elle s'excite en ce qu'elle se lâche, fonce dans l'ouverture et s'enfonce dans le premier ouvert. Elle se met en mouvement d'elle-même, marche par elle-même et provient d'elle-même. La chair d'autrui n'y contribue que par sa non-résistance, par son irréalité même et ma volonté ne peut y contribuer, elle aussi, qu'en n'y résistant pas plus, en levant les inhibitions et les censures (à tort ou à raison, peu importe ici). Ma chair, enfin livrée à son élan sans retenue, devient à strictement parler auto-motrice, bref automatique. Ma chair érotisée devient automatique, comme l'écriture du rêve. Elle commence si et quand elle le veut bien. Elle part, elle se déclenche. Ce que l'on nomme le désir, la force de ma chair s'érotisant d'elle-même, consiste à pouvoir s'enclencher – enclencher la chair sur la crémaillère de l'érotisation. Il suffit que la chair d'autrui consente à ne pas résister (mais elle se définit par cela même) et que ma volonté y consente aussi (et j'expérimente qu'elle cède presque toujours), pour que ma chair déclenche son érotisation. Ce qu'on appelle « aimer » se résume le plus souvent à céder au désir automatique de ma chair, ou de celle d'autrui. Et alors, d'un coup, « c'est parti ! ».

C'est parti – ce qui signifie que désormais ma chair n'a besoin de personne pour se recevoir de la chair d'autrui et donner sans cesse à autrui sa chair à lui. Désormais je ne contrôle plus (pas plus qu'autrui) la croisée de nos chairs, plus intimes à nous-mêmes que nos abstraites volontés, complètement obsédées par leur accroissement mutuel, accélérant automatiquement le rythme de leurs avancées sans cesse reprises et relancées. Ce rythme, nous l'avons vu (§ 25), détermine un nouvel espace et une nouvelle temporalité, étrangers au monde des choses comme à nos volontés. Si ma volonté d'aventure intervient, ou bien elle reprend vraiment la main, mais le processus disparaît immédiatement, j'anticipe la suspension et rétablis la socialisation. Ou bien elle se met au service de la chair automatique, en simple supplétif utile mais pas indispensable, au service d'une puissance déjà victorieuse, dont elle s'applique à suivre, renforcer et éventuellement orienter le mouvement autonome. Ma chair décide seule de l'enclenchement de son érotisation, de son rythme, mais surtout de sa fin. Car cette fin même atteste, plus que tout, l'automatisme de la chair érotisée : car ni moi, ni autrui comme volontés ne voulons que cela cesse ; nous voulons toujours plus recevoir chacun sa chair de la chair d'autrui ; pour autant, nous voulons aussi l'explosion finale, sans laquelle la croisée des chairs ne s'attesterait pas effectivement. Cette contradiction, que nous ne voulons pas, s'impose pourtant à nos volontés noyées, parce que l'érotisation de la chair s'y constitue ; bien plus, nos volontés désormais involontaires craignent autant d'atteindre cet instant (pourquoi finir et ne pas poursuivre une course sans fin ?), que de ne pas l'accomplir (ce qui ne dépend pas d'elles, mais de nos chairs). Ce sera fini quand la chair automatique le décidera, sans que ni moi, ni autrui ne l'aient voulu, puisque nous l'avons souhaité et retardé aussi bien, accompli sans pourtant l'avoir décidé. Je m'érotise et je jouis en m'abandonnant à l'érotisation automatique de ma chair par celle d'autrui, en ne faisant surtout rien, en laissant tout se faire en moi sans moi – et lui de même. Si j'ai agi, j'ai agi en automate – automate de ma chair automatique. Et si cela doit recommencer, nos chairs en décideront à notre place, comme la première fois : si elles le décident, quand et chaque fois qu'elles s'ébranleront.

Ainsi se fait jour la finitude de l'amant, en fait une finitude à double fond. Une finitude évidente d'abord, parce que ma chair s'érotise en moi sans moi. Sa passivité radicale (se recevoir d'une autre chair, qui ne l'a pas et pourtant la lui donne) s'excite comme une spontanéité en moi qui n'est pas moi, plus forte que mon intention, qui éventuellement la relaie et la sert, mais comme un serviteur toujours proche de la révolte, qui prend des initiatives et met devant le fait accompli. La chair qui s'érotise en lui sans lui, voire contre lui, exerce une véritable violence sur l'amant, qui ne peut commencer sans elle et doit cesser quand elle cesse. Cette emprise sur lui de la chair s'érotisant, l'amant la connaît d'autant plus, qu'il peut céder parfois à la tentation de la retourner sur autrui : il lui suffit de provoquer en lui sa chair, en la lui donnant par la sienne, même si autrui n'y consent d'abord pas ; il ne s'agit pas de violence sexuelle (une telle violence se produit dans un corps à corps spatial, où un corps veut forcer la résistance d'un autre corps, l'envahir ou le déplacer dans le monde) (§ 31), mais d'une provocation au consentement ; je tente de donner à autrui la chair qu'il ne veut pas recevoir, de le conduire à se comporter comme une chair érotisée, donc à ne pas me résister, à céder à ma propre chair de toute la sienne, alors qu'il voudrait laisser sa chair indemne de toute autre chair, ou du moins de la mienne. Le pire des viols s'accomplit sans doute lorsqu'on arrache le consentement et que l'on contraint autrui à désirer sa propre non-résistance. La douceur viole plus que la violence, parce qu'elle ne s'empare plus d'un corps, mais d'un consentement – d'une chair. Il en va en fait déjà de même entre l'amant et sa propre chair : en s'érotisant automatiquement, elle peut s'exciter et se laisser recevoir d'une autre chair même sans que l'amant y consente ; ma chair peut s'exciter de la chair d'un autre que l'autrui du serment, ou sans aucun serment du tout, voire contre mon intention, sans aucune avance, sans que j'aime, moi, le premier. Car, si je peux au moins ambitionner de décider de mon esprit (j'en ai conscience) et de mon corps (j'en use et m'en sers), ma chair qui me constitue et que je suis, je n'en décide pourtant pas, surtout quand elle s'érotise. L'*ego cogito* craint parfois qu'une faculté à lui inconnue pense en lui sans lui ; l'amant craint toujours que sa chair s'érotise sans lui ni son serment – chair vague, qui drague au hasard. Un inconscient m'habite et, indiscutable, m'occupe – ma chair qui s'excite.

Ainsi se dégage ma première finitude. Elle ne consiste pas en ma chair, qui, tant qu'elle (se) sent (se) sentir les choses du monde, se déploie indéfiniment, en tous sens et à chaque occasion, toujours partante. La finitude consiste exactement en ma chair s'érotisant à son initiative, elle-même provoquée par une chair autre, donc en moi éventuellement sans moi. La finitude ne tient pas à ma chair seule, mais à ce que ma chair s'érotise d'elle-même. La métaphysique assigne la finitude au caractère sensible de l'intuition, passive puisque purement réceptrice selon l'espace et le temps, non pas spontanée, comme une faculté intellectuelle, active ; cette thèse, correcte en tant que telle, reste pourtant superficielle, parce que dérivée. Car la passivité de notre sensibilité ne permet pas seulement ni d'abord la réceptivité des intuitions du divers dans l'espace et le temps, mais aussi la non-résistance de l'autre chair à la mienne et de la mienne à cette autre ; la réceptivité des intuitions du monde n'offre encore que l'indice d'une réceptivité plus originaire et autrement passive – celle où ma chair se reçoit de la chair d'autrui. Cette réceptivité ne renvoie pas à des corps, mais à une autre chair – et donc à la passivité sans commune mesure de ma chair s'érotisant à partir d'une autre et pour elle. Cette passivité à son tour ne se borne pas à une finitude de mes facultés de connaître (et de connaître rien d'autre que les objets du monde), simple finitude théorique ou contemplative, mais à une finitude radicale – celle où, plus intime à moi que moi, s'enclenche l'érotisation de ma chair, qui se déploie sans moi, voire contre moi, au nom d'un autrui qui m'échappe et auquel je n'échappe pas. Finitude érotique donc, qu'exerce autrui sur moi ; il me borde, me borne, parce qu'il m'aborde ; il me déborde, parce qu'il m'excite et s'excite de moi ; il me définit, parce qu'il me précède au fond de moi et m'y assigne à lui. Désormais, je ne peux même plus dire « j'aime, moi le premier ! », parce que je sais que je ne suis plus le premier, que je ne suis même plus moi-même, mais qu'originairement je suis autre que moi – je jouis autre que moi.

L'amant se découvre fini, parce que sa chair automatique l'aliène à lui-même. Pour autant, il n'en a pas encore fini avec sa finitude, qui ne provient pas seulement de l'autonomie en lui de la chair automatique (finitude relative), mais aussi des bornes de l'érotisation elle-même (finitude intrinsèque). Car la chair s'avère définitivement finie en tant même qu'elle s'excite : aussi loin qu'aille le processus d'érotisation, il arrive toujours un moment où il cesse – l'instant où la chair n'en peut plus, laisse filer, s'accomplit et suspend donc l'inaccomplissement, où elle s'accroissait. La chair ne peut s'érotiser à l'infini. Elle s'obstine à recommencer dès que possible son érotisation précisément parce que celle-ci doit toujours finir par finir. Il s'agit là d'un fait qui a force de loi : pas plus que la chair ne peut se confondre avec un corps permanent au présent, elle ne peut s'érotiser sans fin, comme en un état où durer. Il n'y a sans doute aucun sens à demander pourquoi : le fait de la finitude n'a pas de raison, puisqu'il fixe l'horizon même des raisons pensables ; du moins, puis-je distinguer ce que cette finitude intrinsèque permet et interdit, donc lui trouver un sens. Si l'érotisation devait durer sans fin, elle suspendrait le monde, son temps et son espace – la réduction érotique m'arracherait donc définitivement au monde. La suspension me retient au contraire dans le monde et m'empêche d'en sortir trop vite ; elle maintient donc une histoire ouverte pour moi et pour un autrui possible. Cette finitude ne me condamne pas à renoncer à la réduction érotique, mais seulement à la répéter sans cesse ; elle m'éduque donc à me temporaliser sans cesse selon l'érotisation de la chair, en fait selon la chair d'autrui, qui me la donne. La finitude de l'érotisation m'apprend donc, paradoxalement, à renaître sans trêve comme un amant, donc à vivre comme un homme – selon l'avance, le serment, la chair donnée et donnante. La finitude de l'érotisation m'assure la répétition à l'infini de la réduction érotique elle-même.

§ 28. Les mots pour ne rien dire

De l'érotisation, je fais donc l'expérience la plus extrême et la plus décevante en même temps. J'y reçois ma chair et à son maximum, mais elle m'échappe à l'instant même où, un instant plus tard, j'allais l'atteindre. La jouissance et la suspension coïncident presque et pourtant le minuscule écart qui les distend suffit à les opposer : j'éprouve autant la suspension que la jouissance, manquée d'un rien ; en fait, je garde le souvenir de la suspension plus, beaucoup plus que celui de la jouissance – ratée de si peu, elle succombe sous l'évidence de la suspension. Sans présent durable, le phénomène d'érotisation ne me laisse en fait aucun souvenir, ou du moins un souvenir abstrait – celui de la plus parfaite conscience, mais d'une conscience de rien ; une idée parfaitement claire, mais absolument pas distincte – un éclair, mais ni définissable ni reconnaissable, sans signe pour le reconnaître, qui donc se confond avec tout autre vide ; aussi ne peut-on que le répéter, faute de pouvoir le décrire ou le nommer. Il ne s'agit pas d'un phénomène saturé, où l'excès d'intuition appellerait un surcroît d'herméneutique et de description conceptuelles. Il s'agit d'un phénomène raturé, où le surcroît d'intuition sur le concept envahit certes tout l'horizon de manifestation, mais se retire et disparaît immédiatement, en sorte qu'il ne reste rien, sur cette plage sans vague, à expliquer, à comprendre et à mettre en évidence. De ce phénomène raturé, l'érotisation, on ne peut rien dire, rien se dire, même d'amant à amant. Les mots manquent.

Là où il n'y a rien à dire, puisqu'il n'y a rien à décrire, faut-il se taire ? La vulgate philosophique, lourdement armée de scepticisme dogmatique, n'en doute pas : là où il n'y a rien à dire, rien à prédiquer de rien, il faut se taire. D'ailleurs, ne faut-il pas se taire lorsque s'accomplit toute vraie agonie – la souffrance du sport, celles du combat, de la douleur et de la mort n'échappent-elles pas au discours et à la description ? Ne faut-il pas se taire quand on la regarde de l'extérieur et, quand on l'éprouve en première personne, ne coupe-t-elle pas la parole ? Toute grande souffrance, donc toute vraie jouissance, ne reste-t-elle pas muette, donc aussi indicible ? Peut-être pour la souffrance (bien qu'on doive rester prudent), mais sûrement pas pour ma jouissance. Car ma jouissance a besoin et droit de se dire et de se laisser dire, parce que, pour jouir, au contraire de souffrir, il me faut en effet recourir à autrui et m'adresser à lui, donc lui adresser la parole et attendre sa réponse. Car – je l'avais déjà compris (§ 25) – jouir, ce qui s'appelle jouir (s'unir à autrui pour autrui lui-même) se distingue du simple usage d'autrui (s'en servir pour soi) en ce qu'il s'agit paradoxalement d'autrui lui-même et non de moi ; ou du moins de ne plus distinguer entre ce qui relève de moi et ce qui relève d'autrui ; je jouis, parce que je ressens non simplement mon ressentir (comme quand ma chair sent un corps), mais le ressentir d'autrui (parce que ma chair s'expose à une chair autre). Je jouis donc, cela ne se discute pas plus qu'on ne peut discuter que je ne jouisse que par autrui. Ma jouissance me donne une chair, parce qu'elle provient d'une chair ; or, comme ni l'une ni l'autre ne relèvent des objets ou des étants du monde, je ne jouis pourtant de rien ; ou plutôt je jouis de rien, précisément parce que je jouis d'autrui, qui n'est rien du monde. Je n'ai donc rien à lui en dire, n'ayant de fait rien à partager avec lui, puisque nous ne nous donnons réciproquement que la possibilité de nous *extraire* du monde en devenant des chairs. Cela même – que nous n'avons rien à nous dire, car nous n'avons rien de mondain en commun – nous désigne pourtant comme d'inévitables interlocuteurs : nous nous devinons, sans visages visibles, les partenaires d'un privilège d'inexistence mondaine. Ma jouissance me dégage du monde, parce qu'elle m'engage envers autrui. Aussi, n'ayant rien à lui dire, j'ai à lui dire cette exception du rien, que j'ai reçue de lui et lui ai rendue. Je ne peux parler de rien, mais je peux lui en parler. Je ne peux même parler qu'à lui de cette exception du rien, puisque lui seul la connaît comme je la connais – chacun en jouissant de l'autre. Le fait même de n'avoir rien à lui dire m'impose de lui parler. En quoi la jouissance se distingue de toutes les agonies, qui ne concernent que moi et ne peuvent se dire à personne. En vertu précisément de ce dont je ne peux parler, je dois parler à autrui. Ainsi la réduction érotique redéfinit-elle aussi les règles du langage.

Quand je jouis, de fait je parle. Je ne dis rien sur rien, mais je m'adresse désespérément à autrui. Je ne dis que « Me voici ! », mais je l'adresse à autrui dans tous ses états, donc dans tous les miens ; au futur, je lui dis « Me voici ! » en lui demandant « Viens ! » ; au présent, je lui dis « Me voici ! » en lui annonçant « Je viens ! » ; au passé, je lui dis « Me voici ! » en le suppliant « Encore ! » (§ 25). Dans ces énoncés, évidemment je ne décris rien, je ne prédique rien de rien, je ne démontre rien de rien ; mais je m'adresse à autrui très précisément, très instamment et très intimement ; il sait exactement ce que je lui demande, annonce et accomplis ; aucun doute entre nous ; il sait que j'attends qu'il jouisse, que je vais jouir et que je veux que tout recommence ou continue ; jamais nous ne nous comprenons aussi bien, aussi rapidement, sans déperdition, sans ambiguïté et sans retenue. Nous nous parlons alors même que nous ne parlons de rien – nous nous parlons précisément parce que nous n'avons recours à aucun dit intermédiaire, qui fasse obstacle ou distraction. Seule la suspension, qui va inévitablement intervenir, nous obligera à nouveau à parler de quelque chose, d'un dit ou d'un autre, qui se fera le truchement de nos adresses mutuelles, désormais indirectes. Mais maintenant, dans le processus vers la jouissance, nous nous adressons directement l'un à l'autre – dires sans dits, paroles sur rien, à nu vers nous et nous seuls. L'adresse croît à la mesure où la prédication s'éteint.

Ne parlant d'aucune chose, ne disant jamais quelque chose, nous nous adressons l'un (à) l'autre dans ce qu'il faut bien désigner comme *la chose* – en fait la non-chose par excellence, ce que le langage prédicatif ne peut viser paradoxalement que comme *la chose* par excellence. Celle qu'on ne peut dire qu'en ne la disant pas ou en disant justement son opposé – la chose qui interrompt le cours des choses, parce qu'elle s'excepte du monde, des étants et des objets. La négation de la chose devient la seule manière de dire que nous nous parlons sans parler d'aucune chose au monde. Et cette négation n'inverse pas plus l'affirmation, qu'elle ne la répète à un niveau supérieur ; car elle s'abolit dans un mode de langage où il n'y a ni à affirmer, ni à nier, parce qu'il ne s'agit plus de prédicats ni de sujets, mais de toi et de moi – qui n'avons à nous parler que pour nous seuls, hors du monde. Non pour nous décrire, ni nous mieux connaître, ni pour nous rencontrer (comme l'imagine la belle âme), mais uniquement pour nous exciter. Se parler pour s'exciter – nous faire sortir de nous-mêmes en tant que chairs érotisées par des mots, aussi, voire surtout par des mots. Voilà à quoi nous servent nos bouches, quand elles ne se donnent pas à baiser.

Nous parlons bien pour ne rien dire, mais pourtant pas en vain : ici nul échec, nul silence, nulle solitude, puisque nous parlons pour nous exciter – nous donner mutuellement la chair que nous n'avons pas. Car le langage n'exerce pas toujours une fonction constatative, énonçant catégoriquement des états de choses. Lorsqu'il ne s'agit pas de choses, il n'y a plus rien à décrire, rien à prédiquer de rien, rien à affirmer ou à nier. Si je dis « Me voici ! », je ne dis rien qui puisse se connaître et se transmettre comme une information ; ici le pronom personnel renvoie à quiconque le prononce et ne désigne personne en particulier ; et la préposition, qui a en fait une fonction verbale (« vez ci, vois ici »), commande seulement à l'autrui occasionnellement concerné d'envisager ce *je*, lui aussi d'occasion. Si je dis ou entends « Je t'aime, moi le premier ! », je ne saurais en attendre raisonnablement la moindre vérification ou infirmation, empirique ou formelle – nul ne saurait assigner une valeur de vérité à cet énoncé, sinon celui qui le performe et qui, d'ailleurs, le premier ne peut rien garantir, sauf, dans le meilleur des cas, une intention privée, subjective, incontrôlable et toujours provisoire. Pourtant, nul ne doute que dire ou entendre « Me voici ! » ou « Je t'aime, moi le premier ! » ne fasse quelque effet, n'accomplisse un acte, ne provoque une situation de fait. Il faut donc en conclure que ces énoncés n'ont aucun rôle énonciatif, catégorique ou descriptif, mais une fonction performative : ils ne disent pas ce qu'ils décrivent, ils font ce qu'ils disent. Si je dis « Me voici ! » ou « Je t'aime, moi le premier ! », je m'annonce immédiatement comme un amant, parce que je le deviens effectivement ; même si je le dis sans le penser ni le vouloir, je performe encore ce que je dis ; car autrui me prendra toujours exactement pour ce que je performe et je lui mentirai précisément parce que ce que je dis, je le serai – je me serai déjà fait amant. L'amant fait l'amour en le disant *ex opere operato*, sans égard pour ses capacités ni même pour ses intentions. Mes déclarations – car il s'agit de déclarer ce qui n'est pas encore, non d'énoncer un état de fait déjà là – performent ce qu'elles énoncent. « Je t'aime » ou « Je ne t'aime pas », « Je crois que tu m'aimes » ou « Je ne crois pas que tu m'aimes », ou encore « Je crois que tu ne m'aimes pas », voire « Nous ne nous aimons plus » – toutes ces déclarations accomplissent de fait ce qu'elles disent et qui, avant elles, n'était pas. Encore une fois, les amants se déclarent l'amour comme on se déclare la guerre : dire aimer équivaut à le provoquer sans retour. Le langage érotique ne décrit rien, il met en scène le serment ; ou plutôt, comme cette scène ne fait rien voir, il met en branle l'érotisation, où chaque chair se reçoit de l'autre sans se posséder elle-même. Le langage permet à la chair de s'exciter – à chacun des amants de prendre chair.

On comprend dès lors que le langage érotique non seulement parle pour ne rien dire, mais dise le plus souvent n'importe quoi. L'amant s'adresse directement à l'amant dans l'intention de l'exciter et d'en recevoir sa propre chair ; les amants n'éprouvent donc nul besoin de passer par la description d'objets, d'énoncer les propriétés des étants ni de se référer à des états de choses ; ou plutôt la réduction érotique les en dispense et même les en détourne radicalement. Un amour commence quand chacun parle à autrui d'autrui lui-même et lui seul, et de rien d'autre ; et il finit quand nous éprouvons à nouveau le besoin de parler d'autre chose que d'autrui – bref de faire la conversation. Les amants se parlent uniquement pour se provoquer à l'érotisation ; seuls au monde, plus précisément seuls hors du monde, ils n'usent des mots que pour s'exciter, jamais pour connaître ou décrire quoi que ce soit. Ils libèrent ainsi leurs mots de toute obligation envers le monde et d'abord du devoir de le connaître. Bien plus, ils n'usent de ces mots que pour se libérer eux-mêmes du monde par sa mise en réduction érotique et ainsi accéder à leurs chairs respectives. Par définition, leur langage s'affranchit du monde et les en affranchit (et sans doute, la réduction érotique a partie liée avec la poésie, en sorte que toute poésie, dans son fond, proviendrait de l'érotique et y reconduirait). Les amants parlent donc sans rien dire pour accomplir la réduction érotique à fond ; ils privilégient donc évidemment les lexiques qui décrivent le moins les étants, voire qui ne peuvent en dire aucun ; et il se trouve que ces mêmes lexiques disposent plus que les autres à performer l'érotisation. Moins je dis quoi que ce soit, plus je donne sa chair à autrui ; moins tu me parles d'objets, plus tu me donnes ma chair ; toi et moi nous donnons nos chairs en ne parlant que pour qu'elles s'excitent. La parole érotique provoque donc un langage transgressif – parce qu'il transgresse l'objectivité, nous transporte hors du monde et transgresse aussi par simple conséquence les conditions sociales (la décence de la conversation) et les finalités publiques (l'évidence du savoir) du langage mondain.

Ces transgressions privilégient donc des lexiques marginaux, excentriques, voire insensés, qui ne disent et ne décrivent rien et ainsi permettent à la chair de s'exciter en parlant. D'abord, bien sûr, le langage dit obscène, celui qui réduit l'un et l'autre à leurs organes sexuels et ne le nomme que par leurs noms ; car, prenant ainsi la partie pour le tout, désignant autrui par son sexe (ou n'importe quel autre organe, comme dans la poésie des blasons du corps humain), je n'en dis, je n'en décris rien, je n'en vois même rien, puisqu'un sexe reste abstraitement un sexe, indistinct de tout autre ; donc, sous ces mots obscènes, je me borne à invoquer purement autrui, à le provoquer, à le susciter ; bref, je lui donne sa chair nue en lui demandant la mienne. Le penchant aussi à nommer ces organes sexuels le plus trivialement possible n'a rien d'insensé ni de déplacé : il s'agit, très intelligemment et très sagement, d'arracher ces organes à leur statut d'objets mondains (à leurs noms médicaux, physiologiques et biologiques, aux litotes qui les rendent socialement acceptables, bref à leur neutralité non érotique), de les rendre définitivement immondes – c'est-à-dire non pas tant impurs qu'hors du monde, en sorte de les faire apparaître comme une chair pure et simple. Ainsi, ma parole, descriptivement nulle, devient purement performative – performative de la performance de l'autre chair.

Ensuite il s'agit du lexique en apparence le plus opposé, celui des mots puérils, de ces mots que disent ceux qui ne savent pas encore parler correctement ; car les enfants, qui ne disent d'abord que leurs affections et leurs passions, leurs désirs et leurs besoins, usent spontanément d'un langage affranchi de toutes ses fonctions descriptives, énonciatrices et cognitives ; ils ne savent d'abord que parler pour ne rien dire (rien du monde), sinon leur chair ; que cette chair déjà s'érotise ou non, peu importe ici, pourvu que le langage enfantin lui obéisse et s'y conforme. Les amants peuvent donc s'adresser l'un à l'autre aussi bien et alternativement avec des mots obscènes et des mots puérils. Rien de plus cohérent et pertinent, puisque dans les deux cas, leur langage atteint directement la chair sans intermédiaire mondain et donc leur permet de s'exciter.

Enfin, un troisième lexique intervient, lui aussi en apparente contradiction avec les deux premiers. Avant de l'identifier, qu'on garde à l'esprit que l'érotisation se déploie comme un processus qui ne devrait, comme tel, jamais toucher à sa fin – accomplissement sans accomplissement, accroissement réciproque des deux chairs, qui se relancent mutuellement d'un excès à l'autre, à l'infini. La parole érotique provoque l'excès et ne veut dire que cet excès même – à savoir que tout accomplissement doit devenir un nouveau commencement. Elle doit donc inévitablement emprunter les mots de la théologie mystique, qui, elle aussi et la première, dit et provoque l'excès – et l'excès de l'union, donc de la distance. Tout de même, le processus d'érotisation ne dure qu'aussi longtemps qu'il dit « encore ! ». Mais que signifie « encore ! » ? Je ne peux dire (et entendre) « Me voici ! », qu'en entendant (et disant) aussi « Viens ! », à savoir, à la lettre, le dernier mot de la Révélation et donc de la théologie mystique qui s'y enracine. Il faut en conclure que la parole érotique ne peut pas plus se performer sans le langage de l'union spirituelle de l'homme à Dieu, qu'elle ne peut faire l'économie des deux autres lexiques – l'obscène et l'enfantin.

Ces trois lexiques supportent à titre égal et indissolublement la parole érotique. On peut s'en étonner, mais guère le contester. On n'objectera pas qu'ils diffèrent trop pour convenir ensemble et qu'il y a de l'inconvenance à les mêler. Cette inconvenance ne provient en effet que de l'incompatibilité – supposée – des objets auxquels la philosophie et l'attitude naturelle les réfèrent : disproportion entre l'obscénité (supposée immonde) et l'enfance (supposée innocente), entre l'obscénité et l'enfance (supposées imparfaites) et la divinité (supposée parfaite). Mais qui ne remarque aussitôt que cette disproportion et cette inconvenance dépendent seulement des objets et de leurs rangs dans le monde, donc présupposent encore un usage descriptif et cognitif du langage ? Or la réduction érotique excepte les amants du monde et son langage n'énonce rien, mais il performe l'érotisation de la chair ; les mots n'y disent donc plus rien d'étant ni d'objectif et ils ne le doivent pas ; en sorte que les hiérarchies mondaines n'importent plus à la parole érotique, qui peut librement emprunter tous les mots, sans faire acception de leurs significations mondaines, pourvu qu'ils excitent autrui à me donner ma chair et moi à lui donner la sienne. La chair reste l'unique référent de tous les lexiques qu'emploie la parole érotique. Qu'importe la signification, le sens ou la référence mondaine des mots, dès lors qu'il s'agit de performer l'érotisation et la réduction érotique. On pourrait même aller plus loin : non seulement les trois lexiques ne se contredisent pas, mais ils s'articulent par analogie aux trois voies de la théologie mystique. Le lexique de l'obscénité correspondrait ainsi à la voie affirmative – où j'attribue à autrui ce que je peux lui dire de plus net, de plus positif, de plus brutal au risque de le pétrifier. Le lexique de la puérilité correspondrait éventuellement à la voie négative – où je rature en autrui toute caractéristique fixe, définissable et assignable au risque de le diluer. Et le lexique théologique correspondrait presque à la voie hyperbolique, où je ne vise autrui que par le processus d'excès sans cesse repris et d'accomplissement sans accomplissement, au risque de ne jamais le comprendre, sauf à comprendre que cette incompréhension seule convient.

Ainsi l'amant a pris chair, parce qu'il l'a reçue d'autrui, qui la lui donne sans l'avoir. Le phénomène d'autrui apparaît dans la lumière blanche de l'érotisation. Mais, dans sa finitude, il disparaît aussitôt. Il faut tout recommencer.

Du mensonge et de la véracité

§ 29. La personne naturalisée

Le phénomène d'autrui apparaît dans la lumière blanche de l'érotisation. Mais cette lumière s'éteint inéluctablement dans le moment même de son éclat et autrui disparaît donc dans son apparition même. Certes, nous pouvons recommencer et nous allons nous remettre à la besogne. Mais il faudra précisément tout reprendre depuis le début, de zéro, sans rien présupposer, en soupçonnant même que rien n'a été acquis. Fichés l'un dans l'autre, sans cesse à recommencer, nous labourons la mer. L'érotisation implique une finitude radicale, qui nous inscrit dans une facticité irrécupérable – celle d'un processus à la fois puissant (plus que moi) et enclenché automatiquement (sans moi), voire involontairement (malgré moi), mais qui dure moins longtemps que moi (l'amant et son serment). Si l'on ignore ou sous-estime ce paradoxe – comme le font les doctrines unilatérales du désir, de la pulsion, de l'instinct, etc. –, non seulement on manque l'écart rémanent entre l'amant et son érotisation, mais surtout on sombre dans une interprétation psychologique et morale. Or il s'agit d'une différence formelle, relevant de l'architectonique de la réduction érotique : l'amant, dont l'avance s'accomplit dans le serment, veut l'infini (« une fois pour toutes » et que cela dure sans cesse, § 21), tandis que l'érotisation des chairs croisées reste par principe finie (§ 26). La liturgie même, où autrui me donne ma chair (et m'individualise) et moi la sienne (donc l'individualise aussi), doit finir par s'arrêter sans laisser de trace ni fixer de sens. Elle donne et puis reprend ; elle suspend ce qu'elle accomplit en l'accomplissant justement ; elle referme ce qu'elle ouvre. Cet écart se marque d'abord selon le temps : aussi longtemps que dure le processus d'érotisation, autrui m'individualise bien en me donnant ma chair et réciproquement ; mais, sitôt la suspension intervenue, rien n'en reste et tout le phénomène charnel d'autrui disparaît. Dès lors, l'écart temporel se fige comme une frontière spatiale entre ma chair, qui redevient un corps pour autrui, et la sienne, qui redevient un corps pour moi. D'où ce qu'on appellera la *suspicion*, par quoi je me demande si après tout l'érotisation de la chair a bien eu lieu, puisqu'elle a disparu sans trace, ou si, à supposer qu'elle ait eu lieu, elle a changé quoi que ce soit entre autrui et moi, puisque tout semble exactement comme avant. La suspicion dérive directement de la finitude temporelle de l'érotisation – je ne peux donc pas plus lui échapper que je ne peux me soustraire à ma chair.

Les conséquences du paradoxe de l'érotisation risquent de peser si lourd qu'il importe d'en éclairer à fond la contradiction initiale. La suspicion surgit d'abord de la finitude de l'érotisation de ma chair, plus exactement de la temporalité de cette finitude : encore une fois, je bute sur le fait que le processus d'érotisation doit cesser, qu'il ne peut durer, même si je le veux. On notera que cette interruption inévitable interdit aussi d'assimiler l'érotisation à une des fonctions physiologiques vitales (qui, elles, ne s'interrompent jamais, comme la respiration ou le battement cardiaque) ; voire à d'autres fonctions physiologiques, elles aussi temporaires et à répéter, mais qui répondent à des besoins biologiques irrépressibles (nul ne peut longtemps vivre sans boire, manger ou dormir). Car l'érotisation n'a rien d'obligatoire, ni de permanent, ni de nécessitant et l'expérience prouve qu'on peut s'en dispenser de longs temps, voire complètement, sans mourir, au contraire. La suspension n'interrompt d'ailleurs pas seulement le processus d'érotisation, elle en définit le cours – sinon, comment comprendre les inquiétudes, puériles mais obsessionnelles, sur la trop grande rapidité de l'orgasme ou, à l'inverse, la difficulté à y parvenir ? La suspension n'interrompt pas tant l'érotisation, qu'elle n'en atteste la contingence – l'érotisation ne dure pas, parce qu'il lui appartient, en tant que telle, de pouvoir ne pas se produire. En stoppant net, l'érotisation s'avère facultative et superficielle – sa puissance et sa violence soudain dissipées ne font que renforcer la déception. En se finissant, l'érotisation trace bien une frontière entre un avant et un après ; mais le vide final jette surtout une irrémédiable suspicion sur l'effectivité du commencement ; entre les deux, s'évanouit la manifestation d'autrui en personne, donc aussi la jouissance de ma propre individualité que j'en recevais. Car, une fois l'érotisation suspendue (§ 26), la chair d'autrui disparaît comme ce qui me donnait la mienne ; dans cet après-coup, ma chair n'éprouve plus la miraculeuse non-résistance de la chair d'un autrui, mais la résistance retrouvée d'un (autre) corps. Non seulement la chair d'autrui se retire, mais je soupçonne qu'en réalité il n'y a jamais eu d'autre chair, mais qu'un autre corps.

La suspicion va même plus loin. Car, si l'orgasme, ce phénomène raturé, ne montre rien, ne laisse aucune mémoire et ne laisse rien à dire (§ 28), comment pourrait-il me donner accès à autrui en personne ? Le même orgasme, toujours sans contenu explicitable, convient en droit à toute personne possible, puisqu'il n'en manifeste aucune en particulier. Indescriptible et instantanée, la jouissance reste abstraite, donc anonyme ; elle ne porte, en tant que telle, sur personne. Cette impersonnalité, deux arguments la confirment, en forme de questions d'ailleurs sinistres. D'abord, autrui jouit-il en même temps et du même plaisir que moi ? Je sais très bien que ma seule érotisation ne m'en apprendra jamais rien et qu'il faudra m'en tenir à sa parole, donc en fait à ma confiance en la sienne, qui repose à son tour, en dernière analyse, sur le serment ; j'en suis donc reconduit, pour juger de la jouissance d'autrui, à dépasser l'érotisation. Ensuite, à supposer que nous partagions réellement le même orgasme, cela suffit-il à nous ouvrir un accès l'un à l'autre ? Si sa parole ne le confirme pas, si la mienne ne le lui avoue pas, l'érotisation seule n'y pourra rien ; et même nos deux paroles croisées ne pourront rien, si elles ne ratifient pas le serment, qui s'avère ainsi plus originaire que l'érotisation. L'intuition de l'érotisation permet bien à nos chairs de se croiser, mais pas de nous rencontrer chacun en personne – il y faut rien moins que la signification du serment (§ 21). Donc nul d'entre nous deux ne jouit en personne, ni de personne d'autre en personne. Le phénomène raturé ne va pas jusque-là : entre la chair érotisée et la personne, l'écart reste.

Dès lors, je mesure mieux quelle menace comporte l'automaticité de ma chair érotisée – son pouvoir de s'exciter d'elle-même en moi et, par suite, de m'exciter sans moi, voire malgré moi. Ce pouvoir, je ne le subis d'ailleurs pas toujours ; je l'exerce aussi, lorsque je tente de donner sa chair érotisée à autrui malgré lui, contre sa volonté – don pervers, pire qu'un viol, puisque je lui arracherai même le consentement à ma prise de contrôle sur lui. Donc, l'érotisation de la chair n'atteint pas toujours, ni même nécessairement autrui en personne, ni moi non plus – elle peut nous subjuguer l'un et l'autre contre notre désir, en fait contre notre vouloir ; mais, si la chair peut s'érotiser contre la volonté et si aucune personne ne peut se concevoir sans une volonté libre (cela nous le savons au moins négativement), il faut conclure que l'érotisation n'atteint jamais la personne. L'érotisation ne fait pas acception des personnes, mais par défaut et impuissance elle n'y fait pas de différence, parce qu'elle n'en voit jamais aucune, parce qu'elle ne met jamais personne en jeu. Cette conclusion en entraîne une autre, négative elle aussi. Si, d'une part, la finitude de l'érotisation fait qu'elle doit s'arrêter, donc, dans le meilleur des cas, qu'elle peut recommencer, comme, d'autre part, elle n'atteint jamais personne en personne, mais en reste au pur anonymat d'un autrui en général, nous n'avons donc aucune raison d'exclure que la répétabilité aboutisse finalement à la *substitution* d'un autrui à un autre. Si l'érotisation n'atteint jamais personne en première personne, n'importe qui peut y faire l'affaire ; ou du moins, on ne saurait exclure personne de cette affaire. Et de fait les choses se passent ainsi dans l'immense majorité des cas : la finitude permet, voire semble réclamer une démultiplication indéfinie des autruis requis par mon érotisation sans cesse à recommencer ; ainsi clonés (et encore clones d'aucun original, puisque toute personnalité leur manque), ces autruis se réduisent désormais à l'humiliante fonction de simples « partenaires », jetés dans l'érotisation, mais, paradoxalement, rejetés hors de la réduction érotique, où ils redeviennent de simples objets, instruments dont j'use pour m'exciter la chair. Dès lors que l'érotisation n'atteint jamais la personne ou du moins ne peut jamais le prétendre ni l'assurer, personne n'apparaît plus indispensable. Pourtant l'érotisation prolifère d'autant mieux que, dans ce désert, plus personne ne la fixe.

Ainsi, la finitude d'abord temporelle (suspension), puis formelle (suspicion) fait-elle échouer l'érotisation au large de la personne (substitution). Je reçois bien d'autrui ma chair et je lui donne bien la sienne, mais l'éclair blanc de l'orgasme nous estompe l'un dans l'autre, nous brouille l'un avec l'autre et finalement personne n'apparaît. Par personne, j'entends ici, en un sens négatif, ce cœur d'autrui, quel qu'il soit, dont la disparition m'interdirait radicalement de l'aimer. Ou positivement dit, la dernière individuation possible (l'*haecceitas* des philosophes), non plus définie par la forme ou la matière, le nombre ou la quantité, bref par le monde et la nature, mais par la pure visée de l'amant en réduction érotique. Ou encore, la personne a pour fonction d'éviter qu'autrui ne se réduise à un simple rôle dans l'érotisation, donc d'en exiger l'insubstituabilité – par où la personne n'équivaut justement pas à la *persona*, le masque et le rôle de théâtre. Il faut conclure que l'érotisation neutralise la personne, la replace sous le joug du monde et la ravale à l'anonymat de l'orgasme, bref la naturalise. Naturaliser signifie en effet embaumer un cadavre, pour qu'il se conserve comme un objet et donne l'illusion de rester là en personne, alors qu'il appartient à la mort. Naturaliser la personne postule ainsi de creuser l'écart entre l'apparence d'une personne et cette personne même – ce qui permet d'ouvrir le lieu du mensonge érotique. Désormais, il ne s'agit plus seulement de la suspension de la chair érotisée et de son retour au corps (§ 26), mais, plus radicalement, de la suspicion rétrospective qu'au sein de l'érotisation je n'y jouissais en fait de personne en particulier (quoique toujours d'une personne en général). Et si, me demandé-je, dans l'érotisation même, personne ne m'apparaissait jamais en personne ?

D'auxiliaire érotique, la chair devient un intermédiaire entre moi et autrui, puis un écran entre nous, faute de personne. D'où une suspicion proprement érotique, qui agrandit les écarts entre autrui et sa chair, entre ma chair et ma personne et finalement entre les amants. Cette suspicion n'attaque pas seulement la certitude, elle se dresse contre l'assurance elle-même (§ 3) ; il ne s'agit pas d'un doute (épistémique, sur des objets), mais bien d'une *suspicion* (érotique, sur autrui). Désormais, je soupçonne que, malgré la réduction érotique radicalisée ou plutôt à cause d'elle, il se pourrait que je n'y aime pas en personne, puisque je peux recevoir ma chair *malgré* moi ; donc qu'autrui n'y joue pas en personne non plus, puisqu'il peut, lui aussi, faire recevoir sa chair à autrui *malgré* celui-ci (je le sais – souvent je la lui impose !). Désormais, l'érotisation, au lieu de renforcer le serment, s'y substitue et le disqualifie, puisqu'elle compromet la possibilité pour chacun des amants de dire « Me voici ! » – puisqu'aucun ne joue plus en personne, ni ne manifeste sa personne. La réduction érotique se défait d'une défaite inéluctable, parce qu'elle résulte de sa radicalisation même. La faute n'en revient à personne – personne n'a fauté : il s'agit précisément d'un défaut de personne. L'aporie tient à la finitude même de la réduction érotique : l'érotisation finit par finir, et – voilà l'horreur – on n'en meurt pas. On ne meurt pas d'amour – voilà l'horreur. On refait l'amour comme on « refait sa vie » – voilà l'horreur. Si nous survivons à la fin de l'érotisation – alors l'amour n'a pas rang d'absolu.

§ 30. L'écart et la déception

Ce désastre, je ne puis le surmonter pour l'instant, mais il me reste la possibilité de le décrire. Il s'agit en effet d'un désastre et pas seulement, ni d'abord d'une défaillance contingente. Avant toute considération morale ou psychologique, il faut y reconnaître une aporie de principe, qui nous empêche : si nous restons à l'écart l'un de l'autre, si je ne parviens pas plus à me manifester en personne à autrui, ni lui à moi, cela ne résulte pas d'une volonté mauvaise ou faible, mais d'un écart plus originel – l'écart de chacun de nous avec soi-même. Car ma chair érotisée reste à l'écart de moi-même en personne, comme la sienne de sa personne. Chacun de nous doit rester, qu'il le veuille ou non, en retrait de la personne de l'autre, parce que d'abord sa chair érotisée le tient en retrait de sa propre personne. Et je connais bien cette impossibilité, qui tient à ma finitude même ; d'une part, je m'identifie à et par ma chair, qui m'individualise en dernière instance (§ 22) ; d'autre part, ma chair, quand elle s'érotise au contact d'une autre chair, s'enclenche automatiquement (§ 27), jusqu'à ce que le processus se suspende de lui-même (§ 26) – elle échappe donc à double titre à ma décision et à ma volonté ; or toute personne comprend la volonté libre (ou du moins la volonté d'agir comme si elle jouissait de liberté, § 19) ; donc la chair érotisée et finie contredit la personne en moi. Si une personne doit pouvoir se toujours résoudre à... pour s'atteindre résolument elle-même, alors l'érotisation de ma chair hypothèque mon propre accès à la personne en moi. Manquant de résolution, j'entre en suspicion à propos de ma propre chair. Et si autrui vient à me faire défaut, comment pourrais-je sérieusement lui en faire grief, puisque moi, le premier, je m'échappe à moi-même en dissipant ma propre personne dans ma chair érotisée ?

Puis-je même parler ici d'un mensonge ? Non sans doute, sauf si l'on admet qu'il s'agit de mon mensonge d'abord envers moi-même et non pas envers autrui. Non sans doute, sauf à reconnaître qu'il s'agit d'un mensonge formel en un sens extra-moral : je ne (me) mens pas en un sens moral, parce qu'il ne dépend pas de moi de ne pas (me) mentir, ou plus exactement d'abolir l'écart entre ma chair érotisée et ma personne inaccessible. Abolir cet écart, je n'en ai radicalement pas la possibilité ; ma finitude érotique s'impose comme l'impossibilité phénoménologique d'accomplir en personne le *moi* qui dirait en vérité « Me voici ! ». Une fois encore, l'inauthenticité précède originairement l'authenticité ou – ce qui revient au même en réduction érotique – le mensonge (au sens extra-moral) précède et détermine la véracité. Notons en effet que l'alternative érotique entre mensonge et véracité se substitue au couple métaphysique de la vérité avec la fausseté. Avec cette autre différence que désormais l'ordre de préséance s'inverse : loin que la vérité manifeste aussi la fausseté en se manifestant d'abord elle-même (*veritas index sui et falsi*), ici le mensonge s'offre d'emblée en pleine intelligibilité (suivant la contradiction entre la chair automatique et la volonté de la personne), tandis que la véracité ne se comprend que par dérivation, tant elle reste le plus souvent problématique. Problématique, la véracité le semble à tout le moins, puisqu'elle implique l'authenticité, donc une transparence pure de soi à soi (certes pour autrui, mais d'abord pour moi), que compromet par principe l'érotisation automatique de la chair. Qui peut prétendre avoir expérimenté (ne disons pas avoir vu) dans la lumière blanche de l'orgasme telle personne insubstituable comme telle ? Qui peut (s')assurer qu'une personne s'y distingue comme telle et s'y manifeste dans son individualité ? Puis-je moi-même prétendre que je m'y manifeste comme tel dans l'évidence de mon individuation dernière ? Personne sans doute ne peut *ici* prétendre au statut de personne. Au contraire, j'ai toujours, ne fût-ce qu'un instant, même dans les plus grands éclats, éprouvé l'écart résiduel et désespérant d'autrui à moi, simple réplique d'un écart plus atroce – celui de ma propre chair à ma propre personne. J'attends les démentis.

Il faut en conclure non seulement que le mensonge doit se décrire le premier, parce qu'il se conçoit seul, tandis que la véracité reste problématique donc peu descriptible, mais que le mensonge atteste plus d'honnêteté qu'elle. En effet, la véracité veut nous faire illusion comme elle se fait illusion à elle-même, lorsqu'elle prétend ne pas mentir en disant « Me voici ! », plus communément « Je t'aime ! », alors qu'elle sait (ou pressent) qu'érotiquement personne ne peut l'accomplir – justement parce que seule une personne le pourrait, alors que nulle chair érotisée n'accède à la personne. Si la véracité voulait mériter son nom, elle ne prétendrait pas « Je dis "Je t'aime !", je suis sincère, je me manifeste en personne » ; elle reconnaîtrait à l'inverse que, même avec la meilleure intention du monde, érotiquement je ne me manifeste jamais en personne, parce que la personne échappe à l'érotisation automatique de ma chair. La véracité ne deviendrait crédible qu'en *ne* prétendant *pas* s'autoriser de sa sincérité intime pour dire une vérité inaccessible, mais en jouant honnêtement à qui ment gagne, en sorte de retrouver ainsi un sol phénoménologiquement solide – celui d'une inauthenticité de départ, où je me sais originellement à l'écart de moi-même. Il faut tirer de ce paradoxe une conclusion imparable : l'amant, qui se connaît comme amant et surtout en situation d'érotisation, ne devrait jamais prétendre dire « Je t'aime ! », ni « Me voici ! », puisqu'il sait son écart d'avec lui-même. L'amant devrait seulement dire « Je t'aimerai encore – après ! » (§ 19). Sa véracité outrepasse, et de loin, la sincérité, toujours suspecte.

Sur fond d'une telle détermination extra-morale de l'écart entre personne et érotisation, je peux maintenant examiner la conduite immorale qui choisit de mentir au sens moral, d'user de la possibilité de tromper. Que s'y passe-t-il et de quel droit peut-on la condamner moralement ? Il faudra distinguer, mais dans tous les cas il s'agira de la même tromperie : prétendre, en donnant à l'autre sa chair, lui donner aussi ma personne ; il s'agira, à strictement parler, d'une tromperie sur la personne.

Dans le premier cas, aucun mystère : on drague vite fait, bien fait, avec le moins possible de phrases ou de préliminaires, sans même un semblant de serment ; « Me voici ! » se réduit à « On y va ? » (voire « Où va-t-on ? ») ; en principe, chacun dit y trouver son compte, mais en vérité il faut évidemment payer le prix de l'érotisation ainsi réduite à elle-même : renoncer à atteindre la moindre personne d'autrui, donc d'abord renoncer à se manifester soi-même en personne. Dans cette double dépersonnalisation, non seulement je n'ai plus affaire qu'à des « partenaires » équivalents, indifférents et sans suite, mais moi-même je ne leur suis non plus qu'un « partenaire » de plus, sans nom ni sens. L'indifférence, qui enfouit autrui dans la brume de l'anonymat, me retient en deçà de moi-même. Le mensonge consiste ici à ne même pas prétendre souhaiter accéder au phénomène d'autrui ni donc à soi-même. Avec la *drague*, la croisée des chairs s'inverse : elle ne sert plus qu'à nous interdire le statut d'amants, à nous séparer l'un de l'autre, à m'isoler. Non, même pas à m'isoler, car la solitude implique encore l'individuation, tandis que l'équivalence des « partenaires », qui me les rend indifférents, me rend aussi anonyme. Je n'ai même plus les moyens de rester seul, puisque je ne suis plus personne.

Plus souvent, une autre situation s'offre à moi : la séduction courante, où reste un petit mystère, la prétention du moins à un petit secret : je veux convaincre autrui, donc d'abord moi-même, que nous pourrions bien, peut-être, un jour, pourquoi pas ? finir par esquisser un serment. En fait, je ne crois pas du tout que je puisse jamais aller jusque-là (et cela me garantit contre le risque de me prendre au jeu, donc m'entraîne à pousser l'affaire plus avant), mais je tente de le faire accroire à l'autre, pour qu'il s'abandonne à ce que je ne lui donnerai jamais (moi, en personne), mais qu'il me donne ce que j'en attends sans plus – ma propre chair. Dans le *baratin* (comme on le nomme), nous parlons tous deux de mauvaise foi ; moi d'abord, car je prétends esquisser un serment alors que je veux l'érotisation sans serment ; autrui ensuite, car il le sait parfaitement, mais prétend ne pas soupçonner mon mensonge. Cette mauvaise foi peut prendre deux figures distinctes, mais qui convergent. Ou bien autrui veut la même chose que moi (sa chair sans le serment) et me ment en retour ; ce mensonge partagé, honnête pour ainsi dire, nous reconduit au cas précédent – la drague fraîche et joyeuse, comme toutes les sales guerres qui n'en finissent pas. Ou bien l'un des deux, pour simplifier disons autrui, devine le mensonge, mais préfère en courir le risque ; non qu'il m'aime par avance en amant véridique, mais simplement parce qu'il préfère recevoir sa chair érotisée de moi, même sans serment, suivant le principe de bon sens qu'il vaut mieux quelque chose que rien ; autrui se ment ainsi à lui-même en se dissimulant mon mensonge, pourtant assez visible ; il fait sienne ma mauvaise foi et ratifie notre commune renonciation à nous dire « Me voici ! » et à nous risquer en personne. Par une conséquence logique, il recevra bien sa chair érotisée, mais sans personne pour la lui donner, ni (lui-même comme) personne pour la recevoir. L'immoralité du baratin tient donc d'abord à mon mensonge (faire accroire que je me manifeste en personne et veux voir une personne, alors que je ne désire qu'augmenter ma propre chair sans rien devoir à personne) ; ensuite au mensonge (implicite ou explicite) d'autrui, qui ratifie le mien. Sous ces deux formes, le mensonge consiste ici à nous prétendre les amants, que nous ne voulons surtout pas devenir. Dans le baratin, nous devenons des amants de vaudeville, autrement dit en régime de réduction érotique, des apparences d'amants, des mensonges d'amants.

Mais cette figure (le baratin) suggère une nouvelle possibilité, capitale sans doute : si le mensonge consiste à tenter de recevoir sa chair sans se mettre soi-même en jeu comme personne (par serment), comme, par ailleurs, je ne peux guère recevoir correctement ma chair d'autrui sans lui donner simultanément la sienne, faudrait-il en conclure que je ne puis véritablement donner à autrui sa chair, que si je me mets en jeu vraiment en personne ? La véracité ne conduirait-elle pas alors à inverser le rapport entre le serment et l'érotisation ? Au lieu de seulement supposer que le serment doive se renforcer par l'érotisation, voire s'y résoudre (comme nous l'avons admis jusqu'ici, § 22-24), ne devrait-on pas aussi considérer la possibilité inverse ? La possibilité que l'érotisation ne parvienne à accomplir *vraiment* la croisée des chairs (à savoir que chacun donne à autrui la chair qu'il n'a pas et réciproquement), que si chacun la donne et la reçoit en personne (sans voler la mienne en refusant la sienne à autrui) et donc sous la condition de la *véracité* du serment. Dans cette hypothèse, le serment poserait la condition d'accomplissement de la croisée des chairs, parce qu'il la précéderait, s'en libérerait et pourrait aller plus loin qu'elle – en suspendre la suspension. Mais alors, le serment pourrait-il déployer l'érotisation à sa guise et à sa volonté – une érotisation libre (§ 35) ?

Vient ensuite le cas d'un mensonge pur, radical et dangereux, l'*infidélité*. Le plus pur, parce qu'ici, pour la première fois, j'ai à mentir en paroles à quelqu'un explicitement, ouvertement et donc sincèrement. Sincèrement, car le menteur finit toujours par devoir convaincre quelqu'un qu'il ne ment pas, en lui disant justement face à face, les yeux dans les yeux, aussi sincèrement que possible « Je te dis la vérité » ; d'ailleurs un menteur véritable se reconnaît le plus souvent à ce qu'il sait mentir ; et savoir mentir consiste à savoir dire « Tu sais bien que je ne sais pas mentir » ou « Fais-moi confiance ». Dans les cas précédents (la drague et le baratin), le mensonge n'exigeait rien de tel, il suffisait de ne rien dire pour l'avoir déjà parfaitement perpétré ; ici, il faut sans cesse le faire, le continuer et le confirmer. Une fois encore la sincérité s'entend parfaitement au mensonge (ou avec lui) et s'oppose absolument à la véracité.

Le mensonge le plus radical aussi : je ne redouble pas seulement une de mes intentions par une autre, par exemple l'intention apparente et mensongère (la prétention au serment) par l'intention effective (le désir de voler ma chair) ; ici, je redouble une personne, celle que je continue à prétendre aimer en public, par une autre, celle que je prétends commencer à aimer en privé. En fait, je ne redouble pas l'une par l'autre, comme si elles s'additionnaient pour m'en donner deux pour le prix d'une, avec en plus l'embarras du choix ; je ne les redouble pas tant que je ne double l'une avec l'autre, au sens où « doubler » signifie « trahir » ; en fait je trahis l'une par l'autre, comme un agent double trahit des deux côtés et l'un par l'autre. Cet autrui que je prétends aimer en public, je ne l'aime pas, parce que je ne veux ni l'atteindre en personne, ni me manifester en personne devant lui. Quant à celui que je prétends aimer en privé, je ne l'aime pas à fond, parce que je ne le peux pas : comme je dois me réserver pour l'autre mensonge, je ne puis m'avancer en personne sans réserve, donc je ne me manifeste pas comme tel et je mens encore ; ce défaut de véracité m'interdit d'exiger d'autrui qu'il s'avance, lui, en personne ; je ne peux que négocier un compromis avec lui – ma demi-mesure contre la sienne ; mais ces deux demi-mesures produisent au moins un mensonge complet, sinon bientôt deux, entre nous. Je me retrouve pris entre le mensonge public et le mensonge privé, éventuellement doublé et doublant. Je mens double. Il y a pire : comme je dois jouer mon double rôle qui conduit inéluctablement à un double mensonge, je ne peux plus ni atteindre personne (l'une reste trop près, l'autre trop loin), ni me manifester moi-même en personne.

D'où l'extrême danger de ce mensonge, qui double autrui et moi : il n'y a plus personne en face de moi et surtout je n'y suis plus pour personne, parce que je ne suis même plus personne. Et ce mensonge ne peut plus s'arrêter, encore moins se rattraper : il faut s'y enfoncer, s'y investir et s'y perdre sans espoir de retour. Car, pour me soustraire aux deux que je trompe, je dois non seulement leur dissimuler ma personne, mais aussi me construire une double personnalité pour une double vie ; mais en acquérant deux personnalités, je me perds comme tel, précisément parce que je n'ai plus de personne à perdre ou à sauver. Le mensonge le plus dangereux exige que je me perde *vraiment* en personne. Au contraire des deux cas précédents, le mensonge ne dissimule pas la personne véridique, il la tue. Sous le masque du mensonge, je ne suis plus personne. Et voici la seule vérité à la fin – je ne suis plus rien qu'un masque, qui ne cache plus personne.

Pour sortir de ce tombeau, qu'on n'imagine pas qu'il suffise d'« avoir le courage » de « dire la vérité » au « partenaire », en lui signifiant que « C'est fini ! » et lui assignant le statut d'« ex- » (un de plus). Ces formules triviales jusqu'à l'insignifiance dissimulent mal l'inanité de la démarche. Car par cette dernière violence, j'avoue simplement à un des autruis que je lui ai menti – ce qui n'abolit certes en rien ce mensonge, ni ne rétablit la véracité que je lui devais par le serment antérieur. En fait d'« honnêteté », loin de sortir de mon mensonge, je le consacre dans sa factualité et son évidence : j'admets que j'ai menti, mais je ne rétablis aucune véracité, ni vérité. Plus : même si je pouvais faire disparaître l'autrui trompé et le faire passer par profits et pertes, comme s'il n'avait jamais rien dit, fait ni aimé, mon mensonge me resterait à charge ; car, moi je ne pourrai me mentir assez pour ne plus savoir que le serment, que j'ai prétendu accomplir dans le passé, aujourd'hui ne vaut plus rien ; je sais que je me suis trompé – j'ai dit des faussetés, j'ai déçu l'attente d'autrui, je me suis illusionné moi-même. Même si je ne trompe plus personne (rien de moins sûr, en fait), je *me* suis trompé encore moi-même ; mon mensonge a bien infecté mon passé et jamais mon présent ne recouvrera sa véracité. Dès lors comment pourrai-je aujourd'hui postuler à une neuve véracité – si elle risque dans le futur, elle aussi, de tourner en vrai mensonge ? Je peux sincèrement me dire vérace – cela ne prouve rien, puisque autrefois j'ai menti sincèrement ; ma protestation ne trompe personne – puisque j'ai déjà trompé quelqu'un. J'ai commencé en me trompant, puis en trompant ; si j'ai pu mentir même la première fois, même avec un seul autrui, pourquoi ne recommencerais-je pas ?

Le mensonge s'avère ainsi l'horizon d'abord extramoral (l'écart), puis moral (la déception) de l'érotisation, une fois naturalisée la personne (§ 29).

Moi l'amant, devrais-je donc m'en accommoder ou puis-je espérer le dépasser ? En tout cas, je dois l'affronter, car la réduction érotique ne se joue nulle part ailleurs.

§ 31. Le rapt et la perversion

Le mensonge, que je pratique pourtant si souvent et si aisément, en fait je ne peux pas le supporter. Personne ne peut tolérer qu'autrui, du moins en réduction érotique, lui mente – je préfère, et de loin, qu'il me déclare ne pas m'aimer ou même me haïr, plutôt qu'il me fasse un faux serment. Moi-même je mens le plus souvent par lâcheté, pas d'une intention ferme ni par un stratagème pesé ; je ne mens non plus presque jamais les yeux dans les yeux, tant il y faut du caractère et même un pervers courage ; je n'avoue jamais sans gêne ni honte avoir menti ; et même pour me le dire à moi, je dois encore me chercher des excuses. Pourquoi ne puis-je regarder en face ce que je fais si souvent en douce ? Sans doute parce qu'à terme le mensonge annulera la réduction érotique tout entière, puisqu'il s'y inscrit directement et ne se conçoit qu'à partir d'elle. Mais d'abord parce que nul amant – la personne ayant payé le prix de l'avance et de l'érotisation – ne peut tolérer calmement et indifféremment qu'autrui joue avec ce qu'elles coûtent et ce qu'elles révèlent, et sûrement pas l'autre amant, l'autrui du serment et de l'orgasme. Car son mensonge ne me dérobe pas seulement lui-même, mais ce que j'ai reçu de lui – ma chair érotisée, donc pour une part essentielle moi-même. Si, dans son mensonge, autrui ne me reprenait que lui-même, après tout, j'y survivrais par un contre-mensonge, par une substitution. Mais il me reprend aussi et surtout moi-même, puisqu'il ne me donne plus ma chair à moi, cette chair que je ne puis pas me donner à moi-même et que je n'obtiens que de lui. Pire encore : en suspendant maintenant le don de ma chair, comme ce don ne laisse ni trace ni mémoire (§ 26), autrui annule aussi toute ma chair passée ; en suspendant le point-source, il anéantit les rétentions. Si autrui me ment, il m'a donc toujours menti – non seulement je n'ai plus ma chair, mais je ne l'ai jamais eue. Il va donc de soi qu'aucun amant ne peut tolérer, même un instant, le mensonge déclaré en face par autrui, jusqu'à préférer encore n'importe quel démenti absurde, voire se mentir à lui-même, pour n'avoir pas à affronter ce mensonge en face. Mais que peut l'amant, s'il ne se satisfait plus de cette illusion et veut surmonter effectivement la déception – réduire l'écart entre lui et autrui, c'est-à-dire entre lui-même et la chair érotisée, qu'il a reçue d'autrui ?

L'amant peut d'abord prétendre restaurer effectivement la véracité dès la croisée des chairs, en revendiquant que ma personne d'amant et celle d'autrui se manifestent et s'accomplissent directement dans la chair érotisée. Autrement dit, je prétends que, *pour moi* du moins, j'accomplis parfaitement « Me voici ! » dans ma chair ; plus encore, que ma chair, en s'érotisant, met en évidence ma personne ; bref que j'ai l'érotisation personnelle, transparente et sincère. Cette ambition délirante produit inéluctablement l'inverse de ce qu'elle promet : elle renforce le mensonge en ne tenant pas sa promesse. Elle déçoit d'abord parce qu'elle promet la sincérité, qui reste une illusion de la subjectivité métaphysique – que je puisse me faire égal et transparent à moi-même – et qui contredit l'avance de l'amant dans la réduction érotique. Elle déçoit ensuite parce que la finitude de l'érotisation (nul ne peut jouir sans fin) me fait toujours disparaître à terme de l'érotisation et ne plus y être pour autrui, voire m'incite à substituer un autre autrui au premier. Ce délire de sincérité déçoit enfin et surtout parce qu'il présuppose réalisé ce dont le mensonge compromet la possibilité même – que ma chair accomplisse notre serment ou mette en scène ma personne. En revendiquant une sincérité dans ma chair érotisée, je ne délire pas seulement, je mens d'autant plus que je me mens.

Aussi, très vite, l'amant se dote d'une autre tactique ; comme il ne peut prétendre produire pour lui-même la véracité selon la chair érotisée, il l'exige *de la part d'autrui*. Et, comme l'amant délirant assume qu'une chair peut accomplir un serment ou mettre en scène une personne, il imagine que s'emparer de la chair d'autrui suffit pour s'assurer de la personne. On nommera *rapt* cette absurdité érotique, pourtant inévitable à ce moment de la logique du phénomène amoureux. Evidemment, le rapt se contredit et lui aussi accentue le mensonge. D'abord parce que le rapt suppose que la chair fasse accéder à la personne, alors qu'elle l'offusque. Et aussi parce que cette personne, le rapt la manque d'autant plus qu'il exerce sur sa chair une contrainte et y suspend la moindre volonté libre. Annuler la volonté et donc supprimer la personne d'autrui, voilà d'ailleurs ce que tente le rapt, lorsqu'il s'exerce paradoxalement sans recourir à la violence physique ; on peut en effet s'emparer de la chair en tant que chair et contre sa volonté ; il suffit de se servir d'une de ses propriétés essentielles – son automatisme, son excitation sans ou malgré autrui ; pour s'en emparer, il suffit donc de la contraindre à s'exciter et à jouir malgré elle ; ou plutôt, puisqu'en tant que telle elle s'excite automatiquement (sans, voire contre toute volonté libre), il n'y a même pas à la contraindre, pourvu qu'elle suive spontanément son mouvement irrépressible. Nul besoin de lui imposer un consentement (elle a toujours déjà consenti), puisqu'elle ne consent qu'à sa propre automaticité. L'absence ici de violence physique ouvre la carrière à une pire violence, la violence envers la volonté, qui dénie proprement la personne.

Si le rapt s'exerce au contraire avec violence physique, il ne se contredit pas moins, en accentuant un autre mensonge. Supposons, en effet, qu'un amant, pour réduire le mensonge, exerce violence sur autrui ; il ne compte donc même plus sur sa chair automatique pour s'emparer de sa personne ; il renonce à passer par sa jouissance et même se dispense de sa chair ; il ne reste plus qu'une chair en jeu, celle de l'amant, qui arrache la sienne d'autrui, sans lui en donner aucune ; il ne s'agit donc que d'une demi-érotisation, d'une érotisation unilatérale, où autrui se fait voler non seulement sa jouissance, mais sa chair ; le rapt devient un viol avec vol de jouissance. Mais alors, de quoi s'empare l'amant violeur ? Non de la sincérité d'autrui, puisqu'il lui dénie sa volonté et sa personnalité (premier mensonge, celui du rapt). Pas non plus d'une chair, puisqu'en la privant d'érotisation, il ne donne plus à autrui la moindre chair (deuxième mensonge, celui du viol). En fait, il ne reste plus qu'un corps physique, tout le reste (la chair, l'érotisation, la volonté et la personne) a déjà disparu ; il reste un dernier pas à franchir dans cette logique – un bon corps, c'est un corps mort (ou éventuellement acheté et vendu). Le rapt aboutit ainsi à sa contradiction finale : « Je l'aimais trop, je l'ai tué. » La sincérité (à savoir le délire de sincérité) tue, parce qu'elle prétend s'exercer directement sur ce qui l'interdit – l'érotisation automatique de la chair.

Reste une autre voie, détournée ou plutôt détournante – la *perversion*. Voie plus avisée : pour prétendre atteindre la personne dans sa chair, on n'en appelle plus à l'impraticable véracité, mais directement au mensonge, lui parfaitement praticable. Amant, je ne supporte donc pas que la chair érotisée d'autrui redevienne sans cesse un corps, ni que son érotisation ferme l'accès à sa personne ; je m'efforcerai donc de forcer sa chair à rester chair ; j'y emploierai tous les moyens, même le faux-semblant. Pour garder en vie la chair d'autrui et donc la mienne, je commencerai par la garder en vue, même si elle doit pour cela faire semblant et mentir sur son statut de chair. Je contraindrai la chair d'autrui et la mienne à rester chair à tout prix, par tous les artifices, par toutes les conventions : le maquillage, le déguisement, le masque, les mises en scène, etc. J'userai les ressources des corps pour capturer la chair, même leurs illusions. Et, puisque je n'ai barre que sur des corps pour capturer la chair d'autrui, il faudra que je pousse les corps, donc leur naturalité, à leurs limites, voire au-delà de ces limites : je jouerai donc la nature des corps contre la nature, sans scrupule ni retenue, risquant tout pour maintenir en vue le miracle de la chair érotisée. Donc je transgresserai la frontière des excitations, passant de la peine au plaisir ; je transgresserai la frontière des sexes ; je finirais presque par transgresser – pourquoi pas ? – la frontière des espèces. Mais je me ferai toujours illusion, je me décevrai et mentirai encore une fois, parce que je confondrai encore ici les degrés. A supposer en effet que je parvienne à garder en vue la chair érotisée d'autrui et la mienne à force de travailler les corps (première confusion) ; à supposer même que je parvienne à prolonger à l'extrême le processus d'érotisation, voire, à force de besogne et de substitution, m'imaginer en gommer la finitude essentielle (deuxième illusion), il restera que rien – faire crier une chair ou la faire pleurer, lui faire rendre l'esprit ou demander grâce – ne permettra d'y rendre manifeste une personne. Au contraire, tout l'effort pour accomplir ce « faire », avec ou sans le consentement d'autrui peu importe, prouve qu'il s'agit toujours et seulement d'une mise en scène d'autrui à partir de mon regard, donc, en aucune manière et par principe, d'une manifestation d'autrui comme personne. Aucun objet ne phénoménalisera jamais une personne (troisième contradiction). Autrui reste à l'écart.

Le mensonge reste donc intact aussi longtemps que l'on veut le surpasser de force. Le rapt et la perversion confondent tout et ne réussissent rien, parce qu'ils cherchent la personne au royaume de l'impersonnel.

Une personne ne se possède pas plus qu'on ne possède une chair érotisée – on possède seulement un corps physique ou un objet. On ne possède que ce qui ne peut s'aimer. Et dès qu'on s'aperçoit qu'on ne l'aime pas, on le tue – en fait, on découvre qu'il était déjà mort. Il s'agit du complexe d'Orphée : Eurydice se trouve partout, sauf aux Enfers (là où une personne se trouve, il n'y a ni enfer, ni même les Enfers), ou alors, sous ce nom, Orphée cherchait tout autre chose, moins avouable.

§ 32. La rue des visages obscurs

Les apories qu'on vient de parcourir résultent toutes d'une seule confusion – considérer l'érotisation de la chair comme un accès à autrui en personne. Elles aboutissent donc toutes au même désastre – loin de s'accomplir en une personne, la chair d'autrui ainsi falsifiée finit au rang d'un pur et simple corps, où l'on peut tuer la personne d'autrui. Si une issue reste ouverte, elle devra donc d'abord faire sauter cette confusion, en détachant le visage des prestiges et des tromperies de sa chair érotisée. Une question va inévitablement se poser : l'érotisation peut englober jusqu'au visage (§ 24), mais s'ensuit-il qu'elle le doive ? Pour accéder à la personne, ne faudra-t-il pas revenir à la fonction propre du visage – assurer sa signification au phénomène d'autrui (§ 20), avant la croisée des chairs (§ 23) ? Ainsi le visage, reprenant son autonomie et retrouvant son privilège, pourrait me donner accès à autrui en personne. Ce mouvement tactique semble presque aller de soi et pourtant il offre plus de difficulté qu'il n'en résout. En effet, je me trouve bel et bien en situation d'érotisation, sans retour possible, parce que faute d'érotisation de nos chairs, notre serment resterait formel et incapable d'individualiser ses acteurs ; loin de compromettre la réduction érotique, le passage à ma chair, puis à ma chair se recevant d'autrui, a seul permis d'accéder à un phénomène véritable d'autrui. Certes, la croisée des chairs s'embourbe pour le moment dans le mensonge (l'écart et la déception) ; certes, la véracité de la personne reste inaccessible à ce point de la marche. Pour autant, je ne peux plus revenir en arrière, d'abord parce que je m'éloignerais d'autrui, que l'érotisation m'a fait indéniablement approcher de plus près que le serment ; ensuite parce que, l'érotisation une fois acquise, je ne peux plus m'en abstraire – même sa suspension me la rend encore plus irrémédiable, puisqu'elle me révèle ma dernière finitude. Si je ne peux donc revenir sur l'érotisation au nom du visage, il me reste à revenir au visage dans l'horizon même de l'érotisation pour demander si, dans cette situation irrévocable, le visage peut encore manifester autrui en personne, et pas seulement dans la gloire de sa chair. Ce qui revient à demander si un visage véracé peut se manifester. Autrement dit, que devient la vérité en régime de réduction érotique ?

Même avant la réduction érotique, le visage se distingue de la simple face. La face montre une surface, sans réserve ni retrait, comme un objet ou un étant subsistant ; son absence de profondeur la dispense de se montrer en tant que telle, puisque lui manque la dimension de cet « en tant que tel » – la plus belle façade du monde ne peut donner que ce qu'elle a, un effet de surface. Le visage se montre d'autant mieux qu'il laisse entrevoir le retrait d'où il provient ; par cette provenance, il ouvre une profondeur, à partir de laquelle un regard peut nous arriver d'ailleurs – un regard plus ancien et plus lointain que le nôtre, sur lequel il vient, pèse et qu'il contredit ; le visage comme tel m'adresse un regard, qui exerce d'emblée comme un appel et un commandement. Le visage m'envisage de loin, il me prend de haut, en sorte qu'il ne peut s'empêcher d'émettre une revendication. Toute la question devient – que revendique-t-il de moi ? Une réponse va de soi : le visage m'enjoint en paroles (ou m'intime en silence) le commandement éthique « Tu ne tueras pas ! ». Reste à savoir ce que peut encore ce commandement éthique une fois accomplie la réduction érotique (§ 20) et même une fois cette réduction érotique radicalisée par la croisée des chairs : s'impose-t-il sans conteste, comme un impératif absolu, qu'on ne peut transgresser de fait qu'en le confirmant de droit ? Evidemment, non. Car, en réduction érotique, le visage ne me commande plus seulement « Tu ne tueras point ! », mais demande « Tu m'aimeras ! », ou plus modestement « Aime-moi ! ». La différence ne consiste pas d'abord en ce que le visage passe d'une demande négative (un interdit) à une demande positive (que je ne pourrai jamais satisfaire, parce qu'elle excède toute mesure) ; elle tient surtout à ce que la première exigence vaut inconditionnellement de tout visage, parce qu'elle ne dépend pas d'un individu, de ses qualités ou de son intention, mais repose sur une négation de la personne particulière et sur l'absence de son individualité ; tandis que la deuxième exigence demande que j'aime tel visage, telle personne individualisée par ses singularités, un tel et non tel autre. Car l'amour requiert la personnalisation du visage ; d'abord parce que je ne peux aimer que dans un serment, où tel autrui me dira à moi seul, en première et unique personne, « Me voici, moi ! » ; ensuite parce que je ne puis aimer que si ma chair s'érotise à donner à autrui la sienne, mais d'une érotisation finie, donc limitée à un seul autrui en un temps donné – je ne puis donner qu'une chair, donc qu'en particulier. Le visage, une fois qu'il se retrouve en réduction érotique, ne peut donc plus exiger inconditionnellement, universellement, en silence – il lui faut parler en personne dans le serment ; il lui faut aussi payer de sa chair individualisée dans l'érotisation. Le visage doit s'individualiser et se manifester comme un tel. Ce qu'il ne peut accomplir, sans faire reconnaître sa véracité. La question se transforme à nouveau : il s'agit de savoir si le visage, en régime érotique, peut non seulement dire vrai, mais montrer qu'il dit vrai (se montrer vérace), bref se phénoménaliser de telle sorte que je voie qu'il ne ment pas. En un mot, peut-il, lui, échapper au mensonge, qui compromet la chair érotisée et justifier sa prétention – ouvrir l'accès à autrui en personne ?

Autant on peut accorder que le visage éthique ne ment pas – parce qu'il reste trop universel pour en avoir les moyens –, autant il faut admettre que le visage n'a aucun privilège particulier de véracité en réduction érotique radicalisée. Au contraire, le mensonge, qui reste encore extra-moral avec la chair érotisée, devient vraiment moral, lorsque le visage le joue ou peut le jouer. Paradoxalement, la chair ne ment pas ; seul le visage peut mentir au sens moral strict, parce que lui seul a statut éthique. Et le premier mensonge consiste à prétendre ne pas mentir, puis à revendiquer l'innocence et la bonté. Ne pas mentir : le visage du séducteur, qui n'aime pas mais se fait aimer, brille justement d'une parfaite sincérité : ainsi peut-il donner un baiser, pour tranquillement trahir. La bonté : le visage des pires assassins, terroristes ou tortionnaires peut souvent offrir l'apparence d'une innocence enfantine ou d'une beauté angélique ; sans doute, leur ignominie s'atténuerait-elle un peu, si quelque laideur les rendait visiblement mauvais ; mais justement en réduction érotique la beauté n'a jamais assuré la lieutenance de la bonté ni gardé d'analogie avec elle (il n'y a guère que la métaphysique pour se l'imaginer). L'innocence : seul un visage innocent peut mentir bien ; il ne mentirait pas, s'il laissait deviner sa malhonnêteté ; il y aurait déjà beaucoup d'honnêteté à présenter un visage de menteur, de gredin ou de vendeur de voitures d'occasion. Le mensonge rôde partout, surtout là où on l'attend – sur le visage. En effet, en réduction érotique, les visages (on ne peut plus dire, en effet, le visage, puisqu'il faut individualiser quand il s'agit d'aimer) deviennent inévitablement l'instance d'un mensonge possible et d'une véracité compromise, précisément parce qu'ils ne se bornent plus à exiger universellement et négativement (« Tu ne tueras pas ! »), mais doivent aussi répondre au mien – positivement et en personne (« Me voici ! »). Tout visage commence à pouvoir mentir, dès qu'un autre visage lui demande de lui dire en vérité qu'il l'aime – dès le serment. Comment ne continuerait-il pas à pouvoir encore mieux mentir, dès lors que l'érotisation croisée des chairs répète et accomplit le serment ? Le mensonge estompe la véracité sur les visages dès que la réduction érotique escompte qu'ils deviendront des amants. Le mensonge ne perturbe pas tant la véracité en amour, que l'un et l'autre ne nous signalent la troisième dimension du visage, la profondeur invisible qu'il prend, quand l'éclaire la réduction érotique.

En amour surtout les visages se laissent prendre dans le mensonge, comme le cygne dans la glace. J'en peux faire l'épreuve en deux postures au moins, selon les oscillations de la dissimulation et de l'ouverture. Supposons que mon visage s'ouvre sans retrait (ou du moins que je le pense sincèrement), parce que je crois m'exposer à un autre visage ouvert lui aussi sans retrait, mais qu'en fait ce visage se retienne et se dissimule, n'offrant plus qu'une façade. Je me laisse donc envisager à nu, sans rien envisager en retour ; je me trouve vu, sans rien voir ; je suis venu, je suis vu et je suis de la revue ; je peux aller me faire voir, je me suis fait avoir ; j'ai été bien eu, parce que je n'ai rien vu, même pas vu passer les balles. Je me découvre séduit et abandonné. Séduit : j'ai cru voir autrui en son visage, j'ai cru que l'ouvert de son regard me conduisait à sa personne, alors qu'il me mentait dans les yeux, afin de me détourner loin de lui ; il m'a demandé d'« aller voir ailleurs, si j'y suis » – et j'y suis allé. Abandonné : parvenu à la lisière de son regard, presque déjà entré dans son intime personne, je prenais mon élan, quand j'ai découvert que je sautais dans le vide, sans rien pour me recevoir ; il m'a demandé de ne pas l'abandonner mais, quand j'ai voulu le recueillir, il avait disparu ; au contraire de l'adonné (qui se reçoit lui-même de ce qu'il reçoit), je me retrouve un abandonné (qui se perd lui-même en perdant le reste). Et il me reste, si j'y tiens, à trouver éventuellement quelque plaisir érotique dans cette injustice faite à mon visage.

Supposons inversement que mon visage se retienne et se dissimule, n'offrant plus qu'une façade à un autre visage (qui s'imagine du moins comme) ouvert sans retrait et en personne. Je séduis donc cette fois, sans me laisser séduire ; j'envisage sans me laisser envisager ; je vois sans me laisser voir ; je m'empare d'un visage sans m'exposer moi-même à visage ouvert. Je ne veux pas déclarer mon visage ouvert, comme on déclare une ville ouverte parce qu'on a renoncé à la défendre et qu'on la remet à la bienveillance supposée du vainqueur. Séducteur, je veux le garder ; je ferme donc mon visage, comme on ferme une porte, une discussion ou une possibilité – pour en finir et rester le maître chez moi ou plus exactement chez l'autre. Séducteur en effet, je ne me garde que pour regarder autrui, le laisser venir à découvert, le mettre à nu, et là le faire attendre le temps de décider comment le trahir. Ou bien, je ne lui donne finalement pas sa chair et jouis seul ; alors, il apprendra de sa frustration même que je ne le tiens pas pour mon autrui et donc qu'il n'est personne. Ou bien, je l'érotise à fond, lui donne sa chair et lui en fait sentir la puissance automatique, qui joue sans lui et contre lui, mais je lui interdis de me donner la mienne ; il jouit seul, sans que je consente à jouir par lui ; cela lui ferait bien trop plaisir, alors qu'au contraire je veux le convaincre que moi, je ne jouis pas automatiquement, malgré moi et par lui ; je veux que, dans mon refus de jouir par lui et par la chair qu'il me donnerait, il réalise que j'accède à la personnalité, et lui, non. Et je peux même trouver quelque plaisir érotique à me faire un tel non-visage injuste.

Ces deux faces du visage en situation de mensonge (en bref, le masochisme et le sadisme) reposent pourtant sur un assez fragile parallélisme ; car un non-visage (une façade) peut-il envisager un visage au même titre qu'un visage peut envisager un non-visage ? Qu'un visage puisse dénier à un autre visage sa dignité de personne, qui en douterait ? L'histoire du siècle qui vient de s'écouler, le plus obscur de tous (sous réserve des performances du nouveau), interdit d'en douter. Mais, en déniant à l'autre visage son statut de visage, en rendant ainsi discutable la dignité d'autrui, le visage supposé séducteur ou persécuteur (il s'agit du même) ne se rend-il pas lui aussi discutable ? Celui qui tue en dé-visageant n'envisage donc plus rien, car il a détruit tout autre visage qui le reconnaîtrait lui-même comme visage ; il sait aussi que rien n'interdit de le dé-visager lui aussi, puisqu'il a le premier réussi à en dé-visager d'autres. Le séducteur et le bourreau travaillent ainsi à perdre, pour eux-mêmes, la dignité du visage qu'ils détruisent chez les autres. Le non-visage de la bestialité éduquée et du totalitarisme idéologique partage le privilège négatif du séducteur – il n'entend plus personne, ne peut plus parler à personne et doit se suicider.

Le visage ne fait donc pas exception à la nullité du concept de sincérité, mais la confirme. Il ne peut s'opposer au mensonge en se targuant simplement de véracité, car le mensonge lui-même se réclame de la sincérité et seule la sincérité permet au visage de bafouer la véracité. Il faut en conclure que ni la chair érotisée, ni le visage sincère ne permettent de faire apparaître le mensonge et la véracité ; comme ils ne se phénoménalisent pas, il faudrait en conclure qu'ils ne font pas partie du phénomène d'autrui. Où les situer ? Hors de la phénoménalité érotique, comme ses conditions de possibilité ? Mensonge et sincérité reprendraient ainsi, en régime de réduction érotique, la fonction transcendantale qu'assument, en métaphysique, la vérité et la fausseté. Mais du même coup, si mensonge et véracité ne peuvent se phénoménaliser, la personne, qui les met en jeu et ne peut se décrire sans elles, ne pourra pas non plus apparaître en régime de réduction érotique. Voilà pourtant ce que, d'une manière brutale et inattendue, va contester la jalousie.

§ 33. L'honneur de la jalousie

La jalousie – j'ose à peine l'évoquer, tant on l'a décriée comme une passion de la possessivité, égoïste bien sûr, mais surtout contradictoire et à la fin ridicule. Je vais pourtant la prendre au sérieux, car elle, au moins, affronte sans pudeur ni litote la désespérante aporie, où je me retrouve bloqué : dans l'érotisation, autrui n'apparaît pas comme personne, surtout s'il se prétend sincère, en sorte qu'il ne peut pas ne pas me mentir et finit toujours par me mentir (ou moi, par lui mentir). La jalousie endure cette aporie comme la pire des souffrances possibles – autrui m'apparaît juste assez pour me signifier qu'il ne se phénoménalisera jamais en personne. Cela, la jalousie la sait mieux que personne et sait ce dont elle parle. Il faut donc la laisser parler, même si elle-même ne sait pas toujours ce qu'elle dit – car je pourrai peut-être plus apprendre de son délire que de toutes les dénégations lénifiantes de ceux qui croient l'avoir dépassée, simplement parce que, n'ayant jamais pu devenir des amants, ils n'y ont jamais accédé.

Pour autant, comment ne pas admettre que, dans les figures déplorables qu'elle assume pour siennes, la jalousie se contredit et en apparence démontre son inanité ? Il suffit de l'écouter parler pour s'en convaincre.

Première figure : j'aime parfaitement (je le prétends, je m'en vante) un autrui, qui, lui, de fait ne m'aime pas en retour ; j'y vois une injustice ; j'en conçois un vif dépit, qu'on nomme jalousie. Mais que signifie ici aimer ? Rien qu'un désir informe, qui n'accède pas encore à la réduction érotique, ignore l'avance de l'amant et s'exaspère à réclamer aveuglément la réciprocité sans jamais supposer que, peut-être, elle ne va pas de soi. La requête de la jalousie aboutit à un non-lieu. Si je persiste à réclamer ce que personne ne me doit, cela met en cause mon intelligence et ma lucidité, ma capacité de plaire et mon charme, mais ne concerne pas autrui, qui par définition ne me doit rien. Il y a donc méprise sur les devoirs d'autrui, sur mes droits à son égard et surtout sur la notion même d'amour.

Reste une autre figure, plus courante, plus dure aussi : j'aime quelque autrui, qui prétend m'aimer (ou le laisse accroire), mais qui dans les faits me trahit, soit qu'il ne m'aime simplement pas, soit qu'il en aime un(e) autre à ma place. Il va sans dire qu'ici non plus aimer n'a aucun sens, ni ne s'inscrit dans la réduction érotique. Dans cette figure, la jalousie se comprend mieux, puisqu'y intervient un mensonge explicite ; le mal qu'elle m'inflige s'accroît aussi, puisqu'y peut apparaître un tiers, un rival mimétique, qui me condamne à sortir du jeu. Ici ma situation apparaît claire et simple, mais la position d'autrui devient carrément incompréhensible, parce que contradictoire – il m'aime et ne m'aime pas au même instant. Certes, cette contradiction se révèle le plus souvent apparente ; en fait, je la produis moi-même pour m'illusionner et garder un faux espoir ; je veux m'imaginer qu'autrui m'aime (encore un peu) et ne m'aime pas, alors qu'évidemment il ne m'aime pas – et voilà. Sitôt que j'aurai trouvé le courage de l'admettre, la contradiction s'évanouira et j'en reviendrai à la figure précédemment décrite. Reste que parfois il s'agit d'une véritable contradiction, qui structure effectivement la conduite d'autrui à mon encontre : autrui m'aime (ou du moins il m'aime « bien ») et, dans le même temps, ne m'aime pas. Plus encore : cette contradiction peut parfois aussi se comprendre de deux façons.

Soit autrui alterne l'amour et le rejet pour garder deux fers au feu, m'y attraper en tenailles et m'y consumer, moi ; ce jeu de méchanceté n'a d'autre intention que de me faire mal et d'en jouir ; bien que finalement rare, cette tactique a sa logique – celle des visages obscurs, qui masquent à tout prix la personne en eux, jusqu'à s'emparer de celles des autres (§ 31-32). Soit autrui me ment par simple faiblesse : il ne sait pas me dire non, pas plus qu'il ne sait dire oui au tiers, à l'autre, au rival supposé ; cette conduite se rencontre d'autant plus souvent qu'elle résulte directement de l'antériorité de principe du mensonge sur la véracité ; elle confirme la difficulté de prendre la moindre décision en général et, en particulier, de dire « Me voici ! » ; surtout elle stigmatise la phénoménalité problématique de la personne (§§ 29-30). Pour autant, même intelligibles, ces deux contradictions restent intenables ; car je prétends aimer un autrui qui soit me veut du mal, soit ne sait ce qu'il veut, donc aimer soit une personne viciée en tant que telle (par volonté mauvaise), soit une personne défaillante (par défaut de volonté) ; dans les deux cas, je devrais simplement ne pas continuer à aimer celui qu'on ne peut sérieusement aimer, ni le désirer, simplement parce qu'il ne le vaut pas. Comme je n'ai pas affaire à un autrui en personne, il n'y a pas lieu d'aimer, donc pas place pour la moindre jalousie. En toute logique, il devrait suffire de voir qu'en face de moi ne se trouve en fait personne, pour éteindre aussitôt la moindre étincelle de jalousie en moi.

La jalousie ne se disqualifie donc pas tant par ses contradictions, si évidentes qu'elles paraissent, que par son ignorance aveugle de la réduction érotique et de ses moments successifs. Car la jalousie, lorsqu'elle se plaint qu'autrui ne m'aime pas, ne voit même pas l'injustice profonde de ce qu'elle présuppose ainsi – qu'autrui devrait m'aimer, qu'il le doit d'autant plus que je l'aime déjà et surtout que l'amour exige la réciprocité ; la jalousie implique donc que je *n'*accomplisse *pas* la réduction érotique, que je *ne* substitue *pas* à la question « M'aime-t-on ? » la question « Puis-je aimer, moi le premier ? », bref que je *ne* fasse *pas* encore l'amour à titre d'amant, que je *ne* pratique *pas* l'avance, mais que j'exige la réciprocité, bref que je n'aime pas. Entendue en ces acceptions, la jalousie ne propose qu'une régression vers les stades inférieurs de la réduction érotique. Je ne peux que l'écarter de mon chemin, où elle ajouterait seulement une aporie.

Pourtant je ne peux m'en débarrasser aussi facilement. Dans son plaidoyer délirant, injuste et pathétique, je devine qu'une autre parole tente de s'articuler et qu'elle a beaucoup à dire. Les sots reprochent d'habitude à Dieu, parmi mille autres crimes, de céder à la jalousie, sentiment trop humain pour lui. Grief étrange et ridicule. Ridicule, car un excès d'humanité ne semble pas le danger qui nous menace le plus : nous aurions plutôt à craindre d'en manquer et de tomber dans la bestialité. Etrange, car, si Dieu revendique son droit à la jalousie, cela n'implique pas qu'il l'accomplisse au sens que nous constatons chez nous (une régression infra-érotique), mais éventuellement qu'il en use en un sens plus radical et édifiant – je veux dire plus avancé dans la réduction érotique que nous. Si nous parvenions à l'entendre au sens où Dieu même condescend à l'exercer, la jalousie pourrait non seulement ne pas nous égarer, mais nous aider à faire franchir l'aporie où nous piétinons – l'aporie d'une phénoménalisation de la personne. Que veut donc dire la jalousie, prise en son essence érotique ? Il ne s'agit jamais de vouloir me faire aimer d'autrui malgré lui, ni de lui imposer un devoir de réciprocité, ni même d'exiger sa fidélité à moi – mais de lui demander qu'il reste, lui, *fidèle à lui-même*.

Le jaloux mérite au fond le titre d'amant, parce qu'il demande à cor et à cri qu'autrui devienne ou reste lui-même un amant sincère, qu'il accomplisse enfin ou encore l'avance, le serment et la croisée des chairs, bref qu'il fasse l'amour ou, l'ayant fait, ne le défasse pas. Le jaloux ne stigmatise pas l'infidélité d'autrui envers lui (le jaloux), mais son infidélité envers soi-même et son statut d'amant, bref envers la réduction érotique. Je deviens jaloux de l'amour même qu'autrui prétend accomplir et n'accomplit pas. Je deviens jaloux non pas d'autrui comme tel, mais d'autrui comme amant. Je deviens jaloux, parce que je défends, contre lui-même, sa sincérité défaillante – sa sincérité non pas envers moi, mais d'abord envers lui-même en tant qu'amant déclaré et défaillant. J'entre en jalousie pour défendre l'amant en autrui et défendre autrui contre lui-même, moins pour qu'il ne me trompe pas, moi, que d'abord pour qu'il ne trompe pas l'amour lui-même. Grâce à la jalousie, je prends en charge l'honneur de l'amour et le défends contre le mensonge de l'amant. Car l'amant, quand il défaille, provoque un triple déshonneur. D'abord il me déshonore en me mentant, donc en démentant notre serment. Ensuite il se déshonore en régressant en deçà de son statut d'amant, en obscurcissant sa sincérité. Enfin et surtout il déshonore l'amour lui-même : en effet, l'avance – ce paradoxe décisif qui provoque l'amant – ne consiste qu'à surmonter l'exigence de réciprocité et à aimer le premier, sans condition préalable, donc librement et sans limite ; ainsi l'amant véridique, qui fait ce qu'il dit et ne dit que ce qu'il fait (« Me voici ! »), se caractérise-t-il par son avance inconditionnée, parce qu'il aime sans rien demander, bref parce qu'il gagne même et surtout lorsqu'il perd. L'amour peut tout, supporte tout, espère tout – parce que, même s'il perd tout, il gagne encore ce qui seul lui importe – aimer, précisément (§ 18). Suivant ce paradoxe de la réduction érotique (contre l'économie et l'attitude naturelle), celui qui aime le plus, voire seul et sans aucun retour, celui-là ne perd pas, mais gagne. Que gagne-t-il ? Le statut d'amant, l'accroissement sans fin de l'amour, bref l'avance elle-même. L'amant rend honneur à l'amour en lui restant ainsi fidèle – fidèle au paradoxe originaire de l'avance. Si je me lève pour défendre l'honneur de l'amour en rappelant autrui à sa résolution défaillante d'amant, alors, en ce sens précis, je peux légitimement devenir jaloux et y trouver mon propre honneur. Car je ne reproche finalement à autrui rien d'autre que de ne pas aimer aimer, par suite de perdre son titre d'amant – et toute véracité. Par jalousie, je défends l'honneur de l'amour et la véracité d'autrui.

La jalousie demande à autrui de s'accomplir en amant, dont elle revendique la véracité. Elle prétend voir autrui comme personne, malgré la finitude érotique, malgré l'inévitable mensonge, malgré les limites de la phénoménalisation par la chair. La jalousie exprime donc une exigence proprement phénoménologique : qu'autrui apparaisse comme personne – comme *une* personne et comme personne *d'autre*. Pourquoi reste-t-elle donc méconnue, pathétique et ridicule à la fois ? Parce que ce qu'elle exige, elle ne sait pas comment l'obtenir et fait même tout pour ne jamais l'obtenir.

§ 34. Du côté de la haine

Cette contradiction, la jalousie la partage avec la haine d'autrui, à laquelle elle finit parfois par conduire. Si la jalousie aide à décrire le phénomène érotique, la haine ne le permettrait-elle pas aussi ? L'hypothèse n'a rien d'absurde. Car, en réduction érotique, l'amour a déjà eu partie liée à la haine de chacun pour soi (et de tous pour tous), dont en un sens il sort tout droit (§§ 9-14) ; il n'a pas pu éviter non plus la suspension de l'érotisation (§ 26), qui lui impose l'écart et la déception (§ 30), l'expose même au rapt (§ 31) ou finit par obscurcir les visages (§ 32). A la fin, on pourrait se demander si l'entreprise de phénoménaliser autrui ne doit pas autant, voire plus à la haine qu'à l'amour lui-même. Plus exactement, ce que nous avons jusqu'ici décrit sous le nom d'amour ne relève-t-il pas plutôt, en fait, de son côté obscur, la haine, qui l'inverse moins qu'elle n'en révèle la sévérité ? Au point où j'en suis parvenu, ne pourrais-je pas soupçonner que j'accède (ou non) à autrui plutôt par le travail érotique du négatif, que par sa vue directe – que je vois plus autrui si je le hais, que si je l'aime ?

En premier lieu, la réduction érotique ne s'accomplit-elle pas aussi bien si je hais, que si j'aime ? Il s'agit, comme on l'a vu (§ 3-5), de reconduire l'espace et le temps du monde à l'unique point de référence d'un autrui, non seulement privilégié parmi d'autres qu'il dispose autour de lui, mais qui les offusque de son unique éclat, au point que je ne vois plus que lui. Or, lorsque je me laisse aller à haïr sérieusement quelqu'un, il prend une stature si puissante à mes yeux, excite une attention si exclusive et m'obsède si profondément que non seulement je lui accorde un privilège d'altérité unique, mais en société je ne vois plus que lui – au point que nous sommes, lui et moi, seuls au monde, exactement comme des amoureux sur un banc public. Cette focalisation sur un autrui, parce que je le hais, ne l'individualise pas seulement, lui, à l'extrême ; elle me fait aussi vivre, moi ; elle m'assigne aussi et surtout à moi-même plus encore qu'à lui (§ 13). La haine qu'il me consent, dont il me privilégie, bref qu'il me *donne*, il arrive parfois qu'elle me réveille et m'oblige à devenir ce que j'étais, sans encore le savoir, ni le vouloir. Réciproquement – par une réciprocité dont l'amour paraît nécessairement incapable (§§ 15-16) –, la haine que je rends à cet autrui lui impose de pousser jusqu'au bout tout ce qu'il peut pour me nuire. En fait, une bonne haine réciproque unit plus, plus longtemps et plus solidement que l'amour prétendu ; au moins, en bien des cas, elle dure plus longtemps que lui. Puisque, autant que l'amour, ma haine d'autrui nous conduit l'un et l'autre à notre accomplissement, je me reçois même, comme malgré lui, de cet autrui que je privilégie en le haïssant et il se reçoit de moi en me haïssant. Notre haine m'individualise et l'individualise aussi – plus sûrement et plus vite que ne le peut la réduction érotique. Ne pourrais-je donc pas me dispenser d'aimer ?

Il se pourrait en effet que la haine n'égale pas seulement l'amour, mais qu'elle l'outrepasse. Selon la réduction érotique, je n'accède au phénomène d'autrui qu'en passant par ma chair, donc par la sienne et leur croisée. Car, on l'a vu (§ 23), la chair exerce le double privilège de sentir les corps du monde et indissolublement de (se) ressentir les ressentir ; elle se ressent d'autant plus elle-même, qu'elle peut sentir sans restriction et s'affecte d'autant mieux qu'elle sent moins de résistance ; elle se ressent donc d'autant mieux qu'elle ne sent pas seulement des corps du monde qui lui résistent dans l'espace, mais surtout une autre chair qui a la propriété de ne pas lui résister. Ma chair avance et s'éprouve autant qu'une autre chair lui cède le pas et la laisse avancer. D'où l'écart entre nos chairs, qui naît du retrait qu'elles se ménagent réciproquement et qui les réunit comme telles. Si je ne vois pas directement ce que j'aime, je le reconnais pourtant immédiatement à titre d'une chair – par la résistance qu'il n'oppose pas à ma chair et qui l'atteste, lui aussi, comme une chair. Nous nous phénoménalisons, parce que nous nous donnons chacun la chair que nous n'avons pas – lui, la mienne, moi, la sienne. Nous croisons nos chairs. Mais cette croisée nous sépare autant qu'elle nous lie ; car, bien que nous fassions l'amour ou plutôt parce que nous le faisons, nous ne faisons pourtant jamais une seule chair ; nous éprouvons au contraire, et cela bien avant de buter sur la suspension, que chaque chair reste irréductible à l'autre, que chacun jouit seul bien qu'il jouisse d'autrui, et que la croisée des chairs ne les confond jamais, ni ne les échange. D'où l'aporie de l'érotisation, qui distingue immédiatement ce qu'elle conjoint.

Cette aporie, au contraire, la haine la franchit sans difficulté ; plus exactement elle s'en affranchit sans avoir même à la considérer. Car la haine fait l'économie de la chair, alors que l'amour doit passer par elle. Lorsque je hais, j'ai le privilège de haïr sans chair, ni celle d'autrui que je voudrais détruire comme un corps, ni la mienne que j'annule en la faisant résister aux corps ; il ne s'agit plus du tout de me laisser affecter, ni de m'éprouver moi-même dans cette affection ; il s'agit au contraire de *ne pas* se laisser affecter (ne pas se laisser faire), de conquérir une dureté et une résistance qui me permettent d'affecter autrui aussi durement que possible et de lui résister comme un corps résiste à un autre corps – en le repoussant. Puisque ici je ne peux pas « sentir » autrui, il s'agit de le lui faire sentir ; donc d'abord de *ne pas* l'éprouver, puis de le repousser aussi loin que possible, de le chasser et déporter, de le faire disparaître de ma vue, voire de l'anéantir à la fin. Désormais, délivré de la médiation immédiate de la chair, je le vise avec une pure et transparente intentionnalité, non seulement comme un simple objet, mais comme un objet que je pointe d'aussi loin que possible, comme un objectif que je vise pour l'abattre. Je vise certes autrui, mais plus pour le voir (je ne peux plus le voir), au contraire pour le descendre. Je le vise, mais pour le détruire, pour en finir. Je le « touche », mais pour qu'il ne me touche plus. Du même coup, si je ne le sens pas, je ne me sens plus en lui ni à son occasion (même mon ressentiment ne ressent que lui-même, jamais autrui) ; en effet, si j'annule sa chair, j'annule aussi la mienne, puisque je l'accroissais en éprouvant la non-résistance que m'offrait sa chair à lui ; en déniant sa chair à autrui, je prive donc la mienne de sa seule occasion de s'accroître. A force de haïr autrui, je finis par me haïr moi-même et son meurtre me conduit, sans que je le sache d'abord, bientôt de plus en plus clairement, vers mon propre suicide. Ou, plus exactement, vers ma désincarnation – je me réduirai à une conscience d'autant plus transparente à elle-même, que rien ne viendra troubler sa pureté vide, aucun sentir de soi, aucune auto-affection, aucune chair. Nous nous pétrifions en deux corps sans chair – et ce corps à corps mort m'ouvre un accès plus direct à autrui que l'amour, bien que – non, *parce que* – je me ferme à moi-même en m'arrachant ma propre chair. Il ne faut pas imaginer la haine jouissant – elle n'a plus assez de chair pour y parvenir. Il faut l'imaginer sèche comme un désert – un désert d'autrui évidemment et finalement de toute chair. La plus parfaite individuation de la haine se paie donc d'un prix – la diminution de ma chair, voire sa disparition. Je hais, mais à l'état de cadavre.

La haine atteint donc bien autrui comme individu (et moi avec) – en ce sens, elle équivaut incontestablement à la réduction érotique. Elle n'y parvient pourtant qu'en détruisant la chair d'autrui et la mienne du même coup : en ce sens, elle parcourt bien le chemin de l'amant, mais à l'envers, en remontant de la croisée des chairs à la haine de chacun pour soi (§§ 12-13). Ainsi, même si elle ne peut pas prétendre ouvrir un accès à la phénoménalité d'autrui, ni se substituer à la réduction érotique, la haine m'instruit d'un fait phénoménologique décisif : elle prouve qu'autrui m'apparaît encore même quand la chair érotisée – la sienne, la mienne et leur croisée – n'intervient plus. Car, dans la haine, autrui pointe et perce toujours : je veux le repousser, il ne m'affecte plus, il suspend sa chair et la mienne, mais il m'obsède, me convoque, m'individualise. Aussi désincarné et vide qu'il devienne, il s'impose toujours dans l'horizon de ma phénoménalité. Quel statut autrui garde-t-il ici, où il semble étrangement apparaître hors érotisation ? Evidemment le statut de ce que l'érotisation de la chair avoue ne jamais pouvoir atteindre, mieux reconnaît interdire – la personne. Autrui, sans et au-delà de la croisée des chairs, ne peut se laisser pressentir (sinon se faire désirer) qu'à titre de personne. Personne – doublement, parce qu'autrui brille par son absence, soit parce qu'il défaille (la jalousie), soit parce que je le détruis (la haine) ; pourtant, même manquant (il n'y a personne), il pointe comme personne. *Autrui comme personne* : je m'en tiendrai ici à l'ambiguïté de la formule – autrui m'intrigue encore comme *une* personne, lors même qu'il n'y a *personne* pour en assumer le rôle ni le phénomène. Autrui, personne instante en tant même qu'elle manque. Autrui, dont le phénomène survit même à son érotisation automatique, sa gloire et sa suspension.

Par la haine, j'ai donc confirmation de ce que la jalousie suggérait déjà. Car les deux veufs de l'amour – le jaloux et le haineux – s'obstinent à revendiquer autrui en personne plus longtemps et plus fidèlement que bien des amants, qui s'embourbent dans l'érotisation automatique et disparaissent avec sa suspension. A rebours de leurs intentions déclarées, le jaloux et le haineux prouvent que, même si l'érotisation de la chair aboutit inévitablement à sa suspension et dissimule autrui dans une déception nécessaire, je n'ai pour autant aucun motif de renoncer à l'atteindre en personne. D'ailleurs cette personne m'apparaissait encore à travers l'obscurité érotisée de son visage, précisément parce qu'elle me manquait ; et je la pressens exactement de la même façon que je la requiers – en tant que manquante. Il ne s'agit ni d'une nostalgie (car je ne l'ai encore jamais atteinte), ni d'une illusion (car je connais et reconnais ce manque, avec une précision qui fait souffrir). Non, la personne manque décidément et ce manque lui-même ne fait pas défaut. Il surabonde et m'obsède. D'ailleurs, rien d'étonnant à ce que la personne se phénoménalise d'abord sur la figure d'un manque, car cette ambiguïté atteste encore la dualité constitutive de la personne – autrui m'intrigue déjà comme *une* personne, lors même qu'il n'y a *personne* pour jouer son rôle.

§ 35. L'érotisation libre

Ainsi, alors que j'ai conduit toute ma méditation sur le mensonge en assumant qu'on ne peut phénoménaliser la personne d'autrui (ni d'ailleurs la mienne) dans la chair érotisée, à ma surprise j'apprends des acteurs les plus résolus de cette aporie (le jaloux et le haineux) que la personne reste encore, ne fût-ce que négativement, à l'horizon de l'érotisation, donc de la croisée des chairs. Je le constate aussi directement, puisque la personne d'autrui m'assigne en tant même qu'elle me manque – et elle me manque du fait de la réduction érotique (§ 6). Ce renversement suggère que l'alternative où je me débattais – ou bien la chair érotisée, ou bien autrui en personne – pourrait ne pas tenir : trop abstraite, trop convenue, inexacte simplement. En effet si, devant choisir entre la chair (donc la chair érotisée) d'un côté et la personne de l'autre, j'optais pour la personne sans la chair – que me resterait-il ? Peu de chose sans doute, en tous les cas rien qui permette de phénoménaliser autrui ; sans sa chair (et sans la mienne) que montrera-t-il ? Sans ma propre chair qui éprouve la sienne et sa non-résistance, quelle intuition pourrais-je encore avoir d'autrui ? Si je renonçais à la chair et à la croisée de nos chairs, je ne perdrais pas qu'elle, mais aussi toute phénoménalité possible d'autrui, en fait tout chemin éventuel vers sa personne. Il faut donc trouver, à l'intérieur même du champ ouvert par l'érotisation de la chair, une nouvelle manière d'en user, qui cette fois n'offusque plus les visages, ni les personnes que j'y pressens. Comme si l'érotisation pouvait donner plus qu'il n'y paraissait.

Erotiser la chair sans pour autant finir par manquer la personne, cela signifierait que l'érotisation n'aboutit pas toujours à la suspension qui nous retient justement d'avancer vers la personne. Mais prétendre éviter la suspension ne reviendrait-il pas à son tour à s'imaginer surpasser la finitude érotique de la sensibilité ? Et cela ne se peut, car la finitude ne se discute pas, elle se constate, surtout celle-ci. Sans doute, mais à condition de préciser la nature de cette finitude. Certes, quelque chose, dans l'érotisation de ma chair, l'atteste définitivement finie : qu'elle finit toujours par s'arrêter à un moment ou à un autre ; certes encore, mais quoi donc s'arrête, exactement ? S'agit-il de la croisée de nos chairs, qui se donnent mutuellement ce qu'elles n'ont pas ? Pas exactement, parce que nous voulons de toutes nos forces cette croisée et qu'elle continue ; l'arrêt ne résulte donc pas de la croisée des chairs, mais il s'impose à elle. Quel coup d'arrêt vient donc stopper nécessairement, malgré nous, la croisée de nos chairs ? Justement pas le fait qu'elles se croisent, se donnent réciproquement et s'entre-excitent – tout cela, nous le voulons. Que ne voulons-nous pas ? Que cela stoppe précisément. Pourquoi cela stoppe-t-il alors ? Parce que nos chairs n'en peuvent plus ; ou plutôt parce qu'elles n'en peuvent plus et que personne ne peut faire qu'elles puissent continuer. Voici le point : l'érotisation s'arrête et le doit, parce qu'elle cesse sans nos volontés, de même qu'elle a commencé sans elles ; elle finit comme elle commence ; ou plutôt, elle finit d'elle-même *parce qu'*elle commence d'elle-même. Elle s'interrompt malgré moi (j'y cède, « Je lâche tout ! ») parce qu'elle s'enclenchait sans moi (j'y cède, « C'est parti ! ») (§ 25). La finitude de l'érotisation s'accomplit en ce que je ne peux pas plus en retarder la fin que je n'ai pu en retarder (voire en avancer) le début. La finitude ne caractérise donc pas l'érotisation en tant que telle, mais l'érotisation *automatique* de la chair, qui s'arrête comme elle avait commencé – automatiquement sans avoir pu approcher d'autrui en personne.

Cette distinction faite, la question devient : puis-je

concevoir une érotisation de la chair non plus automatique, mais libre ? Formellement, la réponse ne fait aucun doute : une telle érotisation libre peut parfaitement se concevoir sans contradiction ; elle se définit clairement comme une prise de chair, où je ne m'abstiendrais éventuellement pas de m'abstenir de recevoir sans ou contre mon gré ma chair de la chair d'autrui et de sa non-résistance, où je ne me résignerais pas à simplement enregistrer que « c'est parti ! » pour finir par constater la suspension, sans rien y pouvoir. La possibilité d'une érotisation volontaire, au moins par abstention d'y céder automatiquement, ne fait donc pas difficulté. Mais son effectivité, elle, s'avère problématique : car, comme l'érotisation se joue toujours à deux, ma chair ne se reçoit qu'en éprouvant la non-résistance d'une autre chair ; elle reçoit ce qui ne dépend pas d'elle et qui l'affecte d'autant plus qu'il s'agit justement de ce qu'elle désire le plus et peut le moins accomplir d'elle-même – son avancée spontanée dans la non-résistance de l'autre chair. Le contact de ma chair avec l'autre chair, qui la met donc en pleine dépendance, ne rend-il pas absurde toute prétention d'indépendance érotique, donc toute érotisation volontaire ?

A moins que je puisse toucher la chair autre et laisser toucher la mienne *sans contact*. Cette hypothèse ne paraît absurde, qu'aussi longtemps que l'on s'imagine que nos deux chairs se croisent comme deux corps physiques entrent en contact contigu – par coïncidence dans l'espace, juste au-delà du plus petit écart qui les séparerait encore, mais juste en deçà de la porosité qui les confondrait déjà. Or il suffit de considérer d'abord qu'une chair ne saurait par principe s'expliquer par ce qu'elle a de commun avec un corps physique (à supposer qu'elle ait le moindre point en commun avec lui). Ensuite que je me trouve en réduction érotique hors du monde, donc totalement étranger à la contiguïté spatiale des choses, mais dans la distance des amants. Enfin que ma chair n'entre pas exactement *en contact* avec l'autre chair, puisqu'au contraire elle l'envahit, pénètre dans sa place et vient *en* elle qui se retire à mesure pour attirer plus avant. Dans la distance d'une chair à l'autre, il ne s'agit pas de se coller l'un à l'autre comme si l'espace manquait, ni de se juxtaposer comme deux corps physiques s'assemblent ; lorsque nos chairs se donnent l'une à l'autre, il s'agit de faire l'amour à un autrui et en tant que tel. La question de l'érotisation ne se poserait absolument pas, s'il s'agissait seulement d'un contact, aussi étroit soit-il ; elle ne se pose que parce que ma chair s'éprouve en se recevant d'une autre chair (qui le lui rend bien), en sorte que nous nous fassions amants l'un de l'autre ; nous nous touchons certes, mais se toucher ne signifie pas ici simplement entrer en contact ; cela signifie rien de moins que faire l'amour – à savoir, strictement ceci : donner sa chair à autrui et la recevoir de lui. Et, tout comme il ne suffit pas d'entrer en contact pour faire l'amour, pour faire l'amour je n'ai pas toujours, ni d'abord, ni nécessairement besoin d'entrer en contact avec autrui ; je peux aussi lui donner sa chair, donc lui faire éprouver ma non-résistance (et réciproquement) en lui parlant. Je fais l'amour *d'abord* en parlant : je ne peux le faire sans parler et je peux le faire rien qu'en parlant – l'ancien usage du français entendait d'ailleurs ainsi « faire l'amour ».

Il s'agit d'une parole certes fort particulière (§ 28), qui ne parle de rien, du moins d'aucune chose, d'aucun objet du monde, voire d'aucun étant ; elle ne dit rien de rien, ne prédique aucun prédicat d'aucun substrat. En effet, elle ne parle à autrui que de lui-même, en propre, à titre de personne insubstituable, en tant que la première et la dernière ; l'adressant ainsi, ma parole ne vise qu'à le toucher, à l'affecter au sens le plus strict, en sorte de lui faire sentir le poids, l'insistance et la non-résistance de ma chair ; ensuite ma parole ne lui parlera plus seulement de lui, mais peu à peu de l'entre-deux de moi à lui, de l'entre-nous, de cette non-chose, irréelle et invisible, où nous nous tenons, nous vivons et respirons. Avec cet entretien seul, autrui va pourtant pouvoir éprouver non seulement ma chair qui s'empresse, mais surtout que cet empressement ne veut pas lui résister, ne veut que ne pas lui résister ; autrui va finalement, en m'écoutant, éprouver l'expansion de sa propre chair – jouir de soi par moi. Ma parole, qui lui parle de l'entre-nous, sait seule le toucher à cœur et lui donner sa chair à fond – sans encore aucun contact spatial, qui ne deviendra éventuellement licite qu'ensuite et par cette parole même. La parole donne la première sa chair à autrui, dans la distance. Mais si je touche autrui et lui donne chair rien qu'en lui parlant, alors je lui fais l'amour *en personne*. Il dépend de moi de parler ou de cesser de parler, d'écouter ou de me détourner ; j'en reste libre, alors qu'il ne dépend pas de moi seul de suspendre le contact de la chair avec la chair, ni de m'abstenir de leur non-résistance. Pour résister à l'érotisation automatique, je dois me faire violence et parfois je dois même faire violence au consentement d'autrui à ma non-résistance (§ 31). Au contraire, je peux, de moi-même et seul, commencer à parler, continuer et m'arrêter – je le peux, parce que cela reste ma responsabilité. En un sens, je n'y dépends même pas d'autrui, parce qu'il revient à ma parole non seulement de lui faire l'amour, mais, en le suscitant comme l'autrui de l'amant que je deviens sous ses yeux, de le faire entrer aussi dans la réduction érotique. Parce que je le veux bien, la possibilité s'ouvre donc que ma parole érotique atteigne autrui en personne.

Elle s'ouvre d'autant plus que, à bien la considérer, la parole que je dis pour faire l'amour ne peut jamais mentir et atteste une véracité sans faille. Aucun paradoxe à cela. D'abord, comme cette parole ne dit rien de rien, n'attribue aucun prédicat à aucun substrat et ne décrit pas le moindre état de choses, elle ne peut rien énoncer de faux. Ensuite, comme cette parole ne parle à autrui que de lui-même, puis de l'entre-nous, autrui sait parfaitement si ce que je dis répond à ce qu'il éprouve : il lui suffit de vérifier en lui-même si ma parole, qui dit qu'elle lui donne sa chair parce que ma chair ne lui résiste pas, provoque effectivement bien l'expansion de sa chair à lui ; si autrui reçoit de fait sa chair de la mienne qui lui parle, alors ma parole dit vrai et atteste sa véracité ; sinon, il appert que je ne parle pas en amant, que je ne sais pas, ne peux pas ou même ne veux pas faire l'amour comme il convient – en le disant d'abord. Qu'on n'objecte pas que je peux ici faire l'amour en ayant l'intention de mentir (le baratin) (§ 30). Car ou bien ce que je dis – même avec l'intention contraire – ne donne pas à autrui sa propre chair et il s'agit d'un mensonge par défaut ; ou bien ce que je dis donne effectivement à autrui sa propre chair – ce que je cherchais – et alors mon éventuel mensonge va devenir intenable et dangereux pour moi-même : soit je vais devoir détruire ce que j'ai suscité (la chair d'autrui), soit, plus couramment, je vais découvrir que la chair que j'ai suscitée de fait m'a déjà donné la mienne ; je me retrouve alors amant sans l'avoir voulu, ni même vu. Dans les deux cas, mon mensonge d'intention n'a pas résisté à la véracité irrévocable de ma parole, qui, que je le sache ou non, a vraiment fait l'amour et donné une chair à autrui. Aussi, si je parle en personne, d'une parole nécessairement vérace, comment n'aimerais-je personne en personne ?

Il reste à mesurer jusqu'où peut s'étendre et s'appliquer l'érotisation libre. A l'évidence, puisqu'elle aboutit sans céder à l'automatisme (ni subir la suspension), elle ne se limite pas à l'exercice sexuel de la croisée des chairs. Devant elle s'ouvre donc une immense carrière – elle permet de donner (et de recevoir) une chair érotisée là où la sexualité n'atteint pas. De parent à enfant, d'ami à ami, d'homme à Dieu (§ 42). En elle se reconnaît sans doute aussi la *chasteté*, la vertu érotique par excellence.

Du tiers, qu'il arrive

§ 36. La fidélité comme temporalité érotique

Les intermittences de la chair m'ont elles-mêmes conduit à reconnaître pour la première fois la possibilité de faire l'amant en personne. Même la jalousie le postule sur le mode de l'absence (§ 33) et la haine le confirme par contraste (§ 34). La possibilité de faire l'amour sans toucher aucune chair, avec la seule prise du discours (la prise de chair par la parole, § 35) me renvoie directement, moi l'amant, à mon statut de personne. Reste à comprendre le lien entre l'amant et la personne, qui ne va pas de soi : il y a déjà tant de difficulté à concevoir mon individualité dernière – ce que je ne partage avec personne et me revient en personne –, qu'il y en aura encore plus à la déduire de mon seul statut d'amant. Revenons donc à l'amant. Il s'accomplit lorsque son avance – sa décision d'aimer le premier et son intuition amoureuse – trouve sa validation dans le serment, où la signification venue d'autrui ne fait plus qu'un avec la sienne propre – « Me voici ! » (§ 21). Cet unique phénomène érotique se déploie cependant en commun pour les deux amants – deux intuitions pour une seule et même signification.

L'amant ne devient lui-même que parce qu'autrui, l'autre amant, lui assure sa propre signification, à lui le premier amant, par la sienne propre, à lui l'autre amant. L'amant s'accomplit dans un phénomène érotique plein, au-delà de la simple avance qui ne manifestait encore rien tant elle restait unilatérale (§ 18), dans la mesure où il fait, lui, durer le serment – ou plutôt dans la mesure où le serment le fait durer. Aussi l'endurance du serment, en un mot la fidélité, devient la condition de la persistance du phénomène érotique. Plus exactement, l'effectivité du phénomène érotique dépend de sa temporalité, elle-même définie par la fidélité : non seulement seule la fidélité des amants dans l'unique serment (une signification « Me voici ! » pour deux) permet au phénomène érotique de se prolonger, mais ce prolongement du serment, ou plutôt le serment comme prolongement, définit réciproquement la seule temporalité appropriée au phénomène érotique. Il ne peut ni durer, ni même simplement se temporaliser sur un autre mode et selon un autre processus que la fidélité. La fidélité n'a pas ici un statut étroitement éthique, facultatif et psychologique, mais une fonction strictement phénoménologique – permettre de temporaliser le phénomène érotique, en sorte de lui assurer une visibilité qui dure et s'impose. Sans la fidélité, le phénomène érotique redevient un simple instantané, disparaissant sitôt apparu, une intermittence phénoménale.

Le phénomène érotique, que demande l'amant, exige la longue et profonde fidélité. Mais la fidélité requiert rien de moins que l'éternité. Comme je l'ai déjà expérimenté, dans le moment où j'aime (§ 22), dès que je le dis et le prétends (§ 28), plus encore dans le moment où j'aime selon la chair érotisée (§ 25), je ne peux pas m'adonner à aimer, si je restreins mon intention et sa signification (« Me voici ! ») dans un laps de temps fini ; si je prétendais aimer pour un délai d'avance délimité, prévu jusqu'à une certaine date mais pas au-delà, mon amour ne s'annulerait pas à cette échéance, mais dès le début. Aimer pour un temps déterminé (et un accord mutuel n'y changerait rien), cela ne signifie pas aimer provisoirement, mais ne pas aimer du tout – n'avoir même jamais commencé d'aimer. Aimer provisoirement – non-sens, contradiction dans les termes. Sans doute peut-on à la rigueur dire « Je t'aime ! » sans avoir l'intention d'une fidélité ; mais dans ce cas il ne s'agit que d'un mensonge, qui peut tromper autrui (s'il veut bien s'aveugler), évidemment pas moi qui le profère. Dans cette situation, j'éprouve qu'en fait je ne peux pas dire ce que je dis et, dans le même temps, exclure l'obligation de fidélité ; si donc je persiste dans cette contradiction performative, je devrai en payer le prix – me contredire moi-même, devenir une contradiction effective, bref me faire infidèle à moi-même, parce que je ne veux pas rester fidèle à autrui. Cette contradiction de soi par soi définit précisément le véritable mensonge, qui ne consiste pas tant à mentir à autrui (ce que je peux espérer dissimuler), qu'à se mentir à soi-même (ce que je ne peux me cacher à moi-même). Ainsi aimer demande non seulement la fidélité, mais la fidélité pour l'éternité. La fidélité temporalise donc le phénomène de l'amour, en lui assurant son seul avenir possible.

D'ailleurs, contrairement à l'opinion reçue, la difficulté consiste moins à penser la possibilité de la fidélité – cette condition *a priori* de la temporalité du phénomène érotique – que celle de l'infidélité, justement parce qu'elle rend impossible la phénoménalité érotique. Comment puis-je en effet, et semble-t-il si aisément, m'installer dans l'infidélité, donc dans l'impossibilité érotique ? Comment puis-je ne pas voir que mon intention avouée – rester toujours « libre » pour de nouvelles « rencontres » – se contredit, puisque cette « disponibilité » implique ou bien que rien n'a duré des « rencontres » précédentes, ou bien que je mène de front plusieurs « rencontres » sans aucun espoir de durer, précisément parce qu'aucune n'a même droit à un présent entier. Bref, quiconque érige l'infidélité en principe s'interdit, par le fait même, l'accès à la moindre phénoménalité érotique réelle et en contredit le moindre accomplissement. On en convient d'ailleurs, puisqu'on proclame rarement l'infidélité en principe déclaré de l'attitude érotique ; on se replie plutôt sur une tactique souple : la démultiplication de fidélités successives, chacune d'intention sincère, mais toutes de faible résolution, donc de courte durée ; à chaque fois, je me lance (presque) vraiment dans le « Me voici, moi, le premier ! » et je tente (un peu) de durer sur mon erre aussi longtemps du moins que l'inertie de ma courte avance initiale me le permet ; à chaque fois le serment s'accomplit donc un temps, et, avec lui, le phénomène érotique esquisse une apparition ; mais je ne peux tenir longtemps la signification commune, parce que mes vécus de conscience, comme ceux de l'autrui, passent ; et ils passent chacun à leur rythme propre ; donc le phénomène érotique commun, sous ce décalage, se distend, se déchire et finit par se déliter. Je n'aime plus et j'oublie que j'ai tenté d'aimer ; même le manque d'autrui finit par ne plus me manquer. Aussi, dès que possible, à savoir dès que disparaîtra la réduction érotique et que je m'en apercevrai, je recommencerai ou tenterai de recommencer – en assumant toujours la même fidélité *a minima*, réemployant toujours les mêmes vécus d'occasion, recyclant un « Me voici ! » décati, pour un court essai, d'avance vain, faute d'une avance sans fin.

De cette parade, souvent comique et toujours sinistre, il ne faut pourtant pas trop médire. D'abord parce que l'interruption précoce du phénomène érotique ne remet pas en cause sa définition par le serment, donc l'exigence de fidélité ; elle illustre seulement la contrainte qu'exerce sur les faibles amants la suspension (§ 26), donc la finitude de leur chair érotisée (§ 27). Car les intermittences de l'amant raté résultent d'abord et surtout de ce qu'il s'en remet sans réserve – naïvement, lâchement ou bêtement – à l'érotisation automatique, de fait inexorablement finie, pour faire durer l'avance du serment, de droit sans fin. Cette contradiction entre la suspension inéluctable et l'exigence d'éternité se fait si nette qu'elle consacre ce que l'érotisation volontaire (§ 35) laissait déjà voir : il est patent que l'avance de l'amant s'étend beaucoup plus loin que l'érotisation automatique de la chair. Autant celle-ci ne peut jamais tenir très longtemps le serment (comme un chanteur ne peut tenir une note trop extrême pour sa tessiture), et, dans le meilleur des cas, doit la reprendre sans cesse là où elle l'avait laissée ;

autant celle-là prétend s'accomplir une fois pour toutes et demande pour elle-même, donc d'abord d'elle-même l'éternité. L'infidélité se résume ainsi, dans la plupart des cas, à une succession de courtes fidélités, toutes provisoirement sincères, toutes précocement avortées faute de puissance, de désir et d'avance. La fidélité reste le fonds et la condition de possibilité de l'infidélité – qui ne cesse d'en raviver la nostalgie et de lui rendre involontairement hommage. Ainsi, même dans ses manquements, la fidélité définit encore la temporalité du phénomène de l'amour et son unique avenir.

La fidélité constitue à ce point la temporalité du phénomène érotique qu'elle n'en assure pas seulement l'avenir, mais aussi le passé. Elle prend en effet aussi la figure de l'irrévocable. Car je reste aussi fidèle, parfois malgré moi, à mes amants passés, autant à celui que j'ai déjà aimé qu'à celui qui m'a déjà aimé. Car le fait d'avoir tenté, ne fût-ce que pour un laps de temps à la fin fini, d'accomplir « Me voici ! » et surtout d'avoir expérimenté qu'autrui faisait sien le même « Me voici ! », en sorte que nous partagions l'un et l'autre la même signification – et celle-ci précisément – me marque et me métamorphose à jamais ; cette marque m'impose une nouvelle figure, donc une manière de fidélité à ce qu'autrui a fait en moi, a fait de moi. Tout phénomène érotique, y compris le moindre, reste mon acquis inaliénable, même si je l'ai laissé se perdre.

Considérons d'abord les amours que j'ai aimées un temps, avant de les trahir ou de les abandonner. Je leur reste pourtant fidèle et définitivement. Non certes en vertu des efforts du souvenir, que le travail du deuil ou une censure de dépit peuvent vouloir au contraire abolir. Mais parce que plus je me convaincrai que « Je ne veux plus en entendre parler », plus je reconnaîtrai, par cette dénégation même, que je me suis fait l'amant de celui dont, aujourd'hui, je prétends tout oublier. Il ne s'agit pas ici de la mémoire de tel visage, ni de telle chair, ni de tel autrui – tout cela peut bel et bien disparaître sans laisser de trace psychologique (§ 26 et § 29). Il s'agit du fait que je me suis une fois irrémédiablement déclaré pour celui qui a peut-être disparu de ma mémoire et que je m'en suis fait l'amant ; que j'en ai aujourd'hui tout oublié n'abolit en rien le fait que j'ai bel et bien accédé, pour aimer ce disparu, au statut d'amant, que je l'ai bel et bien aimé par avance suivant le principe de raison insuffisante et que j'en ai bel et bien reçu de lui ma chair (qu'il n'avait pas) en lui donnant la sienne (que je n'avais pas). Dès lors, même si le serment n'a pas su, pu ou voulu durer, même si autrui a disparu avec le phénomène qui le manifestait, je n'en ai pas moins radicalisé la réduction érotique, dont le sceau me signe à jamais. Tout ce que j'ai fait, dit et éprouvé par amour jusque dans la réduction érotique radicalisée m'a marqué comme un stigmate définitif et m'a imposé une forme neuve. J'ai éventuellement perdu avec le temps tel autrui ou perdu du temps avec lui – mais je ne perdrai jamais ce qu'il m'a fallu devenir pour l'aimer. Tous mes actes d'amant, je les garde à jamais en moi – ou plutôt ils me gardent en eux et sauvegardent ma dignité irrécusable d'amant. Ceux que j'ai aimés ont pu disparaître, non pas le fait que je les ai aimés, ni le temps que j'y ai consacré, ni l'amant que je suis devenu pour les aimer. Car il n'y a jamais d'*ex*-, mais seulement les traces indélébiles des autruis, qui me firent un amant, un amant fautif, fini sans doute, mais définitif, irrévocable. Je ne pourrai jamais faire que je n'ai pas tenté d'aimer, donc que je n'ai pas aimé.

Considérons maintenant, en regard, les amours qui s'adressèrent à moi, sans que j'y réponde, soit parce que je les ai ignorées, soit que je n'ai pas voulu les relever. Je leur reste pourtant fidèle, irrévocablement. Bien entendu, je peux en avoir perdu toute mémoire claire – en un sens, cela vaudrait même mieux pour tout le monde. Il n'empêche que celui que je suis maintenant, je ne le suis devenu qu'à la mesure où les regards, les avances et même les chairs de tous ceux qui m'ont aimé ont pesé sur moi, jusqu'à me modeler et me graver mon vrai visage. Que je le veuille ou non, leur avance m'a fait beaucoup plus que moi-même je ne me ferai jamais. Il ne s'agit pas seulement, avec ceux qui m'ont aimé, de l'estime de soi dont ils me gratifièrent, ni de la connaissance du monde et de moi qu'ils m'ouvrirent, mais du fait qu'en posant leur regard sur moi, ils m'ont introduit dans la phénoménalité du « Me voici ! » érotique, ou qu'ils m'en ont au moins ouvert l'accès. Ils m'ont fait entrer, sans que je le décide, voire malgré moi et de force, dans la réduction érotique où ils me précédaient. Je ne dispose que d'une seule façon de savoir quel amant s'accomplit finalement en moi – il suffit de savoir qui j'ai aimé et surtout qui m'a aimé. Et rien d'eux ne disparaîtra jamais, tant que moi, qui les résume, les reçois, les aime ou ne les aime pas, les remémore ou les oublie, je pourrai encore faire l'amant. Etrangement, au sens le plus radical, je ne peux pas ne pas rester fidèle même à ceux que j'ai abandonnés ou qui m'ont abandonné – car je leur dois mon statut d'amant, mon avance et mes suspensions. Ainsi la fidélité temporalise aussi le phénomène érotique en me rendant mon passé, en tant qu'amant, irrévocable.

La fidélité permet enfin de temporaliser le phénomène érotique au présent. Il reste en effet toujours une interrogation récurrente, qui tourne à l'obsession, précisément parce qu'elle paraît ne jamais recevoir de réponse sûre : moi qui dis « Me voici ! », qui entends autrui me dire « Me voici ! » et qui partage une seule signification avec lui, je ne pourrai pourtant jamais, par une impossibilité de principe, avoir accès à son intuition ni à ses vécus de conscience ; sinon ma chair, donc ma conscience, se confondrait avec la sienne. Donc, chaque fois que je dirai « Me voici ! », je poserai à lui et à moi, toujours en vain, la question « M'aimes-tu ? ». Cette question ne peut que rester sans réponse, puisque toute réponse que me fera autrui, y compris les réponses affirmatives, reste essentiellement douteuse. Non seulement parce qu'autrui peut intentionnellement me mentir (me dire ce qu'il sait faux – qu'il m'aime), mais surtout parce qu'il peut se faire, ou plutôt il se fait le plus souvent qu'autrui ne sait lui-même pas s'il m'aime ou non. Dès lors, comment le serment peut-il se dire et se redire ? Comment la fidélité peut-elle se confirmer au présent ? Il faut, pour surmonter cette épreuve, d'abord prendre acte que la fidélité d'autrui reste définitivement inaccessible à l'amant et qu'en particulier sa sincérité ne peut que faire illusion : en droit, même s'il le veut, autrui ne peut jamais me prouver sa fidélité, à moi, l'amant. Il ne reste donc qu'une voie ouverte : il faut que moi, l'amant, je décide de la sincérité d'autrui – autrement dit que moi, et non lui, réponde à la question « M'aimes-tu ? ».

Cette voie, puis-je l'emprunter, ce paradoxe, puis-je l'admettre ? En fait, je le peux parfaitement. Certes autrui ne peut jamais savoir s'il m'aime, car sa sincérité le déçoit autant qu'elle me laisse méfiant ; je n'attendrai pas de lui qu'il m'atteste ce qu'il ignore. Mais moi, à l'évidence, j'en sais beaucoup plus que lui sur lui ; je vois, dans ses actes et leur enchaînement, si tout se passe comme si autrui m'aimait ou non ; je peux d'autant plus m'appuyer sur ce *comme si*, que j'ai moi-même déjà eu recours à sa puissance paradoxale pour m'assurer de ma propre intuition amoureuse (§ 19). Je m'assure donc de ce qu'autrui se comporte *comme s*'il m'aimait ; et je le peux parfaitement, car il me suffit de mesurer s'il se comporte à mon égard *comme* moi je me comporterais à son encontre, *si* je l'aimais, bref de comparer nos deux *comme si*. Je me découvre dès lors en charge de la fidélité d'autrui ; je m'en trouve le témoin et la juge en effet, car je sais ce qu'un *comme si* veut dire et peut faire. Et je me reconnais expert en sa matière, car je sais d'expérience rompre un serment et ce qu'il coûte de le tenir. Autrui désormais s'avérera fidèle à chaque instant où, moi qui sais ce dont il s'agit mieux que personne, je jugerai qu'il l'est. Mais je ne peux décider qu'il me reste fidèle, qu'en décidant moi-même de lui rester fidèle – car, si je décidais de lui devenir infidèle, il pourrait certes me rester fidèle (ou non), mais je n'aurais plus à en connaître ni à m'en mêler. Donc l'indice de sa fidélité devient ma propre fidélité. Evidemment, lui, sachant que je décide de sa fidélité à mesure que je lui confirme la mienne, ne peut recevoir la mienne qu'en maintenant la sienne. Dès lors, de même que dans la réduction érotique radicalisée, chacun reçoit d'autrui la chair qu'il n'a pas de lui-même (§ 23) dans un concours d'excitation en principe sans fin (§§ 24-25), de même ici, dans la réduction érotique radicalisée comme aussi bien dans l'érotisation volontaire (§ 35), chacun décide de la fidélité d'autrui, tandis qu'il ne sait rien de la sienne propre dans un cours de temporalisation en principe sans fin.

L'échange des fidélités définit donc le seul présent partagé du phénomène érotique – l'amant disant à l'autre amant non pas « Je t'aime ! », mais, lui donnant un don infiniment plus rare et puissant, « Tu m'aimes vraiment, moi je le sais, je t'en donne l'assurance ». Ce présent, les amants se le donnent aussi longtemps que dure leur présent.

§ 37. L'ultime résolution anticipatrice

Notre présent d'amants dure aussi longtemps que nous le décidons ; et nous le décidons chacun en assurant l'autre de sa fidélité au serment commun, donc en anticipant sur lui. Notre décision ne peut donc se résoudre que par une double et réciproque anticipation. Ainsi s'instaure une résolution anticipatrice enfin conforme à la réduction érotique. Il s'agit bien d'une résolution, parce que je ne puis me définir comme amant, que dans l'exacte mesure que je parviens à dire, puis répéter le serment, qui fait seul apparaître le phénomène érotique (§ 21) ; que cesse cette résolution et le phénomène érotique disparaît aussitôt. Mais il s'agit aussi d'une résolution qui ne s'accomplit qu'aussi longtemps qu'elle anticipe sur elle-même ; plus exactement qu'aussi longtemps que chaque amant anticipe par son avance (§ 18) et sa propre fidélité (§ 36) sur celles de l'autre amant, et réciproquement ; une telle anticipation, parce qu'elle consiste en l'exercice de la fidélité, définit une temporalité proprement érotique.

Pourtant, l'amant peut-il ainsi se réapproprier la résolution anticipatrice ? Elle appartient, semble-t-il, à la phénoménalité de l'être ou plus exactement de cet étant (que je suis), où il y va non seulement de lui-même (comme un étant), mais plus radicalement de son être, voire immédiatement de l'être de tous les étants. La résolution anticipatrice n'a en principe lieu que là où elle a sens : à partir de la question de l'être et dans la réduction des phénomènes à leur être. D'ailleurs, en me résolvant en tant que cet étant, je n'anticipe que sur ma mort, sur l'ultime possibilité (la possibilité de l'impossibilité), donc en fait sur mon mode d'être : la possibilité qui surpasse l'effectivité. Or la possibilité de la mort reste toujours la possibilité d'être, absolument étrangère à la possibilité que j'aime ou qu'on m'aime d'ailleurs. Pourquoi donc risquer une confusion en parlant d'une résolution anticipatrice non pas ontologique, mais *érotique* ? Simplement parce que, pour s'accomplir à fond, la résolution anticipatrice n'a pas d'autre choix que de passer de l'ontologique à l'érotique. Car, au contraire de ce qu'on prétend, je ne parviens jamais à me décider par anticipation en restant dans l'horizon de l'être ; la résolution anticipatrice, envisagée du moins dans ses ultimes exigences, ne peut s'accomplir que dans l'horizon ouvert par la réduction érotique. De même en effet que j'ai compris depuis quelque temps (§ 3) que je ne suis qu'en tant que j'aime ou qu'on m'aime d'ailleurs, et non pas l'inverse, de même me faut-il aujourd'hui admettre définitivement (a) que je ne puis me résoudre et me décider véritablement qu'en accomplissant le serment ; (b) que je ne puis me résoudre sur le mode de l'anticipation qu'en temporalisant mon serment selon la fidélité ; et (c) que je ne m'approprie mon ipséité qu'en maintenant un serment aussi loin que ma fidélité me le permettra.

Il reste à le montrer. – La dernière résolution et la plus radicale ne peut consister à être. Car que puis-je décider, lorsque je me décide selon l'être ? Déciderais-je d'être ? Evidemment non, parce que je suis et serai que je le décide ou non ; et je cesserai d'être comme j'ai commencé à être : sans y rien décider. Ne puis-je pourtant me décider de mourir ? En fait, fort peu ; outre qu'il s'agit avec le suicide d'une contradiction formelle, il se pourrait que ce suicide même ne résulte jamais d'une décision libre, mais d'une contrainte à laquelle je cède parce que me manque la force de prendre la moindre résolution (§ 12). Reste pourtant une meilleure réponse : la résolution ne porte ni sur l'être, ni sur la mort, mais sur la possibilité de mourir, sur la mort en tant que possible, qui me permet d'accéder à mon mode d'être propre, la possibilité. Et on ne peut contester que l'être pour la mort (la possibilité de l'impossibilité) ne m'ouvre en effet mon être comme possibilité ; mais on peut contester que cette possibilité dépende encore de ma résolution libre, puisque, dans le meilleur des cas, je consens et j'acquiesce à ce que je ne pourrai de toute manière pas éviter – la mort. Sans doute, je ratifie mon être possible en me résolvant à la possibilité de mon impossibilité, mais je ne décide pas de cette (im) possibilité et je n'y décide rien – pas même mon passage au rien ; autrement dit, je peux me résoudre à ma possibilité (de l'impossible, ma mort) en anticipant sur elle et y souscrire sans résister ; pourtant cette anticipation n'a rien d'effectif ; il ne s'agit pas d'un suicide effectif, mais d'un changement de style, d'une manière plus libre d'approcher la mort possible ; cette anticipation ne change rien, ni à ma mort, ni à mon ipséité, ni à mon avenir. Sauf à la confondre avec un étrange quiétisme, je ne pourrai donc pas accomplir cette résolution (je me le dois pourtant, car il y va de mon ipséité) si je reste dans l'horizon de l'être (§ 19).

Mais je peux l'accomplir dans l'horizon érotique. Car l'amant, lui, se décide effectivement ; d'abord parce qu'il ne peut s'instituer lui-même comme amant que par une décision radicale, inconditionnée et sans raison suffisante, l'avance (§ 18) ; ensuite parce qu'il ne suscite son phénomène érotique qu'en donnant et recevant la signification « Me voici ! » (§ 21), ce qui implique non seulement une deuxième résolution de sa part, mais aussi une contre-résolution de la part d'autrui ; et ces deux nouvelles résolutions doivent ne jamais cesser de se répéter pour assurer sa temporalité au phénomène érotique. Plus largement, l'amant accomplit effectivement une résolution, parce qu'il tente et doit se résoudre à donner à autrui d'abord sa chair (§ 23), ensuite sa fidélité (§ 36), bref parce qu'il y va, dans sa résolution, non seulement de lui-même, mais de sa responsabilité érotique envers autrui. J'atteins donc véritablement ma décision, parce qu'en régime de réduction érotique (et là seulement) elle porte et me porte sur autrui, non sur mon seul *ego*, comme dans la réduction ontologique. – A quoi s'ajoute un dernier argument, simple et de principe : si la dernière résolution et la plus radicale ne consiste qu'à être et en l'être, elle succombera inéluctablement à la vanité, telle qu'elle disqualifie l'être dans la réduction érotique (§ 2) ; donc elle ne pourra plus se prétendre ni ultime, ni radicale.

Reste que la résolution selon la question de l'être doit s'entendre essentiellement comme une anticipation ; la résolution érotique peut-elle non seulement anticiper, mais anticiper plus radicalement que la résolution ontologique ? – Considérons d'abord un premier point : l'amant se résout par excellence et se décide originellement, parce qu'il ne décide de lui-même qu'en se décidant pour autrui et afin de se décider pour lui ; or une telle décision de soi pour autrui, l'amant la prend par principe sur le mode de l'anticipation et uniquement sur ce mode. L'anticipation ne complète pas après coup la résolution, elle la définit dès l'origine : d'emblée l'amant anticipe, puisqu'il se déclare sans réciprocité (§ 15) et par l'avance (§ 18), qui le libère du principe de raison (§ 17) ; l'anticipation détermine aussi l'érotisation de la chair (§ 24-25), comme la fidélité (§ 36). Cette immanence de l'anticipation à la résolution érotique conduit au second point : l'anticipation anticipe évidemment sur la possibilité, mais sur une possibilité qui ne se joue plus dans les limites de l'être, parce qu'elle transgresse celles de la mort. La dernière anticipation n'anticipe en effet pas sur la mort (l'impossibilité d'être), mais sur le dernier amour – donc sur l'avenir du serment, en tant que serment toujours à venir encore, toujours à revenir ; l'avenir du serment ne se limite pas à la mort, donc à l'impossibilité de la possibilité ; la mort fixe certes une limite indéniable à l'être, mais ne rend absolument pas impossible la possibilité érotique ; une fois la mort effective, il me reste encore, comme amant, au moins deux possibilités. Si autrui est mort, je peux, à titre d'amant, l'aimer encore, puisque je peux aimer sans réciprocité (§ 15) et même ce qui n'est pas (§ 3). Si je suis mort, autrui peut encore, à titre d'amant, m'aimer pour les mêmes motifs. Le phénomène érotique, comme il surgit par l'avance qui fait faire l'amour à l'amant, n'offre paradoxalement aucune prise à la mort – justement parce qu'il s'affranchit de l'horizon de l'être. Au contraire de la résolution anticipatrice en réduction ontologique, qui n'atteint la possibilité que selon l'être (c'est-à-dire selon la mort qui surligne la possibilité d'être par possibilité de l'impossibilité), en réduction érotique la résolution anticipatrice ouvre une possibilité sans mesure – une possibilité que ni l'être, ni donc la mort ne limitent jamais. Cette possibilité se définit comme *l'impossibilité de l'impossibilité*. Le phénomène érotique, comme tel, n'a aucun motif de succomber à la mort, parce qu'il n'appartient pas à l'horizon de l'être. Non seulement l'amour a raison de désirer l'éternité, mais son sens s'y trouve toujours déjà. Ainsi l'amant atteint-il une anticipation effective, libre et véritablement décidée – il n'anticipe plus dans la possibilité de l'impossibilité (de l'avenir), mais dans l'impossibilité de son impossibilité. L'amant, dès le début de son avance, anticipe sur l'éternité. Il ne la désire pas, il la présuppose.

La résolution anticipatrice n'aurait pourtant aucune importance, si elle ne me permettait, en principe et à la fin, d'accéder à mon ipséité ; la réduction érotique permet-elle à l'amant d'y parvenir ? Au moins, je peux me convaincre aisément qu'en dehors de la réduction érotique mon ipséité reste douteuse, voire inaccessible, puisqu'on peut toujours lui en substituer une autre, qui serait moi à la place de moi. Considérons d'abord la réduction transcendantale, où je suis en tant que je pense (synthétise, constitue, déconstruis, etc.) ; il va de soi que je dois y penser selon la rationalité, donc selon les règles universelles de la pensée ; ainsi, plus je pense correctement, plus ce que je pense peut, à terme du moins, se trouver pensé par n'importe quel autre esprit rationnel ; mes pensées peuvent et même doivent devenir les pensées de tout un chacun et de quiconque qui pense ; donc mes pensées ne me définissent pas plus qu'elles ne m'appartiennent. Si je pense, peut-être suis-je, mais je ne sais pas qui je suis, ni même si je peux jamais devenir un *qui*.

Passons à la réduction ontologique, où je suis en tant que l'étant dans lequel il y va de l'être, de l'être de l'étant que je suis, mais aussi de tous les autres étants que je ne suis pas ; mais cet être, même si je ne peux le mettre en œuvre qu'en me décidant absolument et seul pour lui, me confère-t-il pour autant mon ipséité ultime ? Je peux en douter par deux arguments, au moins. D'abord, cet être reste l'être de tous les étants, même et surtout si seul un étant comme moi le sait et le fait voir ; dès lors, comment cet être des étants même autres que moi pourrait-il me conférer mon ipséité, à moi propre ? Que je doive m'individualiser pour y accéder n'implique pas qu'en retour cet être permette lui-même mon individualisation ; il pourrait au contraire la présupposer sans la permettre. Et d'ailleurs, comme tout homme a vocation d'exercer cette fonction d'étant privilégié, ne s'agit-il pas encore là d'une détermination transcendantale, donc parfaitement universalisable (§ 7 et § 22) ? Ensuite et encore une fois, si par impossible l'être m'accordait une ipséité, comment ne sombrerait-elle pas sous la vanité (§ 3) au même titre que l'être dont elle proviendrait ?

Au contraire, comme amant en situation de réduction érotique, je ne rencontre plus ces apories. Je sais parfaitement ce qui, de moi, ne peut jamais passer à un autre individu et reste indissolublement mien, plus intime en moi que moi : tous ceux que j'ai aimés en tant qu'amant, plus exactement tous mes vécus de conscience érotiques, toutes mes avances, tous mes serments, toutes mes jouissances et toutes celles que j'ai provoquées, toutes mes fidélités et toutes mes suspensions, toutes mes haines et ma première mort – tout cela portera mon nom quand je ne serai plus. Tout cela porte en fait dès maintenant mon nom, le rend honorable ou méprisable, admirable ou pitoyable. Cela personne ne peut me le prendre, ni m'en délivrer, ni me le donner – moi seul ai dû m'y engager en personne, par avance et à titre d'amant, pour en arriver là, à ce que je suis en tant que l'histoire d'un amant. Et, paradoxalement, cette ipséité irrévocable, je ne peux moi-même en tracer l'histoire érotique – il faut que d'autres me la disent. Car, justement, mon ipséité s'accomplit érotiquement, donc à partir d'ailleurs et d'un ailleurs, autrui aimé (ou haï). Non seulement je ne m'éprouve comme un amant qu'en m'exposant à cet ailleurs (§§ 5-6) au risque de l'avance (§ 4), mais seul autrui me confère la signification de mon phénomène amoureux (§ 21) ; lui seul sait si je l'aime (§ 36) et si je lui ai donné sa chair (§ 23) : je n'apprends, ou plutôt je n'apprendrai pas mon nom et mon identité les plus propres de ce que je sais de moi, ni de ce que je suis ou de ce que j'ai décidé d'être, mais de ceux que j'aime (ou non) et de ceux qui m'aiment (ou non). Qui suis-je ? A cette question, l'être n'a rien à répondre, ni l'étant en moi. Comme je suis en tant que j'aime et qu'on m'aime, seuls d'autres pourront répondre. Je me recevrai à la fin d'autrui, comme je suis né de lui. Non que je doive m'en reconnaître l'otage ou qu'une aliénation m'en maintienne l'esclave : cette crainte elle-même ne peut se concevoir que dans un horizon transcendantal ou ontologique, qui présuppose ce qu'il s'agit justement de questionner – que *je* n'ai affaire qu'à *moi*, que mon ipséité puisse se résoudre dans ma seule monade, bref que je revienne à moi parce que j'en proviens. Or je sais, depuis l'épreuve de la vanité et la réduction érotique, que mon propre le plus intime m'advient d'ailleurs et y renvoie. L'amant ne devient lui-même qu'en s'altérant et ne s'altère que par autrui, gardien ultime de ma propre ipséité. Qui, sans lui, me reste inaccessible.

§ 38. L'avènement du tiers

Je me recevrai donc, à la fin, d'autrui. J'en recevrai mon ipséité, comme j'en ai déjà reçu ma signification dans son serment, ma chair dans l'érotisation de la sienne et jusqu'à ma propre fidélité dans sa déclaration « Tu m'aimes vraiment ! ». Mais ce que je ne cesse de recevoir ainsi d'ailleurs, il me faut encore et toujours tenter de le recevoir à l'instant suivant, à chaque nouvel instant. Pour continuer la même réduction érotique, il nous faut tout recommencer dès le début et sans interruption. Nous ne nous aimons qu'au prix d'une recréation continuée, d'une quasi-création continue, sans fin et sans repos. Nous ne nous aimerons qu'à condition d'endurer la répétition et de remonter, comme une pierre trop lourde, le poids du serment jusqu'au sommet de l'érotisation même et surtout après chaque suspension, voire chaque déception. Une question ne peut donc pas ne pas se poser : mon serment d'amant, que je partage en le donnant et le recevant dans la discontinuité d'une répétition, ne pourrions-nous pas,

nous les amants, le confier à un tiers, qui l'assurerait plus durablement que nous ? Un tiers, qui, hors de notre intrigue et indemne de sa finitude, assurerait notre serment en l'inscrivant dans une durée continue – la sienne.

Ce tiers n'aurait pourtant aucune légitimité pour assurer notre serment, donc notre accomplissement selon la réduction érotique, si lui-même n'appartenait pas à cette réduction érotique ; autrement dit, s'il n'en provenait pas aussi, il n'en relèverait pas, donc ne l'actualiserait pas en lui-même. Ce tiers, éventuel témoin de notre serment, devra phénoménaliser notre phénomène érotique commun par son phénomène propre, ni le mien, ni celui d'autrui, mais justement le sien, un tiers phénomène ; ainsi pourrait-il attester notre visibilité toujours à répéter par la continuité inattaquable de sa propre visibilité ; et conférer à notre phénomène érotique, laissé toujours intermittent dans le serment, la stabilité d'un phénomène durablement résolu. Désormais, quoi qu'il puisse advenir du premier phénomène érotique, le tiers assurerait par sa visibilité incontestable qu'il y eut un temps où notre serment se phénoménalisa en pleine lumière. On voit que ce tiers – s'il s'en trouve un – devrait se produire comme un phénomène parfaitement advenu, dont la visibilité stable reproduirait et donc assurerait la visibilité instable de notre serment soumis à répétition. S'il doit jamais intervenir, le tiers ne se produira, ne s'avancera et n'apparaîtra dans la visibilité érotique que pour reproduire ce qui ne se donne pas sans cesse à voir, notre serment, ses heurs, bonheurs et malheurs. Il ne le pourra, qu'en restant en même temps indissolublement lié à ce dont il atteste ainsi la phénoménalité par la sienne ; il ne pourra re-produire que ce à partir de quoi il se produira lui-même. Ce tiers phénomène, qui ne re-produit dans sa visibilité la visibilité répétitive de notre serment qu'en se produisant à partir de ce serment même, sans jamais pouvoir le révoquer et qui advient comme un événement intrinsèquement érotique, se nomme l'*enfant*.

Un tel passage de l'amant à travers le serment, l'érotisation, la jalousie et la fidélité jusqu'à l'enfant n'a rien de facultatif. A condition d'entendre l'enfant comme une requête inconditionnelle de la réduction érotique, dont en aucun cas l'amant ne peut même prétendre faire l'économie, sauf à suspendre cette réduction même ; et ce passage n'a rien d'arbitraire ni d'idéologique non plus, pour deux raisons claires. – Le passage à l'enfant ne résulte pas d'une loi biologique ou sociale, mais d'une exigence phénoménologique : il ne s'agit dans la re-production d'abord ni même essentiellement de maintenir disponible l'espèce, de renforcer la communauté ou d'agrandir la famille, bref de perpétuer le passé dans l'avenir par itération ou accumulation ; ce processus garde sa légitimité et son rôle, mais relève de la sociologie. Par contre, d'après la phénoménologie, le passage à l'enfant a fonction de produire une plus stable visibilité du phénomène érotique déjà accompli par le serment et répété par la jouissance, donc d'assurer la visibilité présente et à venir des amants. Les amants passent à l'enfant pour radicaliser l'apparition de leur propre phénomène érotique partagé – non d'abord pour le manifester publiquement et socialement aux autres restés en dehors de la réduction érotique, mais pour se le montrer à eux-mêmes et ainsi se rendre visibles *eux-mêmes à eux-mêmes* au-delà ou malgré leurs propres intermittences. La distance entre eux-mêmes et leur enfant remplit les conditions phénoménologiques adéquates pour qu'enfin, dans ce tiers qui les re-produit parce qu'il se produit (advient) à partir d'eux, ils s'apparaissent à eux-mêmes, comme de purs amants et selon les règles de la réduction érotique. En effet l'enfant apparaît comme leur premier miroir, où ils contemplent leur première visibilité commune, puisque cette chair, même s'ils ne l'éprouvent pas en commun, a mis pourtant leurs deux chairs en commun, dans ce tiers commun précisément, où s'exhibe l'enfant. Du coup, ce miroir ne se dégrade pas en idole (miroir invisible comme premier visible) ; car, puisqu'il résulte du serment et de l'avance réciproques des amants, donc de leur distance infranchissable, l'enfant apparaît aux amants encore comme un tiers : d'abord parce que sa propre chair impose une chair définitivement autre que la leur, confirmant le principe d'inaccessibilité de toute chair en tant que telle ; ensuite parce que, dans sa propre chair, il incarne précisément cette distance entre leurs deux chairs, que jamais le serment ni la jouissance n'ont abolie (ils y demeurent), mais toujours confirmée. Les amants ne font pas et ne feront jamais un avec leur image, ni n'en feront leur idole, puisqu'elle ne les re-produit dans la visibilité qu'à condition de *ne pas leur ressembler*.

Mais il s'y ajoute une deuxième raison. – Le passage à l'enfant répond à une exigence d'autant plus phénoménologique (non biologique ni sociale), qu'il peut toujours et doit d'abord s'entendre comme la *possibilité de l'enfant* plus que comme son effectivité. En effet, pour les amants, il ne s'agit pas au premier chef de l'enfant effectif, ni de celui que l'on « a » (ou croit « avoir »), ni de celui que l'on « veut avoir »

– éventuellement à tout prix de manipulations biotechnologiques ou de trafics socio-médicaux, qui le réduiraient au rang d'un objet fabriqué, vendu et acheté ; dans ces deux cas d'ailleurs, l'obsession de posséder la chose, qu'on nomme alors « son » enfant, peut facilement aller de pair avec son oubli par indifférence, son instrumentalisation par convenance, voire sa destruction par mauvais traitements (physiques ou psychologiques) ; l'effective possession de l'enfant non seulement ne prolonge pas toujours sa possibilité, mais souvent elle la détruit. Pour des amants au contraire, la possibilité de l'enfant va plus loin que sa possession, donc que son effectivité : il s'agit en fait d'une étape incontournable de la réduction érotique, et, à ce moment, la première qui paraisse assurer une stabilité au phénomène érotique : l'enfant incarne en sa chair un serment une fois et à jamais accompli, même si les amants l'ont depuis rompu. Dans l'enfant, le serment se fait chair, une fois pour toutes et irrévocablement, même si les amants divorcent ensuite de leur serment. L'enfant manifeste une promesse toujours déjà tenue, que les amants le veuillent ou non. L'enfant défend le serment des amants contre les amants eux-mêmes ; il se donne en gage contre leur séparation ; il s'interpose en gardien de leurs premières avances ; il projette dans l'avenir le présent du serment et, si ce serment ne vit plus, l'enfant, aussi longtemps qu'il vivra, témoignera de lui contre les amants. Ainsi l'enfant consacre dans sa chair la fidélité des amants ou, dans sa chair, laisse parler la jalousie et défend contre eux l'honneur des amants (§ 33).

Restons-en ici strictement à l'enfant comme une possibilité à la fois exigée par la réduction érotique et rendue intelligible par elle. L'enfant ne peut se penser qu'à partir de sa possibilité, parce qu'il apparaît toujours comme un phénomène donné selon l'avènement d'un événement, et avec une radicalité qui l'arrache au commun des phénomènes, même compris comme donnés. En effet l'enfant *advient* en ce sens strict qu'il ne se produit lui-même et ne re-produit les amants qu'en se refusant pourtant toujours à ce que le moindre déterminisme (causes, décisions, fabrications, etc.) le fasse advenir par volonté et selon des prévisions de ces mêmes amants. Il ne dépend pas des amants de devenir des parents, bien qu'eux le puissent ; autant je deviens amant parce que je le décide, autant il ne suffit jamais que je décide de devenir parent pour le devenir ; il ne suffit pas de vouloir et de décider « faire » un enfant pour qu'il advienne de fait – et d'abord parce qu'on ne peut jamais « faire » un enfant, malgré toutes les volontés et tous les dispositifs qui le prétendent ; la volonté d'engendrer ne garantit jamais absolument une fécondation, pas plus qu'une volonté de ne pas engendrer ne préserve toujours d'engendrer quand même. Apparemment, même les techniques les plus complexes destinées à provoquer des fécondations artificielles (ou du moins assistées, en partie non naturelles) n'atteignent pas, et de très loin, les résultats presque absolument certains, prévisibles et sans défaut qu'obtiennent régulièrement les techniques destinées à la production d'objets industriels ; au contraire, les résultats ne relèvent ici que de causalités statistiques, sans déterminisme strict et avec des fréquences de réussite étonnamment faibles. L'enfant ne se décide et ne se prévoit pas plus qu'il ne se « fait » : bien qu'il provienne (en principe) entièrement de nous, il ne dépend pourtant pas exclusivement de nous qu'il vienne ou ne vienne pas. Même une fois conçu, son indisponibilité se marque encore par le délai, toujours incertain, que sa naissance impose aux amants ; en tout état de cause, entre la conception et la naissance, ils doivent encore attendre l'enfant ; ils attendent son bon vouloir après la conception, de même qu'ils l'attendaient *avant* sa conception ; leur plaisir attendait toujours son bon plaisir. Même s'ils ont décidé de le provoquer, les amants doivent encore attendre l'enfant, qui ne se signale d'abord qu'en se faisant attendre et se laissant désirer ; ici l'attente nous apprend le désir, non pas l'inverse, comme dans l'érotisation de la chair, où le désir provoquait l'attente.

Cette irréductible attente s'impose aux amants et prouve que l'apparition de l'enfant ne dépend pas de leur volonté, condition jamais suffisante ni même toujours nécessaire. Cette attente confère aussi par excellence au phénomène de l'enfant le caractère d'un *arrivage* – arrivée imprévisible, toujours incertaine bien qu'espérée d'un ferme espoir. Cet arrivage implique (on pourrait le montrer en détail) d'autres caractères : l'anamorphose, car l'enfant surprend l'intentionnalité et demande qu'on la règle après coup sur son point de vue privilégié, non plus sur celui des amants ; l'incident, car l'enfant vient sans raison, ni cause et redéfinit des possibilités à partir de son fait accompli ; l'événement enfin, car l'enfant s'impose comme irrépétable, excédent et pure effectivité d'un non-effet. En aucun cas, l'enfant ne perpétue l'état passé des amants, ni ne les conforte dans leurs intentions ; il rompt plutôt le cours prévu de leurs possibilités en leur imposant le fait de la sienne ; il leur arrive en pleine face, comme un événement advenu de l'extérieur et du néant, ni comme leur rejeton, ni comme le fruit de leur arbre commun, ni comme le prolongement de leurs accomplissements ; contre toute attente, il surgit sans qu'on sache vraiment d'où, ni pourquoi, ni de quel droit. Bref, littéralement comme un tiers, l'enfant s'invite chez les amants ; cet invité, cet héritier s'impose comme le plus proche intrus pour ceux sans lesquels pourtant il n'apparaîtrait pas. Le plus étranger et le plus intime – ainsi le tiers advient-il aux amants.

Cet avènement de l'enfant le qualifie d'autant plus comme un tiers, qu'il s'impose aussi par une *facticité* également hors du commun. Nulle part ailleurs un phénomène n'advient avec une telle facticité – il est d'autant plus qu'il apparaît exactement comme il advient : d'une essence indécidée et jamais vraiment choisie, d'une existence imprévue et irrévocable, d'un avenir imprévisible et incorrigible. L'état civil ne rendra pas à l'enfant les causes à jamais manquantes de sa naissance, pas plus que la connaissance toujours à venir de son passé ne lui en rendra la maîtrise. Son éducation ne changera rien à son hérédité biologique et même culturelle, mais, au mieux, complétera, corrigera et développera son donné ineffaçable. Ce qui advint ne pourra jamais plus n'être pas advenu. Quant à son avenir, il adviendra encore à l'enfant comme à quiconque sous la figure d'un événement imprévisible.

D'emblée, ni les amants, ni l'enfant ne peuvent donc faire appel de cette facticité partagée. L'enfant, issu sans aucun doute de la chair de chacun des amants, ne sauvegarde ni l'une, ni l'autre ; certes il les donne bien à voir dans sa figure, mais sa figure reste pourtant sans modèle et l'enfant ne ressemble jamais à ses parents, malgré ce que bavarde le cercle de famille ; sa figure offrirait plutôt le phénomène sur lequel se donnent à voir, à revoir et reconnaître en plus net les visages des amants ; mais, s'il ne répète pas l'addition de leurs deux visages d'origine, le visage de l'enfant re-produit pourtant la visibilité intermittente du serment sur la visibilité en progrès de son phénomène neuf. Chronologiquement, nous précédons l'enfant et il procède de nous, mais phénoménalement il nous précède et nous procédons de sa visibilité. Sa facticité nous le rend assez étranger pour qu'il devienne bien le tiers ; elle nous le fait apparaître en tant même qu'il reste autre que nous et nous offre ainsi un miroir fixe, bien que toujours changeant. Il se pourrait que l'enfant, toujours, apparaisse étrange, comme l'étrangeté même qui manquait aux amants. En ce sens et à titre d'événement en pleine facticité, tout enfant advient comme un enfant trouvé.

Au double titre de l'advenue et de la facticité, l'enfant s'impose donc bien comme le tiers. Il satisfait ainsi aux deux exigences de sa fonction dans la réduction érotique : intrinsèquement lié au serment et à l'échange des chairs érotisées, donc à l'intrigue des amants qui le produit, il reste suffisamment distant d'eux pour atteindre sa propre visibilité, stable, indiscutable, et pouvoir ainsi les re-produire sur son propre visage. Il devient ainsi le témoin de ses parents, le tiers qui confère aux amants la visibilité assurée, qu'eux-mêmes ne pourraient atteindre dans la simple répétition chaotique de leur phénomène érotique.

Ainsi érigé en tiers, l'enfant peut alors jouer le rôle que mon désir extrême lui assigne – de prononcer un jugement dernier. Ou du moins, mon désir peut désormais lui demander de jouer ce rôle. Quel ? L'enfant pourrait, devrait pouvoir – du moins mon désir d'amant se l'imagine – me dispenser de répéter le serment et la croisée des chairs, en sorte enfin d'en finir. Et le désir d'un enfant peut sans aucun doute, pour une part indécidable mais essentielle, s'entendre comme une manière du désir de mourir – à tout le moins comme désir d'en finir avec le désir, d'en finir avec la répétition de la réduction érotique et ses exigences sans cesse ni repos. Comment faire cette fin ? Grâce au fait même de l'enfant, dont la facticité et l'arrivage s'imposent et en imposent assez pour ne plus dépendre de nos avances, ni nécessiter de répétition et ainsi prouver que nous, les amants, avons réussi à nous aimer au moins un temps, au moins jusqu'à ce point où l'enfant apparut, tiers désormais irrévocable. Faire une fin : provoquer la naissance du tiers, qui met fin à la répétition. Mettre fin aux questions de la réduction érotique (« M'aime-t-on d'ailleurs ? » § 3, « Puis-je aimer, moi, le premier ? » § 16, « M'aimes-tu » § 36), non plus par une réponse vide, car valide seulement un instant (« Me voici ! » § 21), mais par un fait advenu, un événement échu, qui reste – la troisième chair, définitive, de l'enfant. Bref, en finir avec la réduction érotique – « ils se marièrent et eurent beaucoup d'enfants ». Ainsi conçu, l'enfant rend manifeste dans sa durée (durant sa vie, au-delà de celle des amants et de leurs serments répétés ou arrêtés) ce que le serment signifiait sans pouvoir le phénoménaliser durablement, ni manifester à d'autres qu'aux amants eux-mêmes. L'enfant sauve le serment des amants d'abord en le rendant définitivement visible dans son tiers visage ; ensuite en lui conférant une durée plus longue que la leur, puisqu'il peut (au moins espérer) survivre à leurs morts respectives comme à leurs infidélités problables. Le serment rend possible l'enfant, mais seul l'enfant rend effectif le serment ; les parents engendrent l'enfant dans le temps, mais l'enfant fixe les amants hors de leur temps. Avènement du tiers – fin de l'histoire pour les amants. Fin de l'histoire – jugement dernier.

Désir aussitôt déçu. Car ce jugement dernier ne reste pas longtemps le dernier ; aussitôt dit, aussitôt fait, il devient l'avant-dernier et le cède à une nouvelle possibilité, à un nouvel événement, voire à la possibilité d'un autre enfant. Le jugement dernier ne dure pas – précisément parce que l'enfant, lui, n'en finit pas de durer. Sans doute, comme il dure et grandit, le tiers en lui témoigne d'autant plus assurément – mais de quoi ? Un temps peut-être, il témoigne du serment des amants et de l'échange des chairs érotisées ; et, ce faisant, il re-produit bien dans son phénomène indiscutable la visibilité fragile du phénomène érotique d'origine. Pourtant vite, très, trop vite, l'enfant tiers ne témoigne plus de notre serment (qui l'a rendu pourtant possible), mais d'abord de lui-même, et avec le temps, avec son temps, principalement, voire exclusivement de lui-même. S'il me re-produit, moi en mon serment avec autrui, il me re-produit sur son visage à lui, dans sa distance d'avec moi, selon un écart aussi ancien que son temps et que le temps ne cesse plus d'accroître. L'enfant re-produit certes le serment des amants sur son visage – mais précisément pour autant que son visage s'ajoute à ceux des amants, s'en distingue et donc s'en sépare en consistant en sa propre chair. Notre serment ou disparaît avec nous ou nous apparaît hors de nous – il transite par le tiers, lui-même définitivement en transit. La vie « continue », mais ce n'est plus la nôtre. Le jugement n'a rien de dernier, le temps ne s'arrête pas – justement à cause et en vertu de l'enfant, le tiers qui ne cesse d'advenir et de transiter. La reproduction du phénomène érotique sur son visage n'en délivre donc pas le dernier phénomène ; elle en fixe seulement un avant-dernier instantané, aussitôt révolu à l'instant suivant – qui vient déjà d'arriver, qui va passer, qui est passé.

Le serment se trouve donc renvoyé à lui-même, une nouvelle fois condamné au devoir de se répéter. Le tiers survit dans le temps, le serment doit faire de même et tenter de recevoir une autre re-production – d'attendre une autre fin, un autre tiers provisoire.

§ 39. L'enfant ou le tiers sur le départ

L'enfant joue le rôle du tiers, mais suivant une temporalité telle qu'il n'advient qu'en transit. Le tiers venu finit toujours par manquer. Non par hasard, ni par un mauvais succès, mais par définition – car l'enfant se caractérise justement en ce qu'il échappe à ses parents, les amants. Ce qu'il atteste, le serment, il se l'approprie au point de le faire sien, de l'incarner, mais dans une nouvelle chair où il l'emporte – et le faire disparaître aux yeux des amants. Il ne s'agit pas ici de cette banalité, que les enfants finissent toujours par partir (sinon ils ne deviendraient ni eux-mêmes, ni amants), mais d'une peine plus obscure : les enfants emportent avec eux le serment même qu'ils ont re-produit. Non seulement ils ne restent pas et il ne reste rien d'eux, mais il ne reste non plus rien de nous, les amants. Le fait, l'effet et la visibilité de notre serment s'effacent avec son dernier metteur en scène – le tiers.

Le tiers manquant fait défaut de plusieurs manières. D'abord il manque d'emblée, dès le premier moment. Car, quand les amants érotisent mutuellement leurs chairs, chacun donnant la chair qu'il n'a pas et recevant la sienne d'autrui qui ne l'a pas, quand dans ce croisement les amants ne font plus qu'une seule chair, il ne s'agit précisément pas de la leur, mais celle d'un autre autrui, d'un tiers. Sans doute chacun suscite-t-il la chair de l'autre (en s'effaçant devant son avancée et autorisant ainsi son expansion), mais précisément, ma chair provoque celle *de l'autre* et l'autre, *la mienne*, non pas la sienne ; nous croisons nos chairs, mais nous ne les unifions pas plus que nous ne les échangeons ; l'érotisation ne confond pas nos chairs en n'en faisant plus qu'une seule (§ 23), elle se borne – il s'agit déjà d'un extrême accomplissement – à pousser chacune à son expansion maximale en vertu de l'autre (§ 24), en sorte que chacune reçoive de l'autre de s'accomplir, donc d'y éprouver sa finitude (§ 25) ; il s'agit là d'une loi de la réduction érotique. Si donc les amants ne font pourtant plus qu'une seule chair, il faut comprendre qu'ils en font une autre que les leurs. Cette tierce chair provoquée par nos deux chairs ne les prolonge pourtant pas (dans l'érotisation, chacune de nos chairs se prolonge et n'a besoin, pour cela, d'aucune tierce chair) ; si elle ne les prolonge pas, il faut conclure qu'elle s'y ajoute ; pour s'y ajouter, elle s'en distingue d'emblée par un écart définitif ; à supposer que les codes génétiques des amants se combinent en un autre code, cela ne suffit pas à établir que leurs chairs s'unissent en elles-mêmes. La seule chair que les amants fassent leur échappe donc d'emblée ; elle s'écarte aussitôt d'eux et se met sur le départ avant même de se montrer au grand jour. La conception accomplit déjà tout ce que demande la naissance pour manifester le tiers ; et, comme la naissance délivre le tiers de toute immédiateté, la conception le met donc sur le départ. La conception vaut comme une déception. Le tiers – la chair tierce – ne s'annonce que par son départ, précisément pour se départir des amants. L'irréductible distinction de leurs deux chairs se répète avec le départ initial de la chair tierce. Surgi de la distance, le tiers l'entérine sans retour.

Il y a plus : le départ entre l'enfant et les amants ne se résume pas dans la simple distinction, aussi irrémédiable qu'elle paraisse, entre leurs trois chairs, comme s'il ne s'agissait à la fin que de sauvegarder ainsi l'individualité de chacun. Le départ de l'enfant, donc l'évasion du seul tiers qui puisse encore témoigner du serment, consacre surtout l'impossibilité de la réciprocité entre les amants – sinon une réciprocité décalée, sans cesse différée et différante. L'avance, même redoublée de part et d'autre en sens inversé sur l'unique direction du serment, ne s'abolit jamais dans un échange stable, qu'on retrouverait à la fin après un délai. L'avance reste définitivement acquise, parce qu'elle n'anticipe pas tant sur l'avance (ou le retard à l'avance) d'autrui, que sur elle-même ; l'amant entre en avance comme on entre en guerre ou en religion – en brûlant ses vaisseaux et sans espoir (ni la moindre envie) de retourner à l'équilibre de l'échange ; il se met à jamais en déséquilibre avant sur lui-même – sans considération de l'avance éventuelle d'autrui, qu'il ne peut d'ailleurs pas mesurer, n'y ayant aucun accès. Or, si le tiers doit re-produire le phénomène érotique, il lui faut témoigner de l'avance de l'amant et du déséquilibre du serment, qu'aucune réciprocité ne viendra jamais compenser. Cela, l'enfant le réussit parfaitement, puisqu'il exemplifie à la lettre l'impossibilité de rendre don pour don.

En effet, l'enfant a reçu des amants le don de son origine, le don dans lequel il est, vit et respire, le don qui rend possible même l'être et le précède ; par sa visibilité propre, l'enfant témoigne du serment des amants et consigne de fait l'érotisation de leurs chairs ; qu'il le veuille ou non, il s'institue comme leur tiers tant il valide, par le don qu'il reçoit et qu'il incarne pour longtemps (ce qu'on nomme, faute de mieux, la vie), le don que les amants se firent une fois. Pourtant, ce don reçu et qui dure, le rendra-t-il à son tour ? Peut-être, sûrement même, mais de telle sorte – par une loi encore de la réduction érotique – que jamais il ne le rendra à ceux qui le lui ont donné et toujours à celui qui, lui non plus, ne le lui rendra pas – à savoir à son propre enfant.

L'enfant ne se définit plus seulement comme l'adonné par excellence (celui qui se reçoit parfaitement lui-même de ce qu'il reçoit), mais comme celui qui reçoit le don d'origine sans pouvoir jamais le rendre à son donateur ; et qui doit toujours le redonner à un donataire, qui ne le lui rendra à son tour jamais. Comme il ne peut pas rendre le don, il le fait donc *transiter* – et d'abord en lui. Parce qu'il se définit comme le tiers d'emblée sur le départ, l'enfant rompt définitivement la réciprocité en détournant du donateur le retour du don, pour le décaler vers un donataire inconnu et encore non-étant (un autre enfant, un autre événement encore à venir). L'enfant nous dérobe donc, à nous, les amants, non seulement la chair que nos chairs lui ont donnée, mais surtout le retour sur nous de son témoignage en faveur de notre serment. L'enfant abandonne par définition les amants à eux-mêmes. Pourtant les amants reçoivent au moins ceci de cet abandon : ils reviennent à jamais vers leurs deux avances et écartent l'illusion sécuritaire d'une certitude externe ; ils vieilliront jusqu'à la fin en réduction érotique. Les amants, en perdant leur tiers par le départ de l'enfant, se condamnent à rester ou devenir eux-mêmes – seuls.

Le départ de l'enfant laisse-t-il pourtant les amants absolument sans aucun témoignage de leur serment ? Considérons que l'enfant ne peut partir, donc s'éloigner que parce que sa chair se départit des chairs des amants – qui lui donnent pourtant la sienne. Comment sa chair peut-elle ainsi se défaire de celles qui s'y croisent et la suscitent ? Parce que la chair de l'enfant, sitôt qu'elle entre dans la visibilité, apparaît elle aussi dans le monde, ainsi que toute chair, non pas comme une chair, mais comme un corps. Car aucune chair ne se peut voir comme telle – il faut la sentir et chacune ne peut directement en sentir qu'elle seule. Donc, dès que l'enfant paraît, il apparaît comme simple corps et disparaît comme chair. Ce faisant, l'enfant reproduit simplement, dans la posture du tiers, ce que je constatais dans la posture de l'amant : que l'érotisation de ma chair finit toujours par cesser (§ 26) et que ma finitude nous ramène, moi et autrui, au rang d'un corps (§ 27). Le départ de l'enfant confirme donc sans plus la suspension de ma chair érotisée. Son témoignage comme tiers du serment ne pouvait donc pas plus durer que ne dure l'érotisation des chairs liées par le serment – le temps précisément d'une course pour conclure le plus tard possible (§ 25), donc toujours trop tôt. L'enfant part comme la jouissance se suspend – trop tôt et inévitablement ; car le temps reprend dans son empire ces deux finitudes, qui n'en font en fait qu'une. L'érotisation et l'enfant se taisent donc du même silence. Dès lors, la défaillance de l'enfant à rendre témoignage de notre serment prend un tout autre sens. D'abord parce qu'en tant qu'il manque, le tiers confirme seulement la finitude de toute chair et surtout de la chair érotisée. Ensuite parce que le tiers ne pouvait de toute manière pas confirmer le serment en tant que simple chair, dès lors que toute chair reste par définition invisible ; il ne lui restait qu'à tenter de confirmer le serment à titre de corps visible ; or, comme un corps visible ne montre de lui-même rien d'une chair ni d'un serment entre deux chairs, il ne peut confirmer qu'en disant que ce corps visible provient du serment des amants et de leurs chairs érotisées. L'enfant assume, s'il en décide ainsi, la fonction du tiers en disant ce qu'il montre – que ce corps vaut comme une chair, parce qu'il provient d'un serment. L'enfant ne pourra donc se qualifier comme le tiers du serment qu'en disant notre nom – qui équivaut au sien. Il témoigne de notre serment – à nous – en disant son nom – à lui. Les amants naissent de la parole de l'enfant. Et si l'enfant à la fin doit parler, il ne convient plus de le nommer un enfant, mais définitivement le tiers qui témoigne. L'enfant peut du moins alors honorer son père et sa mère en leur disant leur nom – leur nom de famille ; mais ce nom, le leur, coïncide avec le sien ; il les honore donc en leur disant son propre nom, parce que ce nom lui reste heureusement impropre. Nous gardons un nom de famille, un air de famille.

Dans l'éloignement de l'enfant, je ne perds pas tant l'enfant (qui ne cesse, lui, de se trouver et de se retrouver) que moi-même – ou plutôt nous-mêmes et notre serment qui s'en va avec lui, sous le couvert d'une chose apparente dans le monde. L'enfant me reste alors encore le tiers, qui témoigne de mon serment, parce que ce non-moi qu'il me devient porte encore en lui notre nom – plus moi que moi, plus longtemps moi que moi. Sans savoir vers quoi, je m'évade moi aussi en m'adonnant au départ du tiers, à l'enfant en transit. J'y gagne mon nom.

§ 40. L'adieu ou le tiers eschatologique

Je me retrouve dans une situation où la dernière instance supposée – l'enfant comme le tiers, qui poserait le dernier jugement sur le serment des amants – disparaît dans l'avenir sous le couvert d'un corps. La dernière instance, tant attendue et réclamée, se dissout dans le prochain instant à venir, puis dans le suivant et sans cesse jusqu'à finir. Rien de plus normal d'ailleurs que cette disparition, puisque le tiers demandé consistait uniquement dans un de mes prochains, dans notre premier prochain commun – l'enfant. Ce simple prochain ne pouvait par définition pas assurer la fonction du dernier, de l'ultime, du point final, sans second à venir. Je me trouve, comme amant, repris dans le temps ; nous nous retrouvons, nous les amants, soumis à la répétition, exposés au danger de pouvoir perdre à tout instant notre serment – donc obligés de l'assurer à chaque fois encore une fois. Le phénomène amoureux s'impose donc de se répéter pour espérer se sauver, puisqu'aucun tiers ne se maintient assez pour en témoigner une fois pour toutes. Le phénomène amoureux ne manque certes pas de témoins, ni de tiers – mais tous se mettent aussitôt sur le départ et ne témoignent que par intérim. Et parce que chaque tiers finalement s'en va, l'instant prochain arrive sans témoin. La répétition impose donc au phénomène érotiquc d'affronter la pluralité des tiers possibles. Et de droit, de même que l'enfant n'assure la fonction du tiers qu'à condition de partir et de s'en départir, de même il implique sa propre pluralité, plus exactement sa démultiplication toujours possible, donc son impropriété inéluctable. L'enfant ne saurait d'autant moins prétendre rester unique, qu'il ne parvient pas à rester en permanence un témoin : pris dans la répétition dont il provient et qu'il relance, il ne naît jamais en propriété parfaite de soi (il lui reste à devenir ce qu'il est sur le mode de l'inaccompli) et surtout s'inscrit d'emblée dans une lignée, qui le précède et le prolonge, au point de receler plus que lui-même sa propre identité. L'enfant se démultiplie ou du moins accepte la possibilité de frères et de sœurs. Comme un tiers toujours sur le départ, il ne témoigne qu'à contre-emploi, en attestant simplement que le serment manque de témoin, risque toujours de se dissiper dans la pluralité et doit donc s'épuiser à la répétition. Ici un danger redoublé menace le phénomène érotique : ni à deux, ni avec un tiers, mon union à autrui ne s'accomplirait jamais décidément ; elle s'épuiserait à se poursuivre sans s'atteindre, à se répéter sans trêve et à se reprendre sans espoir, obsédée par la hantise du même, de son manque et de son retour sur soi. Autrui reviendrait au même. Autant dire l'enfer dès ce monde.

Que vais-je faire ? Que vais-je faire, moi l'amant, à autrui que je prétends aimer, pour nous éviter cet enfer ? Il ne me reste qu'à tenter de renverser la situation : puisque la dernière instance se dévalue dans le prochain instant et sa répétition, il me reste à aimer autrement – de telle sorte que ce prochain instant devienne décidément une dernière instance. Que signifie que le prochain soit toujours la dernière ? Qu'il faudrait parvenir à aimer de telle sorte que le prochain instant – celui dans lequel la mort peut toujours me surprendre (car pourquoi donc ne me prendrait-elle pas maintenant, avant que je finisse d'écrire cette phrase, avant que toi, lecteur, tu finisses de la lire ?), celui dans lequel elle peut figer mon ultime réduction érotique, celui dans lequel elle peut graver mon dernier serment – que cet instant donc puisse valoir aussi sans regret, sans condition et sans réserve comme l'accomplissement même de mon destin en tant qu'amant. Alors l'instant prochain pourra se soustraire à l'insignifiance de la dissipation, donc à la répétition ; ou plutôt il deviendra pour la première fois une instance dernière, dans la mesure exacte où je l'accomplirai d'une manière telle que je puisse revendiquer comme mon définitif statut d'amant la situation érotique, où il me trouvera et me fixera. D'où ce précepte à strictement parler eschatologique : aime comme si le prochain instant de ta réduction érotique constituait la dernière instance de ton serment. Ou encore : aime maintenant comme si ton prochain acte d'amour accomplissait ta dernière possibilité d'aimer. Ou enfin : aime à l'instant comme si tu n'en avais plus aucun autre pour aimer à jamais. Il s'agit de transformer un instant parmi d'autres – un simple *item* insignifiant de la répétition – en une instance ultime, autrement dit de le rendre eschatologique en l'érigeant comme le tiers, qui témoignera pour toujours, puisqu'aucun autre ne lui succédera plus jamais. Et cela peut s'accomplir, pourvu que je décide d'assumer l'instant juste à venir non seulement comme un événement décisif, mais comme l'événement en dernière instance – comme l'avènement de la dernière instance. Ce qui se peut pourvu que je me résolve, à cet instant, à aimer comme je voudrais me trouver aimer (et aimé) au dernier jour et pour toujours, si cet instant devait rester sans second et figer ma figure d'amant.

Jamais en moi l'amant n'a anticipé aussi résolument qu'avec cette décision d'aimer dans l'instant comme si j'aimais en dernière instance. Il s'agit bien sûr de la décision d'aimer, telle qu'elle accomplit la véritable résolution anticipatrice : celle où, en faisant l'amour, l'amant ouvre la possibilité même du phénomène érotique d'autrui (§ 37). Mais il ne s'agit pas seulement d'anticiper dans la possibilité, par une anticipation sur l'avenir des amants et sur l'avènement de leur tiers dans le temps (§ 36 et § 38). Il s'agit d'anticiper sur l'effectivité même de cette possibilité : j'aime en effet à chaque instant (possibilité) comme si cet instant devait s'avérer la dernière instance pour faire l'amour (effectivité). Je n'aime plus seulement comme si je ne devais plus avoir d'autre occasion de faire l'amour, mais en sorte et afin de rendre cette occasion définitivement la dernière. L'anticipation n'anticipe donc pas seulement sur la possibilité du serment, mais sur son accomplissement. Je m'accomplis comme amant, parce que je peux (et cela ne dépend que de moi) aimer à chaque instant comme pour l'éternité. L'amant que je décide de devenir – tout autant que l'amant qu'autrui devient pour moi dans notre unique serment – accomplit donc les promesses de l'éternité sans l'attendre, dès l'instant présent. Ou mieux : il ne promet pas tant l'éternité, qu'il éternise la promesse en l'accomplissant (en faisant l'amour) *sub specie aeternitatis*, sous l'aspect de l'éternité – plus exactement à la lumière de l'irrévocable. L'amant fait une bonne fin ; il dispose du pouvoir d'anticiper l'accomplissement et de passer à la limite en aimant à chaque instant comme en dernière instance ; il n'a pas besoin que le temps finisse, pour en finir avec le temps – il lui (ou mieux, il leur) suffit d'aimer dès le temps en dernière instance. Les amants ne se promettent pas l'éternité, ils la provoquent et se la donnent dès maintenant. Car l'éternité ne vient pas comme de l'extérieur et facultativement conclure l'histoire de la réduction érotique une fois le temps accidentellement révolu (par la mort) ; elle surgit du serment lui-même comme sa requête intime et intransigeante, dès le cours du temps (§ 22). L'amour voulait l'éternité dans le temps et dès le premier instant ; et il l'obtient ici, parce qu'il l'anticipe et la provoque. L'amour jouit de l'éternité dès l'instant qu'il jouit de lui-même. L'éternité, ainsi anticipée, ne conclut pas l'amour, ne récompense pas le serment, ne célèbre pas la fidélité – elle satisfait aux besoins de la stricte rationalité érotique.

L'anticipation eschatologique répond en effet, sur trois modes distincts, aux besoins de la rationalité érotique. Car seule l'éternité permet de répondre à trois questions que les amants ne peuvent éviter et ne veulent surtout pas laisser sans réponses. De ces réponses dépend en effet ce qu'on nommera le jugement dernier de leur amour : le jugement qui en révèle la vérité ultime jusqu'alors encore voilée, le jugement aussi qui rendra témoignage pour toujours au serment, le jugement enfin qui donne l'assurance espérée depuis le début (§§ 2-3).

La première question s'énonce ainsi : « Qui aimé-je à la fin vraiment ? » Car je peux parfaitement ne pas le savoir, soit que j'imagine aimer (ou plutôt hésite à aimer) plusieurs autruis au même moment, soit que j'ai cru ou tenté d'en aimer plusieurs successivement, soit que j'attende une autre possibilité encore anonyme. Cette question restera à l'évidence sans réponse aussi longtemps que je demeurerai dans le temps – dans la succession des instants disponibles pour une décision et disposés pour la répétition. Elle en recevra au contraire immédiatement une sitôt la répétition suspendue et la succession temporelle stoppée – car celui que j'aimerai au dernier instant apparaîtra *hic et nunc* comme celui que j'ai aimé en dernière instance. Non que le dernier aimé désigne automatiquement celui que j'aime à jamais – mais du moins saurai-je qui j'aime absolument et pour toujours, lorsque je n'aurai plus la possibilité de la répétition, ni la possibilité de la possibilité et accéderai à l'impossibilité de l'impossibilité. A l'instant où tout sera accompli, je verrai enfin qui j'aime en dernière instance – son visage surgira et s'imposera du fond de l'anticipation eschatologique en passant à l'éternité. Car seule l'éternité répond au besoin de la raison érotique concernant *l'assurance du présent* – savoir définitivement qui j'aime (§§ 4-6).

La seconde question se formule ainsi : « Aurai-je la force, l'intelligence et le délai pour t'aimer jusqu'au terme, sans reste, ni regret ? » Car celui que j'aime s'impose évidemment à moi comme un phénomène saturé, dont l'intuition sans fin ni mesure ne cesse de déborder toutes les significations que je tente de lui assigner à partir de la première d'entre elles, « Me voici ! » (§ 21). Envisager sérieusement le visage d'autrui, plus précisément de *cet* autrui insubstituable dont je me déclare l'amant (§ 22), cela exige de moi que je donne sans trêve un nouveau sens aux intuitions qui ne cessent de m'arriver, donc que je dise tous les mots et prononce tous les noms (§ 28) que je pourrai mobiliser, voire que j'en invente d'autres, afin d'en accomplir l'interprétation indéfinie. L'amant n'en finit jamais de se dire à soi-même l'aimé, de se dire soi-même à l'aimé et de dire l'aimé à lui-même. L'amant, face aux intuitions que lui inspire l'aimé, doit déployer une herméneutique sans fin, un entretien sans terme ; il lui faut donc un délai sans borne pour tenir son discours sans conclusion. L'amour demande l'éternité parce qu'il ne peut jamais finir de se dire à lui-même l'excès en lui de l'intuition sur la signification. Je ne connaîtrai qui j'aime qu'en dernière instance – par anticipation eschatologique sur l'éternité, seule condition de son herméneutique érotique sans fin. Ainsi, seule l'éternité répond au besoin de la raison érotique concernant *l'assurance d'un avenir* – pouvoir sans fin me dire qui j'aime et le lui apprendre, puisque, sans moi, il l'ignorerait.

La troisième question demande enfin : « Comment avons-nous pu nous perdre et nous séparer, alors que nous nous aimions à ce point ? » Cette question n'a certes pas toujours à se poser (car nous ne nous perdons pas inévitablement), mais elle le doit pourtant souvent (car nous nous perdons la plupart du temps) ; elle n'implique d'ailleurs aucune contradiction, puisque la finitude érotique (§ 27) entraîne, avec la suspension (§ 26) qui l'indique, l'inéluctable possibilité de l'écart et de la déception (§ 30). Si cet obscurcissement n'a rien d'invincible, il n'a non plus rien de facultatif et tout serment doit l'affronter, même si tout serment n'y succombe pas ; le serment, qui a permis à des amants de constituer leur phénomène érotique croisé, peut avoir été effectif et pourtant avoir disparu ; que la suspension l'ait emporté sur le serment et qu'elle lui ait dénié l'éternité, cela n'invalide pour autant pas (du moins pas entièrement) l'accomplissement de ce serment. Que nous ne nous aimions plus n'implique pas que nous ne nous soyons pas aimés du tout, ni jamais ; mais cela exige de faire le départ entre ce que nous avons accompli et ce que nous avons manqué dans ce serment ambigu. La raison érotique a ici le besoin et le droit de revenir sur son passé pour s'en assurer, le mesurant ; elle doit pouvoir se réapproprier, en une sorte de contre-enquête rétrospective, sa déception et sa jouissance et finir par leur rendre justice ; dans le meilleur des cas, les amants peuvent se reconnaître avoir performé un vrai serment, même si l'érotisation de leurs chairs n'a pas pu le maintenir ; ils peuvent même parfois se pardonner leur mutuel abandon au nom de leurs premières avances, que rien ne pourra en effet annuler. De la sorte, l'éternité satisfait au besoin de la raison érotique regardant *l'assurance d'un passé* – pouvoir à la fin nous dire en quoi, malgré tout, nous nous aimons encore.

La résolution anticipatrice aboutit donc à l'anticipation eschatologique – en tant qu'amant, je dois, nous devons –, aimer comme si le prochain instant décidait en dernière instance de tout. Aimer exige d'aimer sans plus pouvoir ni donc vouloir attendre pour aimer parfaitement, définitivement et pour toujours. Aimer demande que la première fois coïncide déjà avec la dernière fois. L'aube et le soir ne font qu'un seul crépuscule – le temps d'aimer ne dure pas et se joue dans un instant, un fragment, un battement – seul un battement de cœur, le plus petit écart, l'*articulum*, nous sépare de l'éternité. Nous nous aimons *in articulo vitae*, autrement dit *in articulo mortis* ; la mort n'effraie pas plus l'amant que la ligne d'arrivée ne terrorise le coureur : il craindrait plutôt de ne pas l'atteindre assez vite. Nous ne disposons donc que d'un seul instant, d'un seul atome d'instant, d'un seul article et c'est maintenant. *Nunc est amandum*, il faut aimer maintenant, à l'instant ou jamais, à l'instant et à jamais. L'instant ne se donne que pour cela. La tension temporelle de la chair s'excitant, qui se retient, autant qu'elle peut, de libérer le « C'est parti ! » de la jouissance (§ 25), se radicalise ici en abolissant la différence même entre l'instant présent et la dernière instance, entre « maintenant » et « encore » – les fixant l'un et l'autre dans l'unique « Viens ! ». Le temps des amants abolit la répétition et s'installe d'emblée dans la fin. Les amants se disent à la fin et dans la fin – ils partent ensemble dès le départ et peuvent ne pas se départir l'un de l'autre. Cet essor initial vers le définitif se nomme l'adieu. Les amants accomplissent leur serment dans l'adieu – dans le passage à Dieu, qu'ils convoquent comme leur dernier témoin, leur premier témoin, celui qui ne part et ne ment jamais. Alors, pour la première fois, ils se disent « adieu » : l'année prochaine à Jérusalem – la prochaine fois à Dieu. Penser à Dieu peut se faire, érotiquement, dans cet « adieu ».

§ 41. Même soi

L'adieu me projette dans l'accomplissement de mon serment. Puisque nous avons fait l'amour une fois, nous l'avons fait pour toujours et à jamais, parce que ce qui a été fait ne peut pas ne pas l'avoir été ; et *cela* plus que tout. Amant une fois, je le reste pour toujours, car il ne dépend plus de moi de ne pas avoir aimé – autrui témoignera toujours, même si je le dénie, que je me suis fait son amant. Dès lors, je reçois d'autrui ce que je ne possède pas pour moi-même (ni lui pour lui-même) et que pourtant je lui donne (comme il me le donne) – la dignité d'amant. Une fois encore, après la signification (§ 21) et la chair (§ 23), la jouissance (§ 25) et la fidélité (§ 36), chacun donne ce qu'il ne possède pas pour lui-même, mais dont pourtant il dispose seul pour l'autre ; ainsi chacun, dans sa propre pénurie de soi-même à soi-même, se révèle pourtant plus intime à autrui que cet autrui à lui-même. Je ne sais jamais vraiment et assurément si autrui m'aime, quand il me fait l'amour et se fait mon amant ; mais je sais absolument et constate indiscutablement que, ce faisant, il se fait mon amant et me fait le sien ; cela je le sens, l'expérimente et le vérifie une fois pour toutes. En un mot, si autrui, en me faisant l'amour, ne peut me rendre aimé sans aucun doute, il fait pourtant de moi ce que je ne peux seul devenir – il me fait (son) amant. Je ne peux donc pas ne pas me constater et m'admettre comme un amant, dès lors qu'autrui m'en donne le nom en me disant que je le fais, et qu'il m'en confère le rang en me laissant le faire. Mais si autrui me reconnaît son amant et me laisse expérimenter que je fais l'amant, alors il me valide du point de vue de la réduction érotique. Il me consacre en tant qu'amant, ratifie ma prétention à aimer, justifie que j'intervienne dans la réduction érotique. Il m'assure donc aussi que je mérite de jouer le jeu d'aimer, puisque je joue bien l'amant : je me découvre enfin assuré. Et, puisque seul le fait qu'on m'aime peut donner cette assurance (§ 2), je me découvre aimable en tant qu'amant provoqué. Aimé parce qu'aimable, aimable parce qu'amant.

Aimé en tant qu'amant, pourrai-je donc, puisque je m'expérimente comme amant, m'expérimenter enfin comme aimé – donc m'aimer légitimement moi-même ? Evidemment, je ne saurais revenir sur la contradiction radicale de tout amour de chacun pour soi ; chaque fois que je prétendrai me dispenser d'autrui et faire fonds sur moi seul pour répondre à la question « M'aime-t-on ? », j'aboutirai, par haine de moi, à la haine de tous pour tous et de chacun pour soi (§§ 8-14). Mais, en l'occurrence, il ne s'agit plus de cet autisme suicidaire, puisque ici je ne me découvre aimable qu'autant qu'autrui me dit et m'assure que je fais fonction d'amant. Aimable en tant qu'amant, je ne m'aime donc pas moi-même, mais je reçois mon assurance d'ailleurs. Je ne m'aime pas moi-même immédiatement chacun pour soi et pour moi-même, mais par le détour de celui qui me dit que je l'aime, qu'il aime que je l'aime et qu'il donc m'aime. Je me découvre aimable par la grâce d'autrui ; et si je me risque enfin à m'aimer, ou du moins à ne plus me haïr (bref à me pardonner), je l'ose sur la parole d'autrui, par ma confiance en lui et non pas en moi ; je surmonterai ma haine de moi-même comme je marcherais sur les eaux ou avancerais un pied dans le vide – parce que d'ailleurs la voix d'autrui m'aura convaincu (ou presque) que je le peux et le vaux bien. Je m'aime médiatement ou plutôt je cesse de me haïr par la médiation d'autrui, non par moi-même. Cette médiation ne doit pourtant pas s'entendre comme celle de la loi morale, censée me faire aimer chacun des hommes ; non seulement aucune loi ne peut commander d'aimer, ni exiger de se faire aimer ; non seulement une telle loi masquerait autrui en le ravalant au rang d'une simple occasion parmi d'autres de lui obéir ; mais il ne s'agit pas du tout d'une loi, parce qu'il ne s'agit justement pas ici d'une médiation entre autrui et moi, mais d'une médiation par autrui amant entre moi et ma propre haine de moi. Autrui, sous la figure de l'amant, me reconnaît comme son amant, m'assure ainsi qu'il peut m'aimer et me persuade qu'après tout et après tous les autres, même moi je pourrais mériter qu'on m'aime d'ailleurs. S'aimer soi-même signifie désormais qu'en tant que je me découvre un amant, donc un aimable, je pourrai finir par *aimer même moi* – je pourrai finir par me faire grâce même à moi, en dernier, comme au plus humble de tous les aimables, comme au plus difficile à aimer.

Cette inversion de l'amour de moi-même en l'amour de même moi ne résulte pas de ce que je m'aimerais désormais plus qu'avant (car je ne m'aime pas comme aimé par moi, je me découvre simplement comme l'amant d'autrui) ; ni de ce que je me trouve plus aimable (en tant que moi et par moi, je ne puis toujours que me haïr) ; ni de ce qu'autrui m'aimerait enfin plus que je ne l'aime (car je sombrerais alors dans la réciprocité, d'ailleurs invérifiable). L'inversion résulte ici de ce que j'admets qu'autrui m'aime plus comme amant, que je ne m'aime moi-même, ou plutôt (car je ne m'aime en fait jamais) qu'*il m'aime plus que je ne me hais moi-même*. J'aime à la fin même moi, parce que l'autre amant par son avance propre m'a rendu moi-même amant, donc aimable à ses yeux et, parce que je l'ai cru, aimable à mes propres yeux. Je finis par aimer même moi, parce que, dans l'autrui du serment, de la chair et de la fidélité, j'ai enfin trouvé plus amant que moi ; parce que j'ai cru, vu et expérimenté que, moi aussi, même moi, je pouvais faire l'amant – lui faire l'amour qu'il me disait. Cette fois je m'adonne bien à autrui, puisque je me reçois bien tout entier – comme amant – de ce que je reçois – lui. J'aime même moi sur la parole d'autrui, qui se dit mon amant. Je crois plus ce qu'il me dit que ce que je me suis jamais dit.

Si un tel amour même de soi dépasse en moi les apories de l'amour de soi, il le doit d'abord à autrui – autrui qui se découvre plus amant que moi et me fait devenir moi aussi amant par sa grâce. Si je peux finalement envisager d'accomplir à fond la réduction érotique en finissant par ne plus me haïr et aimer même moi, je le dois à l'autre amant, donc à son antériorité sur moi. Autrui me précède donc dans le rôle de l'amant, qu'il assume le premier, au contraire de ce que j'ai prétendu jusqu'ici. Inévitablement, la conséquence s'ensuit que l'avance s'inverse et passe de moi à lui. Le centre de la réduction érotique d'un coup recule devant moi et je me retrouve sur sa périphérie, ou du moins décentré. La réduction ne résultait donc pas toute de mon avance. En fait, sans que je le sache encore, elle précédait mon avance elle-même.

Si la réduction érotique avait de l'avance même sur mon avance, cela veut dire qu'elle demande désormais une troisième et dernière formulation. De même qu'elle s'ouvrit avec la question « M'aime-t-on – d'ailleurs ? », que posait la vanité (§ 3), pour se radicaliser ensuite par la question « Puis-je aimer, moi le premier ? », que s'imposait l'amant (§ 17) ; de même, maintenant que l'avance de l'amant (§ 18) s'inverse et provient d'abord d'autrui et non plus de moi, il faut penser la réduction érotique à partir de l'amant accompli, à partir d'autrui et non plus de moi, à partir de l'adieu et non de la répétition. Ce dernier basculement du centre de gravité peut s'énoncer ainsi : « Toi, tu m'as aimé le premier ». Non que je puisse à aucun moment me dispenser de faire l'amant en risquant ma propre avance – sans elle l'aporie de l'amour de soi perpétuerait la haine de tous pour tous et de chacun pour soi ; mais je découvre, dans mon élan et à la mesure où je m'y élance, que cette avance même ne m'appartient pas et que je ne l'inaugure pas, mais qu'elle m'attendait, qu'elle m'aspire et me soutient comme l'air suscite un vol, ou l'eau une nage. Plus encore, je comprends enfin que, dans cette avance, autrui avait déjà commencé à se faire amant bien avant moi ; qu'en marchant à l'aveugle sur la voie de la réduction érotique, en fait, j'avais sans doute d'emblée déjà trouvé ce que je croyais chercher seul ; ou que, plus exactement, ce que je cherchais m'avait déjà trouvé et m'avait dirigé droit sur lui. Quand j'avançais éperdu dans ma propre avance, amant aveugle, ne sachant ni qui aimer, ni comment, sans doute d'autres amants, plus anciens que moi, me suivaient du regard, veillaient sur mes pas et m'aimaient déjà à mon insu, malgré moi. Pour que j'entre dans la réduction érotique, il fallait qu'un autre amant m'y ait précédé et, de là, m'y appelle en silence.

§ 42. Le sens unique

Me voici revenu au point d'où je suis parti – mais désormais avec l'assurance, qui me manquait au début. Je connais maintenant ce que je désirais connaître. J'ai appris que jamais je n'aurais pu me demander « M'aime-t-on – d'ailleurs ? », si un autrui ne m'aimait pas le premier, lui aussi, lui d'abord. Il a fallu que j'entre en réduction érotique et que je m'avance sous la figure de l'amant, pour que la logique de l'amour me conduise insensiblement, mais inéluctablement à comprendre qu'un autrui m'aimait bien avant que je ne l'aime, moi. Il a suffi que j'en accepte la possibilité pour qu'elle devienne effective.

En fait, personne ne peut prétendre, du moins sans se mentir ou se contredire, que personne ne l'aime ou ne l'a aimé. Ce que confirment plusieurs arguments. – D'abord que, pour se plaindre qu'on ne m'aime pas, il faut déjà que je vive ; et pour quc je vive, il a fallu que d'autres s'aiment l'un l'autre (par accident ou par résolution, un moment ou une éternité, peu importe la manière), en sorte qu'ils en jouissent et que, sans me connaître, ils me donnent d'avance à moi-même ; il a donc fallu qu'ils s'aiment assez pour me faire don de moi-même du fond de mon futur. Ensuite, personne ne peut non plus prétendre que personne ne l'aime, s'il ne le reproche à un interlocuteur au moins possible, donc s'il ne le dit à quelqu'un qui puisse l'entendre. Dès lors, deux solutions ; soit cet autrui m'écoute déjà en effet et, en un sens même minime, il m'aime dès à présent ; soit personne n'écoute ou n'écoute encore. Or, même dans ce cas, je peux encore continuer à plaider ma cause, plaindre mon sort et accuser le monde ; je ne le peux, que parce que j'estime ne pas parler dans le vide, parce que je crois encore ouverte la possibilité qu'un jour on m'entendra, qu'un jour un tiers me rendra justice, bref qu'eschatologiquement un amant aujourd'hui à venir m'aimera. L'avenir ne rachète pas ici le présent par une stupide illusion empirique ; j'en appelle plutôt de l'indifférence empirique présente à ma possibilité transcendantale inaliénable de n'être qu'en tant qu'amant, qu'en tant que je garde la possibilité au moins qu'on m'aime (§ 3) un jour ou l'autre, d'une manière ou de l'autre.

En fait, il ne s'agit jamais pour moi de savoir si quelqu'un m'a aimé, m'aime ou m'aimera, mais de savoir qui et quand. Car, de droit, il en va toujours ainsi : on m'a déjà aimé, on m'aime ou on m'aimera, ou, plus probablement, les trois m'arrivent. Pour moi, qui me sais certainement en dette au moins possible (en fait réelle) envers un amant (inconnu ou plus souvent connu), il s'agit uniquement de savoir si j'aime, qui j'aime et comment je l'aime. Et, comme pour le savoir, il suffit que je le décide et, pour le décider, je n'ai besoin que de moi, il ne me manque donc jamais rien pour me faire amant. J'aime d'emblée selon l'impossibilité de l'impossibilité.

Sans doute ces arguments peuvent sembler autant de paradoxes. Cela ne suffit pourtant pas à les disqualifier, comme une courte vue ne manquerait probablement pas de le conclure ; car les paradoxes ne surgissent que si l'on tente de viser certains phénomènes à partir d'un point de vue autre que celui qu'ils demandent, ou selon une intentionnalité qui contredit leur manifestation à partir de soi (leur anamorphose) ; le paradoxe stigmatise en fait la figure que prennent certains phénomènes réfractaires à leur constitution comme objets prétendus d'un sujet transcendantal, dont ils récusent la position supposée *a priori*. Mais, lorsqu'il aborde les phénomènes érotiques, l'*ego* devenu amant ne constitue plus rien d'objectif : il n'y va plus d'autre chose que lui-même, ni d'ailleurs de choses, ni même du monde, mais de lui-même et de sa réduction érotique. L'amant ne constitue pas les phénomènes érotiques comme de nouveaux objets, annexés à la masse de ceux qu'il connaît déjà ; il se laisse au contraire lui-même reprendre dans leur visibilité radicalement neuve, exclusivement réservée à ceux qui jouissent du privilège d'aimer et de se faire aimer. De *ce* point de vue, les paradoxes s'évanouissent, ou plutôt ils apparaissent selon leur visibilité propre, claire et distincte en son ordre, avec une évidence sereine, quoique conditionnelle ; l'évidence des phénomènes érotiques ne se manifeste en effet que sous la condition que l'on accepte leur logique propre – celle qu'ouvre l'opération inaugurale de la réduction érotique. Au contraire de ce que la métaphysique a fini par prétendre, l'amour ne manque ni de raison, ni de logique ; simplement, il n'en admet pas d'autres que les siennes et ne devient lisible qu'à partir d'elles. L'amour ne se dit et ne se fait qu'en un unique sens, le sien.

L'amour ne se dit et ne se donne qu'en un sens unique, strictement univoque. Dès qu'on le démultiplie en acceptions subtiles et différenciées jusqu'à l'équivocité, on ne l'analyse pas mieux : on le dissout et le manque complètement. L'amour se définit comme il se déploie – à partir de la réduction érotique et uniquement d'elle ; il n'admet donc nulle autre variation que celle des moments de cette unique réduction. Une pensée correcte de l'amour se remarque par sa capacité à soutenir le plus loin possible l'univocité essentielle de son sens unique. Encore ne faut-il pas se méprendre : cette univocité ne se fonde pas sur la prééminence impériale de l'amant, qui surplomberait tout ce qu'il pourrait aimer jusqu'à l'indistinction, comme l'unité de la science se fonde sur l'indifférence de l'*ego* envers la différence des objets qu'arase l'identité des conditions de leur connaissance ; au contraire, les cas de l'amour convergent tous en ce que l'amant y perd sa primauté et qu'en toute occurrence il s'expose, comme eux d'ailleurs, à l'unique question de la vanité : « M'aime-t-on – d'ailleurs ? » ; à partir de quoi, il peut s'engager à traverser les figures imposées de la réduction érotique. Hors de cette réduction, point d'amour, ni d'amant. En elle, un sens unique de l'amour.

On objectera pourtant que le concept d'amour reste équivoque et doit le rester pour ne pas contredire ses figures extrêmes. Examinons donc ces dichotomies prétendues et voyons si elles mettent en cause l'univocité de l'amour. D'abord, argumente-t-on, comment maintenir dans un même concept des pulsions qui me poussent vers des objets aussi différents que l'argent, les drogues, le sexe, ou le pouvoir et surtout comment les assimiler au mouvement qui me pousse vers autrui (un homme, une femme, Dieu, etc.) ? Ne tombe-t-il pas sous le bon sens qu'il faut admettre ici une radicale équivocité ? Pour éclaircir la question, il suffit de revenir au critère de la réduction érotique et de tester les cas où elle peut s'exercer. Il apparaît d'emblée que la question « M'aime-t-on – d'ailleurs ? » (encore moins celles qui s'ensuivent) ne peut concerner les objets mondains ici recensés, simplement parce que, même si je peux désirer les posséder, je ne peux en attendre aucune assurance d'ailleurs ; en effet leur possession exclut tout ailleurs et les encapsule dans ma monade, qui se les assimile (ou l'inverse). Au contraire, les mouvements qui me poussent vers autrui permettent d'entendre la question « M'aime-t-on – d'ailleurs ? », donc d'exercer la réduction érotique, précisément parce qu'ils s'ouvrent tous sur l'irréductible altérité d'autrui. On ne trouve ici aucune équivocité de l'amour, mais la stricte opposition entre des désirs d'objets mondains à posséder, qui ne concernent en rien l'amour, et l'unique sens de l'amour, qui se reconnaît à l'exercice de la réduction et à l'épreuve de l'ailleurs.

Cette réponse n'empêche pourtant pas une seconde objection : même à l'intérieur du domaine ainsi défini par l'altérité, ne faut-il pas distinguer au moins entre l'amour érotique et l'amour d'amitié, autrement dit admettre à nouveau une équivocité de l'amour ?

Revenons encore au critère de la réduction érotique et testons ce qui permet ici de poser la question « M'aime-t-on – d'ailleurs ? ». On voit vite qu'il faut distinguer deux cas. Ou bien par amitié j'entends une relation d'égalité (ou de quasi-égalité) entre deux partenaires, qui partagent le même intérêt (plaisir, utilité, vertu, etc.) pour une chose du monde, qui fait le tiers entre eux ; pareille relation relève-t-elle de l'ailleurs ? Non bien sûr, parce qu'elle peut se renverser de l'un à l'autre et que cet ailleurs devrait pouvoir toujours devenir un *ici*, au contraire de l'ailleurs érotique (§ 5) ; non aussi, puisqu'il s'agit d'un échange réciproque du tiers mondain, dont l'un et l'autre doivent jouir et posséder également ; cette réciprocité s'exclut donc de la réduction érotique, où l'amant renonce à la réciprocité en prenant de l'avance (§ 18). Une telle figure de l'amitié, qui l'interprète comme la jouissance réciproque d'un tiers mondain, n'introduit aucune équivocité dans le concept d'amour, simplement parce qu'elle n'en relève absolument pas. Ou bien, on interprète l'amitié comme la demande d'un ailleurs irréversible, l'avance sans réciprocité de l'ami et le serment comme pure signification commune. Mais, dès lors, il ne s'agit formellement que de l'amour en son concept originel, même s'il ne s'agit pas de la totalité de ses figures. En tout cas, cet écart ne suffit pas pour introduire une opposition entre l'amour et ce type d'amitié, encore moins une équivocité.

On répondra par une troisième objection, d'apparence plus forte. En effet, entre l'amour et l'amitié, il se creuse bel et bien une équivocité béante : l'amitié souscrit certes à la réduction érotique, pour autant que j'y demande « M'aime-t-on – d'ailleurs ? » ; elle me conduit aussi à faire l'amant, qui aime le premier sans attendre la réciprocité (« Puis-je aimer, moi le premier ? ») ; mais elle s'arrête devant la réduction érotique radicalisée et refuse l'échange des chairs érotisées. Elle exclut même ce stade en toute connaissance de cause : pour protéger son privilège distinctif – s'exercer au même moment envers *plusieurs* amis – ma chair ne doit pas se recevoir d'une chair en particulier, afin de ne pas se lier ni se borner non plus à aucun ami en particulier ; l'amitié ne demande pas l'exclusivité ; elle la récuse même et s'oppose ainsi à la réduction radicalisée, où je ne peux (et donc ne dois) recevoir ma chair d'*une* seule autre chair et donner la sienne à *un* seul autrui. On ne peut ignorer un tel écart – qui porte sur rien de moins que l'exclusivité d'autrui et l'érotisation de la chair jusqu'à la jouissance et la suspension. Mais il reste à le mesurer avec d'autant plus de précision.

Constatons encore une fois que l'amitié emprunte indiscutablement, sans ambages ni ambiguïté, le chemin même de la réduction érotique (vanité, ailleurs, amant, avance, serment) ; et donc que sa voie reste bel et bien celle de l'unique amour. Néanmoins, une majeure différence les sépare ; elle se joue d'abord sur la croisée des chairs érotisées (§ 23-24) et le passage à la jouissance (§ 25), que l'amour atteint, mais dont l'amitié s'abstient. Cet arrêt suffit-il à l'exclure de l'unique sens de l'amour ? Il paraît que non, pour plusieurs raisons. Premièrement, l'amitié accomplissant les premières étapes sur le chemin de la réduction érotique, elle en a gagné la citoyenneté sur le terrain, par le droit du sol ; on ne le lui contestera pas. Et d'autant moins qu'elle ne pose justement pas les problèmes que rencontrent les étapes ultérieures : en effet, à partir de la croisée des chairs, chaque phase érotique suscite aussitôt son moment négatif, inséparable et inévitable – ainsi l'éblouissante confusion de l'orgasme, l'automaticité de l'érotisation, la finitude et la suspension, le mensonge et la naturalisation, etc. ; tout se passe comme si, sur la voie érotique, nous avancions rapidement tant que l'amitié pouvait suivre l'amant ; mais que les épreuves commencent à s'accumuler dès que l'amant continue seul sans l'amitié. Il faudrait donc renverser la question et demander : l'ami ne dessinerait-il pas une figure plus courte, mais plus accomplie de la réduction érotique que ne le fait l'amant, qui ne la poursuit plus avant que pour en déployer la face obscurcie (au moins durant un long épisode §§ 29-34) ?

Deuxièmement, que manque-t-il exactement du phénomène érotique à l'amitié ? Contrairement aux évidences paresseuses, il ne lui manque pas l'érotisation de la chair et elle n'en reste pas à l'abstraction du serment ; dans l'amitié aussi, je peux recevoir ma chair de l'ami, qui me la donne sans l'avoir, à titre d'amant ; l'ami aussi m'embrasse et me tient (mais aussi la mère avec l'enfant, le père avec le fils, etc.). Simplement ici l'érotisation des chairs ne va pas jusqu'à la jouissance et ne s'expose donc pas à la suspension. Aucune ambiguïté à craindre non plus dans une telle érotisation de la chair sans jouir : je sais déjà que l'érotisation peut rester libre, autrement dit que la chair peut se laisser érotiser sans le toucher immédiat d'une autre chair, mais par la seule parole (§ 35). Il se pourrait en effet que l'amitié emprunte précisément cette voie et l'illustre la première ; elle passerait alors directement de la croisée de ma chair avec celle d'autrui (§ 23) à l'érotisation libre (§ 35, voire § 28), sans avoir pour autant dû traverser la finitude involontaire de la suspension, ni affronter le débat confus du mensonge avec la sincérité (§§ 29-34). L'ami apparaîtrait-il comme l'amant heureux, parce que partiel ?

Troisièmement, il se pourrait que l'amitié, entendue selon ce privilège et ce raccourci, ne se définisse plus d'abord ni seulement par son arrêt sur l'échange des chairs érotisées, mais par son option anticipée pour l'érotisation libre. L'amitié, en refusant de s'engager dans la suspension et la répétition, se dégage ainsi par avance de sa temporalité, donc de l'enfant comme le tiers sur le départ (§ 39) ; elle n'accède pourtant pas directement au tiers eschatologique (§ 40), car elle n'a pas en droit pour fonction d'aimer un seul autrui, donc d'aimer une fois pour toutes et dans l'éternité. Du moins, même mal située entre le tiers sur le départ et le tiers eschatologique, entre l'enfant et l'adieu, l'amitié reprend indiscutablement pied sur la voie érotique, au-delà de la suspension, la naturalisation et la déception. L'amitié ne quitte donc jamais la réduction érotique en cours de route ; elle coupe plutôt court, pour contourner un passage difficile et rallier plus vite la fin. Si elle reste dans la réduction érotique, concluons qu'elle ne s'excepte pas non plus du sens unique de l'amour.

On objectera encore, sur ce point précisément, qu'il demeure toujours une équivocité, au moins entre ἔρως et ἀλάπη. Comme la distinction philologique précise et constante, qui pourrait les opposer, reste à établir, tenons-nous-en à l'acception la plus largement reçue de leur conflit : l'amour de passion, qui jouit de soi et possède autrui, contrasterait avec l'amour de vertu, qui donne à autrui et s'oublie soi-même. Or il ne faut pas beaucoup d'attention, pour constater que ces caractères s'échangent de l'un à l'autre. L'amant, lui qui renonce par excellence à la possession et la réciprocité en prenant son avance, jouit pourtant bien, érotise par la parole, revendique aussi avec jalousie et parfois se dérobe. Mais ce même amant, qui jouit et possède, n'y parvient pourtant qu'en s'oubliant et s'abandonnant le premier : d'abord, en général et en principe, par son avance ; ensuite et plus précisément en érotisant d'abord la chair d'autrui et non la sienne (il ne le peut d'ailleurs pas, car il ne l'a pas) ; en devant attendre aussi qu'autrui lui donne la sienne ; et enfin en décernant à autrui unilatéralement la fidélité que ce dernier ne peut promettre. Son ἔρως se révèle donc aussi oblatif et gratuit que l'ἀλάπη, dont d'ailleurs il ne se distingue plus. Il faut beaucoup de naïveté ou d'aveuglement, ou plutôt tout ignorer de l'amant et de la logique érotique, pour ne pas voir que l'ἀλάπη possède et consume autant que l'ἔρως offre et abandonne. Il ne s'agit pas de deux amours, mais de deux noms requis parmi une infinité d'autres, pour penser et dire l'unique amour. Tout ce qui se comprend à partir de la réduction érotique se phénoménalise selon son unique logique. Ce qui y fait exception ne désigne nul autre sens de l'amour : il n'en relève simplement pas. La difficulté ne consiste pas à introduire des exceptions à la réduction érotique et des équivocités dans l'amour univoque, mais à mesurer jusqu'où s'étend son sens unique. Evidemment au-delà de sa sexualisation, qu'il rend pourtant seul intelligible, bien qu'elle n'en constitue qu'une figure – la plus acérée, mais pas la plus forte.

Dès lors, si l'amour ne se dit que comme il se donne – à sens unique – et si, d'ailleurs, Dieu se nomme du nom même de l'amour, faudra-t-il conclure que Dieu aime comme nous aimons, du même amour que nous, selon l'unique réduction érotique ? On peut évidemment hésiter, mais pourtant pas l'éviter. Car, de fait, Dieu ne se révèle pas seulement par amour et comme amour ; il se révèle aussi par les moyens, les figures, les moments, les actes et les stades de l'amour, de l'unique et du seul amour, celui que nous aussi pratiquons. Il fait l'amant, comme nous – passant par la vanité (des idoles), la demande qu'on l'aime et l'avance d'aimer le premier, le serment et le visage (l'icône), la chair et la jouissance de la communion, la douleur de notre suspension et la revendication jalouse, la naissance du tiers en transit et l'annonce du tiers eschatologique, qui finissent par s'identifier dans le Fils incarné, jusqu'à la promulgation unilatérale par lui de notre fidélité, à nous. La logique de la réduction érotique, Dieu la pratique comme nous, avec nous, selon le même rite et suivant le même rythme que nous, au point que nous pouvons même nous demander si nous ne l'apprenons pas de lui et de personne d'autre. Dieu aime au même sens que nous.

A une infinie différence près. Quand Dieu aime (et il ne cesse en effet jamais d'aimer), il aime simplement infiniment mieux que nous. Il aime à la perfection, sans une faute, sans une erreur, du début à la fin. Il aime le premier et le dernier. Il aime comme personne. A la fin, je ne découvre pas seulement qu'un autrui m'aimait avant que je ne l'aime, donc que cet autrui faisait déjà l'amant avant moi (§ 41), mais surtout que ce premier amant, depuis toujours, se nommait Dieu. La plus haute transcendance de Dieu, l'unique qui ne le déshonore pas, ne tient pas à la puissance, ni à la sagesse, ni même à l'infinité, mais à l'amour. Car l'amour seul suffit à mettre en œuvre toute infinité, toute sagesse et toute puissance.

Dieu nous précède et nous transcende, mais en ceci d'abord et surtout qu'il nous aime infiniment mieux que nous n'aimons et ne l'aimons. Dieu nous surpasse au titre de meilleur amant.

Table

Du même auteur :

chez Grasset

L'IDOLE ET LA DISTANCE, *cinq études*, 1977 ; 3e éd. Le Livre de Poche, 1991.

chez d'autres éditeurs

SUR L'ONTOLOGIE GRISE DE DESCARTES, Paris, Vrin, 1975 ; 4e éd. 2000.

SUR LA THÉOLOGIE BLANCHE DE DESCARTES, Paris, PUF, 1981 ; 2e éd. « Quadrige », 1991.

SUR LE PRISME MÉTAPHYSIQUE DE DESCARTES, Paris, PUF, 1976.

QUESTIONS CARTÉSIENNES, Paris, PUF, 1991.

QUESTIONS CARTÉSIENNES, II, Paris, PUF, 1996 ; 2e éd., 2002.

DIEU SANS L'ÊTRE, Paris, Fayard, 1982 ; 3e éd. « Quadrige », 2002.

PROLÉGOMÈNES À LA CHARITÉ, Editions de la Différence, 1986 ; 3e éd., 2000.

LA CROISÉE DU VISIBLE, Editions de la Différence, 1991 ; 2e éd ; PUF, 1996.

RÉDUCTION ET DONATION. RECHERCHE SUR HUSSERL, HEIDEGGER ET LA PHÉNOMÉNOLOGIE, Paris, PUF, 1989.

ÉTANT DONNÉ. ESSAIS D'UNE PHÉNOMÉNOLOGIE DE LA DONATION, Paris, PUF, 1997 ; 2e éd., 1998.

DE SURCROÎT. ÉTUDES SUR LES PHÉNOMÈNES SATURÉS, Paris, PUF, 2001.

Cet ouvrage a été composé par
I.G.S. - C.P. à L'Isle-d'Espagnac (16)

Imprimé en France sur Presse Offset par

BRODARD & TAUPIN

GROUPE CPI

La Flèche (Sarthe).
N° d'imprimeur : 26150 – Dépôt légal Éditeur : 51363-10/2004
Édition 1
LIBRAIRIE GÉNÉRALE FRANÇAISE – 31, rue de Fleurus – 75278 Paris cedex 06.
ISBN : 2 - 253 - 13099 - 0

30/1844/7